MIRA®

Der Preis dieses Bandes versteht sich einschließlich
der gesetzlichen Mehrwertsteuer.

Umwelthinweis:
Dieses Buch wurde auf chlor- und säurefreiem Papier gedruckt.

Die Heimkehr der Tochter

Es kostet Maggie viel Überwindung, die Bitte ihrer Mutter zu erfüllen: Sie soll sich mit ihrem todkranken Vater Jacob, der sie vor Jahren aus dem Haus geworfen und enterbt hat, versöhnen. Widerwillig erklärt Maggie sich bereit. Sie hofft, dass das nahe Ende Jacob weicher, menschlicher gemacht hat. Doch Irrtum: Noch immer behandelt er sie ablehnend, fast feindselig. Interessiert und zuvorkommend wird sie dagegen von seinem Geschäftsführer Dan Garrett empfangen. Leidenschaftliche Gefühle entwickeln sich zwischen ihnen, während Maggie mit Dans Hilfe herausfinden will, warum das Firmenimperium „Malone Enterprises“ dem sicheren Ruin entgegengeht ...

Ginna Gray

Die Heimkehr der Tochter

Roman

Aus dem Amerikanischen von
Margret Krätzig

MIRA®

MIRA® TASCHENBUCH
Band 25079
1. Auflage: März 2004

MIRA® TASCHENBÜCHER
erscheinen in der Cora Verlag GmbH & Co. KG,
Axel-Springer-Platz 1, 20350 Hamburg
Deutsche Taschenbucherstausgabe

Titel der nordamerikanischen Originalausgabe:
The Prodigal Daughter

erschienen bei: Mira Books, Toronto
Published by arrangement with
Harlequin Enterprises II B.V., Amsterdam

Konzeption/Reihengestaltung: fredeboldpartner.network, Köln
Umschlaggestaltung: pecher und soiron, Köln
Titelabbildung: by GettyImages, München
Autorenfoto: © by Harlequin Enterprise S.A., Schweiz
Satz: Berger Grafikpartner, Köln
Druck und Bindearbeiten: Ebner und Spiegel, Ulm
Printed in Germany
ISBN 3-89941-102-1

www.mira-taschenbuch.de

1. KAPITEL

In Ruby Falls, Texas, Bevölkerungszahl 3.418, fiel ein schnittiges Viper Kabrio auf wie ein Frack beim Dorftanz.

Köpfe drehten sich und Kinnladen fielen herunter, als der bildschöne Rotschopf hinter dem Steuer mit herabgelassenem Verdeck in die Stadt preschte, die langen Haare flatternd wie ein feuriges Banner. Dabei plärrten Kenny Rogers beste Songs aus den Lautsprechern.

Der grüne Wagen mit den cremefarbenen Ledersitzen war der ideale Rahmen für die schöne Fahrerin mit ihrer elfenbeinfarbenen Haut und den leuchtend roten Haaren. Der grüne Lack war nur eine Nuance dunkler als ihre smaragdgrünen Augen.

Obwohl hinter einer Sonnenbrille von Christian Dior verborgen, gab es kaum jemand im Land, wenn nicht gar in der Welt, der nicht die genaue Farbe dieser Augen kannte. In den letzten sieben Jahren hatte das Gesicht von Maggie Malone, sinnlich lächelnd und mit einem lustigen Funkeln in den wunderschönen grünen Augen, immer wieder die Titelseiten aller großen Magazine Amerikas und Europas geziert.

Maggie bemerkte die verblüfften Mienen aus den Augenwinkeln mit Genugtuung. Genau auf diese Reaktion hatte sie gehofft, als sie dafür gesorgt hatte, dass die Viper bei ihrer Ankunft auf dem Flughafen Dallas-Fort Worth für sie bereitstand.

Vor sieben Jahren hatte sie Ruby Falls in Schimpf und Schande verlassen. Heute kehrte sie als erfolgreiche Frau zurück, und nichts unterstrich ihren Status mehr als so ein rasantes Gefährt.

Im Zentrum des Ortes wurde der Verkehr etwas dichter.

Maggie schaltete herunter, und die Viper reagierte mit einem tiefen Motorbrummen, als sie sich hinter Miss Agnes Purveys 1964er Chevy einreihte, der immer noch so aussah, als sei er gerade vom Band gerollt.

Die Ampel am Nordende des Stadtplatzes zeigte schon seit Minuten Grün. Wenn sie nicht hinter Miss Agnes und einem Lieferwagen von UPS feststecken würde, hätte sie bereits aufs Gaspedal getreten und eine Runde um den Platz gedreht, ehe die Ampel umschaltete.

„Lieber Himmel, Miss Agnes, beweg deinen knochigen kleinen Hintern, ja?"

Maggie murmelte das vor sich hin, obwohl sie wusste, dass sie nur ihren Atem vergeudete. Auf dem Highway erhöhte Miss Agnes ihr Tempo gelegentlich auf atemberaubende 30 Meilen. In der Stadt jedoch fuhr sie nie schneller als 21 und das auch nur, wenn jemand die Unverfrorenheit besaß, hinter ihr zu hupen oder zu drängeln, wie Maggie es jetzt tat.

Deshalb füllte Miss Agnes auch nie mehr als fünf Gallonen Benzin in den Tank. Die spröde alte Jungfer schwor, dass ein voller Tank den Wagen zu schnell mache.

Der Lieferwagen von UPS bog jetzt nach rechts ab. Miss Agnes, den Kopf gerahmt von einem Heiligenschein silbriger Dauerwelllocken, tuckerte, beide Hände am Lenkrad, hinter ihm her. Der Lieferwagen nahm die Abfahrt zur gegenüberliegenden Seite des Platzes. Ehe die alte Lady zu der Abzweigung kam, stand Maggie wieder vor der roten Ampel.

Voller Ungeduld trat sie auf die Bremse, dass die Reifen leicht quietschten. Kurz darauf schüttelte sie jedoch lächelnd den Kopf.

Genau genommen fühlte sie sich durch Miss Agnes und ihr Dahinschleichen gar nicht gestört. In den letzten sieben

Jahren hatte sie immer mal wieder von ihrer Rückkehr nach Ruby Falls geträumt und sich vorgestellt, alles noch so vorzufinden, wie es bei ihrer Abreise gewesen war. Es war tröstlich zu sehen, dass sich einige Dinge tatsächlich nicht verändert hatten.

Maggie wartete, sah sich um und trommelte mit den zimtfarben lackierten Fingernägeln auf das Lederlenkrad. Sie hätte sich keine Sorgen machen müssen. Wie es aussah, war in Ruby Falls noch alles beim Alten.

Auf der Herfahrt hatte sie am Dallas Highway neben Rudys Bar und Grill einen neuen Supermarkt entdeckt. Wo die alte verlassene Tankstelle gestanden hatte, an der Mimosa und Main, befand sich nun ein Jiffy Lube, aber abgesehen davon war alles wunderbar vertraut.

Der Platz war noch von denselben Geschäften in roten, mit weiß abgesetzten Backsteinhäusern geprägt. An den vier Ecken standen die First National Bank, Purdues Apotheke, Handyman Eisenwaren und die Elks Lodge. Nach Osten, zwei Blocks abseits der Main, erhob sich der weiße Turm der Baptistenkirche über Eichen und Pekannussbäume.

Seit fast hundertdreißig Jahren dominierte das alte Sandsteingebäude des Gerichtes die Mitte des Platzes. Die alten Eichen ringsum hatten schon lange vor Maggies Geburt ihre endgültige Höhe erreicht. Im Schatten ihrer knorrigen Äste spielten an diesem schönen Septembernachmittag wie seit Menschengedenken alte Männer Domino. Über die Jahre waren zwar einige alte Gesichter verschwunden und neue hinzugekommen, doch das spannende Spiel wurde mit der Regelmäßigkeit fortgesetzt, mit der die Jahreszeiten kamen und gingen.

Maggie erkannte einige der grauhaarigen Männer: Ned Paxton, Oliver Jessup, die Toliver-Zwillinge Roy und Ray. Lieber Himmel, da war sogar der alte Moses Beasley. Der alte Zausel musste auf die Hundert zugehen. Solange Maggie denken konnte, zählte der Veteran des ersten Weltkrieges zu den festen Größen auf dem Platz.

Eine Gruppe plaudernder Frauen trat nur wenige Schritte von ihrem Wagen entfernt aus der Elks Lodge auf den Bürgersteig.

Noch etwas, das sich nicht verändert hat, dachte Maggie. Und wenn die Welt unterging, an jedem ersten und dritten Donnerstag im Monat traf sich das Hilfskomitee der Frauen in der Lodge. Offenbar war das Treffen soeben beendet worden.

Die Gruppe wurde von Edna Mae Taylor, Dorothy Purdue und Pauline Babcock angeführt, den drei größten Klatschmäulern im Ort.

Sobald die drei Maggie entdeckten, blieben sie mit offenen Mündern stehen.

Sofort stießen die von hinten Kommenden mit ihnen zusammen.

„Was in aller Welt? Du lieber Gott, Dorothy, warum bleibst du stehen? Ach herrje. Ist das nicht ...?“

„Ja doch“, schnauzte Pauline.

„Das ist sie allerdings.“

„Was macht die denn hier? Sie ist nicht ein einziges Mal zu Besuch gekommen, seit sie vor sieben Jahren abgehauen ist.“

„Vermutlich will sie zu ihrem Daddy. Wo er doch so krank ist.“

„Wird ja auch langsam Zeit, möchte ich meinen.“

„Ich kann mir nicht vorstellen, dass es ihm gut tut, sie zu

sehen", schnaubte Pauline. „Wie ich hörte, hat er sie schon vor Jahren enterbt."

„Bestimmt nicht. Lily würde das niemals zulassen. Sie hängt stark an dem Mädchen, wisst ihr."

„Also, ich weiß nur, dass Lily zwei- oder dreimal im Jahr nach New York fährt und sie besucht. Allein", betonte Edna Mae mit wissendem Blick. „Und Inez hat Lucille erzählt, und die hat es aus zuverlässiger Quelle, dass Jacob seit ihrem Verschwinden damals nicht mal mit ihr telefoniert hat."

„Und wer könnte es ihm verübeln? Sie war eine ganz Wilde. Hat ihn fast verrückt gemacht mit ihren Eskapaden. Und nach allem, was sie dann probiert hat ... nun ja ..."

„Stimmt. Das war eine Schande. Trotzdem, Blut ist Blut. Und in Notzeiten will ein Mann seine Familie um sich haben."

„Eben. Aber unter den Umständen sollte man annehmen, sie besäße so viel Anstand, auf leisen Sohlen und ohne Aufsehen zurückzukommen. Aber nein, nicht Maggie", stellte Pauline tadelnd fest. „Sie muss sich in Szene setzen. Nun sieh sich einer diesen Wagen an. Und die laute Musik. Denkt an meine Worte ..."

Die Ampel sprang auf Grün. Mit einem Lächeln zu den Frauen griff Maggie nach dem Lautstärkeregler und drehte die Stereoanlage voll auf. Sofort dröhnte in Kennys rauchiger Whiskeystimme der Song „Love Or Something Like It" aus den Lautsprechern, und der Bass hämmerte wie ein gigantischer Herzschlag.

Die Dominospieler ließen sich gewöhnlich durch nichts beirren, doch das Motorgeräusch der Viper und die laute Musik erregten ihre Aufmerksamkeit. Sie hoben die Köpfe und blickten in Maggies Richtung, als der schnittige Wagen den Platz an drei Seiten umrundete.

Maggie winkte ihnen flirtend zu, zwinkerte und warf ihnen mit gespitzten roten Lippen einen Kuss zu.

Da ihnen vor Verblüffung die Kinnladen herunterfielen, lachte sie, bog nach rechts, schaltete in den zweiten Gang herunter und gab auf der Main an der Südseite des Platzes wieder Gas.

Nein, nichts hatte sich geändert in Ruby Falls.

Noch ehe sie einen Block weit gefahren war, wurde ihre Miene ernst, und sie verzog leicht entsetzt über das eigene Verhalten das Gesicht. Großer Gott, wie einfach es doch war, in alte Verhaltensmuster zurückzufallen. Kaum fünf Minuten in der Stadt, und sie hatte den Klatschmäulern bewusst neuen Stoff geliefert. Seit ihrem Weggang aus Ruby Falls hatte sie nicht mehr auf Provokation als Mittel der Verteidigung zurückgegriffen.

Allerdings war die Notwendigkeit der Verteidigung auch entfallen.

Die paar Minuten am Stadtplatz waren eine Zerstreuung gewesen. Doch als sie sich jetzt dem elterlichen Haus näherte, nahm ihre Nervosität mit jeder gefahrenen Meile zu.

Seit jenem schrecklichen Anruf vor vier Tagen war sie innerlich zum Zerreißen angespannt.

Der Anruf hatte sie mitten in der Nacht erreicht, während sie zu Fotoaufnahmen auf einer griechischen Insel gewesen war. Nach den ersten Worten ihrer Mutter hatte sie kerzengerade, mit heftigem Herzklopfen im Bett gesessen.

„Maggie, du musst nach Haus kommen."

„Mom? Bist du das?" Sie hatte nur ein Schluchzen gehört

und den Hörer umklammert. „Beruhige dich, und sag mir, was los ist."

„Bitte, Maggie, du musst heimkommen! Ich bitte dich!"

„Ach Mom, du weißt, das würde ich gern. Aber das geht doch nicht. Es hat sich nichts geändert."

„Doch, hat es", hatte ihre Mutter weinend widersprochen. „Dein Vater stirbt. Oh Gott, Maggie, mein Jacob stirbt!" Diese Mitteilung war wie ein Faustschlag in die Magengrube gewesen.

Maggie biss sich auf die Unterlippe und umfasste das Lenkrad fester.

„W...was?" hatte sie gestammelt und war gegen die Kissen gesunken. „Aber ... aber vor ein paar Tagen hast du mir gesagt, er hält sich wacker, der Tumor in seiner Lunge würde kleiner. Wenn ich gewusst hätte, dass er so krank ist, wäre ich nicht um die halbe Welt geflogen."

„Ich weiß, ich weiß, Kind. Ich wusste doch, dass du diesen wichtigen Auftrag hattest, und ich wollte dir keine Sorgen machen. Und eine Weile schien die Behandlung ja auch anzuschlagen", fügte sie rasch hinzu, ehe Maggie sie tadeln konnte. „Dann verschlechterte sich sein Zustand wieder."

„Ach, Mom, warum hast du mir das nicht gesagt?"

„Ich hätte es tun sollen, ich weiß. Aber seinerzeit war Dr. Lockhart überzeugt, dass eine weitere Chemotherapie den Tumor verkleinern würde. Deshalb sah ich keinen Grund, dich unnötig zu beunruhigen. Leider hat es nicht funktioniert, Maggie", fügte Lily mit zittriger Stimme hinzu. „Diese schreckliche, bösartige Krankheit gewinnt. Sie nimmt mir meinen Jacob."

Die letzten Worte kamen schluchzend heraus, und Maggie musste ihre Tränen niederkämpfen, während sie ihrer

Mutter lauschte. Es dauerte einige Sekunden, ehe Lily sich wieder so weit in der Gewalt hatte, dass sie weitersprechen konnte.

„Die Ärzte haben ihn heimgeschickt. Im Krankenhaus können sie nichts mehr für ihn tun. Wir können es ihm nur noch so angenehm wie möglich machen. Sie geben ihm noch drei oder vier Monate, bestenfalls fünf."

„Oh Mom", flüsterte Maggie mit tränenerstickter Stimme und schloss die Augen. Der Boden schien sich unter ihr aufzutun. Ihr Vater starb? Nein, das durfte nicht sein. Das war zu früh. Er brauchte mehr Zeit!

„Du siehst also, du musst heimkommen."

„Aber ... Daddy will mich doch nicht zu Hause haben."

„Doch! Du irrst dich. Glaube mir, wenn man merkt, dass einem nicht mehr viel Zeit bleibt, sieht man vieles anders. Vertrau mir, Liebes, dein Vater möchte, dass du heimkommst."

„Hat er ... hat Daddy ausdrücklich gesagt, dass er mich sehen will?" Sie hielt den Hörer fester und wollte der Hoffnung nicht nachgeben, die in ihr zu keimen begann.

„Nun ja ... nicht in diesen Worten ..."

„Oh Mom ..."

„Aber er hat es angedeutet", beharrte Lily.

„Mom, bitte ...!"

„Maggie, ich bin seit fast neunundzwanzig Jahren mit deinem Vater verheiratet. Ich lese in ihm wie in einem Buch. Er möchte dich bitten heimzukehren, aber du kennst seinen starrsinnigen Stolz. Er hat einmal Position bezogen und glaubt, nicht mehr davon abrücken zu können. Doch er muss über seinen Schatten springen, Liebes." Sie wartete einen Herzschlag lang und fügte hinzu: „Und du auch."

Das ist nicht fair, dachte Maggie, legte den Kopf zurück und starrte, von Zweifeln geplagt, gegen die Decke. Das war alles so unfair.

Lily senkte die bebende Stimme und fügte eindringlich hinzu: „Es ist deine letzte Chance, Frieden mit deinem Vater zu schließen, Maggie. Wenn du es nicht tust, wirst du es immer bereuen."

Seufzend schloss Maggie die Augen und massierte mit den Fingerspitzen der freien Hand ihre Stirn. „Du machst es mir schwer, Nein zu sagen."

„Dann sag Ja. Komm heim, Maggie. Ich flehe dich an. Bitte, bitte komm nach Haus, ehe es zu spät ist!"

Lilys weinerliches Flehen und nicht zuletzt ihr eigenes hilfloses Sehnen hatten den Ausschlag gegeben.

Sie war nur eines von fünf Topmodels am Aufnahmeort gewesen. Ihr Fotograf Jean Paul Delon, zwar berüchtigt für seine Temperamentsausbrüche, war ein herausragender Künstler, der seine Fotosessions allerdings wie ein Diktator leitete. Glücklicherweise war er auch ein Softie, wenn es um die Familie ging. Mit Zustimmung der anderen Models, die sehr mitfühlend und verständnisvoll gewesen waren, hatte er am nächsten Tag nur mit ihr gearbeitet, um ihren Part bei den Aufnahmen fertig zu stellen.

Vom Morgengrauen bis in die Abenddämmerung vor der Kamera zu stehen, war sehr anstrengend gewesen. Danach war Maggie jedoch sofort aufgebrochen und hatte fast drei Tage für die Heimreise gebraucht.

Während des Fluges hatte sie mit ihrer Agentur gesprochen, die Situation erklärt und darum gebeten, ihre Aufträge für die nächsten vier Monate zu streichen oder zumindest drastisch zu reduzieren.

Das war nicht leicht gewesen. Es hatte Val Brownley, der Inhaberin der Valentina Modeling Agentur, einiges an diplomatischem Geschick abverlangt, die murrenden Kunden zu besänftigen.

Jene Fototermine, Fernseh- und Werbeauftritte, die verschoben werden konnten, ohne eine Krise oder Rechtsstreitigkeiten heraufzubeschwören, wurden neu terminiert oder, falls man Ersatz akzeptierte, mit anderen Models besetzt.

Unausweichlich gab es jedoch einige Verträge, die Maggie einhalten musste. Ihr Exklusivvertrag für Eve Cosmetics war einer davon, der Fototermin für das Stephano Parfum ein anderer. Hinzu kamen ein paar andere vertraglich bindende Termine.

Das bedeutete für sie, alle paar Wochen hin und her zu fliegen, um ihre Verträge zu erfüllen. Doch verglichen mit ihrem normalerweise engen, hektischen Terminplan, war das eine Kleinigkeit.

Val war nicht glücklich gewesen über ihren Rückzug. Sie hatte jedes Argument und jede Drohung ausprobiert, um Maggie umzustimmen. Als sie schließlich klipp und klar gesagt hatte, dass sie gezwungen sei zu kündigen, sollte die Agentur sich weigern, ihre Arbeitseinsätze zu verringern, hatte sie schließlich eingelenkt.

Was bleibt mir für eine Wahl, dachte Maggie. Vater liegt im Sterben und will mich sehen.

Im Süden der Stadt wurden die Grundstücke größer. Die Häuser hier waren älter, geräumiger und eleganter. Weit zurückgesetzt von der Straße, herrschten unter riesigen schattigen Bäumen architektonisch der viktorianische und der Kolonialstil vor. Es waren Villen mit breiten Veranden, flankiert von großen Azaleenbüschen. Hier hatte stets die alte Garde geherrscht, die Gründungsfamilien. Ihnen gehörten die Geschäfte, sie regierten die Stadt und gingen als das durch, was man in Ruby Falls für die besseren Kreise hielt.

Maggie kam an der beeindruckenden weißen Kolonialstil-Villa vorbei, in der ihre Schwester mit Ehemann und Schwiegervater lebte. Die Kiefer zusammengepresst, fuhr sie weiter und würdigte das Haus keines Blickes. Der bloße Gedanke, dass ihre liebenswerte Schwester mit Martin Howe verheiratet war, verursachte ihr Übelkeit.

Eine Meile hinter der Stadtgrenze bog sie vom Highway auf eine schwarze asphaltierte Farmstraße ab, und ihr Magen zog sich schmerzhaft zusammen. Sie war nicht mehr in der Stimmung, Musik zu hören, und schaltete den CD-Player aus. Ab jetzt waren der Wind, das Brummen des Motors und das Singen der Reifen ihre Begleitung.

Nach einer Meile bog sie auf eine noch schmalere Nebenstraße ab. Die Viper brummte, als sie wieder mit dem Tempo herunterging. Kies spritzte unter den Reifen auf und sprang gegen das Chassis. Doch Maggies Herz schlug so schnell, dass sie vor allem den eigenen Pulsschlag in den Ohren hörte.

Zur Linken zog die Obstplantage der Malones vorbei. Fünfzehnhundert Acres ertragreicher Pfirsich-, Pflaumen- und Birnbäume in exakten Reihen gepflanzt, so weit das Auge reichte. Nebenbei bemerkte sie amüsiert, dass die andere Straßenseite immer noch von siebenhundert Acres jungfräulichen Waldlandes gesäumt war.

Dieser Wald befand sich seit über hundert Jahren im Besitz der Familie Toliver. Seit mindestens fünfzig Jahren hatten ihr Großvater und dann ihr Vater versucht, dieses Land zu kaufen, um ihre Plantage zu vergrößern. Doch die Tolivers wollten darüber nicht einmal reden.

Vor über achtzig Jahren hatte ihre Urgroßmutter und Namensgeberin Katherine Margaret Malone den Heiratsantrag von Wendell Toliver abgelehnt. Über diese vermeintliche Beleidigung waren die Tolivers bis heute verschnupft. In dieser Gegend vergaß man einen Groll nicht so schnell.

Nach der nächsten Kurve kam das Haus ihrer Familie in Sicht. Maggie sah es mit Freude, aber auch voll nervöser Anspannung.

Das große Haus lag weit zurückversetzt von der Straße auf einem zwei Acres großen Grundstück mit riesigen Eichen und Pinien und war an drei Seiten von Obstgärten umgeben.

Mit Herzklopfen bog Maggie in die Zufahrt und hielt Augenblickc später auf dem Rondell vor dem Eingang.

Minutenlang saß sie reglos da, das Lenkrad in Händen, und betrachtete das zweistöckige Backsteingebäude. Ihre Nerven waren zum Zerreißen gespannt. Kalte Schauer liefen ihr über die Haut, dass sich die kleinen Härchen aufrichteten.

Widersprüchliche Emotionen überwältigten sie: Trauer und Freude, Bedauern und gespannte Erwartung, Kummer und Aufregung.

Die Fensterläden und Holzeinfassungen strahlten in frischem Weiß, ebenso die Schaukel und die Schaukelstühle auf der breiten Veranda. Die sie flankierenden Azaleen- und Kamelienbüsche waren vielleicht ein wenig größer geworden, ebenso der Myrtenstrauch an der Ecke, aber sonst war das Haus immer noch völlig unverändert.

Was sie nicht überraschte. Seit ihre Urgroßmutter das Haus 1927 erbauen ließ, war es immer nur geringfügig verändert worden. Die Sonnenveranda an der Rückseite hatte man vergrößert und in einen Wohnraum umfunktioniert. Küche und Bäder waren zweimal modernisiert worden, und man hatte eine zentrale Klimaanlage eingebaut.

Heute jedoch standen Fenster und Türen weit offen, um die ungewöhnlich angenehme Herbstluft einzulassen. Maggie sah auf die Fliegendrahttür und erwartete, dass ihre Mutter oder Ida Lou Nettles, ihre Haushälterin, herauskamen. Doch niemand erschien. Auch war es im Haus offenbar vollkommen still.

Dann fiel ihr ein, dass Ida Lou donnerstags und sonntags freihatte und immer erst nach zehn Uhr abends zurückkehrte. Soweit Maggie sich erinnerte, erledigte Ida Lou ihre persönlichen Angelegenheiten donnerstagvormittags, traf sich dann zu einer Partie Bridge mit ihren Freundinnen und aß zu Abend mit ihrer besten Freundin Clara Edwards. Danach beendeten sie den Tag entweder mit einem Film oder mit einer Partie Bingo in der Grange Hall.

Ein süßlicher Geruch lag in der Luft. Maggie sog ihn tief ein und lächelte. Ah, Pfirsiche.

Automatisch wanderte ihr Blick am Haus vorbei zur Konservenfabrik am anderen Ende des Geländes, die jedoch von hohen Bäumen verdeckt wurde. Obwohl die „Malone Konservenfabrik“ ein umfangreiches Sortiment an Frucht- und Gemüsekonserven zu bieten hatte, war es vor allem der Duft kochender Pfirsiche, den sie mit daheim verband.

Daheim. Den Blick auf das Haus gerichtet, atmete sie tief durch und stieg aus dem Wagen.

Nachdem sie die Reiseknitter aus ihrem langen Rock gestrichen hatte, ging sie das kurze Stück zum Haus und lief die Eingangsstufen hinauf.

Kein Betrachter hätte ihre Nervosität geahnt. Sie schritt hoch erhobenen Hauptes, mit straffen Schultern und sinnlich schwingenden Hüften. Wenn sie etwas gelernt hatte seit ihrem Weggang von Ruby Falls, dann war das ein sicheres Auftreten.

An der Tür blieb sie stehen, unschlüssig, ob sie klingeln oder einfach hineingehen sollte.

Die Hände seitlich neben die Augen haltend, um die Lichtblendung auszuschließen, blickte sie durch das Gitterwerk in den Hauptflur. Niemand da.

Sie zögerte und überlegte, ob sie rufen oder klopfen sollte. Immerhin könnte ihr Vater schlafen.

Ach zum Teufel, dies war schließlich ihr Zuhause, oder? Sie schob die Fliegendrahttür auf und trat ein.

Kaum eingetreten, hörte sie ein leises Geräusch aus dem Arbeitszimmer ihres Vaters rechts neben der Eingangstür.

Maggie zog eine Braue hoch. Offenbar war er nicht so krank, wie ihre Mutter behauptet hatte, wenn er sich gut genug fühlte zu arbeiten.

Sie war übernervös. Seit sieben Jahren sehnte sie sich nach diesem Wiedersehen. Und nun, da es ihr bevorstand, war ihr geradezu übel vor Aufregung.

Eine Hand auf den flatternden Magen gepresst, holte sie tief Luft, trat durch die offene Tür ein ... und blieb wie angewurzelt stehen.

„Wer sind Sie? Und was zum Teufel machen Sie da?“ fragte sie ihn sehr scharf.

Der Fremde, der etwas im Schreibtisch ihres Vaters suchte, blickte auf. Das markante Gesicht blieb unbewegt, doch seine silbergrauen Augen sahen sie durchdringend an.

Zu spät dachte sie an die zahllosen Berichte in den New Yorker Abendnachrichten über Leute, die das Pech hatten, einen Einbrecher zu überraschen. Visionen von Mord und Totschlag zuckten ihr durch den Kopf und machten ihr Angst.

Einen Moment dachte sie an Weglaufen, doch dafür war es zu spät. Er würde sie fangen, ehe sie die Haustür erreichte. Außerdem zitterten ihr die Knie so sehr, dass sie nicht sicher war, ob ihre Beine sie trugen.

Da ihr keine Wahl blieb, reckte sie trotzig das Kinn vor und gab sich mutig.

Der Mann war sehr groß und kräftig. Die aufgerollten Ärmel seines karierten Arbeitshemdes zeigten muskulöse Unterarme mit dunkler Behaarung, breite Gelenke und kräftige Hände. Er war von jenem breitschultrigen, beeindruckenden Körperbau, den man nicht vom wöchentlichen Yuppietraining im Sportstudio bekam.

Sie wäre ihm eindeutig nicht gewachsen.

Trotzdem, sie war kein Hasenfuß. Immerhin war sie auch einsachtzig und in bester körperlicher Verfassung. Sie betrachtete ihn aus leicht verengten Augen. Ich kann vielleicht nicht gewinnen, Halunke, aber fass mich an, und du wirst merken, dass du eine Auseinandersetzung hattest.

Sie wappnete sich. Doch anstatt auf sie loszugehen, richtete er sich ganz auf, verschränkte die Arme vor der Brust und maß sie mit einem kühlen Blick vom Scheitel bis zur Sohle. „Sieh an, sieh an, wenn das nicht die verlorene Tochter ist, die endlich heimkehrt.“

Die Bemerkung, so scharf sie auch war, beruhigte sie ungemein.

Angst und Anspannung fielen augenblicklich von ihr ab. Ein Einbrecher hätte sie vielleicht erkannt, aber er hätte sicher keine Kenntnisse über ihr Privatleben gehabt.

„Sie sind also von hier, wie?“ Diese Feststellung dämpfte zwar ihre Angst, schürte jedoch eine andere Art von Verunsicherung. Wenn er sie kannte, dann nur durch die Erzählungen Dritter, und was da geredet worden war, konnte sie sich lebhaft vorstellen.

Als Teenager hatte sie gelernt, ihre Unsicherheit und den Schmerz über Zurückweisung hinter beißendem Spott und kessen Sprüchen zu verbergen. In den letzten sieben Jahren hatte sie Selbstwertgefühl und Haltung entwickelt, trotzdem kam die alte Strategie im Umgang mit Männern immer noch zum Zuge. Und sie funktionierte, besonders wenn sie noch ein wenig forsches Flirten hinzufügte. Die Harmlosen verwandelten sich in stammelnde Wichte und ergriffen die Flucht. Die Machotypen wussten nie genau, wie sie mit einer schlagfertigen, selbstbewussten Frau mit Stil umgehen sollten. So oder so gewann sie die Oberhand.

Mit einem sinnlichen Lächeln, eine Hand auf die vorgeschobene Hüfte gestemmt, betrachtete sie ihn langsam von oben bis unten. „Kennen wir uns, Hübscher?“

„Das bezweifle ich.“ Er reagierte nicht wie erwartet, sondern betrachtete sie ebenso langsam und ungeniert, wie Maggie verwundert feststellen musste.

Die hellen Augen unterzogen sie einer leidenschaftslosen Musterung, vom berühmten Gesicht zum windzerzausten Haar und weiter über den kupferroten Pullover zum farblich abgestimmten, knöchellangen Rock. Er bemerkte die eleganten Sandaletten, die zimtfarben lackierten Fußnägel, ehe sein Blick zurückwanderte zu ihren Schenkeln.

Da sie im Gegenlicht der Eingangstür stand, konnte er zweifellos durch ihren dünnen Rock sehen, doch sie bewegte sich nicht. Sollte er ihre Beine ruhig betrachten. Es brauchte mehr als einen robusten Arbeiter, um sie in Verlegenheit zu bringen. Außerdem hatte sie fantastische Beine, die sie in Dutzenden Werbefotos für Bademoden zur Schau gestellt hatte – und nicht nur dort.

Nachdem die Musterung beendet war, sah er ihr wieder in die Augen. Die leichte Verächtlichkeit in seiner Mimik war nicht die Reaktion, an die sie gewöhnt war, und verunsicherte sie.

„Aber ich kenne Sie", sagte er emotionslos.

Maggie begann sich zu ärgern, verbarg es jedoch und heuchelte Belustigung. „Das bezweifle ich. Man kann nicht alles glauben, was man in den Klatschspalten liest, wissen Sie. Und auch nicht das, was Sie in meinen Fotos zu entdecken glauben."

„Die kenne ich ohnehin nicht. Ich lese weder Klatschspalten, noch sehe ich mir Magazine an. Aber man kann nicht in Ruby Falls aufwachsen, ohne die Malones zu kennen. Und Sie müssen zugeben, dass Sie als Teenager hier einen bleibenden Eindruck hinterlassen haben."

„Verstehe, meine wilde Jugend holt mich sozusagen ein", erwiderte sie gedehnt, kam weiter in den Raum und setzte sich mit einem Schenkel schräg auf die Schreibtischkante. „Sie haben mir immer noch nicht verraten, wer Sie sind und warum Sie die Papiere meines Vaters durchwühlen."

„Ich habe eine Kontenakte gesucht, die Jacob gestern Abend durchgesehen hat. Und mein Name ist Garrett, Dan

Garrett. Ich bin der Betriebsleiter der Konservenfabrik und der Obstplantagen."

„Das glaube ich kaum, mein Bester. Harry Putnam ist seit über zwanzig Jahren der Betriebsleiter."

„Harry ging vor zwei Jahren in den Ruhestand."

„Ja, richtig, das hatte ich wohl vergessen." Von wegen vergessen. Sie hörte zum ersten Mal davon. Was Geschäftsangelegenheiten betraf, lebte ihre Mutter auf einem anderen Stern.

„Dad hat also Sie zum neuen Betriebsleiter gemacht, was? Eigenartig, ich dachte, er hätte die Position an einen Erfahreneren vergeben. Wie lange arbeiten Sie schon für Malone Enterprises?"

„Seit zwanzig Jahren."

„Was? Unmöglich. Ich bin erst seit sieben Jahren fort, und ich kann mich nicht erinnern, Sie jemals hier gesehen zu haben."

Er sah sie nur ruhig an, beugte sich dann vor und suchte weiter die Schreibtischschubladen durch. „Das ist kaum überraschend. In der Schule war ich sieben oder acht Jahrgänge über Ihnen. Mit vierzehn habe ich in den Ferien hier gejobbt und an den Wochenenden beim Pflücken ausgeholfen. Nach dem Schulabschluss stellte man mich als Leiter des Teams ein. Und zu der Zeit, als Sie gingen, hatte ich mich zum Vormann in der Konservenfabrik hochgearbeitet. Wie ich mich erinnere, haben Sie damals nicht viel Zeit bei den Pflückern oder in der Konservenfabrik verbracht. Und unsere Familien verkehren zweifellos nicht in denselben gesellschaftlichen Kreisen."

Maggie runzelte die Stirn. Dass er ihr Snobismus unterstellte, ging ihr gegen den Strich. Als Jugendliche hatte sie sehr wohl einen großen Teil ihrer Freizeit in der Konservenfabrik verbracht, allerdings in der Verwaltung, um das Geschäft zu erlernen. Ihr Vater hätte ihr das Fell über die Ohren gezogen, wenn sie während der Ernte in die Produktionshallen oder die Plantagen gegangen wäre. Sie betrachtete ihn neugierig mit leicht zur Seite geneigtem Kopf. „Sie mögen mich nicht besonders, was?“

„Nein“, bestätigte er ohne Zögern, was ihr ein Lachen entlockte. Er machte sich nicht die Mühe aufzublicken.

„Na los, halten Sie sich nicht zurück. Spucken Sie’s aus. Was ist los? Mögen Sie keine Rothaarigen, oder liegt es an mir?“ Als er nicht antwortete, fuhr sie fort: „Sie können mir doch unmöglich meine rebellischen Teenagerjahre vorhalten. Ich war ein bisschen wild, ich weiß. Aber ich war noch ein Kind, um Himmels willen!“

„Wie ich hörte, haben Sie sich nicht sehr verändert. Ihre Teenagerstreiche oder Ihr lockerer Lebensstil heute interessieren mich einen feuchten Kehricht.“ Er richtete sich mit der gesuchten Akte in den Händen auf und sah sie durchdringend an. Geistesabwesend strich er sich eine dunkle Haarsträhne zurück, die ihm in die Stirn gefallen war. „Ich halte Sie für eine verwöhnte, selbstsüchtige Göre, die nur den eigenen Vorteil kennt.“

Maggie war sprachlos. Ehe sie etwas erwidern konnte, fuhr er fort: „Die Krebserkrankung Ihres Vaters wurde vor über zwei Jahren festgestellt. Zwei Jahre! Seither ist er durch mindestens zehn Höllen marschiert. Chemotherapie, Bestrahlung, unzählige Tests, und er wurde mit jedem Tag schwächer. Und nicht einmal in all der Zeit sind Sie zu Besuch gekommen oder haben sich auch nur die Mühe gemacht, ihn wenigstens anzurufen.“

Maggie erwiderte steif: „Ich rede jeden Tag mit Mom über ihn.“ Der süßlich flirtende Ton hatte einer verärgerten Schärfe Platz gemacht.

„Das ist nicht dasselbe. Er muss Sie sehen, er braucht Sie zum Reden.“

Maggie glitt vom Schreibtisch und richtete sich zu voller Größe auf. „Sie wissen nichts über mich oder meinen Vater oder meine Gefühle für ihn. Genauso wenig wie Sie wissen, was mein Vater möchte oder braucht. Außerdem geht Sie das Ganze nichts an.“

„Ihre Gefühle?“ schnaubte er verächtlich. „Wovon reden Sie überhaupt? Seit Sie hier hereinmarschiert sind, haben Sie sich noch nicht ein einziges Mal erkundigt, wo er ist.“

Maggie stutzte verblüfft und erneut verunsichert. „Ich nahm an, er und meine Mutter würden einen Mittagsschlaf halten.“

„Jacob ist im Krankenhaus in Tyler. Lily und ich mussten ihn um zwei Uhr früh in die Notaufnahme bringen.“

2. KAPITEL

„Im Krankenhaus? Um Himmel willen! Warum haben Sie mir das nicht gleich gesagt? Welches Krankenhaus?“

„Mercy.“

Maggie drehte sich um, lief aus dem Büro und zur Haustür hinaus. Die Eingangsstufen überwand sie mit einem Sprung und erreichte ihr Auto, ehe die Fliegendrahttür hinter ihr zufiel.

In Sekunden saß sie hinter dem Steuer, und der Motor der Viper erwachte aufheulend zum Leben. „Oh bitte, lieber Gott, lass mich nicht zu spät kommen! Bitte, bitte!“

Aus den Augenwinkeln sah sie Dan Garrett jenseits der Fliegendrahttür stehen und ihr nachsehen. Doch sie hatte Wichtigeres im Kopf. Mit durchdrehenden Reifen preschte sie vom Rondell vor dem Haus auf die lange Zufahrt zur Straße.

Die zweiundvierzig Meilen von Ruby Falls zur Stadtgrenze von Tyler City schaffte man in der Regel in fünfundvierzig bis fünfzig Minuten. Dann folgten noch fünfzehn Minuten Stadtverkehr bis zum Krankenhaus. Maggie schaffte alles in fünfunddreißig.

Der erste Mensch, den sie sah, als sie aus dem Fahrstuhl in die zweite Etage des Mercy Hospital eilte, war ihre Mutter.

Lily Malone stand an der Schwesternstation und sprach mit den Frauen hinter dem Tresen.

„Mom!“

Lily drehte sich um, und ihr Gesicht hellte sich auf. „Maggie!“ Mit ausgestreckten Armen kam sie ihr entgegen. „Maggie! Oh Maggie, Liebes, ich bin so froh, dass du da bist.“

Einen guten Kopf größer als ihre Mutter, musste Maggie sich hinabbeugen, um ihre Umarmung zu erwidern. Angst drückte ihr das Herz ab. Daher tat es ihren angespannten Nerven gut, sich einen Moment des Trostes in der mütterlichen Umarmung zu gönnen. Sie hielt Lily fest, presste die Augen zusammen, sog den vertrauten Veilchenduft ihrer Haut ein und genoss die bedingungslose Liebe, die Lily ihr entgegenbrachte.

„Wie geht es ihm?" Maggie schob ihre Mutter an den Schultern leicht zurück und betrachtete ihr Gesicht.

Mit zweiundfünfzig war Lily immer noch eine schöne Frau. Blond und von zarter Statur, wirkte sie so zerbrechlich, dass man sie automatisch beschützen wollte, allen voran ihr Ehemann.

Jacob Malone verehrte seine Frau und behandelte sie wie einen zerbrechlichen Engel. Als Maggie Angst und Anspannung im Gesicht ihrer Mutter las, ahnte sie, wie sehr es ihren Vater belasten musste zu erkennen, wie Lily unter der Situation litt. Vielleicht belastete ihn das mehr als die Erkrankung selbst.

Müdigkeit zeichnete dunkle Schatten unter Lilys blaue Augen und vertiefte die Linien von der Nase zu den Mundwinkeln. Ihr blondes Haar hatte einige graue Strähnen mehr als noch vor sechs Monaten in New York. Doch vor allem ihr kummervoller Blick bedrückte Maggie.

„Es geht ihm einigermaßen gut, Liebes", versicherte Lily ihrer Erstgeborenen sanft. „Er ist schwach, aber er ruht sich jetzt aus. Gott sei Dank."

„Was ist passiert? Als wir gestern telefoniert haben, sagtest du, er würde sich zu Hause ausruhen."

„Das war auch so. Dann bekam er gestern Nacht plötzlich Schwierigkeiten mit der Atmung. Seine Lungen waren mit Flüssigkeit gefüllt, deshalb haben wir ihn hergebracht. Sie haben die Flüssigkeit abgeleitet, und jetzt geht es ihm besser."

„Mit wir meinst du vermutlich diesen Dan Garrett, den ich zu Hause getroffen habe."

„Oh, du hast Dan kennen gelernt? Gut, gut. Er ist ein wunderbarer junger Mann. Und er ist deinem Daddy eine große Hilfe. Und mir auch."

„Mm", machte Maggie emotionslos. Sie hatte vor, ihre Mutter ausführlich nach Dan Garrett zu befragen. Vor allem wollte sie wissen, wieso er eine so hohe Position im Familienunternehmen bekleiden konnte, doch das musste bis später warten. „Worauf war diese Flüssigkeitsansammlung in der Lunge zurückzuführen, und was tut der Arzt dagegen?"

Sie ignorierte die verblüfften Blicke der Schwestern hinter dem Tresen, hakte sich bei ihrer Mutter unter und ging mit ihr den Flur entlang zum Zimmer ihres Vaters, ehe eine der Frauen den Mut aufbringen konnte, sie um ein Autogramm zu bitten.

Obwohl sie nicht recht verstand, welche Faszination ein Autogramm hatte, war sie normalerweise bemüht, nett zu ihren Fans zu sein. Im Augenblick jedoch war sie nicht in der Stimmung, ihre Verehrung zu ertragen. Später, wenn sich die Lage geklärt hatte, würde sie einen kurzen Plausch mit den Schwestern halten.

„Das gehört zu dieser Krankheit", erklärte Lily, ohne zu bemerken, welche Unruhe die Ankunft ihrer Tochter ausgelöst hatte. „Der Tumor behindert die normale Lungenfunktion, und dann bildet sich allmählich Flüssigkeit im Gewebe. Die musste schon zum zweiten Mal abgeleitet werden. Die

Ärzte haben die Medikation entsprechend angepasst und möchten ihn einige Stunden beobachten. Immer vorausgesetzt, es gibt keine Komplikationen, können wir ihn morgen mit nach Haus nehmen."

„Ist es in Ordnung, wenn ich mit hineingehe und ihn besuche?"

„Natürlich ist es das. Er darf Besuch empfangen. Gerade sind deine Schwestern bei ihm."

„Wunderbar. Ich kann es gar nicht erwarten, Laurel und Jo Beth wiederzusehen."

„Na, dann komm. Jacob schlief, als ich gegangen bin, um einen Kaffee zu trinken. Aber er wird gleich aufwachen."

Maggie schritt forsch mit ihrer Mutter den Flur entlang. Ihre Schwestern hatten ihr in den letzten sieben Jahren schrecklich gefehlt. Lily besuchte sie regelmäßig in New York, aber Laurel und Jo Beth taten das nie. Wenn sie mit ihnen telefonierte, waren die Gespräche stets kurz, und sie hatten immer eine Ausrede parat, warum sie Lily nicht nach New York begleiten konnten. Sie hatte ihre Mutter nie danach gefragt, aber sie vermutete stark, dass ihr Vater den Schwestern jeden Kontakt mit ihr untersagt hatte.

Lily öffnete die Tür einen Spalt und spähte in Jacobs Zimmer. „Er schläft noch", flüsterte sie Maggie über die Schulter hinweg zu. „Wir müssen leise sein." Dann steckte sie den Kopf zur Tür herein und flüsterte: „Schaut, wer hier ist!" Sie drückte die Tür ganz auf und zog Maggie mit ins Zimmer.

„Maggie!" Ein Ausdruck reinster Freude glitt über Laurels Gesicht. Sie machte eifrig einen Schritt vor, doch die gebellte Warnung ihres Mannes ließ sie verharren.

„Laurel!“

Laurel blickte zu Martin, und sofort wurde sie ernst, und das Licht der Freude erstarb in ihren Augen. Sichtlich ihre Gefühle beherrschend, faltete sie die Hände und sagte emotionslos: „Hallo, Maggie!“

Maggie mochte sich mit so einer kühlen Begrüßung nicht begnügen. Sie eilte auf Laurel zu und schlang die Arme um die Schwester. Laurel erwiderte die Umarmung eher widerwillig, was Maggie ignorierte. „Es ist so schön, dich wiederzusehen“, sagte sie und drückte ihre jüngere Schwester herzlich. „Du hast mir so gefehlt.“ Sie schob Laurel an den Schultern zurück und lächelte sie warmherzig an. „Wie geht es dir, Schwesterherz?“

„Gut. Einfach gut.“

So sah sie keineswegs aus. Sie wirkte blass und lustlos, und sie hatte dunkle Ringe unter den Augen. Laurel war immer eine zierliche Schönheit gewesen, doch jetzt war sie nicht bloß schlank, sondern mager. Arme und Beine waren knochig, und ihre klassisch schönen Gesichtszüge hatten eine gewisse Schärfe. Sie trug das naturblonde Haar, das immer ihr ganzer Stolz gewesen war, im Nacken zusammengebunden, von wo es matt hinabhing.

Maggie sah es entsetzt. Laurel war erst sechsundzwanzig, nur ein Jahr jünger als sie, doch ihr jugendliches Strahlen war dahin. Sie wirkte verbraucht und müde, und sie war so mager, dass jeder Windhauch sie umwehen konnte.

Litt sie unter Magersucht, oder hatte die Sorge um den Vater sie so mitgenommen?

Was Maggie am meisten bedrückte, war jedoch die Tatsache, dass Laurel es vermied, ihr in die Augen zu sehen.

„Was will die hier?“ verlangte Martin zu wissen.

Maggie erstarrte. Bis zu diesem Moment hatte sie ihren Schwager keines Blickes gewürdigt. Seine offenkundige Empörung ließ ihren Zorn jedoch auflodern. Ehe sie sich umdrehen und ihm eine passende Erwiderung geben konnte, meldete sich allerdings ihre Mutter zu Wort.

„Maggie ist hier, weil ihr Vater schwer krank ist. Und weil ich sie gebeten habe zu kommen. Sie ist auch unsere Tochter, Martin. Sie hat ebenso viel Recht, hier zu sein wie ihre Schwestern."

„Da stimme ich nicht zu."

„Das mag sein. Aber diese Entscheidung liegt nicht bei dir, oder?" Lily lächelte schwach, um ihren Worten die Spitze zu nehmen. Doch ihr Tonfall war hart und die Botschaft deutlich.

Dieser Wortwechsel verblüffte Maggie. Sie wusste, dass ihre Mutter Martin nicht sonderlich mochte. Doch als gute, wohlerzogene Südstaatenlady, die sie nun mal war, behandelte sie ihn stets höflich. Nicht nur wegen Laurel, sondern auch, weil Jacob Martin entschlossen unterstützte. Die sanftmütige Lily beugte sich in der Regel Jacobs Wünschen. Sie überließ ihm alle wichtigen Entscheidungen. Dass sie gegen Martin aufbegehrte, zumal in diesem entschiedenen Ton, war erstaunlich.

Maggie bemerkte, dass sie nicht als Einzige von Lilys untypischer Zurechtweisung überrascht war.

Martin war so verblüfft, dass es ihm volle fünf Sekunden die Sprache verschlug. Dann ging er, die Kiefer zusammengepresst, zum Fenster, starrte hinaus und kehrte dem Raum den Rücken.

Laurels Gesicht wurde noch blasser als zuvor, was Maggie nicht für möglich gehalten hatte. Laurel warf Martin einen besorgten Blick zu, wandte sich dann ab und hantierte sinnlos mit den Dingen auf Jacobs Nachttisch.

Um die Spannung zu lösen, wandte Maggie sich dem Mädchen zu, das sich in dem einzigen Sessel im Raum lümmelte, die Beine über die Armlehne gehängt. Zierlich, dunkelhaarig und mit niedlichem Gesicht, war ihre jüngste Schwester Jo Beth ganz dem Vater ergeben, so wie Laurel der Mutter.

„Sagt nicht, dass das unsere kleine Jo Beth ist. Ich kann es nicht glauben."

Das Mädchen verdrehte die Augen und machte eine angewiderte Miene.

„Um Himmels willen, Kind, hör auf, dich so zu räkeln! Komm her und begrüße deine Schwester!" wies Lily sie zurecht.

„Das kann ich auch von hier aus." Sie würdigte Maggie kaum eines Blickes. „Hi."

„Jo Beth!" Die Warnung in der mütterlichen Stimme war unüberhörbar, und die Stimmung des Mädchens wechselte sofort von angesäuert nach kampflustig.

„Was? Soll ich etwa ein Rad für sie schlagen? Warum? Sie hat sich in sieben Jahren nicht um uns gekümmert. Das große Supermodel ist sich zu gut für uns und für Ruby Falls."

Martin drehte sich mit einem abfälligen Lächeln kurz zu ihnen um.

Laurel japste. „Wie kannst du so etwas Schreckliches sagen!"

„Jo Beth!" schimpfte ihre Mutter.

„Was denn? Es ist doch die Wahrheit! Wir wissen doch alle, dass sie sich nicht für uns interessiert!"

„Also wirklich, Kind!" empörte sich Lily, peinlich berührt. „Du solltest dich schämen, so mit deiner Schwester zu reden. Sei nett und entschuldige dich."

„Wenn die Hölle gefriert." Das Mädchen schoss aus dem Sessel und warf Lily einen bösen Blick zu. Jo Beth ballte die Fäuste, und ihr Gesicht war in jugendlicher Empörung verzerrt.

„Jo Beth! Was fällt dir ein ..."

Maggie berührte Lily am Arm. „Nein, Mom, lass nur. Es ist schon gut. Sie hat ein Recht auf ihre Meinung."

„Du brauchst mich nicht zu verteidigen!" giftete Jo Beth sie an.

„Gut, denn das tue ich gar nicht. Ich verteidige nur dein Recht auf freie Meinungsäußerung. Wenn du willst, kannst du dich später mit mir aussprechen." Maggie warf einen Blick auf ihren Vater. „Aber jetzt ist wohl nicht der richtige Zeitpunkt dafür."

Jo Beth schien etwas erwidern zu wollen, warf sich nach einigen Sekunden jedoch nur wortlos wieder in den Sessel und schmollte vor sich hin.

Da sie es nicht länger vermeiden konnte, sah Maggie ihren Schwager zum ersten Mal an. „Hallo, Martin."

Er presste die Lippen zusammen und nickte knapp. „Maggie."

Die knappe Erwiderung erfüllte nicht einmal die Mindestanforderungen an Höflichkeit, was Maggie nur recht war. Je weniger er zu ihr sagte, desto besser. Sie wäre zu glücklich, wenn er nie wieder das Wort an sie richten würde.

„Ist er aufgewacht, seit ich weg war?" flüsterte Lily und ging zum Bett ihres Mannes.

Laurel schüttelte den Kopf. „Nein. Er schläft wirklich fest. Er hat sich nicht mal bewegt."

Maggie stellte sich neben ihre Schwester ans Bett, der Mutter gegenüber. Sie legte einen Arm auf das Seitengitter des Bettes und strich ihrem Vater eine Haarsträhne aus der Stirn.

Er war ebenfalls dünner geworden und älter. Die Feststellung versetzte ihr einen schmerzlichen Stich.

Tiefe Linien durchzogen seine Stirn und rahmten seine Mundwinkel. Sein einst dunkles Haar war jetzt grau meliert. Maggie hatte ihren Vater immer als stark und unüberwindbar erlebt. Zu sehen, dass er gebrechlich wurde, tat weh.

In dem verwaschenen blau-weiß gestreiften Krankenhaushemd sah er alt, krank und verletzlich aus. Seine Augen schienen in die Höhlen gesunken zu sein, und die Haut an Nacken und Armen wirkte pergamentartig und faltig. Sogar das Haar auf seiner Brust, das aus dem V-Ausschnitt lugte, war weiß geworden.

Maggie spürte Tränen in die Augen steigen, blinzelte sie jedoch entschlossen fort. Zeit und die Krankheit hatten ihren Tribut gefordert, doch Jacob Malone war immer noch ein großer Mann. Was machte es schon, wenn seine Schultern ein bisschen knochig waren und seine Brust nicht mehr so breit und kräftig wie früher? Sie war immer noch breit genug, um fast das Bett einzunehmen, oder?

Mit einer schrecklichen Sehnsucht im Herzen betrachtete sie die breiten Schultern, und ein trauriges Lächeln ließ ihre Lippen beben. Wie oft hatte sie sich gewünscht, von den starken Armen ihres Vaters gehalten zu werden, den Kopf an seine Schulter zu legen und gedrückt zu werden und ihn dabei sagen zu hören: Ich hab dich lieb, Maggie-Mädchen?

Die Kiefer zusammengepresst, kämpfte sie gegen die aufwallende Trauer und den Schmerz an.

Er durfte nicht sterben. Die Ärzte mussten sich irren. Achtundfünfzig war kein Alter. Er konnte die Krankheit besiegen.

Oh Gott, Daddy, bitte stirb nicht!

„Laurel, es ist Zeit zu gehen“, erklärte Martin. „Ich muss zurück in die Fabrik. Jacob verlässt sich darauf, dass ich das Geschäft weiterführe. Ich kann ihm dort mehr helfen, als wenn ich hier herumstehe.“

„Fahr nur, Martin. Ich kann Laurel heimfahren, wenn die Besuchszeit vorüber ist.“

„Nein, danke, Lily. Sie hat ebenfalls noch einiges zu erledigen. Komm, Laurel, lass uns gehen.“

„Ich komme mit euch“, erklärte Jo Beth und sprang aus dem Sessel. „Ihr könnt mich auf der Heimfahrt absetzen.“

„Rufst du mich heute Abend an, wenn du zu Hause bist, Mom, und erzählst mir, wie es Daddy geht?“ fragte Laurel mit einem letzten besorgten Blick auf ihren Vater.

„Aber natürlich, Liebes.“

„Laurel, ich habe nicht den ganzen Tag Zeit!“

„Ich komme schon.“ Sie schnappte sich ihre Tasche, küsste ihre Mutter auf die Wange und eilte durch die von Martin aufgehaltene Tür ohne einen Abschiedsgruß für Maggie.

„Behandelt er sie immer so?“ fragte Maggie, sobald sich die Tür hinter ihnen schloss.

„Hm. Die meiste Zeit versucht er etwas diskreter zu sein, aber ja, Martin verhält sich sehr dominant. Ich fürchte, ich war kein besonders gutes Vorbild für euch, weil ich mich immer eurem Vater gefügt habe, aber ich tue es, weil ich ihn liebe und respektiere. Jacob hat niemals blinden Gehorsam verlangt, wie Martin das tut.“

Lily schüttelte leicht den Kopf und fuhr fort: „Ich habe versucht, mit Laurel zu reden. Ich habe ihr gesagt, sie soll sich nicht so herumkommandieren lassen. Aber sie wischt meine Besorgnis immer lachend beiseite. Angeblich ist sie glücklich, und ich mache mir wegen nichts Gedanken. Jacob ist keinen Deut besser. Er rechtfertigt Martins Benehmen damit, dass er eben ein Mann sei, der glaube, Männer sollten in der Familie die Hosen anhaben."

„Ich an Laurels Stelle würde ihn mit seinen Hosen erwürgen. Wie hält sie das bloß aus?"

„Sie liebt ihn, denke ich."

„Daddy liebt dich auch, aber er hat dich nie so behandelt."

Im Gegenteil, Jacob verehrte Lily, und nach neunundzwanzig Ehejahren behandelte er sie immer noch wie den größten Schatz auf Erden. Maggie war sicher, dass ihre Eltern die wenigen ernsten Streitigkeiten, die sie hatten, an den Fingern einer Hand abzählen konnten. Weder sie noch ihre Schwestern hatten je ein böses Wort zwischen den beiden gehört.

Lily seufzte. „Ich weiß. Aber die Menschen sind verschieden, Maggie. So sehr mir Martins Verhalten auch missfällt, die Ehe spielt sich zwischen den beiden Partnern ab. Es ist nicht unsere Aufgabe, uns da einzumischen."

„Ich werde nie begreifen, was sie in ihm sieht." Maggie schauderte angewidert.

„Na ja, Maggie ..."

Jacob regte sich und stöhnte leise. Beide Frauen vergaßen Martin Howe und beugten sich besorgt über das Gitter an der jeweiligen Bettseite. Maggie schaute voller Kummer in das erschöpfte Gesicht ihres kranken Vaters.

„Na, hast du endlich beschlossen aufzuwachen“, neckte Lily ihn und schob ihre Hand in seine.

Jacob blinzelte und richtete den Blick auf das Gesicht seiner Frau. Die sah ihn mit so viel Liebe an, dass es Maggie fast zu Tränen rührte. Sein Mund zuckte in dem Versuch eines Lächelns. „Hallo, Liebes.“

„Selber hallo.“ Lily drückte ihm die Hand. „Schau, wer gekommen ist, dich zu besuchen, Schatz.“ Sie blickte über das Bett zu Maggie, und er drehte langsam den Kopf.

Ein Ausdruck des Schocks huschte über sein Gesicht.

Maggie krampfte sich der Magen zusammen, trotzdem gelang ihr ein Lächeln. „Hallo, Daddy.“

„Du?“ Seine Miene wurde hart, der Blick frostig. „Was zum Teufel tust *du* denn hier?“

3. KAPITEL

Maggies Blick flog blitzartig zu ihrer Mutter.

Es war alles gelogen, warf sie ihr stumm vor. Er wollte mich nicht sehen. Er will mich gar nicht hier haben. Du hast mich *angelogen*!

Lily besaß den Anstand, schuldbewusst auszusehen, doch das tröstete Maggie wenig.

Gekränkt und desillusioniert, wurde ihr das Herz so schwer, dass es sich anfühlte wie ein Klumpen nasser Zement. Es gab nur zwei Menschen auf der Welt, denen sie blindlings vertraut hatte: ihre Mutter und Tante Nan. Und jetzt hatte Lily sie angelogen und hereingelegt.

Mein Gott, was für ein Trottel bin ich gewesen, sagte sie sich. Ich hätte niemals herkommen dürfen. Und auch noch zu glauben, Daddy hätte endlich eingelenkt und wolle mich sehen. Idiotin, wirst du niemals klug?

„Ich habe dir eine Frage gestellt. Was tust du hier?"

Sie verbarg, wie gekränkt sie war, und schenkte ihrem Vater ein kesses Lächeln. „Na ja, Daddy, du kennst die Redewendung vom falschen Fuffziger. Der taucht immer wieder auf."

Jacob presste die Lippen zusammen. „Ich hätte eine freche Antwort von dir erwarten sollen. Du hast dich kein bisschen geändert. Du bist immer noch dieselbe respektlose, nassforsche Göre, die du warst."

Sie lächelte achselzuckend. „Ich komme gut damit zurecht."

Innerlich war sie am Boden zerstört und hatte Mühe, die Fassung zu bewahren. Das wiederum gelang ihr nur, indem sie sich hinter einer Fassade aus Blasiertheit und kecker Unerschütterlichkeit versteckte.

Dieses Verhalten war ein Reflex, der sie beunruhigte und ihren Vater ärgerte, allerdings aus anderen Gründen.

Warum machte seine Ablehnung ihr so viel aus? Warum kränkte es sie so sehr? Schließlich war sie eine erwachsene Frau, eine kompetente, intelligente, erfolgreiche Frau, die sich auf jedem Parkett bewegen konnte. Sie war mit den Größen aus Film, Politik und Wirtschaft bekannt. Sie war selbst eine Berühmtheit, um Himmels willen!

Doch ein hartes Wort von ihrem Vater, und sie war wieder das gekränkte kleine Mädchen, das sie einmal gewesen war.

Und genau wie früher reagierte sie auf seine Zurückweisung und den damit verbundenen Schmerz instinktiv mit Spott und Provokation.

Das war kindisch und schadete nur, doch es war ihre einzige Verteidigungsstrategie. Andernfalls würde sie in Tränen ausbrechen. Sie wollte verdammt sein, wenn sie ihm zeigte, wie sehr sie sich nach seiner Anerkennung sehnte.

Jacobs Lippen waren ein schmaler Strich. Trotz Krankheit und Schwäche war seine Feindseligkeit unverändert. Er verströmte sie geradezu wie tausend kleine Giftpfeile, die ihr Herz durchbohrten.

„Katherine, ehe du gingst, habe ich dir deutlich gesagt, dass du hier nicht mehr willkommen bist."

„Jacob!"

Er ignorierte den schockierten Ausruf seiner Frau. Maggie hörte ihre Mutter auch nicht. Sie war ganz auf ihren Vater konzentriert. „Oh ja, das hast du zweifellos."

Sie hätte jede Wette abgeschlossen, dass er sie weiterhin Katherine nannte. Auf Betreiben ihrer Mutter war sie als Erstgeborene nach der Familienmatriarchin, seiner Großmutter Katherine Margaret Malone benannt worden, Rufname Maggie. Doch von Anfang an hatte ihr Vater darauf bestanden, sie Katherine zu rufen. Obwohl er es nie erklärt hatte, argwöhnte Maggie, dass es ihm unerträglich war, sie mit dem Rufnamen seiner geliebten Großmutter anzusprechen.

Lily biss sich auf die Unterlippe, faltete in sichtlichem Unbehagen die Hände und ließ den besorgten Blick zwischen Vater und Tochter hin- und herwandern.

„Da du das weißt, ist es ziemlich unverfroren von dir, hier aufzukreuzen. Dachtest du, ich wäre zu krank, um dich wieder hinauszuwerfen?"

„Jacob, bitte!" Lilys Gesicht war weiß vor Kummer. „Wenn du auf jemand zornig sein musst, dann auf mich. Ich habe Maggie gebeten heimzukommen. Ich habe ihr gesagt, du möchtest sie sehen."

„Was? Verdammt, Lily, das hättest du nicht tun dürfen! Du weißt ..."

Die Tür schwang auf, und ein junger Mann Mitte dreißig trat ein. „Guten Tag, Mr. Malone. Wie fühlen Sie sich heute? Ich hoffe, besser."

Auch ohne den weißen Kittel und das Stethoskop in der Tasche hätte Maggie ihn eindeutig als Arzt erkannt. Er sah irgendwie frisch geschrubbt und geradezu antiseptisch aus.

Als er Maggie entdeckte, blieb er stehen und starrte sie geradezu an. An solche Reaktionen gewöhnt, besonders bei Männern, gab sie vor, es nicht zu bemerken, und lächelte nur.

Zu seiner Ehrenrettung sei gesagt, dass er seine Verblüffung sofort überwand, auf sie zuging und ihr die Hand gab. „Hallo, ich bin Dr. Neil Sanderson, Dr. Lockharts neuer Partner. Sind Sie nicht ...?"

„Das ist unsere Tochter Maggie", erklärte Lily rasch mit

nervöser Stimme, um die zornig gespannte Atmosphäre aufzulockern. „Maggie ist Model, Neil. Sie haben ihr Bild sicher schon in Magazinen gesehen."

„Ja, natürlich. Ich hätte Sie gleich erkennen müssen. Ihr Gesicht ziert die Hälfte aller Titelseiten der Zeitschriften im Warteraum." Dr. Sandersons blaue Augen strahlten, als er ihr ein breites Lächeln schenkte. „Es ist mir ein Vergnügen, Miss Malone."

Maggie schüttelte ihm die Hand und erwiderte eine artige Floskel. Was, wusste sie selbst nicht genau. Sie brauchte ihre ganze Konzentration, um Lässigkeit zu heucheln.

„Maggie ist gerade angekommen. Sie ist aus Griechenland hergeflogen."

„Verstehe. Na, dann möchte ich Ihren Besuch nicht stören. Ich kann später wiederkommen."

„Sie stören nicht." Jacob sah Maggie frostig an. „Sie wollte gerade gehen."

Maggie zwang sich zu einem Kichern und blinzelte dem Doktor zu. „Nicht sehr diskret, was. Das ist Daddys Art, mir mitzuteilen, ich soll verschwinden, während Sie ihn untersuchen." Sie zwinkerte und flüsterte hinter vorgehaltener Hand, damit es alle hörten: „Ich glaube, er fürchtet, Ihr nettes Krankenhausnachthemd sei etwas zu freizügig für mein sensibles Gemüt."

Dr. Sanderson schien entsetzt. „Oh nein, bitte, gehen Sie nicht meinetwegen. Ich kann genauso gut am Ende meiner Runde noch einmal vorbeikommen."

Maggie lachte wieder und tätschelte ihm den Arm. „Ich mache nur Scherze, Doc. Daddy ist nur rücksichtsvoll. In den letzten vier Tagen habe ich außer kurzen Nickerchen im Flugzeug keinen Schlaf bekommen. Der Jetlag holt mich ein.

Wenn ich nicht bald ein Bett finde, falle ich um. Ich bin nur auf dem Heimweg vorbeigekommen, um meine Familie wissen zu lassen, dass ich da bin."

„Verstehe. In dem Fall war es mir ein Vergnügen, Sie kennen zu lernen. Vielleicht sehen wir uns noch mal, ehe Sie abreisen."

„Vielleicht", erwiderte sie mit flirtendem Lächeln und sah leichte Röte in seinem Nacken aufsteigen.

Obwohl Maggie zum ersten Mal im Leben richtig wütend war auf ihre Mutter, umarmte sie sie kurz zum Abschied, da Dr. Sanderson anwesend war. „Wir sehen uns später zu Hause."

Sie beugte sich hinab, küsste ihren Vater auf die Stirn und ignorierte, wie er bei ihrer Berührung versteinerte. Sie blinzelte ihm zu und neckte: „Also, Daddy, und dass du mir ja keine hübschen Schwestern jagst, hörst du?"

Sie ignorierte das Schmalerwerden seiner Lippen und verließ den Raum scheinbar selbstsicher, als hätte sie keine Sorge auf der Welt.

Sobald sie die Tür hinter sich geschlossen hatte, sackte sie an der Wand im Flur in sich zusammen und schlug eine Hand vor den Mund. Oh Gott, oh Gott!

Der Druck in ihrer Brust wurde unerträglich. Ein Schluchzer kam ihr über die Lippen. Obwohl sie dagegen ankämpfte, rannen ihr Tränen aus den Augen und verschleierten ihren Blick, als sie den langen Flur hinuntersah.

Maggies Gesicht verzerrte sich, die Schultern sanken nach vorn und begannen zu beben. Sie rang um Fassung, doch ihr Kummer war zu groß. Sie fühlte, dass sie nicht mehr an sich halten konnte. Mit einem tiefen Schluchzer wandte sie sich der Wand zu und ließ den Tränen freien Lauf.

So fand Dan Garrett sie, als er einige Minuten später in den Flur kam.

Er entdeckte sie, sobald er aus dem Fahrstuhl trat, und blieb verblüfft stehen. Das Letzte, womit er gerechnet hätte, war, Jacobs kühne, selbstsichere Tochter als Häufchen Elend zusammengesunken hier wiederzufinden.

Dan sah sich rasch um. Die drei Schwestern hinter dem Tresen waren beschäftigt und hatten sie noch nicht entdeckt. Die Jüngste blickte lächelnd auf, als er vorüberging, doch er nickte ihr nur zu und setzte seinen Weg fort.

Dabei achtete er darauf, Maggie mit seinem Körper vor den Blicken der Schwestern zu schützen. Nicht um ihretwillen, er mochte sie nicht besonders. Aber sie war Jacobs Tochter, und jedes Aufsehen um sie würde ihn belasten.

Es gab niemanden auf der Welt, den Dan so sehr respektierte und bewunderte wie Jacob Malone. Er verdankte ihm vieles. Im Gegensatz zu allen anderen, die ihn als nichtsnutzigen Abschaum von der falschen Straßenseite abgetan hatten, hatte Jacob ihm seinerzeit eine berufliche Chance gegeben. Im Gegenzug würde er fast alles tun, Jacob vor Schaden zu bewahren.

Maggie war so in ihrem Kummer gefangen, dass sie ihn nicht näher kommen hörte. Ihr Weinen war kaum hörbar, doch leise zu sein kostete sie enorme Anstrengung. Die herzzerreißenden Schluchzer drohten sie zu ersticken, und ihre Heftigkeit ließ ihren Körper erbeben.

Dan rann ein Schauer über den Rücken. Was um alles in der Welt war nur geschehen? Er zögerte und berührte sie schließlich an der Schulter. „Alles in Ordnung?"

Maggie zuckte heftig zusammen. Sie drückte sich von der Wand ab, richtete sich auf und stand in straffer Haltung da.

Das Kinn leicht vorgeschoben, nahm sie die Schultern zurück, richtete sich das Haar und wischte einen imaginären Fusel von ihrem Rock. „Natürlich ist alles in Ordnung."

„Warum weinen Sie dann?"

„Ich weine nicht", widersprach sie heftig, obgleich sie mit den Fingern die Tränen von den Wangen wischte.

„Na klar." Er hatte eine Schwester. Er wusste, wie verweinte Frauen aussahen.

Maggie schniefte und warf ihm aus den Augenwinkeln einen kühlen Blick zu. Ehe sie sich zu einer passenden Erwiderung aufraffen konnte, sah Dan zum Krankenzimmer ihres Vaters.

„Mein Gott, ist was mit Jacob? Geht es ihm schlechter?"

„Oh nein, mein Vater ist in Bestform, das versichere ich Ihnen."

„Warum sind Sie dann so aufgebracht?"

„Ich bin nicht aufgebracht. Ich habe Ihnen schon gesagt, dass ich nicht weine. Nicht dass es Sie etwas anginge."

„Warum sind Ihre Augen dann rot und Ihre Wimpern tränennass?"

„Wenn Sie es unbedingt wissen müssen, ich hatte etwas im Auge und habe versucht, es herauszuholen."

„Aha." Er sah sie nur skeptisch an. Etwas in ihrem Blick machte ihn stutzig. Er hatte Tränen des Zorns, der Frustration oder Kränkung erlebt. Nach seiner Erfahrung weinten Frauen nicht so herzzerreißend wegen einer Belanglosigkeit und schon gar nicht, weil sie etwas im Auge hatten.

Maggie ertrug seine Musterung, solange sie konnte. Dann setzte sie eine herablassende Miene auf. „Wenn Sie mich bitte entschuldigen, ich wollte gerade gehen." Resolut schob sie ihn mit erstaunlicher Kraft zur Seite und ging in ihrem elastischen Modelschritt mit verlockend schwingenden Hüften auf den Fahrstuhl zu.

„Verdammt verdrehtes Weib“, murmelte er vor sich hin. Zuerst platzte sie vor Selbstsicherheit schier aus den Nähten, dann heulte sie wie ein kleines Kind und dann wurde sie auch noch giftig, wenn man zu helfen versuchte.

Er beobachtete sie, bis sich die Fahrstuhltüren hinter ihr schlossen. Dann starrte er einen Moment die Tür des Krankenzimmers an. Wenn Jacob wirklich okay war, was hatte dann diese Tränenflut ausgelöst?

Sobald Dr. Sanderson den Raum verlassen hatte, sah Lily ihren Mann traurig an. „Oh Jacob, wie konntest du nur? Maggie hat den weiten Weg gemacht, in der Hoffnung, den Bruch zwischen euch zu kitten. Wie konntest du sie so behandeln?“

„Lily, wir haben das oft genug durchgekaut. Lass es gut sein.“

„Nein. Das kann ich nicht.“ Ihre sanfte Stimme schwankte, doch Lily zwang sich weiterzusprechen. „Ich habe es in der Vergangenheit zu oft gut sein lassen, deshalb trifft mich eine Mitschuld an der Situation.“

„Schuld trifft allein Katherine, weder dich noch mich.“

„Ist das denn wirklich wichtig? Jacob, du musst deinen Frieden mit ihr machen, solange du noch kannst, um deinet- und um Maggies willen. Das weißt du doch.“

Er schloss die Augen und seufzte müde. „Lily, bitte. Ich bin dazu jetzt nicht in der Stimmung.“

Sie nahm sofort besorgt seine Hand. „Was ist? Hast du Schmerzen? Kannst du nicht atmen?“ Sie legte ihm prüfend den Handrücken auf die Stirn.

„Ich bin nur müde“, sagte er schwach. „Sehr müde. Katherine zu sehen, war ein Schock.“

Lily studierte das Gesicht ihres Mannes. Täuschte er Müdigkeit vor, um die Diskussion zu beenden? Er benutzte oft Ablenkungsmanöver bei ihr, um Unangenehmem zu entgehen. Nicht dass er sich vor Konfrontationen scheute. Jacob hatte ein aufbrausendes Temperament, jedoch war es nie gegen sie gerichtet. Er konnte schimpfen und wüten wie sonst keiner, Streitereien zwischen ihnen ging er jedoch aus dem Weg, weil er wusste, wie sehr sie sich über Disharmonie aufregte.

Leider hatte sie es ihm stets durchgehen lassen und den Weg des geringsten Widerstandes gewählt.

Er sah blass und erschöpft aus. Aber das tat er in letzter Zeit immer. Lily nagte an ihrer Unterlippe. Sie mussten wirklich miteinander reden.

Sie schwankte zwischen dem Wunsch, ihn ruhen zu lassen, und dem Drang zu tun, was längst überfällig war.

Eine Entscheidung wurde ihr abgenommen, weil die Tür aufging und Dan hereinkam.

Maggie war so aufgebracht und wütend, dass sie keine Schwierigkeiten hatte, auf der Rückfahrt nach Ruby Falls wach zu bleiben. Sie verkürzte die Fahrzeit sogar noch einmal um zwei Minuten.

Als sie sich dem Haus näherte, sah sie erleichtert, dass kein Auto in der Zufahrt parkte. Es hätte ihr gerade noch gefehlt, wieder mit Martin zusammenzustoßen. In den wenigen Minuten im Krankenzimmer ihres Vaters hatte sie ihren Vorrat an Höflichkeiten aufgebraucht.

Sie parkte im Rondell vor dem Haupteingang.

Todmüde und emotional ausgebrannt, wie sie war, wollte sie nur noch auf ihr altes Zimmer flüchten, sich im Bett zusammenrollen und die Decke über den Kopf ziehen. Doch als sie den Motor ausschaltete, blieb sie reglos sitzen. Die Hand auf dem Lenkrad, starrte sie auf das Haus ihrer Kindheit und erinnerte sich.

Sie umfasste das Lenkrad fester. Nein, denk nicht an damals, sagte sie sich. Es ist nicht mehr wichtig. Du hast dir ein eigenes Leben geschaffen, ein gutes, das dir ungeahnten Erfolg, Ruhm und Wohlstand beschert hat. In der Vergangenheit herumzustochern, tut nur weh.

Doch es war zu spät. Die Begegnung mit ihrem Vater hatte alte Wunden aufgerissen, und die Erinnerungen waren frisch und schmerzlich wie immer.

Warum? fragte sie sich schweren Herzens und den Tränen nahe. Warum konnte ihr Vater sie nicht lieben? Was war so schrecklich an ihr, so widerwärtig, so unliebenswert?

Seit sie zurückdenken konnte, hatte sie gewusst, oder zumindest gespürt, dass Jacob sie lediglich tolerierte. Es war nichts Offenkundiges oder Dramatisches. Er war nie gemein, brutal oder zu streng zu ihr gewesen. Nur ... distanziert.

Er hatte ihr genau wie Laurel und Jo Beth ein gutes Zuhause, eine gute Ausbildung und alle materiellen Dinge gegeben, die sie brauchte.

Jedoch war ihren Schwestern all dies mit Liebe und Wärme gegeben worden. Jacob war seinen jüngeren Töchtern sehr zugetan und überhäufte sie mit Aufmerksamkeit, zu ihr hingegen war er ein Leben lang kühl und distanziert gewesen.

Und sie wusste nicht, warum. Sie hatte es nie begriffen.

Als Mädchen hatte sie geglaubt, dass Jacob sie ignoriere,

weil sie nicht Laurels zarte Schönheit oder Jo Beths Niedlichkeit hatte.

Die Ironie dieses Gedankens ließ sie schmunzeln.

Heute gehörte sie zu den fünf Topmodels der Welt. Doch in jenen Jahren hatte sie im Spiegel immer nur das zu große knochige Mädchen mit Sommersprossen, schrecklichem roten Haar und einem zu üppigen Mund für das kleine Gesicht gesehen.

Als sie schon überzeugt gewesen war, nicht mehr unansehnlicher werden zu können, war sie dann auch noch einsachtzig in die Höhe geschossen und so schlaksig geworden, dass sie nur aus langen Armen, Beinen, Ellbogen und Knien bestanden hatte.

Die Erinnerung an jene Zeit und ihre Bemühungen, ihre Defizite zu kompensieren, war deprimierend.

Sie hatte sich in den Kopf gesetzt, wenn sie wirklich und von Grund auf gut wäre, würde Jacob stolz auf sie sein und sie lieben.

Das war von Anfang an ein törichtes, kindisches Unterfangen gewesen. Rückblickend bezweifelte sie, ob Jacob ihre Bemühungen überhaupt bemerkt hatte.

Im Teenageralter hatte sie endgültig erkannt, dass ihr Wunsch nach Anerkennung nicht in Erfüllung ging. Da hatte sie sich gesagt, zur Hölle damit, und von Stund an alle möglichen Regeln gebrochen, um ihren Vater und all die engstirnigen Spießbürger von Ruby Falls zu konfrontieren.

Natürlich hatte sie sich mit diesem Verhalten keinen Gefallen getan, aber nach Jahren ungesunder Zurückhaltung war es einfach ein gutes Gefühl gewesen, über die Stränge zu schlagen.

Obwohl sie damals von einer Kalamität in die nächste

schlitterte, ging sie gern zur Schule und lernte mit Begeisterung. Schon mit sechzehn schloss sie die High School mit einem sehr guten Zeugnis ab.

Das beeindruckte zwar ihren Vater nicht, sicherte ihr jedoch einen Studienplatz in Harvard. Im ersten Semester dort endete ihre rebellische Phase auf Grund der Distanz zum Elternhaus und zunehmender Reife.

Sie hatte mehr als hart gearbeitet und in nur vier Jahren mit etwas über zwanzig ihren Abschluss in Wirtschaftswissenschaften mit Auszeichnung bestanden. Strahlend über den Erfolg und voller Zukunftsträume war sie heimgekehrt.

Bei diesen Gedanken schnaubte sie verächtlich. Die ganze Plackerei hatte ihr wenig Glück gebracht.

Ihr Erfolg hatte ihrem Vater nichts bedeutet, weder damals noch heute.

Nach der wenig erfreulichen Wiedervereinigung im Krankenhaus war offenkundig, dass ihr Jacobs Herz verschlossen blieb, gleichgültig, was sie tat oder wie erfolgreich sie war.

„Mach dir nichts vor, Maggie, für ihn und vermutlich für den spießigen Rest von Ruby Falls bleibst du immer die rücksichtslose Wilde, Jacob und Lily Malones nutzlose älteste Tochter."

Sie drückte den Knopf, der das Verdeck automatisch hochfahren ließ. Sobald es geschlossen war, stieg sie aus, nahm ihre Ledertasche und ging zum Haus. Es hatte keinen Sinn, das übrige Gepäck auszuladen. Morgen früh, nach einem klärenden Gespräch mit ihrer Mutter, war sie wieder weg.

Sobald sie auf den Beinen war, traf Müdigkeit sie wie ein

Keulenschlag. Sie war so erschöpft, dass ihr die Knie zitterten.

Sie hätte sich gern noch heute Abend mit ihrer Mutter ausgesprochen, doch dazu gab es keine Gelegenheit. Lily würde bei Jacob bleiben, bis die Schwestern sie hinauskomplimentierten, und bei ihrem Fahrstil brauchte sie mindestens eine Stunde für die Heimfahrt. Selbst wenn sie es schaffte, bis dahin wach zu bleiben, wäre sie dann zu erledigt für eine ernsthafte Auseinandersetzung.

Obwohl der Abend noch jung war, wollte Maggie nur ins Bett fallen und einmal rund um die Uhr schlafen. Sie war nicht einmal sicher, ob sie die Kraft hatte, sich auszuziehen und in ihr Nachthemd zu schlüpfen.

Fenster und Türen standen immer noch offen, und die Fliegendrahttür war nur eingehakt. Jeder konnte das Haus betreten. Soweit Maggie wusste, waren die Schlösser an den Türen nie benutzt worden. Sie bezweifelte auch, dass irgendjemand in der Familie wusste, wo sich die Schlüssel befanden. Da sie in Ruby Falls aufgewachsen war, wo niemand seine Türen verschloss, hatte sie nie über Fragen der Sicherheit nachgedacht. Sieben Jahre in New York hatten ihr allerdings einen gesunden Sinn dafür vermittelt.

Kopfschüttelnd trat sie ein. Ihre Freunde an der Ostküste würden einen Anfall bekommen, wenn sie ihnen davon erzählte.

New Yorker neigten dazu, sich in ihren Heimen hinter Stahltüren, mehreren Schlössern, Riegeln und Vorlegeketten zu verbarrikadieren.

Aus dem Wohnraum an der Rückseite des Hauses drangen Geräusche vom Fernseher in den langen Flur.

Jo Beth. Ihre kleine Schwester.

Maggie verzog das Gesicht. Wahrscheinlich sollte sie zu ihrer kleinen Schwester gehen und mit ihr reden. Doch sie war zornig, gekränkt und zu erschöpft, um einige Runden verbalen Schlagabtausches mit einer Siebzehnjährigen mit Anstand durchzustehen.

Sie schob den Riemen ihrer Umhängetasche ein wenig höher auf die Schulter, ging den Flur entlang zur Treppe.

„Ach, du bist es. Ich hatte gehofft, Ida Lou käme vom Bingo zurück."

Maggie blieb auf der vierten Stufe stehen. Sie sah auf Jo Beth hinab und gab sich Mühe zu lächeln.

„Nein, ich bins nur." Sie blickte zur ersten Etage hinauf. „Ist mein altes Zimmer noch verfügbar? Wenn Mom es für etwas anderes nutzt, kann ich auch eines der Gästezimmer nehmen."

„Es ist unverändert, wie irgend so 'n bescheuerter Heiligenschrein." Jo Beth verschränkte die Arme vor der Brust und sah Maggie verdrießlich an. „Sag bloß, du willst tatsächlich hier bei uns Landpomeranzen bleiben."

„Dies ist mein Zuhause. Natürlich bleibe ich hier." Jedenfalls für heute Nacht. Selbst wenn sie die Energie aufbrächte, nach Dallas zurückzufahren, bezweifelte sie, dass vor morgen ein Flug abging.

„Haben wir nicht ein Wahnsinnsglück? Die Prinzessin beehrt uns mit ihrer Gegenwart", höhnte Jo Beth. „Ich bin ganz außer mir."

Maggie stieg seufzend weiter die Treppe hinauf. „Nicht jetzt, kleine Schwester. Ich habe in vier Tagen kaum geschlafen. Ich bin nicht in der Verfassung, es mit dir aufzunehmen."

„Bist du sicher, dass die Unterkunft deinen Ansprüchen

genügt? Wir haben keine Seidenlaken, weißt du?“ rief Jo Beth hinter ihr her.

Maggie ging weiter.

„Und ich bin nicht klein!“

4. KAPITEL

Maggie schlief dreizehn Stunden lang. Sie erwachte kurz nach acht, ausgeruht und hungrig, aber immer noch bedrückt.

Nach dem Duschen legte sie ein wenig Make-up auf, zog Jeans, ein T-Shirt und eine Lederweste über und ging hinunter auf der Suche nach Kaffee, einem anständigen Frühstück und ihrer Mutter – vorzugsweise in dieser Reihenfolge.

Sie folgte dem Geruch, steckte den Kopf zur Küchentür herein und schnüffelte angetan.

„Mm, etwas riecht hier ganz ausgezeichnet."

Die Frau am Herd fuhr herum, und ihr strenges Gesicht hellte sich auf. „Maggie!" Mit ausgestreckten Armen eilte sie ihr quer durch die Küche entgegen.

„Oh Maggie, Kind, wie schön, dich zu sehen!"

Ida Lou Nettles arbeitete seit dem Tod ihres Mannes vor zwanzig Jahren für die Malones. Sie und Barney waren kinderlos geblieben, deshalb behandelte sie Maggie und deren Schwestern wie ihre Kinder. Sie hatte braunes, grau meliertes Haar, das sie stramm nach hinten gekämmt und zum Knoten geschlungen trug, breite Schultern und noch breitere Hüften und war stark wie ein Ochse. Ihre kräftige Umarmung nahm Maggie fast den Atem.

„Niemand hat mir gesagt, dass du heimkommst. Ich habe erst heute Morgen von Miss Lily erfahren, dass du da bist. Also, wenn ich das gewusst hätte, wäre ich gestern hier geblieben und hätte dir ein Festmahl gekocht."

Sie wich leicht zurück, hielt Maggie an den Schultern von sich ab und musterte sie kritisch. „Du lieber Gott, du kannst wirklich etwas Fett auf den Rippen vertragen. Bei allen Heiligen, du bist dürr wie eine Bohnenstange. Gibt es im Yankeeland denn kein anständiges Essen?"

Maggie schmunzelte. „Kein so gutes wie bei dir." Sie schnüffelte. „Rieche ich da Brötchen?"

„Was sollte ich denn wohl sonst an deinem ersten Morgen backen? Sobald ich hörte, dass du da bist, habe ich zwei Platten in den Ofen geschoben. Ich habe nicht vergessen, mit welcher Geschwindigkeit du immer meine Brötchen verdrückt hast. Ich mache gerade noch ein paar Eier und Würstchen und Bratkartoffeln mit Sauce dazu. Ich habe nur gewartet, bis du wach bist, um mit der Zubereitung anzufangen."

„Und deine Boysenbeeren mit Honig? Dazu frische Butter?" fragte Maggie hoffnungsvoll, und dabei lief ihr bereits das Wasser im Munde zusammen.

„Natürlich. Und jetzt geh raus auf die Terrasse, damit ich fertig werde. Der Frühstückstisch ist gedeckt, und es stehen Saft und Kaffee auf dem Servierwagen. Deine Mom und Jo Beth haben schon gegessen. Miss Lily ist gerade im Arbeitszimmer und telefoniert mit dem Krankenhaus. Wenn sie fertig ist, leistet sie dir bestimmt Gesellschaft. Hier, nimm dir ein Brötchen für unterwegs mit." Sie hob die Abdeckung vom Brotwärmer.

„Ich sollte zwei nehmen."

Ida Lou lachte. „So was habe ich noch nicht erlebt. Du kannst essen wie ein Holzknecht. Eigentlich müsstest du dreihundert Pfund wiegen. Stattdessen bist du so dünn, dass man dich umpusten kann."

Maggie widersprach zwar nicht, allerdings war sie im Gegensatz zu vielen anderen Models nicht unnatürlich dünn. Sie lief drei- oder viermal die Woche, war schlank und durchtrainiert, wirkte jedoch nicht ausgehungert wie manche ihrer

Kolleginnen. Ida Lou hatte jedoch ihre eigenen Vorstellungen von einer Idealfigur. „Männer mögen Frauen mit ein bisschen Fleisch auf den Knochen", war einer ihrer Lieblingssprüche.

„Ich weiß, ich weiß. Aber ich nehme nun mal nicht zu, gleichgültig, wie viel ich esse."

Maggie ging mit ihren Brötchen hinaus auf die Terrasse. Der Tisch mit der Glasplatte und der Servierwagen standen im Schatten der großen Pergola. Blaue Trichterwinden rankten sich um die Pfosten und das Holzgitter des Daches und bedeckten es mit Blättern und blauen trompetenförmigen Blüten, auf denen der Morgentau glitzerte.

Sie schenkte sich eine Tasse Kaffee ein, trank einen Schluck und schloss die Augen. Himmlisch.

Sie brach ein ofenwarmes Brötchen auf, gab einen großzügigen Klecks Butter darauf und fügte das samtige lavendelfarbene Püree aus Boysenbeeren und Honig hinzu. Beim ersten Bissen seufzte sie genüsslich und schloss die Augen, während ihr etwas geschmolzene Butter über das Kinn lief.

Niemand buk Brötchen wie Ida Lou.

Sie hatte kaum ihren kleinen Imbiss beendet, als die Haushälterin mit einem Teller, auf dem sich Rühreier, Würstchen und Kartoffeln türmten, herauskam. Dazu gab es noch einen Korb mit frischen Brötchen.

„Sieh zu, dass du alles aufisst", sagte sie zu Maggie und stellte den Teller vor sie hin.

„Ja, Ma'am." Lächelnd nahm sie eine Gabel und langte zu. Wie stets hatte Ida Lou ihr so viel aufgehäuft, dass es für zwei Männer gereicht hätte. Da sie sich in den letzten beiden Tagen jedoch mit Imbissen im Flugzeug begnügt hatte, war sie hungrig und verzehrte alles.

Nach dem Essen ging sie mit ihrer Tasse Kaffee zum Rand der Terrasse. Sie betrachtete die vertraute Szenerie voller Sehnsucht und Trauer. Wie sehr sie sich wünschte, immer hier bleiben zu können.

Die großen Pinien, Eichen und Pekannussbäume standen seit über hundert Jahren hier, lange bevor dieses Haus gebaut worden war. Der hintere Garten, umgeben von einem hüfthohen weißen Zaun, zog sich einen sanften Hang hinab. Rings herum reichte die Obstplantage bis an die Grundstücksgrenze. Pfirsichbäume bedeckten das hügelige Land in präzisen Reihen, so weit das Auge reichte.

Die Sonne war noch nicht über die hohen Baumwipfel gestiegen, und das Gras glitzerte feucht. Im Tau waren zwei Spuren großer Füße zu sehen. Sie reichten vom hinteren Tor zur Terrasse und zurück bis hinein in die Obstplantage.

Dan Garrett? Hatte er ihre Mutter bereits aufgesucht?

Ein Vogel zwitscherte in einer Eiche, und Maggie lächelte wehmütig. Sie liebte das alles hier sehr, und es fehlte ihr schrecklich. Ihr Blick wanderte zur Laube rechts von der Terrasse, und Verbitterung vertrieb ihre Wehmut. In der Kindheit war diese Laube immer ein ganz besonderer Ort für sie gewesen. Mit dem weißen Holzflechtwerk, den braunen Einfassungen, den süß duftenden Loniceraranken an den Pfosten und dem leisen Quietschen des alten Ventilators an der Kuppeldecke hatte er stets etwas Magisches gehabt.

Als Kind hatte sie mit ihren Schwestern dort mit Puppen gespielt und Teeparties abgehalten. Im Teenageralter war die Laube der Ort geworden, an dem sie allein sein, träumen oder ihre Probleme bewältigen konnte.

Die schicksalhaften Ereignisse an einem Abend vor sieben Jahren, die ihr Leben veränderten, hatten die Laube jedoch für immer ihrer Magie und Stille beraubt.

Ein schrecklicher Streit mit Laurel hatte sie an jenem milden Juniabend vor langer Zeit in die Laube getrieben. Maggie schloss die Augen und erinnerte sich, mit welcher Verzweiflung und Frustration sie damals in dem kleinen achteckigen Gebäude hin und her gegangen war.

Sie war eine Woche zuvor aus Harvard zurückgekehrt, stolz und glücklich und voller Hoffnung, in das väterliche Geschäft einzutreten. Wie erwartet, hatte Jacob das zunächst abgelehnt, doch sie war fest entschlossen gewesen, ihn von ihren Fähigkeiten zu überzeugen.

Womit sie nicht gerechnet hatte – und was sie auch nicht so einfach hinnehmen wollte –, war, dass ihre Schwester Laurel inzwischen mit Martin Howe verlobt war und ihn bereits am nächsten Samstag heiraten wollte.

Zu ihrem größten Entsetzen erwartete Laurel auch noch, dass sie ihre Brautjungfer spielte. Das Kleid war schon geschneidert und hing im Schrank. Auf Laurels Bitte hin hatte niemand sie von der Verlobung unterrichtet. Laurel hatte sie überraschen wollen.

Das war ihr allerdings gelungen.

Maggie konnte es nicht fassen. Während der Schulzeit war Martin Howe nichts als ein hinterhältiger Tyrann gewesen, und sie hatten ihn beide verabscheut. Was war nur während ihrer Abwesenheit geschehen, dass Laurel so ihre Meinung über ihn geändert hatte?

Sie hatte Laurel mit Logik, Argumenten und Überredungskunst zu überzeugen versucht, es sich noch einmal zu überlegen. Doch ihre Bemühungen endeten damit, dass sie sich schrecklich laut und wütend anschrien.

Maggie war aus dem Haus gestürmt und quer über den Rasen in ihre Laube geflohen. Dort war sie wütend hin und her gegangen und hatte die Fäuste zum Himmel geschwungen. Sie konnte sich nicht damit abfinden, dass ihre liebenswerte Schwester diesen Mistkerl von Martin Howe heiratete. Sie konnte einfach nicht!

Zehn Minuten später, während sie immer noch schimpfte und fluchte, kam Martin wütend in die Laube und wirkte wie ein Vulkan kurz vor der Eruption.

„Da bist du also! Ich hatte mir gedacht, dass ich dich hier finde!"

Maggie warf ihm einen vernichtenden Blick zu. Sein bloßer Anblick verursachte ihr Übelkeit. Am liebsten hätte sie sich auf ihn gestürzt, ihn getreten, gekratzt und geschlagen.

„Verzieh dich, Martin!" giftete sie ihn an. „Ich habe dir nichts zu sagen."

„Das ist jammerschade, du Luder, denn ich habe dir einiges zu sagen. Du hast verdammt Nerven, mich vor Laurel schlecht zu machen!"

Sie hob trotzig das Kinn. „Wenn es um das Glück meiner Schwester geht, wage ich alles. Ich kenne dich, Martin Howe. Du bist selbstverliebt bis zum Erbrechen. Du bist unfähig, an jemand anders als an dich zu denken. Warum gibst du es nicht einfach zu? Es gibt nur einen Grund, warum du Laurel heiraten willst, du willst deine Pfoten in unsere Firma stecken."

„Na und? Das geht dich nichts an, also halt dich da raus. Außerdem tue ich ihr einen Gefallen. Es gibt eine Menge Frauen, die gern Mrs. Martin Howe wären, weißt du?"

„*Du* tust *ihr* einen Gefallen? Du eingebildeter Mistkerl! Du bist es nicht einmal wert, meiner Schwester auch nur die Füße zu küssen, Martin Howe!"

„Du bist nur eifersüchtig, weil ich nicht dich genommen habe.“ Sein abschätzender Blick glitt über sie hinweg, und Martin verzog geringschätzig den Mund. „Als ob ich eine magere rothaarige Vogelscheuche wie dich zur Frau nehmen würde!“

„Die Chance bekämst du auch nicht. Und wenn du der letzte Mann auf Erden wärst, würde ich mich nicht von dir anfassen lassen. Du widerst mich an!“ Jedes ihrer Worte triefte vor Abneigung und Ekel.

Martin verging das arrogante Grinsen. Er blähte die Nasenflügel, das Gesicht verfinsterte sich und wurde fleckig rot. Die Laube war nur von einer einzigen Kutscherleuchte erhellt, doch sogar im Halbdunkel erkannte Maggie, wie wütend seine Augen funkelten. Zum ersten Mal, seit er in ihr Heiligtum eingedrungen war, empfand sie einen Anflug von Angst.

„Das werden wir noch sehen!“ presste er hervor.

Maggies Puls beschleunigte sich, trotzdem versuchte sie sich entschlossen an Martin vorbeizudrängen. „Ich habe dir nichts mehr zu sagen, ich gehe ins Haus.“

„Du gehst nirgendwo hin, du Luder.“ Er vertrat ihr den Weg, und ehe sie wusste, wie ihr geschah, griff er nach ihrer Bluse, riss daran, und es folgte das Klick, Klick, Klick abspringender Knöpfe, die auf den Boden fielen.

Maggie schrie auf. Die Augen weit vor Verblüffung und ungläubigem Entsetzen, blickte sie an ihrer ruinierten Bluse hinab auf ihre entblößten Brüste, die kaum von einem Spitzen-BH verborgen wurden. Erschrocken versuchte sie, ihre Blöße zu bedecken, doch Martin schnappte sich ihre Handgelenke und drehte ihr die Arme auf den Rücken.

„Hör auf! Hör auf! Nimm deine Hände weg!“ schrie sie,

während sie sich drehte und wehrte. Martin war kleiner als sie, aber untersetzt und sehr muskulös. Sie war ihm an Kraft unterlegen. „Lass mich los!"

„Oh nein! Noch nicht! Niemand legt sich mit mir an und kommt ungeschoren davon. Ich werde dir eine Lektion erteilen, die du nie vergisst, Flittchen!" drohte er wütend.

„Verdammt, Martin, ich habe gesagt, du sollst mich loslassen!"

Sie unterstrich ihren Befehl mit einem kräftigen Tritt gegen sein Schienbein. Er stöhnte auf vor Schmerz und ließ sie so rasch los, dass sie gegen das Geländer strauchelte. Martin stieß eine wüste Verwünschung aus und hielt sich das Bein.

Maggie beobachtete ihn mit heftigem Herzklopfen und versuchte sich an ihm vorbeizumogeln. Doch sie hatte kaum einen Schritt gemacht, als sie ein geradezu tödlicher Blick traf.

„Du Biest!" Mit einem Wutschrei richtete er sich auf und schlug ihr ins Gesicht.

Der Schmerz explodierte regelrecht in ihrem Kiefer, dann in Hüfte und Schulter, als sie zu Boden stürzte. Ihr Stöhnen schwoll zu einem Schrei an, als Martin sich auf sie warf. Doch er presste ihr rasch die Hand auf den Mund und erstickte jeden weiteren Laut.

Maggies Augen weiteten sich entsetzt über seiner Hand, als sie seine Absicht erkannte.

In Panik trat, wand und drehte sie sich, doch sie konnte ihn nicht abschütteln. Sie versuchte, ihm in die Hand zu beißen, doch er presste sie so fest auf ihren Mund, dass sie fürchtete, ihr Kiefer würde brechen.

Sie kämpfte mit aller Kraft, konnte ihn sogar an den Haaren zerren und ihm einige Schläge versetzen. Doch all das verstärkte nur seine Rage. Trotz ihrer Gegenwehr gelang es Martin, ihr den weiten Rock über die Hüften hinaufzuschieben und ihr mit einem Ruck den Bikinislip wegzureißen.

In lähmendem Entsetzen merkte Maggie, wie er begann, seine Hose zu öffnen.

„Ich werde dir zeigen, du Flittchen, wie es ist, einen richtigen Mann zwischen den Beinen zu haben!“ knurrte er.

Nein! Das durfte nicht wahr sein! Oh Gott, nein!

Verzweifelt presste sie die Augen zu und schrie im Stillen: Hilfe! Jemand muss mir helfen!

„Was zum Teufel ist hier los?“

Jacobs zorniges Brüllen fegte durch die Laube wie ein Tornado.

Martin reagierte augenblicklich. Er sprang auf wie von einem Peitschenhieb getroffen. Wimmernd vor Erleichterung schob Maggie den Rock hinunter, rollte sich auf die Seite, nahm eine Fötushaltung ein und weinte leise.

Schwitzend und bleich versuchte Martin, seine Hose zu schließen, und erwiderte Jacobs strengen Blick mit einer heuchlerischen Mischung aus Zerknirschung und Dankbarkeit.

„Jacob. Dem Himmel sei Dank, dass du rechtzeitig gekommen bist. Ich weiß, es sieht übel aus, aber es war nicht meine Schuld. Alles geschah auf ihr Betreiben.“

„W...was?“ Maggie blinzelte die Tränen fort, richtete sich auf und sah ihn fassungslos an. Martin war unverschämter als irgendwer sonst, aber diese Verdrehung der Tatsachen war selbst für seine Verhältnisse stark. „Wie kannst du so etwas behaupten?“

Er ignorierte sie und konzentrierte sich ganz auf Jacob. „Seit Maggie zurück ist, hat sie es auf mich abgesehen. Ich habe ihr immer wieder gesagt, dass ich nicht interessiert bin, dass ich Laurel liebe. Aber sie lässt einfach nicht locker."

„Das ist gelogen!" begehrte Maggie auf, doch Jacob warf ihr nur einen vernichtenden Blick zu.

„Sei still, Katherine! Du bekommst deine Chance zu reden, nachdem ich mit Martin gesprochen habe. Und um Himmels willen bedecke dich!"

Beschämt blickte sie an ihrer zerrissenen Bluse hinab und zog die Enden über der Brust zusammen, das Gesicht hochrot.

„Je näher die Hochzeit kam, desto aufdringlicher wurde Maggie", fuhr Martin fort. „Ich war heute Abend hier draußen, um die Ruhe zu genießen, und wartete auf Laurel, als Maggie sich an mich heranmachte."

„Nein, Daddy, so war das ni..."

„Ich sagte, sei still!"

Martin warf ihr einen raschen, herausfordernden Blick zu. Als er sich wieder Jacob zuwandte, gab er sich verzweifelt und fuhr sich mit einer Hand durch das Haar. „Maggie ist eifersüchtig auf Laurel und war entschlossen, mich ihr wegzunehmen. Sie hat ständig versucht, mich zu verführen. Heute Abend hat sie mich wohl leider in einem schwachen Moment erwischt."

Er sah Jacob Mitleid heischend an. Seine Haltung drückte Reue und Flehen um Verständnis aus. „Ich weiß, es war falsch von mir, darauf einzugehen, und ich kann dir gar nicht sagen, wie Leid es mir tut. Ich würde Laurel niemals wehtun, aber verdammt, Jacob, ich bin auch nur ein Mensch. Jeder heißblütige Mann kann nur einem gewissen Maß an Versuchung standhalten. Ich bin dankbar, dass du gekommen bist, ehe ich den schlimmsten Fehler meines Lebens machen konnte. Danke." Er schloss die Augen und senkte den Kopf.

Jacob wandte sich langsam Maggie zu. Ihr Mut sank, als sie seinen strafenden Blick erkannte. „Nun, Katherine?"

„Er lügt! Er hat mich angegriffen!" Sie rappelte sich hoch und hielt die Enden ihrer offenen Bluse zusammen. „Ich würde bestimmt nicht versuchen, ihn Laurel wegzunehmen. Ich verachte und verabscheue ihn."

„Sie ist diejenige, die lügt!" beharrte Martin. „Sie ist so eifersüchtig, sie würde alles tun, um uns auseinander zu bringen. Es ist keine zwanzig Minuten her, als sie versucht hat, Laurel zu überreden, sie soll die Hochzeit absagen. Wenn du mir nicht glaubst, frag sie."

„Stimmt das, Katherine?"

„Nun ... ja. Aber es war nicht so, wie er behauptet. Ich war nur ..."

„Schweig!" brüllte Jacob, und Maggie zuckte zusammen, als hätte er sie geschlagen. Seine Miene drückte Wut und Verachtung aus. Eine böse Vorahnung beschlich sie. „Du hast dich kein bisschen verändert, Katherine. Nicht ein Stück!"

„Nein, Daddy, das stimmt ni..."

„Ich sagte, schweig! Ich habe es satt, mir deine Lügen anzuhören." Er ging ein paar Schritte und fuhr herum. „Verdammt, ich hätte wissen müssen, dass du irgendwie Schwierigkeiten machst. Ich hätte mir nur nie träumen lassen, dass du so tief sinkst, deiner Schwester schaden zu wollen."

„Ich würde niemals ..."

Diesmal brachte er sie mit einem so durchdringenden Blick zum Schweigen, dass Maggie zurückwich.

„Seit Tagen, seit du aus dem College zurück bist, erzählst du mir, dass du reifer geworden bist, dass deine wilde Zeit vorüber ist, aber das ist nicht wahr. Du bist noch derselbe rücksichtslose Teufel wie vor vier Jahren."

„Das stimmt doch gar nicht. Wenn du mir nur zuhören würd..."

„Wir sprechen uns später", schnauzte Jacob sie an und schnitt ihr das Wort ab. „Deine Schwester und Martin heiraten in wenigen Tagen. Ich möchte sie nicht beunruhigen und ihnen nicht den großen Tag verderben. Also wirst du mit niemandem darüber reden, was hier heute Abend vorgefallen ist. Kein Sterbenswort! Habe ich mich klar ausgedrückt?"

Maggie nickte, zu betäubt für eine Erwiderung.

„Gut. Denn ich warne dich, solltest du etwas tun oder sagen, das Laurel die Hochzeit verdirbt, ziehe ich dich zur Rechenschaft. Denk daran. Und jetzt geh mir aus den Augen!"

Maggie floh aus der Laube, verzweifelt und gedemütigt. Sie eilte in ihr Zimmer, warf sich, Gesicht nach unten, aufs Bett und weinte in die Kissen.

Nach durchweinter Nacht erwachte sie am nächsten Morgen mit Kopfschmerzen, geschwollenen Lidern und schmerzenden Augen, überzeugt, dass es nicht mehr schlimmer kommen konnte. Doch sie hatte die Rechnung ohne Martin gemacht.

Er war natürlich sofort zu Laurel gegangen und hatte ihr seine Version der Geschehnisse aufgetischt. Gekränkt und zornig weigerte Laurel sich, auch nur mit Maggie zu sprechen. Wenn sie im selben Zimmer waren, ignorierte Laurel sie oder stand auf und ging.

Martin hatte jedoch nicht mit Laurels weichem Herz gerechnet. Er hatte zwar einen Keil zwischen die Schwestern getrieben, doch Laurel widersetzte sich seiner Forderung, Maggie von der Hochzeit auszuschließen.

Maggie wäre das sogar lieber gewesen. Die nächsten beiden Tage waren entsetzlich für sie. Nicht genug damit, dass Jacob wütend auf sie war und ihr seine Verachtung zeigte und dass ihre Beziehung zu Laurel angespannt war, sie war auch nach wie vor der Meinung, ihre geliebte Schwester begehe einen entsetzlichen Fehler. Und sie hatte keine Möglichkeit, sie davon abzuhalten.

Am Tag der Hochzeit schritt Maggie bedrückt und von bösen Vorahnungen geplagt vor Laurel her durch den Mittelgang der Kirche.

Irgendwie überstand sie die Zeremonie und den anschließenden Empfang mit der Andeutung eines Lächelns im Gesicht. Allerdings war sie nicht überrascht, als sie wenige Minuten, nachdem das Brautpaar in die Flitterwochen abgefahren war, von ihrem Vater in sein Arbeitszimmer gerufen wurde.

Da sie wusste, wie zornig er auf sie war, betrat sie den Raum mit angstvoll verkrampftem Magen.

Jacob stand mit dem Rücken zur Tür und drehte das Zahlenschloss des Wandsafes. Sie war nicht sicher, ob er ihr Eintreten bemerkt hatte, bis er sie ansprach.

„Setz dich gar nicht erst hin, Katherine. Es wird nicht lange dauern“, sagte er, ohne sich umzudrehen.

Maggie hatte mit einem Zornausbruch gerechnet und sich vor einer scharfen verbalen Attacke gewappnet. Seine ruhige, emotionslose Art verursachte ihr jedoch eine Gänsehaut.

Mit jeder Sekunde spannten sich ihre Nerven mehr an. Schließlich schloss Jacob den Safe, hängte das Bild, das ihn verdeckte, wieder davor und kam mit einem flachen Umschlag auf sie zu. Erst da sah er sie an, und was sie in seinen Augen las, verstärkte ihre Angst.

„Seit deiner Teenagerzeit bist du ein Störfaktor in diesem Haus. Bis jetzt habe ich versucht, nachsichtig zu sein. Aber nun hast du den Bogen endgültig überspannt, Katherine. Ich kann dir nicht verzeihen, was du deiner Schwester antun wolltest.“

„Ich habe nicht versucht, Laurel irgendetwas anzutun! Martin hat gelogen, nicht ich! Das schwöre ich, Daddy!“

„Ich fürchte, dein Ruf ist wenig Vertrauen erweckend, Katherine. Ich sehe keinen Grund, warum ich dir glauben sollte.“

„Aber ich sage die Wahrheit! Ich habe versucht, Laurel die Hochzeit mit Martin auszureden, ja. Aber nur, weil ich ihn für abscheulich halte, nicht, weil ich an ihm interessiert bin. Du musst mir glauben!“

„Nein, Katherine, das muss ich ganz und gar nicht. Tatsache ist, ich traue dir nicht. Und darüber wird nicht diskutiert. Ich bin zu einem Entschluss gelangt.“ Er sah sie lange ruhig an. „Ich möchte, dass du dieses Haus verlässt. Heute Nacht noch. Um Mitternacht geht ein Greyhound-Bus vom Bahnhof ab. Den wirst du nehmen.“

Das war wie ein Dolchstoß ins Herz. Maggie sog scharf die Luft ein und strauchelte einen Schritt zurück. „Du ... du wirfst mich hinaus?“ Ihr schlimmster Albtraum wurde wahr, ihr Vater sagte sich endgültig von ihr los.

„Hier, nimm das.“ Er gab ihr den Umschlag in die Hand. Sie starrte darauf, zu betäubt und schockiert, um klar zu denken.

„Was ... was ist das?“

„Fünftausend Dollar. Das sollte reichen, dich über Wasser zu halten, bis du woanders Fuß gefasst hast.“

Maggie war bis ins Mark getroffen. Ihre vertraute Welt

war aus den Angeln gehoben und hatte sie in einen Abgrund gekippt. Ihr Herz raste in Panik.

Ein eisiges Gefühl in ihrem Magen breitete sich über den ganzen Körper aus und ließ sie frösteln. Tränen füllten ihre Augen und rannen ihr über die Wangen. Ihr Kinn bebte.

Ihr Bemühen um Stolz, Würde und Selbstbeherrschung waren dahin. Sie spürte nur noch kalte, entsetzliche Angst.

Durch den Tränenschleier sah sie ihren Vater flehentlich an. „Bitte Daddy, schick mich nicht fort! Ich tue alles, was du willst, alles!"

Jacob blieb ungerührt. „Es ist aus, Katherine. Von heute an gehörst du nicht mehr zu unserer Familie und bist in diesem Haus nicht mehr willkommen. Wenn du gehst, komm nicht zurück."

Seine Worte waren unverblümt und brutal. Benommen starrte sie ihn an. Er warf sie nicht nur hinaus, er verstieß sie.

Ein leises Klagen entrang sich ihrer Kehle. Maggie beugte sich vor, als hätte man ihr in den Magen geschlagen, stemmte sich mit den flachen Händen auf der Schreibtischplatte ab und ließ den Kopf hängen. Tränen fielen auf die Mahagoniplatte, und ihre Schultern bebten bei jedem erstickenden Schluchzer. „Ich ... ich will nicht gehen oder mir ... irgendwo ... anders ... einen Job suchen", schluchzte sie. „Al...alles, was ich je w...wollte, war, in unserer Firma m...mitarbeiten."

„Daran hättest du denken sollen, ehe du versucht hast, den Verlobten deiner Schwester zu verführen."

„Das ha...habe ich nicht. Ich habe es nicht getan!" Sie schüttelte traurig den Kopf, die Stimme bebend vor Hoffnungslosigkeit. „Ich habe es nicht getan."

Ihr Vater wandte sich ab und starrte aus dem Fenster.

„Wenn du glaubst, mich durch Tränen umzustimmen, irrst du dich.“

Maggie war nicht weniger erstaunt über ihr Weinen als ihr Vater. Schlagfertigkeit und eine spitze Zunge waren ihre Verteidigungswaffen. Sie weinte nicht. Niemals.

Doch da die Tränen einmal flossen, waren sie nicht so schnell zu stoppen. Gequälte Schluchzer entrangen sich ihrer Seele, schreckliche, fast tierische Laute des Schmerzes. Hart und rau, taten sie ihrer Kehle weh und schüttelten ihren Körper.

„Komm schon, Katherine“, sagte Jacob ungehalten. „Beherrsche dich. Es ist nicht so, als wärst du ruiniert und müsstest auf der Straße leben. Du hast eine gute Ausbildung. Bei deinen Abschlussnoten müsstest du eine gute Anstellung bekommen. Tausende Collegestudenten verlassen jedes Jahr ihr Zuhause und gehen ihren eigenen Weg.“

Aber sie wurden nicht von ihren Familien verstoßen. Der Gedanke erfüllte sie mit neuerlicher Panik und noch größerem Schmerz, der sie in die Knie zu zwingen drohte. Sie weinte heftiger.

Ihre Verzweiflung zeigte nicht die geringste Wirkung auf ihren Vater.

„Dein theatralischer Ausbruch wird dir nichts nützen. Trockne deine Augen, Katherine. Der Bus fährt bald ab. Ich schlage vor, du nutzt die Zeit, einige Sachen zu packen. Wenn du eine Bleibe gefunden hast, kannst du Ida Lou mitteilen, wohin sie deine restlichen Sachen schicken soll.“

Maggie rang um Fassung. Es war schmerzlich und erforderte immense Willensanstrengung, aber allmählich erstickte sie die Schluchzer, bis auf knappe einem Schluckauf ähnliche Laute, und schließlich ließen nur noch stumme Schauer ihren Körper leicht erbeben.

Sie richtete sich langsam wie eine alte Frau auf, nahm sich einige Papiertücher aus dem Kästchen auf dem Schreibtisch, betupfte sich die Augen und putzte die Nase.

Beim Blick in das unnachgiebige Gesicht ihres Vaters drohte eine neue Tränenflut. „Goodbye, Daddy. Ich ...“ Ihre Stimme schwankte und brach. Sie wusste, wenn sie jetzt nicht ging, würde sie wieder weinend zusammenbrechen.

Sie wandte sich zum Gehen, hielt aber inne, als sie merkte, dass sie immer noch den Geldumschlag in der Hand hatte. Taub für alles bis auf den entsetzlichen Schmerz in der Brust, starrte sie ihn einen Moment an. Mit einem Rest Würde legte sie den Umschlag schließlich auf den Tisch.

„Sei nicht töricht, Katherine, nimm das Geld. Du wirst es brauchen.“

Sie sah ihren Vater an und schüttelte den Kopf. „Nein. Ich will dein Geld nicht.“ Alles, was sie je von ihm gewollt hatte, war seine Liebe. Und sie wusste nun, dass sie die niemals bekommen würde.

Mit großer Willensstärke ihre Fassung wahrend, schritt sie zur Tür. Ihre Beine fühlten sich wie aus Holz an. Ihr Gang war schwankend und steif, doch sie verließ hoch erhobenen Hauptes den Raum.

5. KAPITEL

Maggie schluckte trocken, den Blick immer noch auf die Laube gerichtet. Auch nach all der Zeit erinnerte sie sich an jedes Detail jener schrecklichen Nacht, an jede Nuance im Tonfall ihres Vaters, an jedes Wort und an den Schmerz, der ihr zugefügt wurde.

In der Regel versuchte sie nicht an diese Trennungsszene zu denken, sie tat zu weh. Aber ihre erste Rückkehr nach jener Nacht machte die Erinnerung unausweichlich.

Es war eine Art Katharsis, der sie sich stellen musste. Da das erledigt war, konnte sie sich auf die Zukunft konzentrieren. Sie riss den Blick von der Laube los und merkte, dass sie ihren Kaffee nicht getrunken hatte. Ihr war völlig entfallen, dass sie Tasse und Untertasse in der Hand hielt.

Sie kippte den kalten Kaffee auf den Rasen und kehrte an den Tisch zurück. Nachdem sie ihre Tasse wieder gefüllt hatte, setzte sie sich, diesmal mit dem Rücken zur Laube. Sie hatte soeben den ersten Schluck getrunken, als ihre Mutter durch den Wohnraum kam und aus der Terrassentür nach draußen trat.

„Ah, da bist du ja, Liebes." Lily eilte auf sie zu. „Ich habe gerade mit der Oberschwester auf Daddys Station gesprochen. Es geht ihm so gut, dass er nörgelt, er möchte heim. Sie erwartet, dass Dr. Lockhart ihn heute Morgen entlassen wird. Ich werde also in etwa einer Stunde zu ihm fahren."

Wie immer sah Lily makellos aus, dezentes Make-up, die Haare eine schimmernde Kappe blonder Locken, die ihre zarte Schönheit unterstrichen. Sie trug einen saloppen, aber eleganten Hosenanzug in Altrosé und dazu eine schlichte und zeitlos schicke Perlenkette.

Als unscheinbares kleines Mädchen und später als schlaksiger, unattraktiver Teenager hatte Maggie sich immer gefragt, wie die kleine, zarte Lily eine Tochter wie sie hervorbringen konnte. Neben ihrer Mutter und ihren Schwestern war sie sich wie eine aufragende Giraffe vorgekommen.

Ihre hübsche, zartgliedrige Mutter war für sie der Inbegriff einer Märchenprinzessin gewesen. Lily wirkte so zerbrechlich, dass jeder automatisch den Drang verspürte, sie vor dem Leben zu beschützen.

Heute Morgen empfand Maggie allerdings nicht den Hauch von Schutzinstinkt. Lilys Betrug hatte sie tief verletzt.

Lily wurde ernst, als sie Maggies Mienenspiel bemerkte. Sie setzte sich neben sie, nahm ihre Hand und sah sie mit tränenfeuchten Augen zerknirscht an. „Ich weiß, ich weiß. Liebes, es tut mir so Leid."

„Warum? Warum hast du das gemacht, Mom? Ich habe dir vertraut, und du hast mich belogen. Wie konntest du so etwas tun?"

„Ich musste. Andernfalls wärst du nicht nach Haus gekommen, und ich war verzweifelt."

„Aber was hatte das für einen Sinn? Du musst doch geahnt haben, wie er reagieren würde. Zumal du mich ihm so unvorbereitet präsentiert hast."

„Nein, ich dachte, da er weiß, dass er ..." Sie verstummte mit bebendem Kinn, blickte kurz zum Himmel und unterdrückte die Tränen. „Da ich wusste, dass ihm nicht mehr viel Zeit bleibt, dachte ich, er würde in sich gehen und erkennen, dass die Familie das Wichtigste ist. Ich war sicher, dass er, wenn du erst einmal da bist, all die verlorenen Jahre bedauern und froh sein würde, dass du endlich wieder zu Hause bist, wo du wirklich hingehörst."

„Ach Mom, du bist eine solche Träumerin. Wann hast du je erlebt, dass Daddy eine einmal getroffene Entscheidung rückgängig gemacht hätte?"

Maggie verzichtete auf den Hinweis, dass das Zerwürfnis mit ihrem Vater weiter zurückreichte als bis zu jenem Vorfall vor sieben Jahren. Lily wollte oder konnte nicht akzeptieren, dass Jacob seine Älteste nicht liebte und nie geliebt hatte.

So etwas war für sie undenkbar, und deshalb weigerte sie sich, diese Möglichkeit auch nur in Betracht zu ziehen.

Sobald Maggie früher dieses Thema angeschnitten hatte, war Lily eifrig bemüht gewesen, ihr zu versichern, sie irre sich.

„Sei nicht albern, Liebes. Dein Vater liebt dich sehr. Das tut er wirklich. Er ist eben kein demonstrativer Mensch, das ist alles", hatte sie stets zu beschwichtigen versucht.

Bei Lily, Laurel und Jo Beth konnte Jacob jedoch sehr wohl demonstrativ seine Gefühle zeigen, wie Maggie nicht entging. Darauf hinzuweisen, hätte jedoch nur zu weiteren platten Beteuerungen ihrer Mutter geführt und Lily nur unnötigen Kummer bereitet. Nach einer Weile hatte Maggie das Thema nicht mehr angeschnitten und verborgen, wie gekränkt sie sich fühlte.

„Du hast Recht", sagte Lily resigniert. „Ich versuche offenbar immer, das Positive zu sehen, wo es gar nichts Positives gibt." Seufzend lehnte sie sich im Stuhl zurück und fuhr sich zittrig mit einer Hand über die Augen. „Es ist alles meine Schuld. Ich hätte euch beide nicht hereinlegen dürfen. Ich hätte schon vor Jahren eine Aussprache mit Jacob erzwingen und dieser seltsamen Entfremdung zwischen euch ein Ende bereiten müssen."

„Und warum hast du es nicht getan?"

Maggie kam diese Frage fast herzlos vor, zumal sie in Lilys Gesicht las, wie viel Kummer sie hatte. Doch die Szene mit ihrem Vater gestern hatte sie tief getroffen, und so nahm sie ausnahmsweise keine Rücksicht. Sie fragte sich seit Jahren, warum ihre Mutter nicht längst eingegriffen hatte. Die Zeit war reif, sie wollte und brauchte Klarheit.

„Weil ich ein Feigling bin", flüsterte Lily zu ihrer Überraschung. „Als ich herausfand, dass Jacob dich hinausgeworfen hatte, hatten wir einen entsetzlichen Streit."

„Du? Du hattest einen Streit mit Daddy?"

Maggie verbarg ihre Skepsis nicht. Ihre Mutter war von Natur aus sanftmütig und gefügig und hatte sich immer gern dem Willen ihres Mannes gebeugt. Zorn und harsche Worte brachten Lily aus der Fassung. Sie war stets bemüht, jedem Streit aus dem Weg zu gehen. Es war schwer, wenn nicht gar unmöglich, sich vorzustellen, dass sie Jacob die Stirn bot.

„Ich weiß, du hältst mich für eine scheue kleine Maus. Aber Mütter aller Spezies, und mögen sie noch so sanftmütig sein, kämpfen für ihre Kinder."

„Tut mir Leid. Ich war nur erstaunt, das ist alles."

„Jacob ordnete an, dass weder ich noch die Mädchen dich je wieder sehen oder sprechen sollten. Als ich mich weigerte, schockierte mich das mindestens so sehr wie ihn. Ich machte ihm klar, dass ich seine Anweisung an Laurel und Jo Beth nicht außer Kraft setzen wolle, dass mich allerdings keine Macht auf Erden dazu zwingen könne, dich aufzugeben." Sie hob leicht trotzig das Kinn. „Ich habe ihm gesagt, dass ich eher ihn verlasse als eines meiner Kinder."

Maggie sah ihre Mutter verblüfft und gerührt an. Sie hatte gedroht, ihren Mann zu verlassen? Nie im Leben hätte sie geglaubt, dass sie dazu fähig wäre.

Mit Lily hatte sie nie über die Geschehnisse damals in der Laube gesprochen. Unangenehmes von ihr fern zu halten, war so sehr zum Reflex geworden, dass sie gar nicht mehr darüber nachdachte.

Jedoch hatte Lily bei ihrem ersten Besuch in New York das Thema einmal angeschnitten und geradeheraus gefragt, ob sie versucht habe, Martin zu verführen, um ihn Laurel wegzunehmen. Sie hatte mit Nein geantwortet, und Lily hatte es akzeptiert, ohne weiter nachzuforschen. Damit war die Sache für sie erledigt gewesen.

Eine Woge der Zuneigung zu ihrer Mutter überkam sie. Sich Jacob entgegenzustellen, zeugte von Mut und Liebe, was Maggie tief bewegte. Allerdings hatte sie nie in Frage gestellt, dass Lily sie liebte.

„Es gefiel Jacob nicht", fuhr Lily fort. „Danach war unsere Beziehung für lange Zeit angespannt. Aber ich hatte mich geweigert, und er akzeptierte schließlich meine Bedingungen. Ihm blieb keine Wahl. Seither haben wir kaum über dich gesprochen. Jedes Mal wenn ich einen Besuch in New York ankündige, um dich zu sehen, herrscht vor meiner Abreise und nach meiner Rückkehr unsicheres Schweigen zwischen uns. Wenn ich Jacob von dir und deinem Leben erzählen möchte oder auch nur deinen Namen nenne, reagiert er schweigsam und distanziert und wechselt das Thema. Ich habe gelernt, nicht mit ihm über dich zu reden."

Lilys Lippen bebten, und ihre Augen wurden erneut feucht. „Ich hätte das nicht so lange dulden dürfen, aber ich habe mich aus Angst vor neuem Streit immer gescheut, das Thema wieder auf die Tagesordnung zu setzen. Sogar jetzt, wo ich weiß, dass ich ihn bald verlieren werde, kann ich keine Klärung herbeiführen." Sie verzog weinerlich den Mund.

„Ich sage mir, dass ich ihn nicht aufregen darf, weil er so krank ist. Und ich möchte nicht die knappe restliche Zeit mit Streitigkeiten verbringen. Der wahre Grund jedoch, warum ich ihn nicht dränge, sein Verhältnis zu dir zu bereinigen, ist der, dass ich mit heftigen Konfrontationen nicht umgehen kann. Es ist selbstsüchtig und feige von mir, ich weiß ... aber ich kann es einfach nicht."

Lily ließ den Kopf in die Hände sinken und weinte leise. „Es tut mir so Leid. Ich weiß, ich habe dich im Stich gelassen, du musst mich hassen."

„Ach, Mom, natürlich hasse ich dich nicht", tröstete Maggie, doch Lily beruhigte sich nicht. Maggie betrachtete den gesenkten Kopf der Mutter, die bebenden Schultern und seufzte, hin- und hergerissen zwischen Verärgerung und Mitleid. Ach was solls. Wenn sie Lily weiter böse war, hatte sie nur das Gefühl, sich an einem hilflosen Kätzchen zu vergreifen. Außerdem konnte ihre Mutter nichts dafür. Sie gehörte eben zu den Aggressionslosen auf dieser Welt.

Maggie tätschelte ihr den Arm. „Komm schon, Mom, nicht weinen. Dich trifft keine Schuld. Du kannst nichts dafür, dass du so sensibel bist. Außerdem bin ich schon ein großes Mädchen. Ich kann meine Kämpfe selbst ausfechten."

Lily schniefte einige Male, trocknete sich mit einer Serviette vom Tisch die Augen und rang um Fassung. „Ich weiß, aber ..."

Jo Beth kam durch die Terrassentür gestürmt, das Gesicht strahlend. „Wessen Auto ist das da draußen?"

„Jo Beth, wenn du dich nicht beeilst, kommst du zu spät zur Schule", mahnte ihre Mutter sanft, doch das Mädchen ignorierte sie ganz einfach.

„Falls du die Viper meinst, die gehört mir", erklärte Maggie.

„Dir? Na klar, erzähl mir noch so einen. Als ob eine Autovermietung brandneue Vipers anbieten würde?"

„Vermutlich gibt es einige, die das tun, aber der Wagen ist nicht gemietet. Ich habe ihn gestern in Dallas gekauft. Ich habe den Händler angerufen, ehe ich New York verließ, und er war so freundlich, mit dem neuen Wagen samt Papieren am Flughafen auf mich zu warten."

Jo Beths Begeisterung verflüchtigte sich augenblicklich, und ihre Lippen wurden schmal. „Vermutlich weil du ein berühmtes Model bist, überschlagen sich die Leute, um so was für dich zu arrangieren."

Maggie zuckte die Schultern. „Manchmal hat es seine Vorzüge, berühmt zu sein."

„Ja, jede Wette."

Maggie ignorierte den Sarkasmus und zog eine Braue hoch. „Also ... gefällt dir der Wagen?"

„Was sollte einem daran nicht gefallen? Der ist geil."

„Jo Beth!"

Die verdrehte stöhnend die Augen. Maggie trank einen Schluck Kaffee und verbarg ihr Schmunzeln hinter der Tasse.

„Was gibts daran auszusetzen? Das ist doch bloß ein Ausdruck."

„Es ist nicht die Ausdrucksweise, die ich von meiner Tochter hören möchte."

„Hast du einen Führerschein?"

Die Frage trug Maggie einen vernichtenden Blick aus leicht verengten Augen ein.

„Ich bin kein Baby mehr. Ich werde bald achtzehn. Natürlich habe ich einen Führerschein. Warum?"

„Ich dachte nur gerade, wenn du einen Führerschein hast, könntest du dir den Wagen vielleicht irgendwann für eine Spritztour ausleihen.“

Begeisterung ließ Jo Beths Augen aufleuchten, doch sie beherrschte sich und setzte eine verdrießliche Miene auf. „Nein danke. Ich bin nicht beeindruckt von deinem teuren Auto oder deinem Glamour-Image. Also bilde dir nicht ein, du könntest nach all den Jahren einfach zurückkommen und dich durch Bestechungen wieder in die Familie einschleichen.“

„Jo Beth!“

Jo Beth verdrehte wieder die Augen und sah ihre Mutter empört an. „Du kapierst das einfach nicht, Mom. Sie hat den Wagen bloß gekauft, um anzugeben, was für ein großer Star sie ist.“

„Das stimmt nicht“, erwiderte Maggie ruhig. Ihre früheren Nachbarn und Freunde zu beeindrucken, war zumindest nicht ihr einziger Grund gewesen. „Ich habe mir immer einen Sportwagen gewünscht, aber in New York sind die nicht praktisch. Hier draußen bei so viel freier Fläche ist das anders. Und da ich alle paar Wochen wegen eines Auftrages wegmuss, wollte ich weder Mom noch Laurel als Chauffeure zum Flughafen missbrauchen. Ich hielt es für besser, meinen eigenen Wagen zu haben. Zu der Zeit erschien mir das sinnvoll, ich war davon ausgegangen, eine Weile zu bleiben.“

Lily warf ihr einen raschen Blick zu. „Du willst abreisen?“

„Na toll. Du hast dir doch hoffentlich nicht eingebildet, Miss Supermodel würde hier herumhängen, oder? Die ist doch nur deshalb wieder hierher gekommen, weil es andernfalls schlecht ausgesehen hätte.“

Ehe Lily antworten konnte, wandte Jo Beth sich heftig ab und stapfte ins Haus zurück. „Hau nur ab nach New York. Uns ist das egal. Hier will dich sowieso keiner haben!“ schrie sie über die Schulter und schlug die Terrassentür zu.

„Beachte sie gar nicht.“ Lily beugte sich vor und nahm die Hände ihrer Tochter. „Bitte, Maggie, du darfst nicht abreisen.“

„Was hast du erwartet, Mom, dass ich bleibe, obwohl ich hier nicht willkommen bin? Dass ich mir noch mehr Szenen wie gestern im Krankenhaus antue?“

„*Ich* möchte, dass du bleibst. Bitte, Maggie, ich brauche dich hier.“

Maggie entzog ihr die Hände, schob den Stuhl zurück und stand auf. „Du brauchst mich nicht. Du hast Laurel und Jo Beth, und die zwei sind mit Sicherheit alles, was Daddy braucht. Außerdem, wenn ich bliebe, wäre ich nur ein Stachel in seinem Fleisch und würde ihm seine letzten Tage vermiesen.“

„Maggie, nein ...“

„Tut mir Leid, Mom. Wenn du mich jetzt bitte entschuldigst. Ich will meine Sachen holen und mich von Ida Lou verabschieden.“

Sie wandte sich ab und ging auf das Haus zu.

„Nein, bitte, du musst bleiben. Ich brauche deine Hilfe, Maggie. Die Firma steckt in Schwierigkeiten. Wenn wir das Ruder nicht bald herumwerfen, wird Malone Enterprises seine Türen schließen müssen.“

Maggie blieb abrupt stehen und fuhr herum. „*Was*? Wie ist das möglich? Der Firma ging es immer gut! Das kann nicht sein!“

Besonders deshalb nicht, weil sie selbst durch ihre Tante

Nan vor einem Jahr einen beträchtlichen Geldbetrag ins Unternehmen gesteckt hatte.

„Malone Enterprises ist seit Jahren erfolgreich. Was ist geschehen?“

„Ich weiß nicht.“ Lily rang die Hände. „Jacob hat es mir erklärt, aber du weißt, ich habe keinen Kopf für Geschäfte. Ich weiß nur, dass die Firma in finanziellen Schwierigkeiten steckt. Martin bedrängt deinen Vater seit Monaten, die Firma an Bountiful Foods zu verkaufen.“

„Verkaufen? Martin weiß, dass das unmöglich ist. Daddys Großmutter hat die Firma als Aktiengesellschaft gegründet, deren Anteile ausschließlich im Familienbesitz bleiben müssen. Die Statuten des Gesellschaftsvertrages verbieten den Verkauf von Aktien an jeden, der nicht in direkter Linie von ihr abstammt. Sogar Ehegatten dürfen keine eigenen Aktien haben.“

„Martin möchte, dass Jacob eine Krisensitzung aller Aktionäre einberuft. Sie sollen die Statuten ändern, damit alles verkauft werden kann.“

Das brachte Lily einen scharfen Blick ein. „Alles? Du meinst, auch die Obstplantagen?“

Lily nickte.

Die Kiefer zusammengepresst, ging Maggie versonnen auf und ab. Einiges von diesem Land war länger im Familienbesitz als die Firma. Bountiful Foods war ein Großunternehmen, das im ganzen Land kleinere Konservenfabriken aufgekauft hatte. Jetzt wollten die auch noch Malone Enterprises schlucken?

Nicht, wenn sie es verhindern konnte. Und sie würde ihre ganze Kraft dafür einsetzen.

Maggie erreichte das Ende der Terrasse und drehte sich

um. „Ich hätte mir denken können, dass Martin irgendwie hinter alledem steckt. Diese eigennützige, arrogante Made."

„Sachte, sachte, Liebes. Ich habe so wenig für Martin übrig wie du. Aber lass dich nicht von deiner Abneigung hinreißen. Ich habe nicht behauptet, dass er für die Finanzmisere des Unternehmens verantwortlich ist. Ich wüsste auch nicht, wie er das anstellen sollte. Jacob hat ihm nie wirklich Macht gegeben. Er ist zwar Vizepräsident, aber nur, weil er mit Laurel verheiratet ist. Dein Dad hat ihn Laurel zuliebe befördert, doch der Titel verleiht absolut keine Kompetenz. Martin ist für Kundenkontakte zuständig. Er trifft sich mit alten und potenziellen neuen Kunden, führt sie zum Essen aus, und alle sind glücklich."

Maggie schnaubte. „Das dürfte ganz sein Stil sein, zumal es keine echte Arbeit erfordert." Sie sah ihre Mutter an. „Also, was wird getan, das Ruder herumzuwerfen?"

„In letzter Zeit, seit Jacob so schwer krank ist, gar nichts. Bei den ersten Anzeichen von Schwierigkeiten ging es ihm noch gut genug, dass er arbeiten konnte. Damals erhielt er ein Darlehen von Nan, um die Schulden der Firma zu begleichen."

„Ach so. Und hat die Kapitalspritze die Firma wieder in die schwarzen Zahlen gebracht?"

Maggie stellte die Frage voller Unschuld, konnte ihrer Mutter dabei jedoch nicht in die Augen sehen. Sie wusste alles über diese Transaktion, mehr sogar als ihr Vater.

„Eine Weile sah es so aus, als wären wir über den Berg. Aber in letzter Zeit hat sich die Situation wieder verschlechtert. Und wir haben das Darlehen an Nan noch nicht zurückgezahlt."

„Darüber würde ich mir vorerst keine Sorgen machen.

Onkel Edward hat sie in gesicherten finanziellen Verhältnissen zurückgelassen. Das Geld fehlt ihr nicht. Außerdem bedeutet ihr das Familienunternehmen so viel wie uns allen."

„Ja, aber je schlimmer die Situation wird, desto größer werden Jacobs Sorgen, und desto mehr drängt Martin ihn zum Verkauf. Ich habe ihn mehrfach gebeten, damit aufzuhören, aber er tätschelt mir nur die Schulter und lächelt mich auf seine herablassende Art an. Er sagt, dass ich nicht verstehe, wie ernst die Situation ist. Das stimmt vielleicht sogar. Allerdings weiß ich, dass es Jacob nicht gut tut, wenn er ihn ständig belagert."

Lily seufzte und fuhr fort: „Ich möchte glauben, dass Martin nur zum Verkauf drängt, weil er uns aus dem finanziellen Desaster heraushelfen will. Das möchte ich wirklich. Aber im Herzen weiß ich, dass er bloß in Panik ist, wir könnten bankrott machen und ihn mit hineinziehen."

„Wahrscheinlich hast du Recht. Eine so kuschelige Position wie hier findet er kein zweites Mal. Sicher würde ihm sein Vater einen Job bei der Bank geben, aber nicht als Vizepräsident. Rupert ist seinen Aktionären verpflichtet."

Maggie ging noch zweimal über die Breite der Terrasse hin und her und blieb neben dem Tisch stehen. „Im Krankenhaus sagte Martin, dass er das Geschäft jetzt führt. Stimmt das?"

„Jacob hat ihn nicht autorisiert, die Geschäfte zu übernehmen, falls du das meinst. Martin ist von sich aus eingesprungen. Ich muss allerdings sagen, dass dein Vater davon weiß, und er hat nichts dagegen. Und um fair zu sein, bis zu deiner Rückkehr hat es auch kein anderer machen können. Deine Schwestern sind dazu nicht in der Lage."

Maggie verzog das Gesicht. Mit ihrem Schwager am Ruder konnten sie von Glück sagen, wenn die Firma weitere sechs Monate bestand.

„Was ist mit diesem Dan Garrett? Ihr habt ihn zum Betriebsleiter gemacht. Also müsst ihr eine Menge Vertrauen in ihn setzen."

„Das tun wir. Dan ist ein feiner Mann." Voller Zuneigung fügte Lily hinzu: „Du erinnerst dich vielleicht nicht, aber in seiner Jugend war Dan ein ziemlicher Rabauke. Trotzdem war er immer ein harter Arbeiter. Während der Schulzeit hat er hier in Teilzeit gearbeitet und in der Erntezeit gepflückt. Soweit ich weiß, bekam er in seinem letzten Schuljahr ein Collegestipendium angeboten, musste es jedoch ausschlagen, weil sein Vater starb. Er musste dann ganztags arbeiten, um die Familie zu unterstützen. Das war schade. Jacob hat schon früh gespürt, dass Dan etwas Besonderes ist. Er war vielleicht ein Rabauke aus dem falschen Stadtviertel, aber er hatte Energie und Ehrgeiz und einen scharfen Verstand. Und er hat sich als absolut zuverlässig erwiesen."

Nach einer kurzen Pause fügte Lily hinzu: „Über die Jahre hat Jacob ihn immer wieder befördert und ihn mit größeren Aufgaben betraut." Sie warf Maggie einen amüsierten Blick zu. „Vor zwei Jahren hat er ihn gegen Martins heftigen Protest zum Betriebsleiter gemacht. Es stellte sich als eine der besten Entscheidungen heraus, die Jacob je getroffen hat. Dan kennt Malone Enterprises in- und auswendig. Er kann jede Maschine in der Fabrik reparieren. Er weiß genau, was jeder Baum in der Plantage braucht, um gesund zu bleiben. Er kann auf den Tag genau bestimmen, wann die beste Zeit zur Ernte ist. Er hat großes Talent, die Arbeiter zu führen, und beaufsichtigt die Ernte, das Konservieren und den Versand. Ehrlich, ich wüsste nicht, was wir ohne ihn anfangen sollten. Wenn es um die tägliche praktische Arbeit geht, ist Dan Jacobs rechte Hand."

„Hm. Das klingt, als wäre er zu gut, um wahr zu sein", erwiderte Maggie gedehnt. Ihre beiden Begegnungen mit Dan Garrett hatten in ihr nicht eben Sympathie für ihn geweckt, aber sie revidierte ihr Urteil gern. Die Tatsache, dass ihr Schwager gegen ihn war, sprach für Dan.

„Dein Vater verlässt sich völlig auf ihn, besonders in diesen Tagen. Jacob hat das nie gesagt, aber ich glaube, in mancherlei Hinsicht ist Dan der Sohn, den er nie hatte." Ein wehmütiger Ausdruck glitt über Lilys Gesicht. „Ich habe immer bedauert, dass ich deinem Vater keinen Sohn schenken konnte. Aber nach Jo Beths Geburt sagten die Ärzte, ein weiteres Kind sei nicht ratsam." Lily straffte die Schultern und schüttelte sichtbar die alte Traurigkeit ab. „Nun ja, wir müssen mit dem leben, was wir nicht ändern können. Jedenfalls, so sehr Jacob Dan traut und sich auf ihn verlässt, die finanzielle Seite des Geschäftes ist nun mal nicht sein Fachgebiet."

„Martins wohl auch nicht."

„Stimmt. Aber Martin gehört zur Familie. Ob es uns gefällt oder nicht."

Maggie gefiel es nicht, und sie unterstrich das mit einer Grimasse. „Was hat Martin dir über die gegenwärtige Situation erzählt?"

„Martin? Absolut nichts. Dan verhält sich da ganz anders. Mindestens einmal am Tag kommt er vorbei, um Jacob und mich über alles auf dem Laufenden zu halten und etwaige Probleme zu besprechen. Offenbar hatten wir eine Reihe kostspieliger Pannen an den technischen Geräten. Lieferungen gingen verloren, und eine Reihe anderer Rückschläge hatten nachteilige Auswirkungen auf den Profit. Dan kommt gewöhnlich auf einen Kaffee vorbei, ehe er in die Firma geht. Heute Morgen hat er mit Jo Beth und mir gefrühstückt."

Maggies Blick wanderte zu den Fußabdrücken auf dem taufeuchten Rasen. Die Sonne hatte sich soeben über die hohen Bäume im hinteren Gartenteil erhoben, und die Feuchtigkeit auf dem Rasen verdampfte rasch. Doch die Abdrücke waren noch schwach zu erkennen.

„Martin würde es nicht im Traum einfallen, mich zu konsultieren", fuhr Lily fort. „Er ist genau wie sein Vater. Er und Rupert glauben, dass Frauen sich auf Küche und Schlafzimmer zu beschränken haben und eine nette Dekoration am Arm des Mannes sind. Und natürlich unterstellen sie, alle anderen würden ebenso denken."

„Du könntest verlangen, dass er dich auf dem Laufenden hält."

„Wozu? Selbst wenn ich das Problem verstünde, hätte ich nicht den Schimmer einer Ahnung, wie ich es lösen könnte."

Lily ergriff Maggies Rechte mit beiden Händen. „Deshalb musst du bleiben! Ich brauche dich, Maggie! Die ganze Familie braucht dich, und nicht nur die. Denk an all die Menschen in Ruby Falls, die in der Konservenfabrik und in der Plantage ihr Geld verdienen. Sie würden ihre Jobs verlieren. Bountiful Foods ist berüchtigt dafür, ganze Belegschaften hinauszuwerfen, wenn sie eine Fabrik übernehmen, um dann billigere Arbeitskräfte einzustellen. Du hast einen scharfen Verstand, und du hast ein Diplom in Betriebswirtschaft. Du bist unsere einzige Hoffnung, die Misere zu überstehen!"

Lilys offenkundige Verzweiflung ließ Maggie nicht kalt,

dennoch zögerte sie. „Mom, zunächst mal ist es sieben Jahre her, seit ich mein Diplom gemacht habe. Und ich habe meine Ausbildung nie in der praktischen Arbeit erprobt. Und zweitens, selbst wenn ich das Problem oder die Probleme erkenne, ist das keine Garantie dafür, dass ich sie auch beheben kann. Immer vorausgesetzt, Daddy duldet mich auch nur in der Nähe der Büroräume."

„Ich rede mit deinem Vater, das verspreche ich dir."

Maggie sah ihre Mutter skeptisch an. Lily nahm sich das zwar jetzt vor, doch ein barsches Wort von ihrem Vater, und sie würde zusammenklappen. Wenn Jacob überredet werden musste, dann würde sie es selbst machen müssen.

„Wäre es für ihn wirklich das Beste, wenn ich bliebe? Du weißt, dass ihn meine Anwesenheit aufregt. Ich möchte ihm seine letzte Zeit nicht erschweren."

Außerdem war sie nicht erpicht darauf, sich weiter durch Ablehnung und Anfeindungen kränken zu lassen. Das alles hatte sie seit Jahren hinter sich – hatte sie zumindest geglaubt.

„Es wird ihm bedeutend schlechter gehen, wenn wir die Fabrik verlieren. Er macht sich krankhafte Sorgen, was aus uns wird, wenn er nicht mehr da ist. Es drückt ihm auf die Seele, das sage ich dir. Und das kann nicht gut sein für jemand in seiner Verfassung."

Mit *uns* meint sie sich und meine Schwestern, dachte Maggie. Sie war ziemlich sicher, dass Jacob sich um *ihre* Zukunft keine Sorgen machte.

„Bitte, Liebes", drängte Lily, da sie immer noch zögerte. „Bitte, ich bitte dich doch nur, es zu versuchen. Tu es, um die Firma zu retten."

Maggie sah ihrer Mutter in die flehentlich blickenden Augen und war sich bewusst, dass ihr neben Ida Lou als Einziger daran lag, dass sie blieb.

Ihr Vater legte zweifellos keinen Wert auf ihre Anwesenheit, genauso wenig wie Jo Beth und Laurel. Und schon gar nicht dieser gut aussehende Macho von einem Betriebsleiter. Im Gegensatz zu den meisten Männern, die sie kennen lernte, war Dan Garrett nicht im Mindesten von ihrem Aussehen oder ihrem Ruhm beeindruckt.

Wenn sie blieb, musste sie sich auf Angriffe von allen Seiten gefasst machen.

Aber hatte sie eine Wahl?

Maggie seufzte tief. „Also gut, Mom. Ich bleibe und tue, was ich kann. Nur erwarte bitte keine Wunder, okay?"

Lily sprang strahlend auf und schlang beide Arme um Maggie. „Danke, Liebes. Danke, danke, danke."

Maggie erwiderte die Umarmung und wiegte ihre zarte Mutter ein wenig hin und her, wobei sie jedoch ein ernstes Gesicht machte.

„Störe ich irgendwie, Ladies?"

Maggie drehte den Kopf und sah Dan Garrett aus der Plantage den Hang im hinteren Gartenteil heraufkommen. Für einen so großen Mann bewegte er sich erstaunlich graziös, mit langen elastischen Schritten. Alles an ihm, vom athletischen Körper über die hellen Augen bis zu dem markanten Gesicht, verströmte Stärke und Intensität.

Maggie spürte ein leichtes Prickeln. Der Mann war zu selbstsicher und zu maskulin für ihren Geschmack. Und doch, er hatte was. Seine Ausstrahlung übte eine Anziehung auf sie aus, die sie zu ignorieren versuchte.

Lily entzog sich Maggies Armen und wandte sich lächelnd Dan zu. „Nein, natürlich nicht. Ich habe Maggie nur gerade gedankt, weil sie einverstanden ist, eine Weile bei uns zu bleiben.“

Er zog eine dunkle Braue hoch und sah Maggie kühl an. „Oh! Mir war nicht klar, dass die Dauer Ihres Aufenthaltes mit einem Fragezeichen versehen war.“

Maggie begann sich zu ärgern. Lily schien seinen tadelnden Unterton nicht zu bemerken, sie hingegen hörte ihn klar und deutlich. Sie hätte fast erwidert, dass es ihn in keinem Fall etwas anging, ob sie blieb oder nicht, doch sie unterließ es. Stattdessen gab sie sich, wie stets wenn sie sich angegriffen fühlte, flirtend charmant.

„Oh, da gab es nicht das kleinste Fragezeichen, mein Bester“, schnurrte sie mit einem sinnlichen Lächeln. „Ich bin bereit, so lange zu bleiben, wie ich gebraucht werde. Gestern gab es ein kleines Problem, das Mom beunruhigte, aber das ist ausgeräumt. Also gewöhnen Sie sich besser schon mal daran, mich um sich zu haben.“

Das altvertraute Gehabe ihrer Tochter schien Lily zu irritieren, doch sie überspielte es rasch. „Ach ja, Maggie hat mir schon erzählt, dass Sie sich gestern begegnet sind.“

„Ja, sind wir“, bestätigte Dan mit beleidigender Gleichgültigkeit. Er wandte seine ganze Aufmerksamkeit Lily zu und gab Maggie das Gefühl, Luft zu sein – was beabsichtigt war. „Ich habe in der Fabrik alles erledigt. Von mir aus kann es losgehen, wenn Sie so weit sind, Lily.“

„Lassen Sie mich nur rasch meine Tasche holen.“ Sie lächelte Maggie an. „Dan fährt mit mir ins Krankenhaus, um Jacob nach Haus zu holen.“

Ein Stich der Eifersucht durchzuckte Maggie, weil Lily nicht sie, sondern Dan gebeten hatte, in einer Familienangelegenheit zu helfen. „Es ist nicht nötig, dass Mr. Garrett seine Arbeit verlässt, Mom. Ich kann Daddy mit dir abholen."

„Danke, Liebes, aber es ist besser, wenn Dan mitkommt. Er ist kräftiger als du und kann helfen, Jacob in den Wagen zu heben. Dr. Lockhart hat arrangiert, dass ein Pfleger bei uns einzieht. Er wird uns helfen, bis ..."

Sie presste die Lippen zusammen, die Augen feucht. Um Fassung bemüht, konnte sie nach einer Weile wieder sprechen, doch ihre Stimme klang hohl und angestrengt. „Er wird die nächsten Monate bei uns bleiben, aber er tritt seinen Dienst erst Montag an." Lily wirkte ein wenig unsicher und senkte die Stimme, als sie fortfuhr: „Außerdem glaube ich, dass es besser ist, wenn ich ... du weißt schon, Jacob auf die Veränderungen hier vorbereite."

Mit anderen Worten, sie muss ihn vorwarnen, dass ich bleibe, erkannte Maggie schmerzlich.

„Nutze den Morgen, dich hier einzurichten. Dan und ich sind in kürzester Zeit mit deinem Daddy zurück."

„Ich hole Ihren Wagen und parke vor dem Eingang." Ohne Maggie auch nur eines Blickes zu würdigen, ging Dan zur Garage.

Einige Minuten später sah Maggie ihn von ihrem Schlafzimmerfenster aus, wie er Lilys Cadillac im Rondell der Zufahrt vor ihrer Viper parkte. Mit einem Gefühlsgemisch aus leichter Abneigung und Neid sah sie dem burgunderroten Wagen nach, als er das Rondell wieder verließ und die lange Zufahrt zur Straße hinunterfuhr.

Dan Garrett besaß das Vertrauen und die Bewunderung ihrer Eltern und hatte sich einen festen Platz im Familienunternehmen und in ihrem Leben erobert. Das war mehr, als sie je erreicht hatte – zumindest bei ihrem Vater.

Das war entsetzlich unfair.

Bei dem Gedanken kam sie sich gleich schuldig und kindisch vor. Es war nicht Dan Garretts Schuld, dass ihr Vater sie nicht liebte. Sie ließ nur ihre Wut an ihm aus, weil er ein bequemer Sündenbock war.

Sie verdrehte voller Selbstironie die Augen. „Lass es gut sein, Maggie. Niemand behauptet, das Leben sei fair", murmelte sie vor sich hin. „Und dein Selbstmitleid bringt dich keinen Schritt weiter."

Der Cadillac verschwand hinter einer Kurve, und sie ließ die Spitzengardine zurückfallen.

Sie kehrte dem Fenster den Rücken, ging zum Himmelbett und ließ die Fingerspitzen über die Rüschen der Tagesdecke wandern. Dabei musste sie leicht schmunzeln. In einem hatte Jo Beth Recht. Ihr Zimmer war noch genau so, wie sie es verlassen hatte.

Die grün-weiße Bettdecke, der Berg Spitzen besetzter Kissen am Kopfende des Kirschholzbettes, die lindgrüne Tapete mit den kleinen weißen Blümchen, die weiße Spitzengardine, das zierliche Queen-Anne-Mobiliar, die Figurinen aus Dresdner Porzellan und die Vasen, mit alledem hatte Lily sich bemüht, ihr eine weiblich zarte Umgebung zu schaffen. Was jedoch nur dazu geführt hatte, dass sie sich hier auf Grund ihrer Größe noch schlaksiger und unbeholfener vorgekommen war.

Nicht dass sie das Zimmer nicht geliebt hätte. Es war ein wirklich schöner Raum, der das Herz jedes jungen Mädchens hätte höher schlagen lassen. Er passte nur eben nicht zu ihr.

Aber Mom hat es gut gemeint, dachte Maggie, tippte den Holzschaukelstuhl mit dem Zeigefinger an und setzte ihn so langsam in Bewegung.

Forschen Schrittes ging sie dann hinaus zu ihrem Wagen. In wenigen Minuten hatte sie das restliche Gepäck aus der Viper ins Haus getragen.

Sie hatte nicht viel mitgebracht, nur das Wichtigste. Tante Nan, die gute Seele, wollte ihr die Herbstgarderobe nachschicken. Außerdem würde sie oft genug bei Ankunft oder Abflug in New York sein, um aus ihrem Apartment mitzunehmen, was sie sonst noch brauchte.

In kürzester Zeit hatte sie alles ausgepackt.

Der Gedanke an ihre Tante erinnerte Maggie, dass sie versprochen hatte anzurufen, um zu berichten, wie es ihrem Vater ging und wie das Wiedersehen gelaufen war.

Sie setzte sich auf die Bettkante, nahm das Telefon vom Nachttisch und wählte die Nummer ihrer Tante in New York.

Nan nahm beim zweiten Klingeln ab.

„Hi", sagte Maggie leise und lächelte voller Zuneigung vor sich hin.

Vor sieben Jahren hatte sie sich instinktiv nach New York begeben und sich an die einzige Person gewandt, von der sie – abgesehen von ihrer Mutter – Trost und Unterstützung erhoffen konnte.

Tante Nan hatte sie nicht im Stich gelassen. Ein Blick auf ihre am Boden zerstörte Nichte, und sie hatte Maggie liebevoll umarmt und aufgenommen. Während ihre seelischen Wunden heilten, hatte Tante Nan sie mit der Liebe und Aufmerksamkeit überschüttet, die sie so dringend brauchte.

„Maggie. Darling, ich hatte gehofft, dass du es bist." Nan machte eine Pause, und ihre Stimme wurde rau vor Sorge. „Wie geht es Jacob?"

„Im Moment einigermaßen. Als ich ankam, hatte er einen

Rückfall und war im Krankenhaus. Man musste Flüssigkeit aus seiner Lunge ablassen. Aber er kommt heute aus dem Krankenhaus. Mom ist hingefahren, um ihn zu holen."

„Na ja, bei dieser schrecklichen Krankheit muss man wohl mit solchen Dingen rechnen." Sie wartete einen Herzschlag und fragte: „Wie ist es mit dir und Jacob gegangen?"

Maggie blinzelte heftig die aufsteigenden Tränen fort, presste die Lippen kurz zusammen und blickte an die Decke. „Schrecklich. Mom hatte alles erfunden, damit ich nach Haus komme."

„Oh Maggie!" erwiderte ihre Tante leise mit so inniger Anteilnahme, dass Maggie fürchtete, endgültig in Tränen auszubrechen. „Liebes, das tut mir so Leid."

„Ich weiß. Ich hätte es besser wissen müssen, als zu glauben, dass er mich wirklich sehen will, nur weil er st..."

Die Stimme versagte ihr, und sie konnte eine Weile nicht sprechen. Mit geschlossenen Augen presste sie eine Faust auf das Brustbein, um den Schmerz im Herzen zu dämpfen. „Nur weil er ... nicht mehr viel Zeit hat."

Genau wie Lily konnte sie nicht mal an den bevorstehenden Tod ihres Vaters denken, ohne von Trauer überwältigt zu werden. Gleichgültig, was er tat, er war immerhin ihr Vater. In jeder anderen Hinsicht war er ein guter und anständiger Mann, und sie liebte ihn von ganzem Herzen.

„Oh, ich bin so wütend auf meinen blinden, sturköpfigen Bruder!" schäumte Nan. „Und auch auf Lily. Wie konnte sie dich derartig anlügen und dich ahnungslos in dem Glauben lassen, er würde dich endlich so aufnehmen, wie er es schon lange hätte tun sollen? Wie konnte sie ihrer Tochter so etwas antun? Da habe ich aber wirklich mehr von ihr erwartet als dieses Verhalten."

„Um ehrlich zu sein, sie war verzweifelt. Sie hat schreckliche Angst, Daddy und ich könnten unsere Differenzen nicht ausräumen, ehe es zu spät ist.“

„Ach? Und wessen Schuld ist das, möchte ich wissen? Euch beide unter Vortäuschung falscher Tatsachen zusammenzubringen, war wohl die dümmste Art, eine Versöhnung herbeizuführen. Sie müsste endlich tun, was sie schon vor sieben Jahren hätte tun sollen: Vernunft in Jacobs Betonkopf prügeln.“

„Ich weiß. Aber du kennst ja Mom. Konfrontationen sind ihr einfach ein Gräuel.“

Nan schnaubte angewidert und murmelte etwas Unfreundliches über zart besaitete Weiber.

Maggie nahm es ihr nicht übel. Sie wusste, dass Nan ihrer Mutter von Herzen zugetan war. Lily war so lieb und sanft, dass es unmöglich war, sie nicht zu mögen. Und auch Nan behütete und beschützte Lily ganz selbstverständlich wie alle anderen auch.

Als starke und selbstsichere Frau hatte Nan Lilys übertriebene Angst vor Konflikten jedoch nie verstanden und kannte in diesem Punkt auch keine Nachsicht mit ihr.

„Also, wann reist du wieder ab?“ fragte sie.

„Gar nicht. Ich bleibe bis zum Ende, wie geplant.“

„Wie bitte? Maggie, Kind, das ist verrückt. Du hast es versucht, mehr kann niemand von dir verlangen. Warum solltest du dich monatelang schlecht behandeln lassen?“

„Mom braucht mich“, erwiderte sie leise.

„Um Himmels willen. Einmal in ihrem behüteten Leben wird Lily sich selbst die Socken hochziehen müssen und eine schwierige Situation allein durchstehen können. Ich werde nicht dabei zusehen, wie du ...“

„Tante Nan, es geht nicht nur um Daddy. Die Firma steckt wieder in tiefen Schwierigkeiten."

Nan schwieg geradezu schockiert.

„Aber das ist unmöglich!" erwiderte sie schließlich voller Unglauben. „Ich habe Jacob mehr als genug gegeben, um seine finanziellen Probleme in den Griff zu bekommen."

„Ich weiß, aber offenbar geht da irgendetwas schrecklich schief." Maggie berichtete rasch, was Lily ihr erzählt hatte. „Ich werde also hier bleiben und versuchen, einiges herauszubekommen. Hoffentlich kann ich Schritte einleiten, damit die Firma aus den Miesen kommt."

„Hm. Das könnte schwierig werden. Jacob wird es nicht gern sehen, wenn du deine Nase in die Geschäfte von Malone Enterprises steckst. Und dieser verschlagene Martin schon gar nicht."

„Ich weiß. Ich werde es so diskret wie möglich anstellen. Aber ob es Daddy und Martin nun gefällt oder nicht, ich werde dem Problem auf den Grund gehen."

Nach einer langen Pause sagte Nan ruhig: „Wenn du auf zu viel Widerstand stößt und Jacob sich halsstarrig zeigt, ist dir hoffentlich klar, dass dir keine Wahl bleibt. Dann musst du es ihm sagen."

Maggie massierte sich mit den Fingerspitzen die pochenden Schläfen. „Ich weiß, ich weiß. Allerdings möchte ich darauf nur im absoluten Notfall zurückgreifen. Ich bin noch nicht so weit, diese Hürde zu nehmen."

„Nun ja, aber bereite dich besser vor, Liebes. Die Zeit wird kommen, wo du beichten musst. Und glaube mir, es wird nicht angenehm. Jacob wird aus der Haut fahren, wenn er erfährt, dass dir siebenundvierzig Prozent der Aktien an Malone Enterprises gehören."

Maggie verzog das Gesicht und massierte die Schläfen fester. „Das ist mir klar."

Als sie ihrer Tante damals den Aktienanteil an Malone Enterprises abgekauft hatte, schien alles so einfach gewesen zu sein.

„Vielleicht solltest du die Flucht nach vorn antreten, Jacob alles sagen und es hinter dich bringen", schlug Nan vor. „Du weißt schon, überrumpel ihn. Lass ihm keine Chance zur Gegenwehr."

„Das halte ich für keine gute Idee." Maggie schauderte bei der bloßen Vorstellung einer solchen Konfrontation mit ihrem Vater.

Die plötzliche Erkenntnis, dass vielleicht mehr von ihrer Mutter in ihr steckte, als sie ahnte, ließ sie schmunzeln.

„Also, wenn du entschlossen bist, dort zu bleiben, komme ich mit dem Flieger zu euch und helfe dir gegen Jacob. Solange er glaubt, dass mir immer noch einundvierzig Prozent der Firma gehören, muss er mir zuhören. Wenn ich darauf bestehe, dass du die Firmenleitung übernimmst, kann er nichts dagegen machen, außer eine Aktionärsversammlung einberufen und einen Krieg innerhalb der Familie riskieren. Er und ich, wir haben denselben Aktienanteil. Zumindest glaubt er das."

„Tante Nan, das ist sehr lieb von dir, aber du musst das nicht tun. Ich will nicht der Anlass für Streit zwischen dir und Daddy sein. Er wäre sicher sehr ärgerlich, wenn du dich für mich einsetztest."

„Unfug. Du bist für mich wie eine Tochter, Kind. Außerdem, wenn die ganze Sache ins Kochen kommt, was früher oder später passiert, will ich da sein, um meinen Teil der Schelte abzukriegen. Wir haben diesen Plan gemeinsam ausgeheckt. Du hättest nicht so viele Anteile, wenn ich dir meine Aktien nicht verkauft hätte.“

„Ich weiß, aber ...“

„Ich komme zu euch, und damit hat sich’s. Du brauchst in deiner Ecke des Rings jemand zur Unterstützung, und wir wissen beide, dass du dich auf Lily nicht verlassen kannst. Außerdem möchte ich noch einige Zeit mit meinem törichten Bruder verbringen. Er ist blind, was dich betrifft, aber ich liebe ihn trotzdem.“

Nachdem das Gespräch beendet war, legte Maggie auf, ging versonnen einige Minuten im Raum herum und ließ sich schließlich in den Schaukelstuhl am Erkerfenster sinken. Den Kopf gegen die hohe Rückenlehne gelegt, schaukelte sie leicht. Die Lider halb gesenkt, begann der Raum hinter ihren dichten Wimpern zu verschwinden. Sie seufzte.

Nichts entwickelte sich so, wie sie es geplant hatte. Als das Familienunternehmen vor anderthalb Jahren in Schwierigkeiten geraten war und Jacob seine Schwester Nan um ein Darlehen gebeten hatte, schien das eine einfache Lösung zu sein.

Ihr Vater hatte bereits so viel er konnte aus seinem Privatvermögen in die Firma gesteckt, und seine Bitte an Nan war nur vernünftig gewesen. Sie war die zweite Großaktionärin, und ihr verstorbener Mann Edward Endicott hatte sie finanziell abgesichert zurückgelassen. Deshalb hatte Jacob sich in dieser Notlage an seine Schwester gewandt.

Was ihr Vater nicht wusste, war, dass Nans gesamtes Erbe in einer komplizierten Treuhandgesellschaft festgelegt war, aus der sie ihr Einkommen bezog. Ihre Aktien waren der einzige Besitz gewesen, den sie zu Geld machen konnte, und die wiederum durften nur an einen direkten Abkömmling der Firmengründerin Katherine Margaret Malone veräußert werden.

Als Nan ihr seinerzeit das Problem erläuterte, hatte sie sofort angeboten, ihr die Aktien abzukaufen, damit ihr Vater das benötigte Geld bekam. Es wäre nicht notwendig gewesen, dass sie alle Aktien übernahm, doch Nan hatte darauf bestanden.

„Ich wollte dir ohnehin mein gesamtes Aktienpaket hinterlassen, nur für den Fall, dass mein Bruder dich enterbt haben sollte. Ich werde nicht tatenlos zusehen, wie er dich deines rechtmäßigen Erbes beraubt. Außerdem ist es mehr als richtig, dass du den Löwenanteil bekommst. Du bist das einzige von Jacobs Kindern, das qualifiziert ist, die Firma zu führen, und auch ein Interesse daran hat."

Nans Anteile kamen zu den sechs Prozent, die Großvater Michael jeder seiner Enkelinnen hinterlassen hatte. Damit besaß sie siebenundvierzig Prozent am Unternehmen.

Zu der Zeit war bei Jacob gerade der Krebs festgestellt worden, und sie hatten ihn nicht unnötig aufregen wollen. Wenn er herausgefunden hätte, dass sie nicht nur diejenige gewesen war, die ihn gerettet hatte, sondern dass sie auch noch den größten Aktienanteil an der Firma besaß, wäre er ausgerastet. Um die Transaktion zu verschleiern, hatte sie selbst eine Treuhandgesellschaft gegründet – den Malone-Endicott Trust –, deren alleiniger Besitzer und Nutznießer sie war. Nan war allerdings der ausgewiesene Treuhänder.

Auf dem Papier waren die Aktien an den Trust verkauft worden. Als Jacob Nan auf den Besitzerwechsel angesprochen hatte, hatte sie das mit rein „buchungstaktischen Gründen" erklärt. Da alle Geschäftsberichte weiterhin an Nan gingen, hatte er die Angelegenheit auf sich beruhen lassen.

Maggie schaukelte leise lachend und rollte den Kopf auf der Lehne. Vor achtzehn Monaten war ihr alles einfach und narrensicher erschienen. Sie hatte den strahlenden Ritter gespielt, die Firma gerettet, und ihr Vater würde nie etwas erfahren.

Damals hatte sie nicht damit gerechnet, jemals wieder heimzukehren, jedenfalls nicht, solange Jacob lebte. Und natürlich hatte sie nicht damit gerechnet, einmal handfest in die Geschäfte von Malone Enterprises verwickelt zu werden.

Was für seltsame Haken das Schicksal doch manchmal schlug. In ihrem ganzen Leben hatte sie nur zwei dringliche Wünsche gehabt – dass ihr Vater sie liebte und die Chance, im Familienunternehmen mitzuarbeiten. Nach der Szene mit ihrem Vater am Vortag hegte sie nicht mehr die Hoffnung, dass der erste Wunsch in Erfüllung ging. Der zweite jedoch schien endlich wahr zu werden.

Maggie verzog den Mund zu einem traurigen Lächeln. Wie ironisch, dass nach allem, was vorgefallen war, ausgerechnet sie gebeten wurde, die Firma zu retten.

6. KAPITEL

„Fahren Sie zur Rückseite. Ich war zwei Tage in dem verdammten Krankenzimmer eingesperrt. Ich möchte ein wenig draußen sitzen."

Dan fing beim Einbiegen in die Zufahrt im Rückspiegel den Blick seines Chefs auf. „Wie Sie möchten."

Es war der erste vollständige Satz, den Jacob geäußert hatte, seit sie vom Mercy Hospital losgefahren waren. Bei seiner und Lilys Ankunft im Krankenhaus hatte er fröhlich auf seine Abfahrt gewartet. Danach musste zwischen den beiden jedoch etwas vorgefallen sein, während er den Wagen geholt hatte.

Als Dan zurückgekommen war, hatte Jacob eine versteinerte Miene gemacht. Lily war aufgebracht gewesen und hatte offensichtlich geweint. Die Spannung zwischen den beiden war seither unübersehbar.

Das war untypisch für Jacob, und das wunderte Dan. Jacob verehrte und behütete seine Frau, wie er es noch bei keinem anderen Mann erlebt hatte. Was zum Teufel konnte nur in den paar Minuten, die er fort gewesen war, zwischen den beiden passiert sein? Was auch immer, Jacob kochte seither innerlich.

Dan fuhr am Rondell vorbei hinter das Haus. Er hielt am Backsteinweg, der von der Zufahrt zur Terrasse führte, sprang aus dem Wagen und holte den Rollstuhl aus dem Kofferraum.

Obwohl Jacob schwach war, winkte er ab, als Dan ihn aus dem Wagen heben wollte. Mühsam stieg er aus und setzte sich in den Rollstuhl. Als er das geschafft hatte, war sein Gesicht weiß vor Anstrengung.

„Es ist schön, wieder zu Hause zu sein", sagte er seufzend und sackte vor Müdigkeit in sich zusammen, als Dan ihn den Weg hinauffuhr. Lily eilte neben ihnen her, richtete die Decke auf Jacobs Beinen und strich ihm das Haar glatt.

Als sie um den großen Myrtenbusch an der Hausecke kamen, spannte Jacob sich an, da seine älteste Tochter in einem Liegestuhl auf der Terrasse saß.

Mit knochigen Händen ergriff er die Armlehnen des Rollstuhls. Selbst von hinten sah Dan, dass er die Kiefer zusammenpresste.

Maggie erhob sich mit lässiger Grazie und warf Jacob versuchsweise ein Lächeln zu. „Willkommen daheim, Daddy. Wie fühlst du dich?"

Jacob durchbohrte sie mit einem kalten Blick. Dan glaubte schon, er wolle ihr gar nicht antworten, doch dann entgegnete er barsch: „Ich bin noch nicht bereit zu sterben, falls du das wissen wolltest."

„Jacob!"

„Und selbst wenn ich sterbe, nützt es dir nichts!" fügte er hinzu, die Mahnung seiner Frau ignorierend. „Du solltest wissen, dass mein Anteil an Malone Enterprises zwischen deinen Schwestern aufgeteilt wird. Wenn du also hier herumhängst in der Hoffnung, ein Erbe zu erschleichen, hast du kein Glück, Katherine."

„Jacob! Wie kannst du nur?" Lily warf ihrer Tochter einen flehenden Blick zu. „Hör gar nicht auf ihn, Liebes. Er hat es nicht so gemeint. Ehrlich. Er steht ein bisschen neben sich. So ist er immer, wenn er im Krankenhaus bleiben musste."

Wenn Dan Maggie nicht zufällig angesehen hätte, wäre ihm ihr leichtes Zusammenzucken und der gekränkte Ausdruck in den wunderschönen grünen Augen vielleicht entgangen.

Allerdings verbarg sie ihre Gefühle rasch, das musste er ihr lassen. Mit einem Wimpernschlag war die Kränkung verschwunden, und ihr kesses Mundwerk setzte sich wieder durch. Sie ignorierte ihre Mutter ebenfalls und seufzte theatralisch. „Nun ja, mal gewinnt man, mal verliert man. Dann muss ich mich wohl mit meinem eigenen Gehalt durchschlagen."

Dan musste ein Lächeln unterdrücken. Er fragte sich, ob Jacob wusste, dass seine Tochter ein achtstelliges Jahreseinkommen hatte. Nach Jacobs Miene zu urteilen, hatte er nicht den Hauch einer Ahnung, was ein Topmodel verdiente.

Das konnte kaum überraschen. Einem bodenständigen Mann wie Jacob war es schier unbegreiflich, dass jemand Geld dafür bekam, vor einer Kamera zu posieren oder einen Laufsteg hinunterzustolzieren.

„Deine Mutter hat mir erzählt, dass sie dich gebeten hat zu bleiben, Katherine. Und dass du zugestimmt hast."

„Ja, ich bleibe. Mom zuliebe." Sie lächelte zwar immer noch amüsiert, hob jedoch das Kinn eine Spur herausfordernd, als wolle sie ihm raten, nur ja keine Einwände zu erheben.

Dan blickte aufmerksam zwischen Vater und Tochter hin und her. Was für ein eigenartiges Wiedersehen war das hier überhaupt? Die beiden schlichen umeinander herum wie sich belauernde Hunde. Und warum nannte er sie dauernd Katherine?

„Zweifellos ist dir klar, was ich von dieser Sache halte. Allerdings erkenne ich an, dass die nächsten Monate schwierig werden für deine Mutter, und offenbar ist es ihr wichtig, dass du hier bist", sagte er so steif, wie Dan ihn noch nie hatte reden hören. „Ich liebe Lily zu sehr, um ihr diesen Trost zu verwehren. Aber ich warne dich, Mädchen, stiftest du Unruhe, womit auch immer, verlässt du dieses Haus. Ist das klar?"

„Glasklar, Daddy. Ich bin siebenundzwanzig und nicht mehr sechzehn. Ob du es glaubst oder nicht, ich habe seit elf Jahren keinen anzüglichen Reim mehr an einen Wasserturm gepinselt und auch keine Nacht mehr mit Freunden durchzecht."

„Es gibt andere Möglichkeiten, für Unruhe zu sorgen als durch jugendliche Streiche, Katherine. Sehr ernsthafte sogar. Und wenn ich mich recht erinnere, hast du sie voll genutzt."

Der Ausdruck der Verwirrung, dann des Verstehens huschte über Maggies Gesicht, gefolgt von einem teuflischen Aufblitzen ihrer Augen und einem kehligen Lachen.

Zu Dans Überraschung fand er dieses kehlige Lachen sehr erregend.

„Oh, ich verstehe. Ich muss dich enttäuschen, Daddy. Aber ich habe seit mindestens einer Woche keinen Mann mehr verführt. Wenn's dir dadurch besser geht, verspreche ich jedoch offiziell, mich zu beherrschen."

Lily zuckte zusammen und machte eine fahrige Geste mit den Händen.

„Du ziehst alles ins Lächerliche, Katherine, nicht wahr?"

„Ich versuchs", erwiderte sie grinsend.

Die leichtfertige Bemerkung machte Jacob noch wütender. Da die Haushälterin erschien, versagte er sich jedoch einen Kommentar.

„Da sind Sie ja." Ida Lou eilte mit einem Tablett, auf dem sich eine Schüssel mit Geflügelsalat und eine Schale mit Früchten befanden, über die Terrasse. „Ich dachte, ich hätte

Ihren Wagen vorfahren hören. Lunch ist fertig. Sie setzen sich, und ich hole den Rest."

„Für mich nichts, danke", sagte Maggie.

„Was ist denn das für ein Unsinn? Wie soll ich dich aufpäppeln, wenn du nicht isst, Kind?"

„Tut mir Leid, Ida Lou, aber ich bin immer noch satt vom Frühstück. Ich glaube, ich mache lieber einen kleinen Spaziergang durch die Plantage, um es abzuarbeiten."

„Wenn Sie nichts dagegen haben, komme ich mit. Ich muss in die Fabrik zurück." Da er sie beobachtete, bemerkte Dan leichten Widerwillen in ihrem Gesichtsausdruck, was sie jedoch schnell überspielte.

Sie zuckte die Achseln. „Es ist ein freies Land, Süßer." Ohne auf ihn zu warten, ging sie zu den Stufen, die von der Terrasse hinabführten.

„Ich schwöre, ich begreife nicht, was mit euch jungen Leuten heutzutage los ist", grummelte Ida Lou. „Ihr werdet noch vertrocknen und wegwehen, ich sags euch."

Bei seiner großen, kräftigen Statur erschien Dan das eher zweifelhaft. Deshalb zwinkerte er Ida Lou nur belustigt zu. „Ehrlich, Ida, Sie wissen, ich bin ganz verrückt nach Ihrer Kochkunst, aber ich muss wirklich in die Fabrik zurück. Es sei denn, ich werde hier noch gebraucht. Falls Sie Hilfe benötigen, ins Haus zu kommen, Jacob, bleibe ich noch."

„Gehen Sie nur", sagte Ida. „Ich bin eine gesunde, kräftige Frau. Falls Mr. Jacob Hilfe braucht, kümmere ich mich darum. Ehrlich gesagt, verstehe ich nicht, warum wir einen Pfleger bekommen. Wenn Sie mich fragen, ist das töricht und überflüssig. Wieder so ein Fremder, der einem dauernd im Weg steht", murmelte sie vor sich hin und ging langsam und bedächtig ins Haus zurück.

Lily verdrehte die Augen, und sogar Jacob wirkte amüsiert.

„Tut mir Leid, Dan. Ida Lou ist giftig, seit ich ihr gesagt habe, dass wir einen Pfleger eingestellt haben, der uns hilft", erklärte Lily.

Maggie ging unterdessen ihren Weg, ohne ihr Tempo zu verlangsamen, obwohl sie zweifellos wusste, dass er hinter ihr war. Verdrehtes Weib, dachte er. Erst flirtet sie unverschämt, dann zeigt sie die kalte Schulter, wenn männliche Begleitung angeboten wird.

Mit ihren langen Beinen machte sie viel Boden gut, doch Dan noch mehr, so dass er rasch die Lücke zwischen ihnen schloss. Er hätte sie vorlaufen lassen können, aber die älteste Tochter der Malones weckte seine Neugier.

Lily und Ida Lou verehrten Maggie offensichtlich, und es waren zwei feine Frauen, deren Meinungen er respektierte. Trotzdem war das meiste, was er über Maggie gehört hatte, nicht gerade schmeichelhaft. Seine eigene schwache Erinnerung an sie war die eines wilden, unverblümten, aufsässigen Teenagers. Es hatte den Anschein, als hätte sie sich nicht sehr geändert.

Dennoch musste er zugeben, dass sie eine Augenweide war. Ein Mann, der sich von diesem elastischen hüftschwingenden Gang nicht beeindrucken ließ, war entweder tot, blind oder ein Eunuch.

Am Ende des Gartens holte er sie ein, gerade rechtzeitig, um an ihr vorbeizugreifen und das Tor zu öffnen.

Nach kurzem Zögern schenkte Maggie ihm ein verführerisches Lächeln und schnurrte: „Hmm, ein Gentleman. Gute Manieren sind ja so sexy bei einem Mann."

Dan kommentierte das nicht. Er hatte noch nicht herausgefunden, ob Flirten ein automatischer Reflex bei ihr war oder ein Schutzschild, hinter dem sie sich verschanzte. Wie auch immer, es bedeutete nichts, und er war nicht so dumm, den Köder zu fressen oder ihn auch nur zu beachten.

Eine Weile gingen sie schweigend nebeneinander her. Der alte Pfad im Schatten der Bäume, eine Verlängerung der Zufahrt zum Haus der Malones, führte zum alten Cottage mitten in der Plantage.

Die Sonne begann ihren langen, langsamen Abstieg zum westlichen Horizont. Die Luft war gesättigt mit dem süßen Duft reifender Pfirsiche und dem Geruch sonnenwarmer Erde. Ein leichter Wind fuhr durch die Äste und ließ die Blätter rascheln wie zartes Papier. Aus Gewohnheit prüfte Dan die Früchte auf Reifegrad und Anzeichen von Krankheiten oder Schädlingsbefall.

Mitte der nächsten Woche ist diese Sektion reif für die Ernte, entschied er. Als er die grünen Wildkräuter durch die rötliche Erde schießen sah, nahm er sich vor, gleich Montagmorgen eine Mannschaft zum Jäten in die Plantage zu schicken.

Leise lachend verscheuchte Maggie einen beharrlichen Schmetterling von ihrem hellroten Haar. Das erregte Dans Aufmerksamkeit. Er beobachtete sie aus den Augenwinkeln. Herrgott, diese Frau war geradezu absurd schön.

Auf allen Titelfotos der Hochglanzmagazine, die er in den letzten Jahren von ihr gesehen hatte, war sie umwerfend gewesen. Sie hatte so gar keine Ähnlichkeit mehr gehabt mit dem schlaksigen, lustig aussehenden Kind, an das er und alle anderen in Ruby Falls sich erinnerten.

Ihr gutes Aussehen auf den Fotos hatte er jedoch, ohne weiter darüber nachzudenken, der Kunst der Fotografen und

Visagisten und einer geschickten Aufnahmetechnik zugeschrieben. Dass sie in natura ebenso schön war, hätte er nicht vermutet. Wenigstens kleine Schönheitsfehler hätte er für normal gehalten, doch er entdeckte keine.

Sie hatte nur ein Minimum an Make-up aufgelegt, aber ihre Haut war hell und porzellanartig ohne die kleinste Sommersprosse. Ungewöhnlich für eine Rothaarige.

Ihr Gesicht war geradezu perfekt, jedenfalls so perfekt, wie ein Mensch sein konnte: hohe Wangenknochen, schmale, gerade Nase, feste Kinnlinie, üppige Lippen und große grüne Augen, leuchtend wie Smaragde. Sie wurden von so dichten Wimpern gerahmt, dass er sie für falsch gehalten hätte, wenn er nicht genau gesehen hätte, dass sie echt waren.

Und dieses Haar. Das allein konnte einen Mann verrückt machen. Obwohl er diese Maggie nicht mal mochte, juckte es ihn, die Finger in ihre sexy Mähne zu tauchen, um das Haar über seine Haut gleiten zu spüren.

Um Himmels willen, reiß dich zusammen, Garrett, tadelte er sich im Stillen. Das hier ist Maggie Malone, der Teufelsbraten von Ruby Falls.

Dennoch hatte er Mühe, den Blick von diesem herrlichen Haar zu lösen. Es war flammendrot, schimmerte wie Satin und war so dick und lockig, dass es ein Eigenleben zu führen schien. Gestern hatte sie es windzerzaust und offen getragen, heute mit einer breiten Spange im Nacken zusammengenommen, doch es war nur geringfügig gebändigt und fiel ihr in einer wilden, lockigen Kaskade den Rücken hinab. Sobald durch die Bäume ein Sonnenstrahl fiel, schien es Feuer zu fangen.

Nur wenige Rothaarige hatten es in der Modewelt zu Topmodels gebracht, und noch weniger hatten Maggies Ausstrahlung. Das lag nicht nur an Haar- und Augenfarbe, so spektakulär sie auch waren. Es lag an ihrer Selbstsicherheit und an ihrer stolzen Haltung. Sie war von einer knisternden Aura umgeben, die besagte: Achtung, Welt, hier komme ich.

Das zeigte sich vor allem in dem Lachen, das so oft in ihren Augen tanzte und um die Winkel ihres vollen Mundes spielte. Als hätte sie ein Geheimnis, das außer ihr niemand kannte.

Dieses Geheimnisvolle wirkte ungemein anziehend, eigentlich unwiderstehlich. Es forderte jeden auf zu entdecken, was hinter diesem kessen Zwinkern steckte.

Kein Wunder, dass sie schon wenige Monate nach ihrer Ankunft in New York zur Spitze der Models gehört hatte. In einer Branche, die von kühlen, kultivierten Blondinen und sinnlichen Brünetten beherrscht wurde, stach Maggie Malone hervor wie ein leuchtender Schmetterling in einem Schwarm von Motten.

Und offensichtlich war sie genauso flatterhaft und schwer zu packen wie ein hübscher Falter.

Die Finger in die Gesäßtaschen ihrer Jeans gehakt, ging sie schweigend neben ihm her und ließ den Blick durch die Plantage schweifen. Offenbar hatte sie seine Gegenwart völlig ausgeblendet, als wäre er gar nicht da.

„Ich habe mich wohl geirrt in der Annahme, dass Jacob Sie sehen wollte."

Als er sie ansprach, zuckte sie leicht zusammen und streifte ihn mit einem Seitenblick.

„Ja, meinen Sie?"

„Nun ja, der Verdacht drängt sich auf. Die meisten Väter und Töchter würden sich nach so langer Trennung über ein Wiedersehen ganz bestimmt sehr freuen."

„Vermutlich", räumte sie ein. Ein Lächeln zuckte um ihren Mund. „Aber Daddy und ich waren nie wie die meisten Väter und Töchter."

Dan wartete auf weitere Erläuterungen, doch sie ging nur mit geradeaus gerichtetem Blick schweigend neben ihm her.

„Aus dem Wortwechsel zwischen Ihnen und Ihrem Vater eben darf man wohl schließen, dass die alte Geschichte über Sie stimmt?"

Sie lachte leise, doch es war ein bitteres Lachen ohne jede Heiterkeit. „Und was für eine Geschichte ist das bitte? Vergessen Sie nicht, dass ich jahrelang das Lieblingsthema aller Klatschmäuler war. Und vermutlich bin ich es noch. Es gibt mehr Gerüchte über meine Umtriebe in der Stadt als Pfirsiche auf den Bäumen."

„Ich meine die, dass Jacob Sie hinausgeworfen hat, weil Sie versucht haben, den Verlobten Ihrer Schwester zu verführen."

„Ach so, das."

Die Veränderung in ihrer Haltung war gering, aber unverkennbar. Alle Anzeichen von Belustigung wichen aus ihrer Mimik. Sie zog die Hände aus den Jeanstaschen, verschränkte die Arme schützend vor sich und schien sich in sich zurückzuziehen.

„Also? Haben Sie es getan oder nicht?"

Maggie lachte erstaunt auf. „Übertriebene Zurückhaltung kann man Ihnen wirklich nicht vorwerfen. Ich kenne Sie kaum vierundzwanzig Stunden, und schon zweimal waren Sie geradezu schmerzhaft direkt. Keine Umschweife, immer gleich aufs Ziel lossteuern, was?"

Dan zuckte kurz die Achseln. „Das ist ehrlich und lässt keinen Raum für Missverständnisse."

„Stimmt. Trotzdem würde ich mich an Ihrer Stelle nicht für das diplomatische Corps bewerben."

Sie schwieg wieder, und Dan erkannte, dass der kleine Seitenhieb auf sein Benehmen nur ein Ablenkungsmanöver gewesen war.

„Wollen Sie die Geschichte nicht einmal abstreiten?" drängte er nach einer Weile. „Die meisten Frauen würden das tun, wenn sie wüssten, dass ein solches Gerücht über sie kursiert."

Sie warf ihm wieder einen dieser seltsamen Blicke zu, und einen Moment dachte er, sie würde ihm nicht antworten. Dann hob sie kurz die Schultern. „Warum sollte ich mir die Mühe machen? Mein Vater hält mich für schuldig. Und damit auch jeder andere in dieser Stadt."

„Ist das ein Ja oder ein Nein?"

„Es ist das, was Sie daraus machen wollen, mein Bester. Ich habe schon vor Jahren aufgehört, mich vor anderen zu rechtfertigen."

Interessant. Es war kein Abstreiten, es war aber auch keine Bestätigung.

„Soll das heißen, es ist Ihnen gleichgültig, was andere von Ihnen halten?"

„Es soll heißen, dass die Menschen das glauben, was sie glauben wollen, und dass ich nichts auf der Welt dagegen tun kann. Und Sie können Ihre Stiefel verwetten, dass jeder hier glauben will, ich sei schuldig. Meine Chance, sie vom Gegenteil zu überzeugen, ist genauso groß wie die, über den Mond zu springen. Warum sollte ich also meine Kräfte darauf vergeuden, es zu probieren?"

„Vielleicht haben Sie Recht. Man könnte aber auch argumentieren, dass jemand, der fälschlicherweise beschuldigt wird, die Tat wenigstens abstreiten würde."

Maggie blieb stehen und wandte sich ihm zu, womit sie ihn zwang, ebenfalls stehen zu bleiben. „Was ist los mit Ihnen? Warum wollen Sie überhaupt wissen, ob ich schuldig oder unschuldig bin?“

„Das will ich gar nicht. Meine einzige Sorge ist, welche Wirkung Ihr Aufenthalt hier auf Jacob hat. Er ist krank und schwach, und er muss sich mit großen geschäftlichen Sorgen plagen. Zusätzlichen Kummer kann er nicht gebrauchen. Wenn Sie also in der Absicht zurückgekommen sind, sich zwischen Laurel und ihren Mann zu stellen oder anderweitig Probleme zu bereiten, die Ihren Vater aufregen, wäre es am besten, Sie würden auf dem Absatz kehrtmachen und nach New York zurückfliegen.“

Maggie zwang sich zu einem Lächeln, doch es wirkte angestrengt und erreichte nicht ihre strahlend grünen Augen. „Ach, wirklich? Ich sage es Ihnen nicht gern, Süßer, aber meine Beziehung zu meinem Vater ist nicht Ihre Angelegenheit.“

„Ihr Pech, ich mache sie zu meiner. Jacob Malone ist ein feiner, anständiger Mann. Ich kenne keinen Besseren. Er ist ehrlich und absolut fair zu jedermann. Ich denke mir, wenn er ein Problem mit Ihnen hat, gibt es dafür einen guten Grund. Jacob hat mir eine Chance gegeben, als ich bei anderen nur auf Ablehnung stieß. Ich schulde ihm eine Menge. Ich will verdammt sein, wenn ich tatenlos zusehe, wie Sie oder sonst jemand ihm in seinen letzten Tagen zusätzlich Kummer bereitet.“

Nach einer kurzen Pause fügte er hinzu: „Machen Sie ihm Kummer, Rotschopf, ziehe ich Sie zur Rechenschaft. Und ich warne Sie. Ich tue, was nötig ist, ihn zu beschützen.“

7. KAPITEL

Maggie kochte immer noch innerlich, als sie die Fabrik erreichte.

„Mich zwischen Laurel und Martin stellen, also wirklich“, murmelte sie vor sich hin. „Ich möchte mich in der Tat zwischen sie stellen, aber nicht so, wie Dan Garrett glaubt.“

Bildete der sich wirklich ein, sie würde sich seit Jahren nach diesem Halunken verzehren? Eine größere Beleidigung konnte man ihr kaum antun. Sie schauderte angewidert.

Sie wusste nicht genau, warum Dans Bemerkung ihr so unter die Haut ging oder warum sie diesen dumpfen Schmerz in der Brust spürte, der sie fast zum Weinen brachte. Schließlich wurde sie nicht zum ersten Mal Gegenstand unfairer Angriffe. In der Vergangenheit waren sie jedoch von ihr abgeperlt wie Wasser von einem Entenflügel.

Das Problem war, in den letzten sieben Jahren hatte sie sich daran gewöhnt, respektiert und bewundert zu werden. Sie hatte fast vergessen, wie es war, sich bei jeder Gelegenheit rechtfertigen zu müssen.

„Du bist aus der Übung, Mag“, sagte sie sich leise. „Du musst wieder härter werden, und zwar schnell.“

Was hatte sie überhaupt erwartet? Dan Garrett war der Betriebsleiter ihres Vaters. Der Mann wusste, wem seine Loyalität gehörte.

Im Übrigen konnte sie seinem Urteil über Jacob gar nicht widersprechen. Ihr Vater war ein anständiger und ehrenwerter Mann. Er war rückhaltlos ehrlich und fair zu jedem ... nur nicht zu seiner Tochter.

Wenigstens hatte sie seine Warnung mit einer leichtfertigen Bemerkung abgetan: „Keine Sorge, Süßer, häusliche Probleme zu bereiten, steht derzeit nicht auf meinem Plan. Vielleicht beim nächsten Mal wieder", hatte sie mit einem ironischen Zucken um den Mund hinzugefügt, obwohl ihr nicht nach Lächeln zu Mute gewesen war.

Zu ihrer Erleichterung hatten sie sich kurz darauf getrennt, da Dan zu seinem Haus gegangen war, um in seine Arbeitskluft zu steigen.

Erst da hatte sie gemerkt, dass er im Haus des ehemaligen Betriebsleiters wohnte. Das viktorianische Cottage war das Haus ihrer Urgroßmutter gewesen, als sie das Familienunternehmen gegründet hatte. Ursprünglich stand es auf dem Platz, an dem sich jetzt das Haus ihrer Eltern befand.

Als 1927 das große Haus gebaut worden war, hatte man das Cottage auf die Lichtung in der Plantage umgesiedelt, ein kleines Stück Land, das für den Obstanbau zu alkalisch war. Es lag auf halbem Weg zwischen dem ehemaligen Standort und der Fabrik. Seither war das Cottage mit den drei Schlafräumen stets das Zuhause des jeweiligen Betriebsleiters und seiner Familie gewesen.

Das alte Gebäude, im Laufe der Jahre immer wieder renoviert, befand sich in bestem Zustand. Trotzdem war sie überrascht, dass Dan es sich ausgesucht hatte, so charmant es auch war. Sie hätte unterstellt, dass ein gut aussehender Junggeselle die Abgeschiedenheit eines Apartments in der Stadt bevorzugt hätte.

Aber was wusste sie schon? Vielleicht gehörte Dan Garrett zu den Männern, deren Liebesleben sich anderswo abspielte als in ihrem Heimatort. Das Privatleben des Betriebsleiters der Firma konnte ihr gleichgültig sein.

Maggie betrat die kleine Lobby des großen Fabrikgebäudes und stieg die Treppe zum Büro in der ersten Etage hinauf. Als sie den Empfangsraum oben betrat, blieb sie stehen und sah sich voller Wehmut um.

Der Computer auf dem Schreibtisch war neu, ebenso der Teppich, aber alles andere war so, wie immer: dasselbe solide Mahagonimobiliar, dieselben Gemälde an der Wand, dieselbe riesige Bambuspflanze in der Ecke.

Ein sich ständig wandelndes geometrisches Muster glitt über den Bildschirm hinweg, doch die Rezeption war nicht besetzt.

Der Flur zur Rechten führte zu verschiedenen Büros der Marketing- und Buchhaltungsabteilung. Aus der Richtung schallten Stimmen herüber, aber Maggie wandte sich nach links dem Büro ihres Vaters zu.

Eine gründliche Durchsicht der Bücher hatte absoluten Vorrang für sie, allerdings war sie noch nicht so weit, mit ernsthaften Nachforschungen zu beginnen. Heute wollte sie nur die Vorarbeiten leisten – sich wieder mit der Belegschaft vertraut machen, neue Mitarbeiter kennen lernen, sie daran gewöhnen, dass sie wieder im Büro auftauchte, vielleicht die allgemeine Stimmung erfassen und einige nützliche Informationen sammeln. Und damit begann sie am besten bei der Sekretärin ihres Vaters.

Anna Talmadge arbeitete seit zweiundzwanzig Jahren für Malone Enterprises, die letzten dreizehn davon als Jacobs Sekretärin. Sie kannte nicht nur die Firma in- und auswendig, sie war auch über den gesamten Büroklatsch unterrichtet. Sie kannte die kleinen Rivalitäten, die Eifersüchteleien und die Büropolitik.

Anna war absolut loyal und wachte über ihren Chef und seine Geschäftsinteressen mit der Entschlossenheit eines Rottweilers. Die spröde alte Dame hatte jedoch immer eine

Schwäche für die Töchter der Malones gehabt, und Maggie vermutete, wenn sie ihre Karten richtig spielte, konnte Anna ein Quell an Informationen werden.

Außerdem würde sie ihr in den kommenden Wochen auf rein praktischer Ebene eine unschätzbare Hilfe sein.

Im Übrigen kannte Maggie die Hackordnung. Dan Garrett war im Produktionsbereich vielleicht die rechte Hand ihres Vaters, und Martin bildete sich wahrscheinlich ein, der Zweite in der Kommandofolge zu sein, Anna hingegen leitete das Büro.

Anna Talmadge war jedoch nicht im Vorzimmer, als Maggie den Kopf zur Tür hereinsteckte. Wenn sie nicht gewusst hätte, dass Anna eine Ordnungsfanatikerin war, hätte sie unterstellt, sie sei gar nicht mehr da. Auf dem Schreibtisch befanden sich weder Papiere noch ein Schreibstift oder eine Büroklammer. Neben einem Tischkalender lag lediglich ein ordentlich ausgerichteter Schreibblock. Sogar der Computer war abgedeckt.

Maggie durchquerte den Raum und betrat das Büro ihres Vaters. Aber auch dort war keine Anna zu entdecken. Vielleicht ist sie zu einem verspäteten Mittagessen gegangen, dachte Maggie mit einem Blick auf ihre Uhr. Falls ja, würde sie bald zurück sein.

Maggie beschloss zu warten und wanderte ziellos durch den Raum. Interessiert sah sie sich um und merkte, dass hier alles unverändert war.

Hier gab es weder moderne Büromöbel noch Teppichboden. Dieses Büro hatte sich die alte Eleganz bewahrt, die Katherine Margaret ihm vor über siebzig Jahren verliehen hatte. Täfelung aus Walnussholz, darüber elfenbeinfarbene Prägetapete. Polierter dunkler Eichenboden, und darauf ein großer Orientteppich in Weinrot und Blau, an den Wänden antikes Mobiliar.

Lächelnd ließ Maggie die Fingerspitzen zunächst über die Kante des massiven Walnussschreibtisches und dann über den großen Sessel ihres Vaters gleiten. Mit geschlossenen Augen sog sie die Gerüche ein, die sie stets mit diesem Büro verbunden hatte: Limonenöl, Leder und gute Zigarren. Letzteres entströmte dem Humidor, der noch auf dem Schreibtisch stand, obwohl ihr Vater schon vor Jahren das Rauchen aufgegeben hatte.

Ein entferntes Rumpeln erregte ihre Aufmerksamkeit. Maggie ging zur Glaswand hinter dem Schreibtisch ihres Vaters, von wo aus sie in die Produktionshalle hinabsehen konnte. Zwar war die gesamte Wand mit schweren Vorhängen zu verdecken, doch ihr Vater, genau wie vor ihm sein Vater und die Großmutter, liebten die Verbindung zur Arbeit in der riesigen Fabrikhalle.

Die Vorbereitungsräume, in denen die Ernte maschinell gewaschen, geschält, geschnitten und gehackt wurde, sowie die „Küche“ mit ihren großen Bottichen, in denen Obst und Gemüse kochten, waren von hier nicht einzusehen. Von Jacobs Büro aus schweifte der Blick über jenen Teil der Firma, in dem die Ernte in Dosen oder Gläser abgefüllt, verschlossen, etikettiert und versandfertig gemacht wurde.

Maggie sah über Mitarbeiter und Maschinenpark hinweg. Alles schien ständig in Bewegung zu sein. Sie hatte unzählige Male an dieser Stelle gestanden und war es nie müde geworden zuzusehen.

Sie verfolgte die Reihen leerer Dosen und Gläser, die in mehreren Etagen auf langen Transportbändern entlangratterten. Sie sah, wie die Präzisionsmaschinen einen Behälter nach dem anderen füllten, verschlossen und zur nächsten Station weiterbeförderten, wo in Windeseile ein Etikett aufgeklebt wurde und die Behälter auf ein Förderband kullerten, das sie zur Verladebucht am Ende des Gebäudes transportierten. Dort wurden sie auf Paletten verpackt und mit Gabelstaplern in die verschiedenen Lagerhäuser auf dem Gelände gebracht.

Dieser Prozess bannte sie stets auf Neue. Als sich an der Schmalseite des Gebäudes die Tür zum Büro des Betriebsleiters öffnete und Dan Garrett die Fabrik betrat, wurde sie aus ihrer Trance gerissen.

Unwillkürlich spannte sie sich an, und ihr Puls beschleunigte sich. Es ärgerte sie, dass dieser Mann eine solche Wirkung auf sie hatte, sie konnte es jedoch nicht verhindern.

Wie bei ihrer ersten Begegnung am Vortag trug Dan Jeans und ein kariertes Arbeitshemd. Bei seiner Größe wirkte er sogar aus der Ferne sehr männlich und sogar ein wenig gefährlich. Sie dachte an die kühlen silbrigen Augen, die durch einen hindurchzusehen schienen, und fröstelte.

Kaum hatte er die Halle betreten, als auch schon von drei Seiten Leute auf ihn einstürmten, die etwas mit ihm besprechen wollten.

Maggie sah ihn im Gehen mit drei Männern und zwei Frauen reden. Alle fünf mussten praktisch laufen, um Schritt mit ihm zu halten, während er forsch durch den Irrgarten an Maschinen und Menschen eilte. Dann und wann blieb er stehen, um mit einem Arbeiter zu sprechen, eine Geste zu machen oder eine Maschine zu kontrollieren. Doch er vergeudete keine Zeit, sondern erledigte seine Aufgaben schnell und dennoch sorgfältig.

Selbst von oben und aus dieser Entfernung betrachtet, stach Dan Garrett aus dem Heer der Mitarbeiter hervor. Ihn umgab eine Aura von Selbstsicherheit und Autorität, die ihn als den Leitwolf kennzeichnete.

Unvermittelt blickte er auf und sah sie an. Maggies Herz schien einen Purzelbaum zu schlagen. Reflexhaft machte sie einen Schritt rückwärts, ehe ihr bewusst wurde, was sie tat, und stehen blieb. Aus dieser Entfernung konnte sie sein Mienenspiel zwar nicht deutlich erkennen, hatte jedoch wieder das Gefühl, vom Blick aus diesen hellen Augen durchbohrt zu werden. Sie widerstand dem Drang, sich dem forschenden Blick zu entziehen, lächelte und hob leicht winkend die Hand.

Er reagierte nicht gleich, nickte dann aber und setzte seine Runde fort. Als er sich den Küchen näherte und ihrem Blickfeld entschwand, atmete sie erleichtert auf und presste eine Hand auf den Magen.

Was hatte dieser Mann bloß an sich, das sie so aus der Fassung brachte? Verärgert über ihre Reaktion, wandte sie sich wieder dem Raum zu.

Dan Garrett war vergessen, sobald sie das große, dekorativ gerahmte Foto ihrer Urgroßmutter sah, das die gegenüberliegende Wand dominierte. Maggie ging hin, blieb vor dem Bild stehen und lächelte liebevoll, während sie das Foto eingehend betrachtete.

Katherine Margaret Malone, ihre Namensgeberin und ihr Idol.

Die Aufnahme war gemacht worden, als ihre Urgroßmutter Mitte vierzig gewesen war. Als junge Frau war Katherine Margaret eine Schönheit gewesen. Und auch in den mittleren Jahren war sie immer noch das, was man seinerzeit als ansehnliche Frau bezeichnet hatte. Fasziniert hatte Maggie jedoch stets, wie viel Stärke, Intelligenz und Entschlossenheit in dem klaren ruhigen Blick zum Ausdruck kamen.

Schon als Kind hatte sie ehrfürchtig den Geschichten über Katherine Margaret gelauscht. Es war ihr heftiger Wunsch gewesen, wie ihre Urgroßmutter zu werden und eines Tages als Firmenchefin in deren Fußstapfen zu treten.

Verwitwet und mittellos mit einem kleinen Sohn zurückgelassen, für den sie sorgen musste, hatte sie getan, was damals nur wenige Frauen gewagt hätten. Katherine Margaret hatte zu Hause ein kleines Geschäft gegründet und es zu dem ausgebaut, was heute Malone Enterprises war.

„Wir verdanken alles dir, Granny", sagte Maggie leise. „Und ich schwöre dir, dass ich alles tun werde, damit die Firma weiter floriert und im Familienbesitz bleibt."

„Was machen Sie hier?"

Die kriegerische Frage erschreckte Maggie so, dass sie zusammenfuhr und ruckartig den Kopf nach links drehte. In der offenen Tür stand eine kleine, spröde Frau von vielleicht fünfunddreißig, die sie so wütend ansah, als sei sie eine Diebin, die soeben mit den Händen im Safe erwischt worden war.

Die Frau trug ihr glattes braunes Haar modisch kinnlang gestutzt, doch der strenge Schnitt bekam ihren scharfen Gesichtszügen nicht. Ihre dünnen Lippen waren missbilligend zu einer Linie gepresst, und sie hielt sich so steif, als mache sie Werbung für ein Ganzkörperkorsett.

„Hallo, ich habe Sie nicht hereinkommen hören", sagte Maggie freundlich.

Die Frau wurde nicht verbindlicher. „Ich fürchte, Sie müssen gehen."

Maggie lachte. „Sie müssen neu hier sein. Glauben Sie

mir, es hat alles seine Richtigkeit. Ich bin Maggie Malone. Das hier ist das Büro meines Vaters."

„Ich weiß, wer Sie sind", sagte die Frau von oben herab, und Maggie hätte schwören mögen, dass sie dabei verächtlich den Mund verzog. „Obwohl ich gestehen muss, dass wir nicht erwartet haben, Sie hier zu sehen. Mr. Howe hat heute Morgen mit dem Krankenhaus telefoniert, und Ihr Vater sagte ihm, Sie würden heute abreisen."

Also hatte Martin angerufen, um sich zu vergewissern, dass sie wieder einen Tritt bekam? Typisch. Er musste angerufen haben, bevor Lily mit Dan ins Krankenhaus gefahren war. Wenn Martin erfuhr, dass sie blieb – und warum sie blieb –, bekam er vermutlich einen Anfall.

Als sie sich das vorstellte, musste sie fast lachen.

„Nun ja ... ich habe meine Pläne geändert."

„Das sehe ich. Trotzdem müssen Sie gehen."

„Wie bitte?"

„Dieses Büro gehört jetzt Mr. Howe, da er die Firmenleitung übernommen hat. Er hat mich angewiesen, während seiner Abwesenheit niemand in sein Büro zu lassen."

„Ach wirklich?"

Na, das werden wir noch sehen, dachte Maggie. Eher gefror die Hölle, als dass sie tatenlos zusah, wie Martin in Büro und Firma das Zepter führte.

„Und wo ist Martin jetzt? Vielleicht sollte ich besser mit ihm reden."

„Mr. Howe ist auf dem Weg zum Flughafen nach Dallas. Er fliegt nach Albuquerque, um sich mit dem Einkäufer der Thrifty Pantry Supermarktkette zu treffen."

„Am Freitagnachmittag? Ist das nicht ein bisschen spät? Bis er dort ist, sind die Büros doch geschlossen."

Die Frau reckte besserwisserisch das Kinn vor. „Ach wissen Sie, Geschäfte werden nicht immer in Büros abgeschlossen. Mr. Howe nimmt zufälligerweise am Sonntag an einem Golfturnier zu Wohltätigkeitszwecken teil, das von Thrifty Pantry gesponsert wird. Er hat schon vor Monaten zu trainieren begonnen. Wenn er gewusst hätte, dass Sie hier sind, hätte er das Turnier sicher abgesagt."

Worauf du wetten kannst, bestätigte Maggie im Stillen. Keinesfalls hätte Martin ihr hier das Terrain überlassen, wo er die Firma doch für seine Privatdomäne hielt.

„Welch ein Glück, dass er nichts von meinem Besuch wusste. Ich möchte doch keinesfalls seinen Arbeitsplan durcheinander bringen." Immer vorausgesetzt, man bezeichnete Golf spielen als Arbeit. „Also, wann erwarten Sie ihn zurück, Miss ..."

„Udall. Elaine Udall. Mr. Howe kommt erst nächste Woche wieder ins Büro. Er hatte so viel damit zu tun, für Mr. Malone die Firma zu leiten, dass er seine eigene Arbeit vernachlässigt hat. Die ganze nächste Woche fliegt er das Gebiet der fünf Staaten ab und besucht unsere größten Kunden."

„Verstehe. Und was genau tun Sie hier, Miss Udall?"

„Ich stehe der Rechnungsabteilung vor."

„Wirklich? Was ist mit Miss Franklin geschehen? Sie war seit Jahren Chefin der Buchhaltung. Ich bezweifle, dass sie schon so alt war, in den Ruhestand zu gehen."

„Nun ja ... Miss Franklins Zeit war offenbar vorbei. Sie hat den Wechsel von der Buchhaltung per Hand zum Computer nicht mehr vollzogen. Vor einem Jahr schickte Ihr Vater sie mit einer sehr großzügigen Abfindung vorzeitig in Pension. Ich wurde dann befördert und übernahm ihre Position, nachdem sie gegangen war."

„Verstehe. Gab es noch weitere Veränderungen in der Belegschaft, seit ich weg bin?"

„Das weiß ich nicht. Ich fürchte aber, ich muss darauf bestehen, dass Sie jetzt gehen."

Maggie winkte sorglos mit der Hand ab. „Ach, machen Sie sich keine Gedanken. Martin hat bestimmt nichts dagegen, dass ich hier bin. Ich warte nur, bis Anna vom Lunch zurückkommt."

„Anna arbeitet nicht mehr hier."

„Was? Sagen Sie mir nicht, Daddy hat sie auch in den vorzeitigen Ruhestand versetzt? Er wäre ohne sie verloren."

„Um genau zu sein ... hat Mr. Howe sie gestern entlassen. Er war der Ansicht, dass er sich seine eigene Sekretärin aussuchen sollte, wenn er die Firma leitet."

Maggie verengte leicht die Augen. „Er hat sie weggeschickt? Sie meinen, er hat sie vorzeitig pensioniert wie Miss Franklin?"

„Nun ja ..." Elaine Udall faltete die Hände und wich Maggies Blick aus.

„Warten Sie eine Minute. Wollen Sie sagen, Martin hat Anna gefeuert? Nachdem sie zweiundzwanzig Jahre in der Firma war? Weiß Daddy davon? Nein, natürlich nicht", fügte sie hinzu, ehe die Frau antworten konnte. „Er hätte das niemals zugelassen."

„Als geschäftsführender Präsident hat Mr. Howe die Kompetenz, solche Entscheidungen zu treffen. Und ich muss sagen, er hatte Recht, sie loszuwerden. Die Frau hatte entschieden zu viel Einfluss. Wie sie sich aufführte, hätte man meinen können, sie führe das Unternehmen."

Das hat Anna vermutlich auch zum größten Teil getan, seit Jacobs Krankheit ihren Tribut fordert, dachte Maggie.

Und vermutlich hatte sie ihre Aufgabe weit besser erfüllt, als Martin es selbst in seinen besten Zeiten gelingen dürfte.

Maggie war so wütend, dass sie zu zittern begann. Martin leitete die Firma erst wenige Tage, und schon richtete er Chaos an. Wäre er hier im Büro gewesen, hätte sie ihn mit bloßen Händen erwürgt.

Allerdings hütete sie sich, ihren Zorn zu zeigen, denn sie war sicher, dass Miss Udall ihm diese Begegnung wortwörtlich wiedergeben würde. Sie war noch nicht so weit, sich in die Karten sehen zu lassen.

„Nun ja, wenn Anna nicht zurückkommt, werde ich mich wohl auf den Weg machen. Aber zunächst gehe ich noch in die Fabrik und sage dem Rest der Belegschaft Hallo."

„Das halte ich aber für keine gute Idee", protestierte Elaine. Maggie war jedoch bereits aus der Tür und durchquerte mit ihren langen Schritten rasch das Vorzimmer und den vorderen Flur. Miss Udall folgte ihr im Laufschritt und holte sie am Empfang ein.

„Miss Malone, ich glaube nicht, dass Mr. Howe es gutheißt, wenn Sie die Leute von der Arbeit abhalten."

Maggies Geduldsfaden riss. Sie hatte den Eindruck erwecken wollen, dass sie kein sonderliches Interesse am Geschäft hatte und lediglich zu einem freundlichen Besuch vorbeigekommen war, doch sie hatte mehr als genug von dieser Miss Udall.

Sie blieb abrupt stehen und fuhr so heftig zu Elaine herum, dass die Frau erschrak und beinah mit ihr zusammengeprallt wäre.

„Miss Udall, nur eine kleine Warnung", drohte Maggie mit so seidensanfter Stimme, dass Elaine die Augen aufriss.

„Dies ist ein Familienunternehmen, und Sie täten gut daran, sich zu erinnern, dass ich nicht nur ein Mitglied der Familie bin, sondern auch eine Aktionärin. Mr. Howe ist lediglich ein Angestellter."

„Ich ... er ... er ist der *Vizepräsident*! Und er ist der Mann Ihrer Schwester", betonte Elaine.

„Stimmt. Aber er ist kein Eigentümer. Was bedeutet, dass er gefeuert werden kann, wenn er nicht aufpasst. Und Sie ebenfalls." Maggie beugte sich leicht hinunter und fragte mit vorgerecktem Kinn: „Habe ich mich deutlich ausgedrückt?"

Den Rest des Nachmittags verbrachte Maggie in der Verwaltung. Sie ließ sich bewusst Zeit, blieb an jedem Schreibtisch stehen und dehnte jede Unterhaltung aus, um Miss Udall zu ärgern. Die tat zwar so, als würde sie arbeiten, hielt sich jedoch verdächtig in ihrer Nähe auf und zog ein Gesicht, als hätte sie eine Zitrone verspeist.

Maggie merkte, dass die Arbeitsatmosphäre nicht mehr so war, wie sie hätte sein sollen, und sie fragte sich, wie viel Schuld Miss Udall daran trug.

Früher war Malone Enterprises eine Firma mit einem fröhlich entspannten Arbeitsklima gewesen. An den nervösen Blicken, die die Mitarbeiter der Buchhaltung in Miss Udalls Richtung warfen, war jedoch abzulesen, dass sie mit eiserner Hand regierte.

Sogar die Leute, die nicht in ihrer Abteilung waren, schienen sie zu fürchten. Maggie überlegte, was Miss Udall getan hatte, um die Mitarbeiter so zu verunsichern.

Diese Art des Peitsche schwingenden Managements kam in einer Kleinstadt wie Ruby Falls, wo jeder jeden kannte, nicht gut an. Und sie entsprach keinesfalls der Firmenphilosophie der Malones. Maggie war erstaunt, dass ihr Vater diese bedrückende Atmosphäre zugelassen hatte.

Bei Dienstschluss verließ sie die Firma zusammen mit der Belegschaft. Im Süden braute sich ein Gewitter zusammen. Blitze zuckten aus dunklen Wolken, und mit jedem Blitz wurde das Donnergrollen lauter und der Geruch des herannahenden Regens deutlicher.

Bemüht, noch vor dem Gewitter nach Haus zu kommen, eilte Maggie durch die Plantage und dachte über alles nach, was sie in Erfahrung gebracht hatte. Wenn sie ein besseres Verhältnis zu ihrem Vater gehabt hätte, wäre sie sofort zu ihm gegangen und hätte ihm Bericht erstattet. Aber solange sie nichts Konkretes vorweisen konnte, würde er ihre Sorge über die Zustände in der Firma als belanglos beiseite wischen.

Sobald sie durch das Gartentor ging, fiel der erste Regen. Große Tropfen, dick wie Weintrauben, trommelten auf sie hernieder. Ein Donnerkrachen direkt über ihr veranlasste sie zum Endspurt zum Haus.

Atemlos stürmte sie lachend durch die Küchentür, die Bluse am Körper klebend. Ida Lou fuhr erschrocken herum.

„Heilige Mutter Gottes, du bist klatschnass! Hier, trockne dich ab, Kind, ehe du dich erkältest und dir den Tod holst." Sie warf ihr ein Handtuch zu.

„Danke." Maggie tupfte sich Arme und Gesicht ab und rubbelte ihr Haar trocken. Dann schnupperte sie. „Hmm, irgendwas riecht hier toll, und ich bin am Verhungern. Was gibt es und wann wird es fertig sein?"

„Roastbeef, und es ist noch nicht gar. Es hat also überhaupt keinen Sinn, um eine Kostprobe zu betteln. Das Dinner ist wie üblich um sieben fertig, also troll dich."

„Nicht mal einen kleinen Bissen? Bitte!" bettelte Maggie und tat ihr Bestes, Mitleid erregend auszusehen.

„Nein. Wer eine Mahlzeit auslässt, kann ruhig Kohldampf schieben, finde ich", vermeldete Ida Lou herablassend. Dann machte sie eine scheuchende Geste mit der Schürze, als schüttele sie Krumen aus. „Schsch, schsch, raus aus meiner Küche. Du tropfst auf meinen sauberen Boden."

„Ich geh ja schon, ich geh ja schon." Kichernd schob Maggie sich durch die Schwingtür.

Ihre Schwestern waren mit ihren Eltern im Wohnraum. Man bemerkte sie nicht, als sie an der Tür stehen blieb. Sie betrachtete die Szene und fühlte sich mal wieder so isoliert wie in ihrer Kindheit und Jugend.

Laurel saß neben Jacob auf dem Sofa, und Jo Beth hatte sich zu seinen Füßen niedergelassen und lehnte den Kopf an seine Knie. Abwesend streichelte er seiner Jüngsten über das dunkle Haar, während er Laurel ansah, die eindringlich auf ihn einredete.

„Der Doktor, mit dem ich in Houston gesprochen habe, ist bereit, dich in sein Forschungsprogramm aufzunehmen. Dieses neue Medikament, das sie testen, ist vielleicht genau das Richtige für dich, Daddy. Wenn du einverstanden bist, können wir dich gleich Montagmorgen nach Houston bringen. Sie unterziehen dich einer Reihe von Tests und beginnen mit dem Programm. Natürlich musst du dort im Krankenhaus bleiben, aber ..."

„Ich glaube, das ist nichts für mich, Baby."

„Daddy, bitte ..."

„Nein, Laurel, ich weiß, du meinst es gut. Aber du musst akzeptieren, dass es für mich zu spät ist. Ich verbringe meine letzten Tage zu Hause bei meinen Lieben. Nicht im Krankenhaus, wo ich behandelt, gepiekst und studiert werde wie eine Laborratte."

„Aber zumindest wäre das eine Hoffnung, Daddy."

„Ach, Liebes, wir wissen beide, dass die Chancen, zu einem so späten Zeitpunkt noch eine wirksame Therapie zu finden, gleich null sind. Nein, Baby", beharrte Jacob sanft und tätschelte ihr die Hand. „Ich danke für deine Fürsorge, aber nein."

Der liebevolle Blick, mit dem er die bekümmerte Laurel ansah, wirkte auf Maggie wie ein Dolchstoß durchs Herz. Lautlos wandte sie sich ab und ging hinauf in ihr Zimmer.

Als sie wieder herunterkam, hatte sich das Gewitter verzogen und hinterließ Dauerregen. Beim Betreten des Esszimmers bemerkte sie zu ihrer Überraschung außer ihren Eltern und ihren Schwestern auch Dan. Nach einer Sekunde der Verblüffung lächelte sie ihn an und sagte gedehnt: „Aber hallo, wen haben wir denn da? Ich wusste nicht, dass Sie uns Gesellschaft leisten, Hübscher."

„Er heißt Daniel, Katherine!" herrschte ihr Vater sie an.

„Ja, Daddy, ich weiß. Und ich heiße Maggie", erwiderte sie und nahm den Platz neben ihrer Mutter ein, die am anderen Tischende dem Vater gegenübersaß. Jacob machte eine finstere Miene, doch Maggie ignorierte das.

Wie gewöhnlich belegten Laurel und Jo Beth die Plätze zu beiden Seiten des Vaters am Kopfende des Tisches. Dan setzte sich zur Linken ihrer Mutter und ihr gegenüber.

Während der Mahlzeit schwieg Maggie, außer wenn sie angesprochen wurde. Gewöhnlich von Jo Beth, die einen ihrer Seitenhiebe losließ. Worauf Lily regelmäßig ganz aufgeregt wurde und versuchte, als Friedensstifter die Wogen zu glätten. Ein- oder zweimal machte Dan eine höfliche Bemerkung oder stellte ihr eine Frage. Jedes Mal gab sie eine oberflächliche, scherzhafte Erwiderung, blickte aber ansonsten auf ihren Teller und ermutigte keine Unterhaltung.

Weder Laurel noch ihr Vater sprach sie an.

Mehrmals blickte sie auf und ertappte Dan dabei, wie er sie beobachtete. Sie ignorierte ihn jedoch und widmete sich dem köstlichen Essen.

Das war nicht schwer. Ida Lou hatte sich selbst übertroffen, und da Maggie den Lunch ausgelassen hatte, war ihr Appetit gesegnet. Sie verdrückte zwei Portionen Roastbeef mit grünen Bohnen und eingelegten roten Beeten und krönte alles mit einem Stück Zitronenkuchen.

Als der letzte Krümel verzehrt war, bemerkte sie, dass Dan sie mit gelinder Verwunderung betrachtete.

„Ich dachte immer, Models äßen nur Salat."

Maggie klopfte sich lachend auf den flachen Bauch. „Ich nicht. Ich brauche mehr als Karnickelfutter, um meinen Appetit zu stillen. Außerdem reagiere ich leicht gereizt, wenn ich Hunger habe."

„Oh lieber Himmel, das wollen wir doch vermeiden", höhnte Jo Beth. „Gott bewahre, dass Miss Glamour Queen etwas anderes ist als perfekt."

„Jo Beth!" warnte Lily, doch ihr Ton war nach den vielen Rügen bereits müde.

Abgesehen von einem fragenden Blick zu Jo Beth tat Dan so, als hätte sie nichts gesagt.

„Irgendwie habe ich das Gefühl, die Gefahr, gereizt zu werden, ist für heute gebannt."

„Daddy, ist alles in Ordnung mit dir?"

Laurels besorgte Frage lenkte die allgemeine Aufmerksamkeit zum Kopfende des Tisches. Es schmerzte Maggie, Jacob so zu sehen. Das bloße Essen einer Mahlzeit hatte ihn völlig erschöpft. Er sackte aschfahl in seinem Stuhl zusammen wie ein uralter Mann.

Lily sprang sofort auf und eilte an seine Seite. Maggie und Dan folgten ihr.

„Es ist Zeit, dich ins Bett zu bringen, Lieber“, erklärte Lily sanft. „Es war ein anstrengender Tag für dich, und du bist erschöpft.“

„Ich erhebe keinen Einspruch. Tut mir Leid, dass ich Sie im Stich lassen muss, Dan. Vielleicht können wir morgen beim Frühstück die Berichte durchgehen.“

„Kein Problem. Es gibt nichts, das nicht warten könnte.“

„Ich hole Ida Lou“, bot Laurel an. Doch sie hatte noch nicht ausgesprochen, als die Haushälterin auch schon erschien.

„Was ist denn nun los? Sie sind ja völlig erledigt. Wir bringen Sie nach oben.“

„Ich habe ihn.“ Dan nahm Jacob auf die Arme, als sei er ein Fliegengewicht, und schritt mit ihm hinaus.

Maggie sah ihnen nach und biss sich auf die Unterlippe. „Oh Gott, es bricht mir das Herz, ihn so krank und schwach zu sehen“, sagte sie leise.

„Na klar! Dabei macht es dir überhaupt nichts aus! Sonst wärst du wohl schon eher nach Haus gekommen.“

Maggie seufzte tief. „Weißt du, kleine Schwester, ich habe langsam genug von deinen Querschüssen. Denkst du denn, ich hätte nicht heimkommen wollen? Glaubst du, ich hätte mich nicht nach meiner Familie gesehnt? Es hat mich beinah umgebracht, euch nicht besuchen zu können. Aber ich hatte keine Wahl. Inzwischen müsstest du wissen, dass Daddy mich vor sieben Jahren hinausgeworfen und mir verboten hat zurückzukommen. Er toleriert meinen Aufenthalt jetzt nur Mom zuliebe."

„Ja, und ich weiß auch, warum er dich rausgeworfen hat!" schrie sie und sprang so plötzlich auf, dass ihr Stuhl hintenüberkippte. Wutentbrannt starrte sie Maggie an, das junge Gesicht gerötet vor Empörung, Kränkung und Verwirrung. „Jeder in der Stadt weiß es! Es ist so demütigend! Ich weiß gar nicht, wie Laurel deine Gegenwart erträgt!"

Mit diesem letzten Aufbegehren fuhr sie herum, rannte aus dem Zimmer und hinterließ beklommenes Schweigen.

Die beiden Schwestern standen wie erstarrt da, während Jo Beths Schritte auf der Treppe und dann auf dem oberen Flur verhallten. Einige Sekunden später schlug ihre Schlafzimmertür zu.

Maggie seufzte wieder und sah Laurel bedauernd an. „Es tut mir sehr Leid, ich wollte das wirklich nicht."

Laurel hielt sich kerzengerade, als hätte sie einen Stock verschluckt, und starrte mit kummervoller Miene auf den Boden. Sie schüttelte den Kopf. „Es macht nichts."

„Doch, es macht sehr viel. Sonst würdest du nicht aussehen, als wärst du geohrfeigt worden. Laurel, findest du nicht, es ist an der Zeit, dass wir uns aussprechen? Das haben wir nie getan."

Laurel riss den Kopf hoch, und in ihren geweiteten Augen stand das blanke Entsetzen. „Nein!" Sie schüttelte wieder den Kopf, diesmal so heftig, dass die Spange, die ihr Haar hielt, herausfiel. „Wozu sollte das noch gut sein, Maggie? Es gibt nichts, worüber wir reden müssten."

„Nichts, worüber wir reden müssten? Verdammt, Laurel, jene Nacht hat mein Leben verändert. Sie hat unser aller Leben verändert. Ich würde sagen, es gibt eine Menge, worüber wir reden müssten, und das ist längst überfällig."

„Nein, es ist vorbei und erledigt, und ich will einfach nur vergessen, dass es je geschehen ist."

„Laurel ..."

„Ich muss gehen. Sag Mom Gute Nacht, ich rufe sie morgen an."

Ehe Maggie protestieren konnte, eilte Laurel an ihr vorbei aus dem Esszimmer.

„Laurel, warte!"

Laurel schob die Fliegendrahttür auf, doch ehe die wieder zuschlagen konnte, drückte Maggie sie auf und folgte Laurel auf die Veranda. Die Tür fiel hinter ihr zu, doch das Geräusch war über dem Lärm des Gewitterregens kaum zu hören.

Draußen tobte ein Wolkenbruch. Die Tropfen platschten und tanzten auf Gehweg und Verandageländer und zerstoben zu feinen Tröpfchen, die sich wie ein zarter Nebel unter dem Vordach sammelten.

Zunächst konnte Maggie ihre Schwester nicht sehen. Sie blieb in dem Rechteck aus Licht stehen, das durch die Drahttür hinausfiel, und sah sich um. Wohin konnte Laurel so schnell verschwunden sein? Plötzlich jagte ein zackiger Blitz über den Himmel. In seinem Schein erkannte sie Laurel, die im Dunkeln nach dem Regenschirm tastete, den sie vorhin dort abgestellt hatte.

Sie fand den Schirm, spannte ihn auf und ging zu den Verandastufen, als ein Donnerschlag mit solcher Gewalt krachte, dass der Boden vibrierte. Maggie eilte zu ihr und versperrte ihr den Weg.

„Laurel, hör mir zu. Ich habe in jener Nacht nicht versucht, Martin zu verführen. Das schwöre ich. Mein Gott, Laurel, wir standen uns immer sehr nahe. Wie konntest du nur glauben, dass ich so etwas tun würde?"

„Martin sagte, du hättest darauf spekuliert, dass ich die Hochzeit abblase, falls du ihn dazu bringst, mit dir zu schlafen. Und du hattest doch gerade versucht, mich von der Hochzeit abzuhalten."

„Du meine Güte, Laurel, ich liebe dich von Herzen, und es gibt nicht viel, was ich nicht für dich tun würde. Aber ich würde doch niemals mit Martin schlafen!" Bei dem bloßen Gedanken schauderte es sie.

„Martin hat gesagt ..."

„Martin hat gelogen! Um Himmels willen, er hat versucht, mich zu vergewaltigen! Und er hätte es geschafft, wenn Daddy nicht gekommen wäre. Dann hat dieses Wiesel alles verdreht und so getan, als hätte ich mich an ihn herangemacht!"

Laurel hob das Kinn. „Daddy hat ihm geglaubt."

„Weil Daddy ihm glauben wollte. Daddy wollte immer nur das Schlechteste von mir annehmen, das weißt du."

Laurels Lippen begann zu beben, und selbst im Halbdunkel erkannte Maggie den feuchten Glanz in ihren Augen. Trotzdem schüttelte sie den Kopf. „Nein. Nein, so etwas würde er nicht tun. Niemals."

Mit eckigen Bewegungen hob Laurel den Schirm über den Kopf und wandte sich wieder der Treppe und dem Regen zu.

„Verdammt, Laurel, hör mir zu!" Maggie packte ihre Schwester am Arm, um sie am Weggehen zu hindern, ließ aber sofort los, als Laurel aufschrie.

„Was ist los? Oh Gott, habe ich dir wehgetan?"

Mit schmerzverzerrtem Gesicht presste Laurel den Arm an die Seite und schüttelte verneinend den Kopf. „Nein. Nein, natürlich nicht. Ich habe da nur einen kleinen blauen Fleck. Nichts Schlimmes."

„Lass sehen."

„Nein, wirklich, es ist schon in Ordnung", begann sie, doch ehe sie weiterreden konnte, hatte Maggie ihr Handgelenk gepackt und schob ihr den weiten Kleiderärmel hinauf. Entsetzt starrte sie auf die dunkle Verfärbung, die vom halben Unterarm bis hinauf zur Schulter und darüber hinaus reichte.

Langsam hob sie den Kopf und sah Laurel schockiert an. Der war es sichtlich unangenehm. „Ich hatte mich schon gefragt, warum du an einem so warmen Tag ein langärmeliges Kleid trägst. Hat Martin dir das angetan?"

„Natürlich nicht." Laurel entzog ihr das Handgelenk und schob rasch den Ärmel wieder hinunter. „Ich ... ich hatte nur einen kleinen Unfall."

„Einen Unfall? Was für einen? Und warum hast du nichts davon erzählt?"

„Ich bin die Treppe hinuntergefallen. Es ist nichts. Und ich habe es nicht erwähnt, weil ich Mom und Daddy keine Sorgen machen wollte. Sie haben im Moment genug um die Ohren."

„Ist das die ganze Wahrheit? Laurel, du würdest es mir doch sagen, falls ..."

„Es gibt nichts zu sagen. Ich hatte einen Unfall, das ist alles. Und ich muss jetzt wirklich gehen."

Sie eilte die wenigen Stufen hinunter zu ihrem Wagen. Maggie wagte nicht, sie noch einmal aufzuhalten, weil sie ihr nicht wieder wehtun wollte.

Doch sie blieb frustriert und verunsichert zurück. Der Nebel machte ihr die Haut klamm, und die Luft war plötzlich kühl. Geistesabwesend rieb sie sich mit den Händen die Arme und sah, wie die Rücklichter am Wagen ihrer Schwester immer kleiner wurden, als sie die Zufahrt hinabfuhr.

„Sie machen sich Sorgen, nicht wahr?"

Maggie fuhr erschrocken zusammen und drehte den Kopf in die Richtung, aus der die tiefe Stimme gekommen war. Dan Garrett trat aus dem Dunkel in den Lichtschein.

Ihr Herzschlag hatte sich durch den Schreck beschleunigt, wurde jedoch langsamer, als sie Dan erkannte. Fragend zog sie eine Braue hoch.

„Haben Sie etwa gelauscht? Also wirklich, Sie überraschen mich. Ich hätte Sie nicht für einen Spitzel gehalten."

„Es geschah unabsichtlich."

„Ah ja? Und warum haben Sie sich dann so im Dunkeln herumgedrückt?"

„Ich habe mich nicht herumgedrückt. Es war Zufall. Da ich weiß, wie peinlich es Jacob ist, Schwäche zu zeigen, habe ich ihn nur hinaufgetragen und sofort Lilys Obhut überlassen. Als ich herunterkam, wollte ich Ihnen und Laurel eine gute Nacht wünschen. Da ich Sie beide im Esszimmer miteinander reden hörte, hielt ich es für besser, Sie nicht zu stören. Also bin ich leise gegangen. Ich stand hier und wartete, dass der Regen nachlässt, als Sie auf die Veranda gestürmt kamen."

„Sie hätten sich bemerkbar machen können, damit wir wussten, dass Sie da sind."

„Stimmt. Aber ich wollte Ihre Schwester nicht in Verlegenheit bringen."

Maggie warf ihr Haar zurück und lachte freudlos. „Aber

Sie haben kein Problem damit, mich in Verlegenheit zu bringen, wollten Sie das sagen?"

„Ich bezweifle, dass man Sie leicht in Verlegenheit bringen kann."

Er kam weiter ins Licht und sah sie forschend an. „Glauben Sie, dass Martin sie misshandelt?"

Seufzend schlang Maggie die Arme fester um sich und zog sich diesmal nicht auf eine scherzhafte Bemerkung zurück. Sie war physisch und psychisch zu erschöpft, um die Fassade der Unerschütterlichen aufrechtzuerhalten. Mit grimmiger Miene erwiderte sie: „Ich würde es ihm zutrauen. Aber ich kann es nicht beweisen. Es ist möglich, dass sie wirklich die Treppe hinuntergestürzt ist."

Dan verschränkte die Arme vor der Brust und betrachtete sie mit leicht zur Seite geneigtem Kopf. „Hat Martin wirklich versucht, Sie zu vergewaltigen?" fragte er ruhig. „Oder hat er die Wahrheit gesagt, dass Sie versucht haben, sich zwischen ihn und Laurel zu stellen?"

Maggie streifte ihn mit einem Seitenblick. „Wenn Sie schon fragen müssen, hat es wenig Sinn, dass ich antworte, oder?" Sie zog kurz eine Schulter hoch. „Glauben Sie, was Sie wollen. Mir ist das gleichgültig."

„Netter Versuch, aber diesmal kommen Sie damit nicht durch. Sie haben mich angelogen, Rotschopf."

„Wie bitte?"

Dan kam näher. „Sie haben mir weismachen wollen, dass es Ihnen gleichgültig ist, was andere von Ihnen halten. Diesen Eindruck machte Ihre Unterredung mit Laurel aber ganz und gar nicht."

Er kam ihr so nah, dass sie unruhig wurde und Schwierigkeiten hatte, sich auf das Gesagte zu konzentrieren. Als würden ihre Sinne durch das tobende Unwetter geschärft, nahm sie mehrere Dinge gleichzeitig wahr: die Wärme, die sein Körper ausstrahlte, einen angenehmen männlichen Duft nach Seife und einem erdigen Cologne, dunkles Brusthaar, das im V-Ausschnitt seines Hemdes sichtbar wurde, und eine geradezu magische Anziehung, die von ihm ausging.

Großer Gott, Maggie, reiß dich zusammen! Du bist müde und nicht ganz bei Sinnen. Die Anstrengungen der letzten Tage fordern ihren Tribut, sagte sie sich, doch es nützte nichts. Ihm so nah zu sein, ließ ihre Haut prickeln und löste ein leises Kribbeln im Bauch aus.

Auch er schien die gegenseitige Anziehung zu spüren. Sie merkte es an der Art, wie er sie ansah, und spürte es an seiner Haltung. Doch sie spürte auch, dass ihm diese Anziehung missfiel.

Obwohl er sie immer noch voller Argwohn betrachtete, hätte ein Teil von ihr – zweifellos der, der noch das junge, nach Liebe hungernde Mädchen war – gern die Hand auf diese breite Brust gelegt und sich von den kräftigen Armen umfangen lassen.

Sie wandte den Kopf ab, beunruhigt von ihrer törichten Sehnsucht. „Bei den meisten Menschen ist es mir wirklich gleichgültig, was sie von mir halten", bekräftigte sie nachdenklich und blickte den winzigen Rücklichtern in der Ferne nach. „Nur bei denen nicht, die mir wichtig sind." Sie wich einen Schritt zurück, um mehr Distanz zu ihm herzustellen. „Nicht dass das etwas ändert. Laurel glaubt mir genauso wenig wie Daddy." Sie sah ihm leicht herausfordernd in die Augen, als sie hinzufügte: „Oder Sie."

8. KAPITEL

Jacob blendete das fröhliche Geplauder seiner Schwester aus, trank seinen Morgenkaffee, ließ den Blick über den leicht abfallenden Garten und die anschließende Plantage schweifen und nahm die Schönheit der Umgebung tief in seine Seele auf.

Mein Gott, wie ich das alles hier liebe, dachte er mit heftigem Stolz. Er war hier geboren und hatte in diesem großartigen alten Haus sein ganzes Leben verbracht. Er kannte hier jeden Winkel in Haus, Garten und Fabrik wie seine Westentasche. Es war unvorstellbar, dass er das alles bald verlassen musste.

Und doch kam das Ende mit jedem Tag näher.

Dieses Wissen erfüllte ihn mit Traurigkeit, und ja, auch mit Angst, aber vor allem mit dem heftigen Wunsch, jeden verbleibenden wertvollen Moment auszukosten. Die Konfrontation mit der eigenen Sterblichkeit hatte ihn eine neue Wertschätzung der einfachen Dinge gelehrt. Dinge, die er zu lange für selbstverständlich gehalten hatte – einen schönen Sonnenaufgang, den Duft der Blumen, das Glitzern des Taus auf dem Gras, das Lied einer Spottdrossel im Morgengrauen, die Berührung eines geliebten Menschen. Sogar sein Kaffee schmeckte jetzt besser.

Er wünschte sich sehr, seine letzten Tage ausschließlich mit der Freude an diesen schlichten Dingen verbringen zu dürfen, anstatt sich Sorgen um das Geschäft machen zu müssen und sich zu fragen, was aus der Familie werden sollte, falls sie die Firma verloren.

Er durfte nicht zulassen, dass sie verkauft wurde. Er musste etwas tun und zwar schnell.

Aber was? Er hatte bereits alles unternommen, was ihm eingefallen war, außer Geld von der Bank zu borgen. Und er wollte verdammt sein, wenn er das tat. Er würde diesem Halunken Rupert keinen Zutritt zur Firma gewähren, und wenn er zehnmal der Schwiegervater seiner geliebten Laurel war.

Vielleicht hatte Martin Recht. Vielleicht war der Verkauf an Bountiful Foods der einzige Weg, um Lily und den Mädchen eine Zukunft zu sichern.

Doch der bloße Gedanke war ihm schon zuwider. Nein. Entschieden nein. Es musste eine andere Lösung geben.

„Alles in Ordnung mit dir, Jacob?"

Nans sachte Berührung an seinem Unterarm brachte ihn in die Gegenwart zurück. Erst da merkte er, dass er seine Tasse so fest hielt, dass seine Fingerknöchel weiß hervortraten. „Ja, natürlich, es geht mir gut." Er trank rasch den restlichen Kaffee und stellte Tasse und Untertasse auf den Tisch.

„Wirklich?"

„Ja, wirklich. Eigentlich habe ich heute sogar einen meiner besseren Tage. Das scheint typisch für die Krankheit zu sein. Manchmal fühle ich mich, als ginge es rapide bergab, und dann wieder, ohne dass es dafür einen besonderen Grund gibt, habe ich einige gute Tage, an denen ich mich recht wohl fühle. Ich kann es nicht erklären, aber ich bin dankbar dafür und nehme, was ich bekommen kann."

Nan legte den Toast ab, den sie mit Butter bestrich, und berührte wieder seinen Arm. In ihren blauen Augen, die seinen so sehr glichen, glitzerte es feucht. „Jacob, es tut mir so Leid. Ich würde alles geben, wenn ich ..."

„Ich weiß, Liebes." Er bedeckte ihre Hand mit seiner und drückte sie leicht. „Ich weiß."

Er empfand tiefe Zuneigung zu seiner Schwester. Wie alle Geschwister hatten sie sich als Kinder geneckt und gestritten, und über die Jahre hatten sie auch hin und wieder Meinungsverschiedenheiten gehabt. Trotzdem bestand immer eine besondere Verbundenheit, die weder Zeit noch Entfernung zerstören konnten. Schmerz und der Kummer, die in ihrem Blick zum Ausdruck kamen, gingen ihm zu Herzen.

Nan war am Vorabend angekommen, wie immer mit einem Berg an Koffern. Das hatte Katherine veranlasst, sie im Cadillac ihrer Mutter vom Flughafen in Dallas abzuholen, anstatt in ihrem kleinen unpraktischen Sportwagen. Bei Nans Ankunft am Abend war er schon so erschöpft gewesen, dass er sie nur kurz begrüßt hatte, ehe er sich zurückzog.

Wie durch seine Gedanken herbeigerufen, öffnete sich die Tür zur Küche, und seine älteste Tochter kam auf die Terrasse. Sofort verflog sein zärtliches Lächeln. Er versuchte ruhig und gelassen zu bleiben, doch als er sie auf sich zukommen sah, stieg die alte Abneigung in ihm hoch wie Galle, und er presste die Lippen zusammen.

Nan entzog ihm rasch die Hand und betupfte sich die Augen mit der Serviette, ehe sie sich mit einem herzlichen Lächeln ihrer Nichte zuwandte.

„Guten Morgen, Schlafmütze. Ich habe mich schon gefragt, wann du aufwachst. Komm, setz dich zu uns. Wie immer hat Ida Lou doppelt so viel gemacht, wie Jacob und ich schaffen können. Was dir gerade ausreichen könnte, um satt zu werden“, fügte sie augenzwinkernd hinzu, was Jacob ärgerte.

Die Hinwendung seiner Schwester zu seiner Ältesten würde er nie begreifen. Zweifellos liebte sie Laurel und Jo Beth, aber für Katherine – oder Maggie, wie alle anderen sie nannten – hatte sie eindeutig eine Schwäche. Es hatte ihn nicht überrascht, als Katherine sich vor sieben Jahren Mitleid heischend an Nan gewandt hatte. Und Nan hatte Trost gespendet.

„Ich bin schon seit Stunden auf. Im Morgengrauen habe ich einen Dauerlauf gemacht und hatte einen kleinen Imbiss mit Ida Lou, ehe ich unter die Dusche gegangen bin."

„Hmm, aber ich wette, dass du trotzdem noch ein Frühstück verdrücken kannst, richtig?"

Sie grinste. „Richtig."

Maggie ging zum Servierwagen und häufte einen Teller voll mit Pfannkuchen, Rühreiern und Speck. „Wo sind Mom und Jo Beth?" fragte sie, als sie sich an den Tisch setzte und sich aus der Kanne eine Tasse Kaffee einschenkte.

„Sie sind zum Frühgottesdienst gegangen. Etwas, das dir auch dann und wann gut tun würde."

„Sicher hast du Recht, Daddy", erwiderte sie mit frechem Grinsen und nahm eine Gabel voll Pfannkuchen, der von Butter und Sirup nur so triefte. Sie kaute nachdenklich und zeigte mit der Gabel in seine Richtung, als sie schluckte. „Aber weißt du, ich bin mir nicht sicher, ob Bruder Taylor und seine Gemeinde sehr erfreut wären, eine Sünderin wie mich im sonntäglichen Gottesdienst zu sehen!"

„Was für ein Unsinn. Schäm dich, Kind, deinen Vater so aufzuziehen!" schimpfte Nan. „Und was dich betrifft, Jacob. Ich weiß nicht, warum du unterstellst, sie würde nicht in die Kirche gehen. Wenn Maggie in New York ist, gehen wir zwei jeden Sonntagmorgen in die Kirche."

Jacob wusste, dass er sich über diese Information freuen und sich vermutlich entschuldigen sollte, aber er konnte sich nicht überwinden. Im Gegenteil, er war frustrierter denn je.

Er konnte sich darauf verlassen, dass Katherine immer genau das Gegenteil von dem tat, was er unterstellte.

Sie ignorierte ihn, sah auf ihre Armbanduhr und sagte zu Nan. „Wir schaffen es noch zum nächsten Gottesdienst, wenn du willst.“

„Ich leide ein wenig unter der Zeitverschiebung, Liebes. Geh du nur ohne mich. Ich bleibe hier sitzen und leiste Jacob Gesellschaft.“

Die Tür zur Küche ging wieder auf, und Ida Lou steckte den Kopf heraus. „Maggie, da ist eine Frau namens Val am Telefon. Möchtest du, dass ich dir das Telefon auf die Terrasse bringe?“

„Nein, schon okay. Ich nehme den Anruf drinnen entgegen.“ Sie nahm noch zwei Bissen Pfannkuchen, ehe sie sich den Mund betupfte. „Das ist Val Brownley, die Chefin der Modelagentur. Sie will wahrscheinlich wieder die Daumenschrauben ansetzen, damit ich einen Auftrag annehme.“

„Einen Auftrag?“ schnaubte Jacob verächtlich. „Du nennst das, was du tust, doch sicher nicht Arbeit. Es ist einfach eine Peinlichkeit, mit praktisch nichts am Leib für Fotos zu posieren. Vor drei Monaten war die ganze Stadt in Aufruhr wegen dieses Titelfotos auf dem Sportmagazin. Stolzierst da vor aller Welt am Strand herum mit nichts als zwei Stoffstreifen an.“

Maggie lachte. „So etwas nennt man Bademode, Daddy. Eine sehr teure, möchte ich betonen, von einem Top-Designer.“

„Als Kind hast du zum Schwimmen mehr angehabt.“

„Ja, aber ich bin kein Kind mehr.“

„Das hast du jedem glotzenden Idioten, der dich anstarren wollte, deutlich gezeigt. Wohin ich in der Stadt auch gegangen bin, überall lag dieses Magazin mit dem Titelbild von dir. Du hast dich zur Schau gestellt wie eine Prostituierte. Es war beschämend."

Nach einer kurzen Pause fügte er hinzu: „Ich habe dich nicht nach Harvard geschickt, damit du Exhibitionistin wirst. Du hast einen scharfen Verstand und ein Magisterdiplom, aber nutzt du das etwa? Nein, du entscheidest dich für einen nutzlosen, narzisstischen Beruf, der nicht einen Funken Intelligenz erfordert und dir gestattet, ein unanständiges Spektakel aus dir zu machen."

Wie gewöhnlich fand sein Ärger kein Ziel, jedenfalls nicht bei seiner Tochter. Dafür ärgerte sich Nan. „Jacob, also wirklich!" Maggie zuckte nur die Achseln und schenkte ihm noch ein unverschämtes Grinsen.

„Ein Mädchen muss eben tun, was ein Mädchen tun muss." Sie erhob sich, klopfte ihm die Schulter, als sie an ihm vorbeiging, und sagte leise: „Sieh es mal so, Daddy. Jede Familie muss ihr schwarzes Schaf haben."

Dann tänzelte sie zum Haus in diesem kessen Gang, als hätte sie keine Sorge auf der Welt. Innerlich kochend sah Jacob ihr nach, und Gefühle, die er seit Jahren begraben glaubte, kamen wieder in ihm hoch.

„Du bist ein Idiot, Jacob Patrick Malone! Ein kompletter Hornochse!"

„Fang nicht damit an, Nan. Ich will das nicht hören."

„Ich werde es trotzdem sagen!" schimpfte sie und sprang auf. „Zu deiner Information, als Titelbild für *The Sports Gazette* ausgewählt zu werden, ist eine Ehre. Jedes Model träumt davon, diesen Auftrag an Land zu ziehen. Und noch etwas", fuhr sie fort, ehe er etwas erwidern konnte, und schlug sich ärgerlich gegen die Brust. „Wenn du etwas an ihrer Karrierewahl auszusetzen hast, dann wende dich an mich. Ich bin verantwortlich dafür, dass Maggie Model wurde. Glaube mir, sie selbst wäre nie auf den Gedanken gekommen. Als ich ihr den Vorschlag damals gemacht habe, war sie so überrascht, dass sie mich ausgelacht hat."

Einmal in Fahrt gekommen, ging Nan neben dem Tisch auf und ab und unterstrich ihre Argumente mit scharfen Handbewegungen. „Da sie in diesem Haushalt mit einer Mutter und zwei Schwestern gelebt hat, die aussehen wie Dresdner Porzellanfigurinen, hat sich das arme Ding immer für unattraktiv und ungelenk gehalten. Zugegeben, in ihrer frühen Teenagerzeit hat sie ein unglückliches Stadium durchlaufen. Aber niemand, am wenigsten Maggie selbst, schien zu bemerken, dass sie mit achtzehn aufzublühen begann. Zuerst war sie von meiner Idee gar nicht angetan. Doch ich blieb beharrlich, und schließlich ging sie zur Valentina Modelagentur, damit ich sie nicht länger bedränge."

Nan machte eine nachdenkliche Pause und fuhr fort: „Sie war überzeugt, dass man sie bloß ansehen und auslachen würde. Aber zu ihrer Überraschung gaben sie ihr auf der Stelle einen Vertrag. Innerhalb eines Jahres wurde sie zu einem der begehrtesten Models der Welt. Und das aus gutem Grund. Für den Fall, dass du es nicht bemerkt hast, Jacob, deine älteste Tochter ist eine Augenweide."

Er öffnete den Mund zu einer scharfen Erwiderung, doch sie schnitt ihm das Wort ab.

„Gleichgültig, was du vom Beruf des Models hältst. Zu dem Zeitpunkt war diese Karriere für Maggie das Beste, was ihr passieren konnte. Als sie auf meiner Türschwelle stand, war sie dank deiner Hilfe ein seelisches Wrack. Der Modelberuf hat ihr Stolz und Selbstvertrauen gegeben und ihre Selbstachtung wiederhergestellt."

Nan schwieg erneut einen Moment und sah ihren Bruder dabei vorwurfsvoll an. Doch in dem Blick schwangen auch Traurigkeit und Unverständnis mit. Und als sie wieder das Wort ergriff, tat sie es mit leiser, flehender Stimme. „Wie konntest du ihr so etwas antun, Jacob? Wie konntest du sie aus deinem Leben verstoßen, dein eigenes wertvolles Kind?"

Jacob presste die Kiefer so heftig zusammen, dass ihm die Zähne schmerzten. Typisch Nan, ihm ohne Rücksicht auf seinen Zustand die Leviten zu lesen. Seit er Krebs hatte, wurde er von Familie und Freunden mit Glacéhandschuhen angefasst. Das war jedoch nicht der Stil seiner Schwester. Er hatte ihre unverblümte Art immer bewundert – bis heute.

Verdammt, sie verstand es einfach nicht. Niemand tat das.

„Katherine hat mir keine Wahl gelassen. Was sie versucht hat, war unverzeihlich."

„Du meinst, was sie laut Martins Behauptung angeblich versucht hat", schoss Nan zurück. „Ich habe nie verstanden, warum du diesem kleinen Wurm mehr geglaubt hast als deiner Tochter."

Jacob maß seine Schwester mit einem strengen Blick. „Erinnere dich bitte, dass du über den Mann sprichst, den Laurel liebt."

Nan antwortete mit einem undamenhaften Schnauben und verdrehte die Augen. „Oh ja, natürlich. Der Himmel möge verhindern, dass sich bei Laurel ein Makel zeigt, und sei es auch nur ihr schlechter Geschmack in puncto Männer. Gott allein mag wissen, was sie je in Martin Howe gesehen hat. Oh ja, er ist ein gut aussehender Charmeur, das gebe ich gerne zu. Aber tief im Innern ist er immer noch der verzogene, überhebliche Tyrann, der er schon als Kind war. Seien wir ehrlich, wir wissen beide, wenn er nicht mit Laurel verheiratet wäre, hättest du ihm schon vor Jahren den Laufpass gegeben. Wenn ich die Firma leiten würde, täte ich es in jedem Fall."

„Also wirklich, Nan, du urteilst zu hart über den Jungen. Martin macht seine Arbeit", wandte Jacob ein, doch im Herzen gab er seiner Schwester Recht. Von keinem anderen Angestellten hätte er so schlechte Leistungen akzeptiert. So sehr er sich über Martin auch ärgerte, er drückte Laurel zuliebe ein Auge zu. Aber in Wahrheit war sein Schwiegersohn eine Niete. Ständig musste er ihn drängen und ihm auf den Fersen sein, damit er überhaupt seine Arbeit machte.

„Also bitte, Jacob. Der Mann ist doch ein völliger Versager. Und du bist ein Narr, dass du dich mit ihm gegen deine Tochter verbündet hast."

Das traf ihn sichtlich. „Gleichgültig, was du von Martin hältst, Katherines Ruf ist nicht gerade Vertrauen erweckend."

„Das ist vielleicht die Entschuldigung, die du dir zurechtgelegt hast, um dein Gewissen zu beruhigen, aber wir wissen beide, dass deine Abneigung gegen Maggie lange vor jener Nacht begann."

„Das ist absurd."

„Du hast Laurel und Jo Beth mit Liebe überhäuft, zu Maggie hingegen warst du immer distanziert."

„Nicht schon wieder!" stöhnte er. „Schau, Nan, ich habe dir im Laufe der Jahre wohl hundertmal gesagt, dass ich Katherine nicht anders behandele als die anderen Mädchen – da bin ich mir sicher."

„Blödsinn. Wenn eine deiner anderen Töchter zu den Topmodels dieser Welt gehörte, würdest du vor Stolz platzen, doch Maggie machst du es zum Vorwurf. Du kannst es leugnen, bis du blau bist im Gesicht, aber du und ich, wir wissen, dass du Maggie seit dem Tag ihrer Geburt zu ignorieren versuchst."

„Das ist ja lächerlich. Sie hat genau die Privilegien und Zuwendungen erhalten wie ihre Schwestern – ein gutes Zuhause, eine erstklassige Ausbildung, Tanzstunden, Musikstunden, nette Kleider, fast alles, was sie wollte. Sogar ein Auto, als sie sechzehn wurde."

„Sachen. Das sind alles materielle Güter, Jacob. Kein einziges Mal hast du ihr Liebe und Wärme geschenkt."

Unfähig, den Vorwurf zu entkräften, wandte er den Blick ab, doch Nan war gnadenlos.

„Gib es zu, Jacob, du weißt, dass ich Recht habe."

„Wenn ich ihr nicht so viel Zuneigung gezeigt habe, dann weil Katherine ein schwieriges Kind war", rechtfertigte er sich leise. „Sie ist immer noch schwierig."

„Was für ein Mist. Die ersten zwölf Jahre ihres Lebens hat sie sich schier auf den Kopf gestellt, um dir zu gefallen. Ich sage dir, es war schmerzlich, das zu sehen. Maggie kam mit einem überschäumenden Temperament auf die Welt, aber sie hat es gezügelt, um das perfekte Kind zu werden – still, hilfreich, wissbegierig. Gehorsam und höflich bis zum Erbrechen. Das alles hat sie nur gemacht, um deine Liebe und Anerkennung zu gewinnen."

„Sobald sie ins Teenageralter kam, hat sie dann aber alles nachgeholt", entgegnete er. „Sie hätte Festrednerin beim Abschluss in der High School sein sollen. In ihrer Klasse hatte sie die besten Noten von allen. Aber wegen ihres unmöglichen Benehmens mussten ihre Mutter und ich zusehen, wie dieser Janowich-Junge die Festrede zur Abschlussfeier hielt."

Nan sah ihn nur kopfschüttelnd an. „Du begreifst es einfach nicht, was? Was hast du denn erwartet? Nach zwölf Jahren merkte sie, dass ihre Bemühungen nutzlos waren. Also sagte sie sich: zur Hölle damit. Und unbewusst hat sie dann wohl entschieden, wenn sie deine Aufmerksamkeit nicht durch gute Taten erringen könnte, dann würde sie es auf jede andere Weise versuchen." Sie machte eine Pause, damit er darüber nachdachte, und fügte hinzu: „Und es funktionierte, Jacob, nicht wahr?"

„Oh ja, meine Aufmerksamkeit errang sie allerdings. Du hast es leicht, uns zu kritisieren, aber dieses Mädchen hat seiner Mutter und mir manch schlaflose Nacht beschert und viele Peinlichkeiten und Kosten dazu. Ständig musste ich in der Schule antanzen. Und ich musste für die Kosten ihrer vielen dummen Streiche aufkommen."

Zu Jacobs Erstaunen zuckte ein Lächeln um Nans Mund. „Ich weiß nicht recht", sagte sie gedehnt. „Einiges von dem, was sie veranstaltet hat, fand ich ziemlich gewitzt. Zum Beispiel diese Kuh mitten in der Nacht in die erste Etage der High School zu schmuggeln. Ich wäre gern als Mäuschen dabei gewesen, als Direktor Davies am nächsten Morgen in die Schule kam. Haben die übrigens jemals herausgefunden, wie sie das geschafft hat?"

„Nein, aber dieser kleine Streich hat mich eine schöne Stange Geld gekostet. Ich musste einen Kran bestellen und das Tier durch ein Fenster nach draußen hieven lassen. Außerdem musste ich eine Reinigungsfirma beauftragen, den Mist wegzumachen, den das verängstigte Tier hinterlassen hatte. Die gesamte erste Etage musste neu gestrichen und vom Gestank befreit werden. Verdammt, Nan, hör auf zu lachen. Das war nicht witzig. Überall war Kuhdung."

„Das war doch zum Totlachen." Sie unterdrückte ihr Lachen und betrachtete das zornige Gesicht ihres Bruders im Profil. „Sag mir eines. Hat sich Maggie jemals geweigert, zu ihren Streichen zu stehen? Hat sie je versucht, ihre Schuld zu leugnen, sie jemand anders zuzuschieben und so zu tun, als wisse sie von nichts?"

„Nein, hat sie nicht, das muss ich ihr lassen", räumte er grimmig ein.

„Und trotzdem ... hast du Martin geglaubt?"

Ihre Argumentation verblüffte ihn, und er verspürte den Anflug eines Schuldgefühls, ignorierte es jedoch mit finsterer Miene. „Das ist nicht dasselbe."

„Hm, wie auch immer. Der Punkt ist, dass du dem Mädchen Unrecht getan hast. Und das sieht dir nicht ähnlich. Sie ist eine kluge, schöne, warmherzige Frau, aber du hattest immer etwas an ihr auszusetzen. Warum? Wie konntest du sie all die Jahre so behandeln?"

Innerlich aufgewühlt, blickte er hinüber zur Plantage. „Ich möchte nicht darüber sprechen."

„Verdammt, Jacob, du stirbst! Um deinet- und um ihretwillen musst du dich mit ihr aussöhnen, solange du noch kannst. Sie ist deine Tochter, um Himmels willen!"

Jacob riss der Geduldsfaden. Mit einem wütenden Blick zu seiner Schwester giftete er: „Das ist ja das Problem! Ich glaube nicht, dass sie meine Tochter ist!"

Eine Detonation hätte keine größere Wirkung haben können. Nan hatte plötzlich das Gefühl zu ersticken. Fassungslos starrte sie ihren Bruder einige Sekunden lang an.

„Jacob, du kannst doch unmöglich glauben, dass Lily dir untreu war."

„Natürlich nicht. Sei nicht albern." Er presste die Lippen zusammen und wandte den Blick ab. Die Muskeln in seinem Kiefer arbeiteten. Als er Nan wieder ansah, bemerkte sie sein Schwanken zwischen Zögern und zornigem Ausbruch.

„Sie wurde vergewaltigt", erklärte er schließlich mit ausdrucksloser Stimme. „Genau acht Monate und dreiundzwanzig Tage vor Maggies Geburt."

„Großer Gott, Jacob!" Nan sank in den nächsten Sessel, als könnten ihre Beine sie nicht mehr tragen. „Das wusste ich nicht. Die ganzen Jahre hatte ich keine Ahnung davon!"

„Niemand wusste es. Jedenfalls niemand in dieser Stadt. Eingeweiht sind nur Lily und ich und die Polizei von Houston."

„Es passierte in Houston?"

Er nickte, starrte in die Ferne und nahm nur am Rande wahr, dass Nan seine Hand genommen hatte. „Ich musste zu geschäftlichen Besprechungen nach Houston. Lily hatte mich begleitet, um Einkäufe zu machen. Am Morgen auf dem Weg zu meinem ersten Termin setzte ich sie bei Neiman Marcus ab. Sie kehrte vor mir ins Hotel zurück. Als sie die Tür zu unserem Zimmer aufschloss, drängte ein Mann sie zur Seite."

Jacob presste kopfschüttelnd die Augen zu, als die schmerzlichen Erinnerungen wieder hochkamen. Außer den Polizisten, die den Fall bearbeiteten, hatte er die Geschichte keinem erzählt, doch da er einmal angefangen hatte, konnte er nicht mehr aufhören.

„Sie wehrte sich, aber sie hatte keine Chance. Ich fand sie eine Stunde später, bewusstlos, blutüberströmt und so zusammengeschlagen, dass ich sie kaum wieder erkannt habe. Oh Gott", stöhnte er auf und bedeckte seine Augen mit der freien Hand. „Ich fühle mich so schuldig. Wäre ich doch früher zurückgekehrt, anstatt mit meinem letzten Kunden noch etwas zu trinken, hätte dieser Verbrecher sie nie angerührt. Hätte ich sie doch mitgenommen. Ich hätte sie niemals allein lassen dürfen."

„Jacob, tu das nicht! Mach dir keine Vorwürfe. Du hast nichts falsch gemacht. Die Schuld hat allein dieses Ungeheuer, das Lily überfallen hat, nicht du."

„Das ... das sagte auch die Polizei, aber ..."

„Kein Aber. Sie hatten Recht. Und ich bin mir ziemlich sicher, dass Lily dir keine Schuld gibt." Nan streichelte ihm die Hand und schüttelte traurig den Kopf. „Arme Lily. Kein Wunder, dass sie immer so zart besaitet war. Hat die Polizei den Kerl erwischt, der ihr das angetan hat?"

Er schüttelte stumm den Kopf, und Nan stieß einen angewiderten Laut aus.

„Ich blieb mit Lily in Houston, bis ihre körperlichen Wunden verheilt waren. Wir haben damals alle, sogar Dad, in dem Glauben gelassen, wir würden einen verlängerten Urlaub machen. Lily hätte es nicht ertragen, wenn in Ruby Falls etwas von dem Vorfall bekannt geworden wäre. Aber der psychische Schaden, den dieser Verbrecher ihr zugefügt hatte, machte mir die größten Sorgen. Noch nach unserer Rückkehr lief Lily umher wie ein Zombie. Sie war in einem so desolaten Zustand, dass ich Angst hatte, sie allein zu lassen. Ich fürchtete, sie könnte sich etwas antun."

Jacob schwieg einen Moment versonnen und fuhr fort: „Dann stellte sie fest, dass sie schwanger war, und erwachte augenblicklich aus ihrer Lethargie. Fast so, als hätte jemand einen Schalter umgelegt. Es schien ihr gar nicht in den Sinn zu kommen, dass das Kind von dem Vergewaltiger sein könnte. Ich glaube, sie hat diesen Gedanken innerlich abgeblockt. Und sie war so glücklich, dass ich nicht das Herz hatte, sie auf diese Möglichkeit hinzuweisen. Ich hatte Angst, sie könnte wieder in Depressionen verfallen."

„Aber du hast dich ständig gefragt, wessen Kind das war, nicht wahr?"

„Ich wollte es nicht. Lily war glücklich. Und es bestand ja auch die Möglichkeit, dass es mein Kind war. Wir hatten seit Monaten versucht, ein Kind zu bekommen. Ich sagte mir, dass die Chancen zu meinen Gunsten standen." Jacob seufzte tief. „Dann wurde Maggie geboren, und ich war fast sicher, dass sie keine Malone ist."

„Wie bist du darauf gekommen?"

„Um Himmels willen, Nan, sieh sie dir doch an! Sie ist eins achtzig groß. Lily und die beiden anderen Mädchen sind klein. Sie ähnelt weder mir noch Lily, noch sonst jemand in der Familie. Dann die roten Haare und die grünen Augen. Niemand in unserer Familie hat so etwas."

„Na und? Das bedeutet gar nichts. Du bist über eins achtzig. Maggie könnte deine Größe geerbt haben. Haar- und Augenfarbe stammen vielleicht aus dem Genpool eines entfernten Vorfahren. Diese Anlagen haben vielleicht ein paar Generationen übersprungen."

„Vielleicht", räumte er widerwillig ein, „aber es scheint mir nicht wahrscheinlich zu sein."

„Ich darf wohl daraus schließen, dass du keinen Vaterschaftstest hast machen lassen. Ich weiß, dass der Bluttest damals nicht sicher deine Vaterschaft bewiesen hätte, aber er hätte dir gezeigt, ob du auf keinen Fall der Vater sein konntest."

„Ich konnte keinen Test machen lassen. Lily wollte nicht, dass irgendwer von dem Vorfall damals erfuhr, nicht mal der Arzt. Sie wurde geradezu hysterisch, wenn ich auch nur andeutungsweise auf die Sache zu sprechen kam. Ich konnte sie nicht mit meinen Zweifeln belasten und riskieren, dass sie wieder depressiv wurde."

„Jacob, sie hätte professionelle Hilfe gebraucht", sagte Nan einfühlsam. „Sie hätte lernen müssen, die Tat zu verarbeiten, anstatt sie zu verdrängen."

„Ich weiß, ich weiß. Aber sie widersetzte sich vehement allen Vorschlägen in dieser Richtung, und ich hatte Bedenken, sie zu drängen."

Nan seufzte. „Deshalb ist sie so wenig belastbar, nicht wahr? Deshalb meidet sie Konflikte und Reibereien, koste es, was es wolle. Deshalb hast du sie immer so behütet und beschützt."

Jacob ließ die Schultern hängen. „Ja." Als er seine Schwester ansah, standen ihm Tränen in den Augen, doch er schämte sich nicht dafür. „Wenn du hättest sehen können, was dieses Tier aus ihr gemacht hat, wie zerstört sie war, würdest du mich verstehen."

„Oh Jacob, ich gebe dir keine Schuld – jedenfalls nicht dafür. Ich bin mir nicht sicher, dass es Lily gut getan hat, all die Jahre so in Watte gepackt zu werden, aber ich verstehe deine Beweggründe. Was ich nicht verstehe, ist, wie du diese Sache siebenundzwanzig Jahre lang hast in dir brodeln lassen. Und Maggie durfte es ausbaden."

Der Vorwurf traf ihn ins Herz, und er brauste auf: „Verdammt, hast du eine Vorstellung, wie es ist, jeden Tag von dem Gedanken gequält zu werden, dass das Kind, das deinen Namen trägt, vielleicht das Monster zum Vater hat, das deine

Frau vergewaltigt hat? Ich sage dir, es ist die Hölle, die reine Hölle! Ich habe versucht, sie zu lieben, das schwöre ich bei Gott. Aber jedes Mal, wenn ich sie ansah, musste ich an diesen Verbrecher denken."

„Umso mehr Grund, endlich die Wahrheit herauszufinden. Heutzutage kann man mit DNA-Tests sicher feststellen, ob Maggie deine Tochter ist oder nicht."

„Ich sagte dir schon, ich kann Lily das nicht antun."

„Sie muss es ja nicht erfahren. Und Maggie auch nicht. Ich persönlich glaube allerdings, dass die ganze Geschichte endlich offen auf den Tisch sollte."

„Absolut nein!"

„Auch gut. Ich nehme einige Haare aus Maggies Bürste und eine Speichelprobe von dir, schicke beides an meinen Arzt in New York und bitte ihn, den Test durchführen zu lassen."

Jacob blickte in die Plantage hinaus und hatte das Gefühl, etwas drücke ihm das Herz ab.

„Die Zeit wird knapp, Jacob. Du schuldest es Maggie", drängte sie ihn ruhig. „Und du schuldest es dir."

Er schüttelte den Kopf. „Nein. Ich werde es nicht tun. Und ich will dein Wort, dass du den Test nicht eigenmächtig machen lässt."

„Jacob ..."

„Versprich es, Nan. Ich kenne dich. Du versuchst immer einzugreifen und alles wieder ins Lot zu rücken. Aber hierbei hast du dich nicht einzumischen. Also, habe ich dein Wort?"

Nan sah ihn wütend an. Schließlich seufzte sie und entgegnete ungehalten: „Also schön, du hast mein Wort. Aber du bist ein Narr, Jacob Malone!"

Er sah ihr nach, wie sie resolut ins Haus marschierte, und zuckte zusammen, als sie die Tür hinter sich zuschlug. Er wandte den Kopf ab und starrte wieder ins Leere. Er wusste, dass Nan ethisch, moralisch und sogar intellektuell Recht hatte. Aber emotional ... das war eine ganz andere Geschichte.

Das Einzige, was ihm all die Jahre erlaubt hatte, Katherine in der Familie zu akzeptieren, war die – wenn auch vage – Möglichkeit, dass sie letztlich doch seine Tochter war. Wie sollte er es ertragen, wenn er nach all der Zeit zweifelsfrei wusste, dass sie es nicht war?

Oder schlimmer noch ... dass sie es war?

9. KAPITEL

Maggie hob ruckartig den Kopf. Was war das?

Mit heftigem Herzklopfen sah sie sich im Büro ihres Vaters um. Der Raum wurde nur von der Schreibtischlampe mit dem grünen Schirm und einer indirekten Beleuchtung an drei Seiten der Decke erhellt. Das reichte jedoch aus, um zu erkennen, dass sie allein war.

Sie schwang mit dem großen Drehsessel ihres Vaters herum und blickte durch die Glaswand hinab in die Konservenfabrik. Wie immer an Sonntagen lag die Produktionshalle verlassen und still da.

Im Gegensatz zu anderen Fabriken dieser Art, in denen die Maschinen nie still standen, hatte Maggies Urgroßmutter schon vor vielen Jahren entschieden, dass bei Malone nur an sechs Tagen die Woche gearbeitet wurde. Die Pflücker in den Plantagen und die Verwaltungsangestellten hatten die übliche Vierzigstundenwoche. Die Arbeiter in der Konservenfabrik machten drei Zwölfstundenschichten pro Woche. Dadurch bekamen sie ein anständiges Gehalt und hatten trotzdem genügend Freizeit.

„Wir könnten mehr Geld verdienen, wenn wir rund um die Uhr arbeiten ließen, aber die Arbeiter würden einen zu hohen Preis dafür bezahlen. Es ist einfach unnatürlich, dass Menschen nachts arbeiten“, hatte ihre Urgroßmutter entschieden. „Außerdem brauchen alle Zeit für ihre Familien.“

Maggie stimmte dieser Philosophie zu und amüsierte sich, dass heute viele Firmen ihren Zeitplan übernahmen. Im Moment verursachten ihr die Leere und die unnatürliche Stille in der Produktionshalle jedoch eine Gänsehaut.

Die schwache Notbeleuchtung machte aus den großen

Maschinen in der riesigen Halle unheimliche Schattengebilde.

Maggies Blick schweifte forschend durch den höhlenartigen Raum, doch sie konnte nichts Ungewöhnliches entdecken.

Mit leisem ironischen Lachen schwang sie mit dem Sessel wieder herum. „Du lässt dich von der Leere beeindrucken, Mag. Denk dran, du bist in Ruby Falls und nicht in New York.“ Sie rückte mit dem Sessel näher an den Schreibtisch und widmete sich wieder den auf dem Tisch verteilten Akten.

Bereits nach wenigen Augenblicken war sie völlig in das Prüfen der Zahlenkolonnen versunken. Dann und wann verharrte sie mit dem Zeigefinger an einer Zahl, langte über den Tisch nach einer zweiten Akte und glich die Zahlen gegeneinander ab.

„Was machen Sie denn hier?“

Zu Tode erschrocken fuhr sie mit einem leisen Aufschrei hoch. Ihr Schreibstift flog durch die Luft, während sie aufsprang und endlich Stimme und Gesicht des Mannes an der Tür erkannte.

Eine Hand auf ihr Herz gepresst, ließ sie sich wieder in den Sessel fallen und schloss die Augen. „Grundgütiger Himmel, haben Sie mich erschreckt. Schleichen Sie sich nie wieder so an, mein Bester, sonst bekomme ich eine Herzattacke.“

„Ich bin gerade nach Haus gekommen und sah hier oben Licht. Da Jacob zum Arbeiten zu krank ist und Martin keine Überstunden macht, dachte ich mir, ich sehe besser mal nach. Und Sie haben meine Frage nicht beantwortet. Was tun Sie hier zu dieser Nachtzeit?“

Er war gerade nach Haus gekommen? Maggie warf einen Blick auf die Schreibtischuhr. Fast Mitternacht. Kam er von einem Rendezvous?

Es erstaunte sie, wie unbehaglich ihr dieser Gedanke war. Er ist ein gesunder, heißblütiger Mann in den besten Jahren, er sieht gut aus und ist dazu noch Single. Natürlich hat er Freundinnen. Vielleicht steckte er mitten in einer ernsthaften Beziehung, war möglicherweise sogar verlobt. Was wusste sie schon?

Vielleicht fühlt er sich von dir angezogen, wie du von ihm. Aber diese Anziehung gefällt ihm nicht. Er mag dich nicht. Also halte dich zurück, Mag.

Lügen war nicht ihre Stärke. Außerdem ließen die auf dem Schreibtisch verteilten Akten wenig Zweifel, was sie hier tat. Sie wollte Zeit schinden. Um ihn abzulenken, lehnte sie sich zurück und warf ihm einen langen Blick zu.

„Gibt es ein Problem? Ich bin ein Mitglied der Familie Malone. Warum tun alle so, als hätte ich hier nichts verloren?"

Er antwortete nicht gleich, sondern stand nur da, die kräftigen Hände auf die schmalen Hüften gestemmt, und betrachtete sie forschend.

„Weiß Jacob, dass Sie hier oben sind und herumschnüffeln?"

„Nein. Aber Mom weiß es. Um genau zu sein, bin ich hier, weil sie mich darum gebeten hat."

„Ach ja? Das ist eigenartig. Ich habe nie erlebt, dass Lily sich in die Geschäfte eingemischt hätte."

„Stimmt. Aber da Daddy so krank ist, muss sich jemand aus der Familie um alles kümmern. Da Mom weder entsprechende Erfahrung noch Ausbildung hat, hat sie mich gebeten, einen Blick in die Bücher zu werfen."

Maggie neigte den Kopf leicht zur Seite und überlegte, wie viel sie offenbaren durfte. Letztlich verließ sie sich auf ihren Instinkt. „Ich weiß nicht, ob es Ihnen bewusst ist, aber unsere Profite sinken seit Monaten."

Dan lehnte sich mit der Schulter gegen den Türrahmen, überkreuzte die Beine an den Knöcheln und verschränkte die Arme vor der Brust. „Ja, ich weiß. Jacob hat es mir gesagt."

„Hat er Ihnen auch gesagt, dass wir untergehen, wenn wir nicht schnellstmöglich das Ruder herumwerfen?"

„Ja. Entweder das, oder wir verkaufen an Bountiful Foods, wozu Martin ihn ständig drängt."

„Nicht, wenn ich es verhindern kann."

Der Ausdruck seiner Augen und das Zucken um den Mund verrieten zynische Belustigung. „Also schreiten Sie kurz ein und holen für Jacob die Kastanien aus dem Feuer, einfach so?"

„Also das Schreiten hebe ich mir im Allgemeinen für den Laufsteg auf. Allerdings werde ich mein Möglichstes tun, das Loch im Fass zu finden und zu stopfen." Sie zog fragend eine Braue hoch. „Haben Sie ein Problem damit?"

Dan betrachtete den Stapel Akten. „Wissen Sie, was Sie da tun?"

„Nun ja, Buchhaltung ist nicht gerade mein Spezialgebiet, aber ich habe einige Kurse belegt, ehe ich mein Magisterdiplom in Betriebswirtschaft gemacht habe. Ich denke, ich kann mich durchwursteln."

Er nahm ihre Erklärung scheinbar ungerührt hin und betrachtete sie nur weiter in seiner ruhigen unergründlichen Art. Allerdings glaubte Maggie – obwohl sie es nicht beschwören konnte – eine Spur Bewunderung in seinem Blick und seinem scheinbar ausdruckslosen Gesicht zu lesen.

Bei der schwachen Beleuchtung konnte sie sich das aber auch eingebildet haben.

„Warum arbeiten Sie jetzt? Warum nicht während der üblichen Bürostunden?"

„Ich hielt es für besser, den normalen Arbeitsablauf nicht zu stören. Ich möchte die Mitarbeiter nicht beunruhigen. Und um ehrlich zu sein, Miss Udall scheint ... wie soll ich mich ausdrücken ... ihr Revier wie ein Wachhund zu verteidigen. Ich möchte sie nicht reizen." Sie warf ihm ein schiefes Lächeln zu. „Jedenfalls nicht mehr, als ich es ohnehin schon getan habe."

Außerdem wollte sie Martin nicht auf ihre Nachforschungen aufmerksam machen, damit der nicht zu ihrem Vater lief. Da Dan nun Bescheid wusste, hatte sich dieser Punkt aber vielleicht ohnehin erledigt, und ihr Vater wurde umgehend eingeweiht.

Obwohl nur ein Mundwinkel zuckte, war diesmal unverkennbar, dass Dan lächelte. „Sie haben sich schon behakelt, was? Vorsicht, Rotschopf. Die Frau ist der Leibhaftige."

„Mag sein. Aber ich denke, in einem fairen Kampf kann ich es mit ihr aufnehmen."

Der kecke Kommentar brachte ihr wieder ein zögerndes Lächeln ein. „Wahrscheinlich haben Sie Recht."

Dan stemmte sich vom Türrahmen ab und richtete sich zu voller Größe auf. „Ich denke, es kann nicht schaden, wenn Sie sich ein Bild von der Situation machen. Schlimmer als jetzt kann es kaum noch werden."

„Nun ja, für heute Nacht habe ich sowieso genug getan. Ich habe mir so viele Zahlen angesehen, dass ich langsam anfange zu schielen. Zeit, es gut sein zu lassen."

„Ich habe Ihren Wagen gar nicht unten bemerkt", sagte Dan, als sie aufstand und um den Schreibtisch herum kam.

„Ich bin auch zu Fuß hergekommen."

„Es ist spät. Kommen Sie, ich fahre Sie schnell nach Haus."

Maggies Herz machte einen kleinen Hüpfer. Sie war versucht, das Angebot anzunehmen, doch die Vernunft sagte ihr, dass es töricht wäre. „Danke, aber es macht mir nichts aus, im Dunkeln durch die Plantage zu gehen. Wirklich nicht."

Sie holte einen kleinen Metallzylinder aus der Rocktasche und hielt ihn hoch, damit er ihn sah. „Sehen Sie, ich habe eine Taschenlampe."

„Das kleine Ding beleuchtet den Boden nur wenige Meter. Ich brauche bloß ein paar Minuten, um Sie nach Haus zu fahren. Kommen Sie", drängte er, nahm sie am Ellbogen und führte sie durch die Tür.

Normalerweise hätte eine so dominante Geste bei ihr einen Wutanfall ausgelöst. Doch die Berührung durch seine rauen Hände schien in ihrem Hirn eine Art Kurzschluss auszulösen.

Sie war sich der breiten Hand und jedes einzelnen Fingers an ihrem Arm überdeutlich bewusst. Von dem Berührungspunkt schien ein elektrischer Strom ihren Arm hinaufzuziehen, prickelnde Wärme über Nacken und Rücken auszubreiten und ihren Puls zu beschleunigen. Mühsam bemühte sie sich, dieses Gefühl nicht zu beachten.

Aus dieser Nähe nahm sie seinen Geruch wahr, spürte die Wärme seines Körpers, sah jede Wimper in dem dichten Kranz um seine hellen Augen und den Schatten der Bartstoppeln auf dem Kinn. Obwohl die Nacht mild war, durchfuhr sie ein Schauer. Junge, Junge, dieser Dan Garrett war vielleicht ein attraktives Exemplar von Mann.

„Der hier ist zwar nicht halb so schick wie Ihr erotischer kleiner Flitzer, aber er bringt sie heim“, sagte er, als sie das Gebäude verließen und auf den einzigen Wagen in den Parkbuchten vor dem Haus zusteuerten.

„Ich bin hier aufgewachsen, wie Sie wissen. Und man kann nicht hier aufwachsen, ohne mit einem Pick-up zu fahren“, erinnerte sie ihn, als sie in die Kabine des verschlissenen Lieferwagens stieg.

„In letzter Zeit dürften Ihre bevorzugten Transportmittel wohl eher Jaguars, Luxuslimousinen und Vipers gewesen sein, was?“

Das konnte sie nicht bestreiten. Ehe ihr eine kesse Erwiderung einfiel, schloss Dan jedoch die Beifahrertür, ging um den Wagen herum und setzte sich hinter das Steuer.

Mit routinierten Bewegungen, die von langer Erfahrung zeugten, ließ er den Motor an, legte den Arm auf die Rücklehne ihres Sitzes und sah aus dem Rückfenster, während er aus der Parkbucht zurücksetzte. Innerhalb von Sekunden hatten sie den Parkplatz verlassen und fuhren auf dem Kiesweg, der Plantage, Konservenfabrik und Privathaus miteinander verband, zur gegenüberliegenden Seite des Anwesens.

Dan schien keine Lust zum Reden zu haben. Und dies war einer der wenigen Momente im Leben, wo Maggie die Worte fehlten. Sie war sich zu sehr des muskulösen Armes auf der Rücklehne ihres Sitzes bewusst. Sobald sie sich bewegte, berührte sie mit den Haaren seine Finger, und sie spürte deren Wärme im Nacken.

Außer dem Brummen des Motors, dem Knirschen der

Steine unter den Reifen und verschiedenen Klappergeräuschen des Wagens war nichts zu hören.

Dan fuhr, wie er ging oder sich bewegte, lässig und locker. Er steuerte den Wagen mit der Linken, die lose auf dem Lenkrad lag, den großen schlanken Körper bequem in den abgenutzten Sitz platziert.

Der Wagen war innen zwar sauber, aber so ramponiert wie von außen. Auf dem Boden stand ein Eimer mit Werkzeugen – Säge, Zange, Bohrer und einiges andere, das sie nicht benennen konnte. Der Vinylbezug der Sitze war geborsten, und etliche Sprungfedern hatten auch schon bessere Tage gesehen. Die Frontscheibe hatte auf der Beifahrerseite einen Einschlag, von dem Risse wie ein Spinnennetz ausgingen.

Maggie fragte sich, ob viele seiner Freundinnen Einwände erhoben, wenn er sie mit einem so alten Gefährt zum Rendezvous abholte? Nach einem verstohlenen Seitenblick auf den Mann am Steuer musste sie über ihren Gedanken jedoch fast lachen. Nein, Einwände gab es vermutlich keine.

Im schwachen Licht der Armaturenbeleuchtung betrachtete sie aus den Augenwinkeln sein kraftvolles Profil. Der Blick wanderte weiter über den aufgerollten Ärmel zum muskulösen, dunkel behaarten Unterarm, zum breiten Handgelenk, das er lose auf das Lenkrad gestützt hatte, und der kräftigen herabhängenden Hand.

Die Hand hatte Schwielen und einige Narben und Abschürfungen auf dem Handrücken, die Nägel waren jedoch sauber und kurz geschnitten. Obwohl es eine sehr maskuline Hand war, wirkte sie auf seltsame Weise graziös und anziehend.

Maggie wandte den Blick ab, als er das Lenkrad kräftig

gegen den Uhrzeigersinn einschlug und in die Zufahrt zu ihrem Elternhaus einbog.

Auf dem Rondell neben dem Seitenweg brachte er den Wagen zum Stehen, ließ den Motor jedoch laufen. Schweigend wandte er ihr im Halbdunkel das Gesicht zu und wartete.

Sie empfand diesen Blick wie eine Berührung. Ohne den geringsten Körperkontakt verursachte dieser Mann ihr ein Kribbeln im Bauch, wie sie es noch nie erlebt hatte. Die Luft schien zu vibrieren vor erotischer Spannung.

Das ist doch verrückt, sagte sie sich. Beweg dich, steig aus, ehe du etwas Törichtes tust.

Sie schluckte trocken und langte nach dem Türgriff. „Nun denn, danke fürs Heimbringen."

„Kein Problem." Dan nahm den rechten Arm von der Rücklehne ihres Sitzes. Dabei streiften seine Finger seitlich ihren Nacken. Sofort riss er die Hand zurück, als hätte er sich verbrannt.

Maggie verharrte im Aussteigen, die Tür halb geöffnet. Über die Schulter warf sie ihm einen erstaunten Blick zu und erkannte an seinem Mienenspiel, dass die Berührung ein Versehen gewesen war. Doch auch er hatte offenbar deren elektrisierende Wirkung gespürt ... und sie behagte ihm nicht.

Befangen und nervös wie ein Teenager beim ersten Rendezvous, wusste sie nicht, was sie sagen sollte. Flucht schien die einzige Rettung zu sein.

Sie murmelte ein rasches Gute Nacht und sprang aus der Kabine. Als sie sich umdrehte, um die Tür zu schließen, fiel ihr jedoch noch etwas ein. Mit einem kecken Lächeln sagte sie:

„Also ... mein Bester, ich wäre Ihnen wirklich dankbar,

wenn Sie Daddy nichts von meinen Aktivitäten in der Firma erzählen würden. Er würde sich nur aufregen. Ich werde es ihm bald selbst sagen. Ich hoffe allerdings, konkrete Gründe für die Verluste zu finden. Mit etwas Glück kann ich vielleicht Maßnahmen ergreifen, die Situation zu verbessern, so dass Daddy gar nicht mehr eingeweiht werden muss."

Er sah sie über die Sitzbank hinweg an, schwache Lichtreflexe in den hellen Augen. Maggies Puls schlug schneller. Dan schwieg so lange, dass sie schon annahm, er würde nicht antworten.

„Ich sag Ihnen was", erwiderte er schließlich. „Ich werde von mir aus nicht erwähnen, dass ich Sie im Büro angetroffen habe. Aber ich werde nicht lügen, falls Jacob mich direkt danach fragt. Mehr kann ich nicht für Sie tun."

In Anbetracht seiner tiefen Loyalität gegenüber Jacob war das mehr, als sie erwartet hatte. Ihre Erleichterung beruhigte auch ihre gereizten Nerven. „Ein faires Angebot", erwiderte sie zwinkernd. „Danke, mein Bester."

Der Motor des Pick-up brummte weiter im Leerlauf, während sie den Weg zum Haus einschlug. Maggie spürte, wie Dan ihr nachsah, und schwang schmunzelnd die Hüften ein wenig mehr.

Charles Minze, der Pfleger, kam am nächsten Tag, sehr zu Lilys Erleichterung und Ida Lous Ärger. Anfänglich gab es ein paar Reibereien und territoriale Kämpfe zwischen dem Pfleger und der Haushälterin, doch Charley war ein umgänglicher Typ und der geborene Diplomat. Am Ende des ersten Tages hatte er sich durch überschwängliche Komplimente über Ida Lous Kochkünste ihre grimmige Akzeptanz erworben. Am Ende des zweiten Tages hatte er sie völlig auf seiner Seite, indem er sie in allen möglichen Dingen um Rat fragte, besonders wenn es um seinen Patienten ging.

Charley war mit Ende dreißig ein kraftvoller muskulöser Mann, dessen gesegneter Appetit sogar Maggies übertraf, was ein Übriges tat, die Vorbehalte der Haushälterin aufzuweichen. Kahl wie eine Billardkugel, mit beängstigenden Tattoos auf jedem Bizeps, sah er eher wie ein Profiringer oder Mitglied der Hell's Angels aus und nicht wie ein Krankenpfleger. Doch im Umgang mit seinem Patienten war er ein sanfter Riese.

Mit Charleys Hilfe rund um die Uhr wurde das Leben für alle erträglicher, besonders für Lily. Es dauerte gar nicht lang, und der Haushalt hatte sich an den neuen Mitbewohner gewöhnt. Die meiste Zeit hielt Charley sich im Hintergrund, doch wenn er gebraucht wurde, war er wie durch Zauberhand zur Stelle. Schon nach wenigen Tagen konnte sich niemand mehr vorstellen, wie sie jemals ohne ihn ausgekommen waren.

Während der ersten Woche entwickelte Maggie eine bestimmte Routine in ihrem Tagesablauf. Sie hielt sich bei ihrer Mutter, Nan oder Ida Lou auf, machte Besorgungen und vermied es, ihrem Vater zu begegnen.

Sobald Jacob sich am Abend nach dem Dinner zurückzog, ging sie durch die Plantage zur Firma und prüfte dort auf der Suche nach den Ursachen der geschäftlichen Probleme bis spät in die Nacht hinein Bücher und Akten. Sie benutzte nie den Wagen für den Weg zur Fabrik, aus Angst, ihr Vater könnte es hören und sich erkundigen, wohin sie fuhr. Bevor sie das Büro verließ, legte sie stets sorgfältig alle Akten an ihren exakten Platz zurück, um nicht auch noch Miss Udalls Argwohn zu wecken.

Jeden Tag stand sie im Morgengrauen auf, machte einen drei Meilen langen Lauf durch und um die Plantagen, kehrte rechtzeitig zum Duschen und Umkleiden heim und nahm am Frühstück mit dem Rest der Familie teil.

Jacob hatte weiterhin gute und schlechte Tage, doch am Morgen war er immer am kräftigsten und fast so wie früher. Er unterhielt sich angeregt mit Lily und Jo Beth und neckte sich ausgelassen mit seiner Schwester.

Dan gesellte sich jeden Morgen zum Frühstück oder nur auf einen Kaffee dazu, und wenn sich die Unterhaltung um Geschäftliches drehte, war Jacob so geistesgegenwärtig wie immer.

Wenn sie die morgendlichen Gespräche verfolgte, hätte Maggie sich glatt einreden können, ihr Vater sei gar nicht krank. An sie richtete er kaum ein Wort, aber auch das war schließlich normal.

Eine Woche nach ihrer Rückkehr schwelgten Nan und Jacob eines Morgens in Erinnerungen und erzählten, wie sie als Kinder im Catalpa Creek geschwommen waren. Maggie lauschte ihren Neckereien, ließ sich ihre Waffeln schmecken und überließ sich der angenehmen Fantasie, ihr Vater sei derselbe vitale Mann, den sie immer bewundert hatte.

„Ich werde nie vergessen, wie du das dicke Seil ins Wasser geworfen und ‚Schlange!‘ gerufen hast“, erinnerte sich Nan und versetzte ihm einen spielerischen Puff. „Mir ist beinah das Herz stehen geblieben.“

Jacob grinste. „Ja, da hätte ich fast jemand übers Wasser laufen sehen. Du warst eher am Ufer, als das Seil sinken konnte. Und als du gesehen hast, was es war, hast du mich sofort schnell bis nach Haus gejagt.“

Während alle lachten, schob Jo Beth ihren Stuhl zurück und sprang auf. „Ich muss gehen."

„He, warum so eilig, Kleines?" fragte Dan und kam die Stufen zur Terrasse herauf. „Ich bin gerade erst gekommen."

Lily sah auf ihre Uhr und runzelte die Stirn. „Warum gehst du so früh? Es ist genügend Zeit. Die Schule fängt erst in gut einer Stunde an."

„Die Theatergruppe hält vor der Schule ein Vorsprechen ab für unsere erste Aufführung in diesem Jahr. Ich will mich nicht verspäten."

Sie wollte losstürmen, doch Jacob hielt sie zurück.

„Nun mal langsam. Eine Minute. Hast du die Bewerbungen fürs College ausgefüllt?"

Jo Beth verdrehte die Augen. „Noch nicht", erwiderte sie in diesem gereizten, gelangweilten Ton, den nur Teenager zu Stande bringen.

Maggie starrte sie verblüfft an, die Gabel auf halbem Weg zum Mund. Sie hatte sich seit ihrer Rückkehr an schnippische Bemerkungen ihrer Schwester gewöhnt, sie war jedoch verblüfft, dass Jo Beth diesen Ton auch gegenüber ihrem Vater anschlug, besonders angesichts seines Gesundheitszustandes.

„Junge Dame, ich habe dir ausdrücklich gesagt, ich möchte, dass du heute diese Anmeldungen abschickst. Wie oft habe ich dich schon darauf hingewiesen, dass du dich früh anmelden musst, wenn du auf ein gutes College gehen willst. Du bist ohnehin spät dran. Du hättest dich schon im Sommer um diese Sache kümmern müssen."

Jo Beth machte ein bockiges Gesicht. „Es ist gleichgültig, ob ich angenommen werde oder nicht. Ich gehe nicht aufs College, das wäre eine reine Zeitverschwendung. Sobald ich im nächsten Frühling die Schule hinter mir habe, gehe ich nach New York und werde Schauspielerin."

„Jo Beth!" japste Lily.

Nan zog eine Braue hoch und sah interessiert zwischen ihrem Bruder und ihrer jüngsten Nichte hin und her. Oh, oh, was ist denn das? drückte ihre Miene deutlich aus.

Dan nahm die Kaffeekanne vom Tisch und stand wieder auf, obwohl er sich gerade erst gesetzt hatte. „Ich bitte Ida Lou, die noch einmal zu füllen", sagte er und ging zum Haus, womit er sich diplomatisch dem aufziehenden Familiengewitter entzog.

Maggie hielt den Kopf gesenkt, den Blick auf den Teller gerichtet. Sie bezog selbst genügend Flakfeuer von ihrem Vater und hatte nicht vor, sich auch noch in die Schlachten ihrer Schwester verwickeln zu lassen.

„Du wirst nichts dergleichen tun!" entgegnete Jacob streng. „Das ist kindischer Unfug. Du gehst aufs College und machst einen Abschluss in Betriebswirtschaft. Dann kommst du nach Haus und lernst das Familienunternehmen von der Pike auf kennen, damit du es eines Tages übernehmen kannst."

Maggie hob verblüfft den Kopf. Er wollte Jo Beth den Job geben, von dem sie immer geträumt hatte? Der Job, für den sie all die Jahre so hart gearbeitet hatte? Das war nicht fair!

„Nein! Das werde ich nicht tun! Ich kenne mich nicht aus mit dem Geschäft. Ich will es auch nicht kennen lernen. Die blöde Firma ist mir egal!"

„Jo Beth, so darfst du nicht reden! Du regst deinen Daddy auf."

„Tut mir Leid, Mom. Ich möchte niemand aufregen, am

wenigsten dich, Daddy, aber ich werde meine Träume nicht opfern, um dir zu gefallen. Wenn du möchtest, dass jemand die Firma übernimmt, lass es Maggie machen. Sie hat den Grips in der Familie, und ihr liegen solche Sachen. Mir sind sie zuwider."

„Jo Beth ..."

„Nein. Du kannst sagen, was du willst, ich werde Schauspielerin! Ich werde am Theater und vielleicht in Filmen auftreten, was nützt mir da ein blöder Collegeabschluss?"

Jacobs Faust krachte auf die Glasplatte des Tisches, dass Porzellan und Gläser tanzten und einige fast umkippten. „Das reicht! Du kannst dir diese Dummheiten aus dem Kopf schlagen! Ich gestatte es nicht!"

„Du kannst mir da nicht reinreden. In wenigen Wochen bin ich achtzehn. Dann kann ich machen, was ich will, und du kannst mich nicht daran hindern!"

Damit wandte sie sich ab, sprang die Terrassenstufen hinunter und hinterließ verblüfftes Schweigen. Maggie und die anderen sahen sie über den taubedeckten Rasen marschieren und in der großen, für sechs Autos ausgelegten Garage verschwinden. Sekunden später schoss ihr roter Mustang durch die breiten Türen hinaus. Jo Beth kurvte ohne einen weiteren Blick zur Terrasse die Zufahrt hinunter.

„Nun ja, das war immerhin interessant", bemerkte Nan nach einer Weile gedehnt.

Maggie warf einen verstohlenen Blick zu Jacob. Der war blass und erschüttert, genau wie Lily. Maggie stand auf. „Ich gehe und hole Charley", sagte sie leise.

„Der Grund dafür bist du, das weißt du", hörte sie ihren Vater plötzlich ruhig sagen, ehe sie auch nur ein halbes Dutzend Schritte machen konnte.

Maggie blieb stehen und drehte sich um. „Was?"

„Jacob, also wirklich. Das geht zu weit!" schimpfte Nan, doch er schenkte ihr keine Beachtung.

„Jo Beth war immer ein liebes, gehorsames Mädchen. Dann tauchst du auf, und schon hat sie diese haarsträubenden Ideen. Nur weil du weggelaufen und in New York Model geworden bist, bildet sie sich ein, sie müsste nur ein Theater betreten, und schon startet ihre Karriere durch."

Maggie warf den Kopf zurück und lachte. „Ich habe mich bereits gefragt, wie du es hinbiegen willst, damit auch das meine Schuld ist."

Aus alter Gewohnheit und im Moment aus Rücksicht auf seine Krankheit ließ sie die Kritik ihres Vaters im Allgemeinen an sich abprallen. Wenn sie überhaupt konterte, dann mit bissigem Humor, aber das hier war mehr, als sie schlucken konnte.

„Zunächst mal, Daddy, *ich* bin zum College gegangen, wenn du dich erinnern möchtest." Sie legte in einer Geste gespielten Erstaunens beide Hände an die Wangen und riss die Augen auf. „Nein, warte, natürlich erinnerst du dich nicht. Wie könntest du auch? Du hast an unserer Abschlussfeier ja nicht teilgenommen. Es kamen nur Mom und Tante Nan, wenn ich mich recht entsinne."

Jacob zog die Stirn in Falten. „Es gab eine Kri..."

„Ja, ich weiß. Eine Krise in der Fabrik. Die sich bei unserer Heimkehr am nächsten Tag auf wundersame Weise in Luft aufgelöst hatte. Der Punkt ist aber, Daddy, ich war auf dem College und habe ein Studium absolviert. Und wenn du dich erinnern möchtest, bin ich nicht weggelaufen nach New York, du hast mich hinausgeworfen. Ich übernehme die Verantwortung für mein Verhalten, aber wage nicht, mir das von

Jo Beth anzulasten. Wenn du mich jetzt entschuldigen würdest, ich hole Charley. Du siehst aus, als würdest du ihn brauchen."

Sie wandte sich ab, um ins Haus zu stürmen, stutzte jedoch, da Dan einige Schritte hinter ihr stand. An seinem Gesichtsausdruck erkannte sie, dass er alles gehört hatte.

Zitternd vor Wut über Kränkung und Demütigung ging sie um ihn herum und verschwand im Haus, diesmal unfähig, sich auch nur ein Lächeln abzuringen.

Maggie verbrachte den Rest des Morgens auf ihrem Zimmer. Wütend ging sie hin und her und schimpfte sich eine Närrin, weil sie heimgekehrt war. Dabei war ihr allerdings klar, dass sie nur deshalb wütete, damit ihr nicht die Tränen kamen.

Nachdem sie sich etwas beruhigt hatte, vertrieb sie sich die Zeit mit notwendigen kleinen Tätigkeiten. Sie wusch ein paar Sachen aus, machte sich eine Gesichtspackung und lackierte Finger- und Fußnägel knallrot.

Danach biss sie in den sauren Apfel und telefonierte über eine Stunde lang mit Val, um den nächsten Fototermin in New York zu planen.

Val wollte den Termin bereits für die kommende Woche festlegen, doch Maggie konnte ihn um gut vierzehn Tage hinausschieben. Es war gottlob Studioarbeit, die weniger Zeit erforderte als die Arbeit im Freien. Trotzdem würde sie drei, wahrscheinlich vier Tage fort sein.

Als sie zum Lunch hinunterging, saß zu ihrer Freude Laurel am Esszimmertisch. Ihre Schwester kam jeden Tag vorbei, um Jacob zu besuchen, doch sobald sie Maggie sah, rüstete sie zum Aufbruch.

„Hallo, Schwesterherz, schön, dich zu sehen", grüßte

Maggie und küsste ihr die Wange, ehe Laurel sich zurückziehen konnte. Ihr steifes „Hallo“ ignorierend, setzte sie sich neben sie.

„Wo ist Daddy?“ fragte Laurel und blickte auf den leeren Stuhl am Kopfende des Tisches.

„Er fühlt sich nicht wohl. Er isst heute mit Charley auf seinem Zimmer. Heute sind wir Mädels unter uns.“

„Na ja, wenn das so ist, mache ich mich besser auf den Weg“, erwiderte Laurel. „Ich habe noch Dutzende Dinge zu erledigen. Ich war nur vorbeigekommen, um Daddy für ein paar Minuten zu besuchen, ehe ich mit meiner Arbeit anfange.“

„Warte eine Minute. Ich habe eine Idee. Ich habe heute Nachmittag in Tyler einen Termin mit Dr. Sanderson, um mit ihm Daddys Behandlung zu besprechen. Wir könnten gleich losfahren und zum Lunch bei Mario einkehren, nur wir zwei, so wie früher. Vielleicht könnten wir hinterher ein paar Einkäufe machen.“

„Ach nein, nein ... das geht nicht.“

„Unsinn“, mischte sich Nan ein. „Martin kommt erst am späten Samstagabend zurück. Was immer du noch erledigen musst, kann sicher einen Tag warten. Außerdem musst du sowieso irgendwo essen. Es wird euch beiden gut tun, wieder mal etwas zusammen zu unternehmen.“

„Nan hat Recht“, stimmte Lily zu. „Du bist immer so in Eile, Laurel. Du hast seit Maggies Rückkehr kaum fünf Minuten mit ihr verbracht.“

„Aber ...“

„Komm, Schwesterherz, es macht Spaß, ganz bestimmt. Und sieh es mal so, ich gebe dir die Möglichkeit, mit Dr. Sanderson über diese experimentelle Behandlung zu reden, an der Daddy teilnehmen soll.“

Drei Stunden später fragte Maggie sich allerdings, warum sie sich die Mühe gemacht hatte, Laurel zu drängen. Auf der Fahrt nach Tyler hatte sie nur stumm aus dem Seitenfenster gesehen und auf ihre Fragen lediglich knapp oder mit einem Achselzucken geantwortet.

Es sah Laurel nicht ähnlich, jemandem zu grollen. Maggie kannte keinen Menschen, der so schnell verzieh wie ihre Schwester. Hinter ihrem Verhalten musste etwas anderes stecken als ihr Zerwürfnis von damals. Laurel wirkte gereizt, zerstreut, fast ängstlich.

Während der Fahrt hatte Maggie durch sanftes Bohren immer wieder versucht, ihr etwas zu entlocken, doch sie blieb verschlossen. Schließlich gab sie auf und wagte einen direkten Vorstoß.

„Schwesterherz, ich weiß, du bist immer noch aufgebracht wegen dieser Sache, die deiner Meinung nach damals passiert ist, aber es steckt noch mehr dahinter, oder? Etwas bedrückt dich."

„Nein!" Laurels Leugnen kam zu heftig und zu rasch, um glaubwürdig zu sein. Außerdem warf sie Maggie einen eher entsetzten Blick zu. „Nein, natürlich nicht. Du bildest dir da was ein."

„Ach Laurel, wir haben uns früher so gut verstanden. Wir konnten uns alles erzählen, einfach alles. Weißt du noch? Mir fehlt das. Du fehlst mir. Können wir uns nicht aussprechen, und alles ist wieder wie früher?"

Laurel schien nur noch mehr in Panik zu geraten. „Ich sagte schon, es gibt nichts, worüber wir reden könnten. Würdest du das Thema jetzt bitte fallen lassen?"

Der Lunch verlief nicht besser, und auf ihrer anschließenden kurzen Einkaufstour verhielt sich Laurel genauso abweisend. Resigniert gab Maggie schließlich auf und fuhr zur Praxis der Doktoren Sanderson und Lockhart, obwohl sie fünfundvierzig Minuten vor ihrem Termin dort ankamen.

Wohl zum hundertsten Mal sah Maggie auf ihre Uhr und blätterte wieder eines der alten Magazine durch. Dabei tat sie ihr Möglichstes, die erstaunten Blicke der Damen vom Empfang und der übrigen wartenden Patienten zu ignorieren. Sie war nicht in der Stimmung, Freundlichkeiten mit Fremden auszutauschen.

Bedrückt blickte sie zu Laurel hinüber. Die saß am anderen Ende des Raumes, so weit von ihr entfernt wie nur möglich, und las in aller Ruhe ein mitgebrachtes Taschenbuch. So viel zur Erneuerung der schwesterlichen Bande.

Die Tür zum Sprechzimmer ging auf, und eine Assistentin steckte den Kopf ins Zimmer. „Miss Malone, Dr. Sanderson kann Sie jetzt empfangen."

Dr. Sanderson erhob sich, als Maggie eintrat, und streckte ihr über den Schreibtisch hinweg die Hand entgegen. „Miss Malone, wie schön, Sie wiederzusehen. Möchten Sie ..." Plötzlich leuchteten seine Augen auf. „Laurel! Ich wusste nicht, dass Sie auch kommen würden. Was für eine schöne Überraschung!" Augenblicklich beendete er den Händedruck mit Maggie, kam schnell um den Schreibtisch herum und ergriff Laurels Rechte mit beiden Händen. „Es ist so schön, Sie wiederzusehen. Wie geht es Ihnen?"

„Danke, gut, Doktor."

Laurels scheu vorgetragene Erwiderung ließ Maggie stutzen. Zu ihrer Überraschung und Belustigung errötete ihre Schwester leicht.

„Gut, schön. Und bitte, nennen Sie mich Neil. Wir sollten uns setzen, dann redet es sich angenehmer."

Verblüfft beobachtete Maggie, wie er ihre Schwester fürsorglich zu der kleinen Sitzgruppe in der Ecke des Besprechungszimmers führte und neben ihr auf dem Sofa Platz nahm. Sie folgte den beiden und setzte sich in einen Sessel ihnen gegenüber, hatte jedoch das deutliche Gefühl, dass Dr. Sanderson ihre Anwesenheit bereits vergessen hatte. Er hatte nur Augen für Laurel.

Wieder nahm er Laurels Hand und tätschelte sie. „Also, wie geht es Ihrem Vater heute?"

Maggie lehnte sich zurück und ließ Laurel reden. Sie unterbrach sie nur selten, um einen eigenen Kommentar oder eine Frage einzufügen. Laurel erklärte, dass Jacob sich heute nicht wohl gefühlt habe, dass er sich in der Regel jedoch wacker halte. Dann berichtete sie ihm aufgeregt von der experimentellen Behandlung, die in Houston durchgeführt wurde, und von ihren Gesprächen mit den dortigen Ärzten.

Neil lauschte aufmerksam, ohne sie zu unterbrechen. Als Laurel fertig war, verzog er jedoch bedauernd das Gesicht und seufzte. „Tut mir Leid, Laurel, meiner Meinung nach, und ich bin mir sicher, Dr. Lockhart stimmt mir da zu, ist Ihr Vater kein Kandidat für so eine Studie. Sein Krebs ist zu weit fortgeschritten."

Laurels Augen füllten sich mit Tränen. Sie sah ihn flehentlich an und schüttelte den Kopf. „Nein. Nein, es muss doch etwas geben, das er noch probieren kann. Es muss!"

„Oh Laurel, es tut mir so Leid. Ich würde alles darum geben, wenn ich Jacob für Sie retten könnte, aber ich kann es nicht." In einer unbewussten Geste nahm er ihr blasses Gesicht zwischen beide Hände und wischte ihr mit dem Daumen eine Träne von der Wange. Dabei sah er sie so zärtlich an, dass Maggie aus dem Staunen nicht herauskam.

Du liebe Güte, der ist ja völlig in sie verknallt!

Maggie beobachtete die beiden, die ihre Gegenwart offenbar vergessen hatten, mit Sympathie, aber auch verzweifelt.

Neil Sanderson wäre der ideale Partner für ihre Schwester. Er war genau der Typ Mann, den sie selbst für Laurel ausgesucht hätte, intelligent, freundlich und sanft. Und das Beste war, seine ganze Haltung – vom liebeskranken Blick über den sanften Ton bis zur übrigen Körpersprache – offenbarte, wie sehr er Laurel verehrte. Und nach dem mädchenhaften Erröten ihrer Schwester zu urteilen, war die Anziehung gegenseitig.

Leider war Laurel mit diesem Halunken Martin verheiratet. Und von allen Tugenden ihrer Schwester war Loyalität wohl die größte.

10. KAPITEL

Wie jeden Abend ging Maggie auch an diesem Tag nach der Rückkehr von Dr. Sanderson ins Büro ihres Vaters. Doch so sehr sie sich auch auf die Zahlen zu konzentrieren versuchte, ertappte sie sich alle paar Minuten dabei, wie ihre Gedanken zu ihrer Schwester und dem attraktiven jungen Doktor abschweiften.

Sie fragte sich, ob Laurel wusste, was Neil Sanderson für sie empfand. Wie sollte es ihr verborgen bleiben? Man musste den Mann nur ansehen und erkannte seine Gefühle.

Seufzend tippte sie sich mit dem Radiergummi ihres Bleistiftes gegen das Kinn. Andererseits hatte Laurel bei ihrer Naivität vielleicht gar keine Ahnung, was er für sie empfand.

Dass es für die beiden keine Hoffnung gab, stimmte sie traurig. Die zwei wären einfach ideal füreinander. Wenn es nur Martin nicht gäbe.

Sie seufzte erneut. Martin gab es nun mal, und so sehr sie ihn auch verabscheute, sie konnte sich nicht in die Ehe ihrer Schwester einmischen. Außerdem wäre wohl schon der Versuch zum Scheitern verurteilt. Laurel schien wild entschlossen, an dieser Ehe festzuhalten, und tat alles, damit sie funktionierte.

Verärgert schnaubend warf sie den Stift auf den Schreibtisch und stand auf. Es war sinnlos weiterzuarbeiten, wenn sie sich auf nichts anderes konzentrieren konnte als das verkorkste Liebesleben ihrer Schwester.

Sie räumte rasch den Schreibtisch auf, stellte alle Akten an ihren angestammten Platz zurück, verließ das Gebäude und schloss hinter sich zu.

Sobald sie aus dem Lichtkreis der Sicherheitsbeleuchtung um das Firmengebäude verschwand, zog sie die kleine Taschenlampe aus ihrer Rocktasche, schaltete sie ein und betrat die finstere Plantage. Sie war etwa hundert Meter gegangen, als sie entnervt feststellte, dass sie vergessen hatte, die Batterien zu wechseln. Der kleine Lichtkegel war so schwach, dass er ihr kaum den Weg erhellte. Ein Stückchen weiter begann die Lampe zu flackern und ging schließlich aus.

Leise vor sich hin schimpfend blieb Maggie stehen, um sich zu orientieren. Sie wartete einen Moment, bis sich ihre Augen an die Dunkelheit gewöhnt hatten, und setzte dann ihren Weg in Richtung des Elternhauses fort.

Obwohl sie die Plantage wie ihre Westentasche kannte, war sie ihr im Dunkeln etwas unheimlich. Sie wusste zwar, dass sie automatisch am hinteren Gartentor ankam, wenn sie stets zwischen denselben Baumreihen blieb. Es war jedoch äußerst schwierig, die richtigen Baumreihen zu erkennen, wenn man kaum einen Meter weit sehen konnte und einem ständig niedrig hängende Äste ins Gesicht schlugen und an den Haaren zerrten.

Sie war bereits tief in die Plantage vorgedrungen, als sie glaubte, etwas hinter sich zu hören. Sie blieb stehen und lauschte, doch da war nichts außer dem Zirpen der Grillen und dem leisen Rascheln des Windes in den Blättern.

Reiß dich zusammen, Maggie! schalt sie sich. *Du bist hier in Ruby Falls und nicht in New York.*

Kaum zwanzig Meter weiter hörte sie es wieder – ein Rascheln, das nichts mit dem Wind zu tun hatte. Sie blieb stehen, und das Geräusch verstummte einen Moment später. Ihr Puls beschleunigte sich, und angstvoll spähte sie in die Dunkelheit hinter sich, um etwas zu erkennen.

„Ist da jemand?“

Stille.

Sie ging weiter, und wieder folgte ihr dieses merkwürdige Rascheln. Diesmal hörte sie Äste knacken und das leise Auftreten von Füßen. Da war eindeutig jemand hinter ihr, der sich jetzt nicht einmal mehr bemühte, seine Gegenwart zu verheimlichen. Das machte ihr umso mehr Angst.

Sie blieb stehen und fuhr herum. Das Geräusch verstummte.

„Verdammt, ich weiß, dass da jemand ist. Wer sind Sie? Was wollen Sie?“

Sie wartete, doch es blieb still. Sogar die Grillen hatten ihr nächtliches Konzert eingestellt.

Sie erschauderte und beschleunigte ihr Tempo. Ihr Verfolger auch. Sie ging noch schneller. Ihr Verfolger ebenfalls. Ihr Herz hämmerte jetzt geradezu in der Brust.

Aus dem Dunkel hinter ihr ertönte ein leises, bösartiges Lachen, das Maggie einen kalten Schauer den Rücken hinabjagte.

Nach hunderten Trainingsstunden in Selbstverteidigung hatte sie sich für so selbstsicher gehalten, dass sie imstande war, sich jeder Herausforderung zu stellen. Doch von diesem Gelächter ging etwas so Bösartiges aus, dass es ihr den Schneid abkaufte. Halb erstickt vor Angst begann sie zu rennen.

Wieder ertönte dieses Lachen hinter ihr.

In Panik hastete sie durch die Plantage, krachte im Stockdunkeln gegen niedrige Äste, stolperte über Wurzeln und rannte gegen Baumstämme. Mit jedem keuchenden Atemzug kam ihr ein leises Wimmern über die Lippen. In ihrer Eile verlor sie völlig die Orientierung, hetzte nur voran durch den Irrgarten aus Bäumen, konzentriert auf den Schrecken in ihrem Nacken.

Die Kehle war ihr so eng, dass ihr Atem rau und rasselnd klang. Die Lungen begannen zu brennen.

Die Schritte hinter ihr kamen näher. Sie konnte nicht widerstehen, blickte über die Schulter zurück und erkannte die schattenhafte Silhouette eines Mannes, der sie verfolgte. Lachend streckte er die Arme nach ihr aus, und ihr Schrei zerriss die Stille der Nacht.

Dan stand auf der vorderen Veranda seines Cottage, einen Fuß auf das Geländer gestellt, den Blick auf die Wolken gerichtet, die eilig über den Nachthimmel zogen. Wenn man dem Wetterdienst glauben durfte, näherte sich morgen Nachmittag eine Kaltfront und brachte Regen mit. Zuvor musste er die Pflücker antreiben, damit sie die Obstbäume an der Anderson Road rechtzeitig aberntеten.

Ein Geräusch aus der Plantage erregte seine Aufmerksamkeit – ein leises Stöhnen, Krachen und Rascheln. Stirnrunzelnd blickte er in die Richtung, aus der die Geräusche zu kommen schienen. Irgendjemand oder irgendetwas jagte dort zwischen den Bäumen hindurch und richtete, wie es klang, beträchtlichen Flurschaden an.

Verdammt noch mal!

Er nahm den Fuß vom Geländer, lief die Eingangsstufen hinunter in den Vorhof und machte sich mit langen zornigen Schritten auf den Weg in die Plantage an der Nordseite des Hauses. Auf halbem Weg hörte er den Schrei.

Verblüfft und erschrocken blieb er stehen.

Es folgte ein zweiter Schrei, so schrill, dass einem das Blut in den Adern stocken konnte. Dann noch einer und noch einer.

„Großer Gott!“

Dan lief los, blieb jedoch nach wenigen Schritten wieder stehen, als Maggie auf die Lichtung gerannt kam. Sogar im Zwielicht erkannte er dieses herrliche rote Haar.

Immer wieder über die Schulter blickend, rannte sie auf ihn zu und schrie, als wären alle Höllenhunde hinter ihr her.

Dan stellte sich ihr in den Weg. Sie krachte geradezu gegen seine Brust, und ihr Schreien hörte abrupt auf. Doch nur für einen Moment. Von Hysterie gepackt, schrie sie wieder los, noch höher und schriller diesmal, dass es einem durch Mark und Bein ging.

„Was zum Teufel ...!“

Dan umschlang sie fest, hielt ihr die Arme fest und presste sie geradezu an sich.

Maggie wurde wild. Kreischend wehrte und wand sie sich und versuchte instinktiv, sich zu befreien. Er hielt sie fest.

„Ruhig, nur die Ruhe. Verdammt, Maggie, hören Sie auf damit! Ich bin es, Dan! Was zum Teufel ist los mit Ihnen? Beruhigen Sie sich. Kommen Sie schon, Maggie. Sie sind in Sicherheit.“

Zunächst drangen seine Worte nicht zu ihr durch. Doch er wiederholte sie immer wieder, ohne Maggie loszulassen. Schließlich hörte sie auf zu schreien und wurde völlig still. Nur ihr Atem ging noch unregelmäßig und stoßweise.

„Da... Dan?“

„Ja, ich bin es. Sie sind in Sicherheit.“

Er hätte es nicht für möglich gehalten, aber sie drängte sich noch enger an ihn, als wolle sie sich in seinem Körper verkriechen. Dabei krallte sie sich so fest an sein Hemd, dass er zwei Knöpfe abspringen hörte.

„Oh Da...Dan!“ keuchte sie und presste das Gesicht an

seine Brust. „Dem Himmel sei Dank, dass Sie hie...hier sind. Dem Himmel sei Dank!“

Sie begann zu zittern.

„He, nur die Ruhe“, tröstete er leise und strich ihr mit beiden Händen beruhigend über den Rücken. „Entspannen Sie sich, und sagen Sie mir, was los war!“

„D...da draußen ist jem...jemand. Er ... er ist mir ... vom Büro gefolgt und hat m...mich durch die Plan...Plantage gehetzt.“

„Was?“ Dan straffte sich und blickte forschend zu den Bäumen hinüber. „Sie bleiben hier, ich sehe nach.“

Er packte sie bei den Schultern, um sie sacht von sich zu schieben, doch sie drängte sich wieder an ihn und klammerte sich noch fester.

„Nein! Nein, lassen Sie mich nicht allein. Bitte ... lassen Sie mich nicht allein. Er ist noch da draußen. Ich weiß es!“

„Maggie ...“

„Nein, bitte!“

Dan warf den Reihen schattenhafter Baumumrisse einen frustrierten Blick zu und zögerte. Mit einem tiefen Seufzer legte er die Arme wieder um Maggie.

Die zitterte jetzt so heftig, dass er fürchtete, sie sacke gleich in sich zusammen. Sie stand eindeutig unter Schock.

„Kommen Sie, gehen wir ins Haus.“ Er versuchte sich wieder sacht von ihr zu lösen, doch Maggie stand nur zitternd da, unfähig, sich zu bewegen. Da sie sich krampfhaft an seinem Hemd festhielt, nahm er sie schließlich auf die Arme.

Im Wohnraum des viktorianischen Cottage setzte er sie auf dem Sofa ab. Als er die roten Kratzer in ihrem Gesicht und auf den Armen bemerkte, stieß er eine leise Verwünschung aus. Was ihm jedoch größere Sorgen bereitete als die äußerlichen Verletzungen, war ihr offensichtlicher Schockzustand.

Er nahm eine Decke vom Sofa und wickelte sie darin ein. Als er sich aufrichten wollte, griff sie ängstlich nach seinem Arm.

„W...wohin wollen Sie?“

„Keine Sorge, ich hole Ihnen nur einen Brandy. Er wird Ihren Nerven gut tun und Sie ein bisschen wärmen.“ Mitfühlend sah er, wie viel Panik ihre schönen grünen Augen ausdrückten. Zum ersten Mal, seit er sie kannte, hatten Keckheit und Draufgängertum – die oft ärgerlich, aber meistens erfreulich waren – sie verlassen. Und das ärgerte ihn, wie er verblüfft feststellte.

Er war nicht überzeugt, dass sie von einem Mann verfolgt worden war. Dennoch hatte irgendetwas in der Plantage sie schier zu Tode erschreckt. Und Maggie gehörte zweifellos nicht jenem hysterischen Frauentyp an, der sich vor jedem Schatten fürchtete. Was immer es gewesen war, hatte diese forsche Frau zu einem zitternden Häufchen Elend gemacht.

Er ging vor ihr in die Hocke, zog die Decke fester um sie, schlug die Enden unter ihrem Kinn übereinander, zog ihr Haar darunter hervor und entfernte dabei einige Blätter und Äste daraus. Er nahm ihre Hände und sah ihr ruhig in die Augen.

„Maggie, hören Sie mir zu. Sie sind hier in Sicherheit. Ich habe die Tür hinter uns abgeschlossen. Ich versichere Ihnen, niemand kann hereinkommen. Ich gehe nur rasch in die Küche und hole Ihnen etwas zu trinken. Ich bin in einer Minute zurück. Okay?“

Er sah, wie viel Angst sie immer noch hatte. Ihr Atem kam weiterhin stoßweise zwischen den leicht geöffneten

Lippen hervor, doch er merkte, dass sie sich bemühte, ruhiger zu werden. Offenbar war sie den Tränen nahe, straffte jedoch die Schultern und weigerte sich, der Schwäche nachzugeben.

Nein, sie lässt sich nicht hängen, dachte Dan anerkennend, nicht ein kecker Rebell wie sie. Am Tag ihrer Ankunft, als er sie weinend vor Jacobs Krankenzimmer entdeckt hatte, war ihm klar geworden, wie sehr sie es verabscheute, von Gefühlen übermannt zu werden. Nein, ihr Stil war es, jede heikle Situation mit einem Scherz zu meistern, als sei sie unerschütterlich.

Sie sah zum Fenster, und ein heftiges Beben durchfuhr sie. Die Spitzengardinen, die Lily aufgehängt hatte, boten wenig Schutz vor neugierigen Blicken. Hier draußen, mitten in der Plantage hatte Dan es allerdings auch nicht für nötig befunden, sich vor Blicken schützen zu müssen.

Schließlich nickte sie. „Gehen Sie nur ... ich bin okay."

Sie war alles andere als okay, und er fragte sich allmählich, ob es nicht besser für sie wäre, die aufgestaute Anspannung in einer Tränenflut abzureagieren.

Er ließ sie nicht länger allein als nötig, um den Brandy und den Erste-Hilfe-Kasten zu holen. Sie nahm das Glas mit beiden Händen und begann so gierig zu trinken, dass er sie zur Vorsicht mahnen musste. Er setzte sich neben sie auf das Sofa, bemerkte die Schocksymptome, sah aber auch, wie der Alkohol langsam seine Wirkung tat. Allmählich ließ das Zittern nach, und es war zu erkennen, wie ihr ausgeprägter Stolz wieder die Oberhand gewann.

Sie schwenkte den Brandyrest im Glas, den Blick auf den bernsteinfarbenen Wirbel gerichtet.

Dann wandte sie Dan das Gesicht zu und schenkte ihm

ein unsicheres Lächeln. „Sehen Sie mich nicht so besorgt an. Ich bin wieder okay. Ich drehe nicht durch, und ich falle auch nicht in Ohnmacht."

„Gut. Es freut mich, das zu hören. Dann kann ich ja jetzt Ihre Kratzer verarzten."

„Kratzer?" Sie sah die roten Risse, die kreuz und quer über ihre Arme verliefen, und betastete vorsichtig ihr Gesicht. „Na toll", stöhnte sie, „Val bringt mich um. Ich habe in zwei Wochen einen Fototermin."

Dan unterbrach das Öffnen des Erste-Hilfe-Kastens und sah sie scharf an. „Sie reisen wieder ab?"

„Nur für drei oder vier Tage. Dann komme ich zurück." Da er sie weiterhin finster ansah, verdrehte sie die Augen. „Ich entziehe mich nicht meiner Verantwortung hier, aber ich habe Verpflichtungen einzulösen, wissen Sie. Rechtlich bindende Verträge. Die kann ich nicht einfach sausen lassen."

„Vermutlich nicht", räumte er achselzuckend ein. Insgeheim erstaunte, ja ärgerte es ihn sogar, wie sehr es ihn freute, dass sie zurückkam.

Er tränkte einen Wattebausch mit Alkohol, hob ihr, eine Hand unter dem Kinn, das Gesicht leicht an und betupfte es. „Sie brauchen sich, glaube ich, keine Sorgen zu machen. Diese Kratzer sehen nicht allzu tief aus. Bis zu Ihrem Termin dürften die verschwunden sein. Möchten Sie mir jetzt genau erzählen, was da draußen passiert ist?"

Er spürte, wie ihre Anspannung wieder zunahm, während er die Kratzer auf Wange und Stirn betupfte. Maggie zuckte gelegentlich und sog scharf die Luft ein, ertrug die brennende Behandlung aber ansonsten klaglos.

„Ich war etwa hundert Meter in die Plantage gegangen, als ich etwas hinter mir hörte."

Während Dan die Wunden reinigte und mit einem Antibiotikum versorgte, berichtete sie genau, was ihr in der Plantage widerfahren war.

„Und Sie sind sicher, dass es ein Mann war?“ fragte er, nachdem sie ihre Erzählung beendet hatte.

Sie antwortete nicht. Und nachdem Dan die Tube zugeschraubt und wieder im Erste-Hilfe-Kasten verstaut hatte, bemerkte er, dass sie ihn beobachtete. Ihr Ausdruck war weniger gekränkt als vielmehr resigniert.

„Sie glauben mir nicht. Sie glauben, ich habe mir das eingebildet. Als wäre ich ein albernes Ding, das sich im Dunkeln fürchtet.“

„Das habe ich nicht gesagt.“

„War auch nicht nötig, mein Bester“, erwiderte sie mit den ersten Anzeichen der alten Unerschütterlichkeit. „Es steht Ihnen ins attraktive Gesicht geschrieben.“

„Maggie ...“

„Ach, vergessen Sie’s. Ist nicht so wichtig.“

Obwohl es ihr angeblich nicht wichtig war, sah er, wie sehr seine Zweifel sie wurmten. Er kommentierte das nicht, denn es freute ihn, dass sie wieder zur gewohnten Form auflief.

Sie warf die Decke ab und stand auf. Zuerst schwankte sie ein wenig, ging dann aber in einer eher wackeligen Imitation ihres sonst so elastischen Ganges zur Tür.

„Danke für den Schnaps und die erste Hilfe. Und natürlich dafür, dass Sie den schwarzen Mann verscheucht haben“, fügte sie spöttisch über die Schulter blickend hinzu und klimperte mit den Wimpern. „Mein Held. Wissen Sie eigentlich, dass Sie ein wahrer Held sind?“

Dan holte sie ein und hielt sie auf. „Wohin wollen Sie?“

„Nach Hause. Ich habe Ihre Zeit lange genug in Anspruch genommen."

„Seien Sie nicht albern. Sie sind noch ganz wackelig auf den Beinen. Sie können ja kaum stehen."

„Unfug. Ich habe Ihnen schon gesagt, ich bin okay."

„Meinetwegen beharren Sie darauf. Aber ich fahre Sie trotzdem heim."

„Machen Sie sich keine Mühe. Ich kann gehen."

„Verdammt, Rotschopf. Haben Sie vielleicht schon mal daran gedacht, dass der Mann in der Plantage noch da draußen auf der Lauer liegt?"

Sobald Dan die Worte ausgesprochen hatte, hätte er sich ohrfeigen mögen. Maggie wurde leichenblass. Sie stand wie gelähmt da und sah ihn entsetzt an. Ihr Kinn begann zu beben, und die Tränen, die sie schon viel früher hätte vergießen sollen, stiegen ihr in die Augen und rollten über die Wangen herab.

„Ach zum Teufel, kommen Sie her, Rotschopf."

Er zog sie in die Arme und wiegte sie an seiner Brust. Maggie wollte sich ihm entziehen, doch er ließ sie nicht los, und nach einem Moment ergab sie sich und sank an ihn.

Die kleine Kapitulation öffnete die Fluttore. An Dan geschmiegt, ließ sie ihren Tränen freien Lauf.

Zuerst weinte sie so heftig, dass es sie zu ersticken drohte. Herzzerreißende Schluchzer schienen tief aus ihrer Seele aufzusteigen. Sie waren schrecklich anzuhören, und Dan zuckte einige Male zusammen.

Ihre Schultern bebten, und Tränen durchweichten sein Hemd. Dan konnte nichts weiter tun als Maggie halten und wiegen und warten, dass der Sturm sich legte.

Sie weinte so lange und heftig, dass er zu fürchten begann, es könne ihr schaden. Sein Instinkt sagte ihm, dass mehr hinter dieser Gefühlsaufwallung steckte als die überstandene Angst der letzten Stunde.

Das Kinn auf ihren Kopf gelegt, streichelte er ihr in kleinen kreisenden Bewegungen den Rücken. Allmählich wurde aus dem Weinen ein leises Schniefen und dann lang gezogene hicksende Seufzer.

Erschöpft schmiegte sie sich weiter an ihn. Dan konnte nicht entscheiden, ob er zu müde war sich zu bewegen oder zu befangen. Wie auch immer, es störte ihn nicht, sie tröstend zu halten. Im Allgemeinen brachten weibliche Tränen ihn aus der Fassung. Seltsamerweise war es jedoch ein schönes Gefühl, Maggie Malone in den Armen zu haben, so dass er keine Eile hatte, sie loszulassen. Sein Hemd war unter ihrer Wange klatschnass und klebte ihm an der Brust, aber auch das störte ihn nicht.

Nach einer Weile begann sie sich zu regen. Einen Finger unter ihr Kinn gelegt, hob er ihr Gesicht an, bis sie ihn ansehen musste. Er zog fragend eine Braue hoch. „Fühlen Sie sich besser?"

Maggie errötete und rümpfte die Nase. „Tut mir Leid. Ich weiß nicht, was über mich gekommen ist. Normalerweise lasse ich mich nicht so gehen."

„Kein Problem. Sie hatten einen gehörigen Schock. Da ist das eine völlig normale Reaktion."

Er hielt sie immer noch fest. Ihre Körper berührten sich von den Knien bis zur Brust. Keiner von beiden traf Anstalten, die Umarmung zu lösen. Maggie lag in seinen Armen, wie für ihn geschaffen, der Körper warm und weich.

Dan ließ den Blick langsam über ihr Gesicht wandern. Ihre Augen waren geschwollen, die Nasenspitze schimmerte rot. Aber weder die Folgen eines Weinkrampfes noch die mit Creme versorgten roten Kratzer minderten ihre Schönheit.

Er spürte eine Veränderung in Maggie; eine leichte Anspannung erfasste ihren Körper.

Sie sahen sich in die Augen, und Dans Blick wanderte zu ihren Lippen. Sie waren voll, weich und wunderbar geschwungen.

Er konnte dem Wunsch, sie zu küssen, nicht widerstehen und senkte langsam den Kopf. Maggies kurzes, fast erschrockenes Einatmen, einen Moment ehe sich ihre Lippen berührten, erregte ihn.

Er hielt sich zurück, um sie nicht erneut zu erschrecken, und küsste sie sanft. Ein zartes Berühren der Lippen, ein Knabbern, eine rasche Berührung der Zungen. Trotz dieser Zartheit, oder vielleicht gerade deshalb, durchfuhr es ihn wie glühende Lava. Sein Herz hämmerte geradezu. Er hätte sich nichts mehr gewünscht, als Maggie gleich hier auf dem Boden zu nehmen.

Erschrocken von der Stärke seines Verlangens löste er sich schließlich von ihr.

Maggie hing einen Moment desorientiert in seinen Armen, die Augen geschlossen, die Lippen leicht geöffnet. Sie sah so verlockend aus, dass es ihn große Mühe kostete, sie nicht gleich wieder zu küssen.

Schließlich hob sie langsam die Lider, als wären sie mit Blei beschwert. Heftig atmend sahen sie sich einen Moment stumm an, bis Dan ihr beide Hände auf die Schultern legte und sie sanft von sich schob. Maggie spürte die Enttäuschung, als er sie losließ.

„Kommen Sie, ich bringe Sie heim."

Im frühen Morgengrauen war alles noch still. Lediglich der Tau tropfte von den Pfirsichbäumen, und die Bienen begannen zu summen. Dan ging langsam zwischen zwei Baumreihen entlang, den Blick aufmerksam zu Boden gerichtet. Gut fünfzehn Meter von der Lichtung entfernt entdeckte er, wonach er suchte, und ging in die Hocke, um es sich genauer anzusehen.

Gestern Nachmittag war in der Plantage Unkraut gejätet worden. Anschließend hatte man den Boden mit einer Harke bearbeitet, so dass es zwischen den Bäumen aussah wie frisch gefegt – mit Ausnahme von zwei Paar Fußabdrücken, Maggies und den größeren eines Mannes.

Dan ließ den Blick zu beiden Seiten die Baumreihen entlangwandern. Zu seiner Rechten, so weit er bis zur Fabrik sehen konnte, folgten beide Fußpaare demselben Weg, wobei die größeren des Mannes Maggies kleinere überlagerten.

„Sieht aus, als hättest du Recht gehabt, Rotschopf“, sagte Dan leise vor sich hin. „Irgendein Lump ist dir tatsächlich gefolgt.“

Zu seiner Linken sah er, wie Maggies Spur im Zickzack zwischen den Bäumen entlangführte, bis zu dem Punkt, wo die Plantage sich zur Lichtung rings um sein Haus öffnete. Die Spur des Mannes folgte ihr nur noch wenige Meter über den Punkt hinaus, an dem er kniete, und bog dann ab.

Dan stand auf und folgte den männlichen Fußabdrücken. Sie führten ihn zwei Reihen weiter zu einem Baum am Rande der Lichtung. Der Bereich am Fuße des Stammes war von sich überlagernden Fußabdrücken zertrampelt. Dan sah es und stieß eine leise Verwünschung aus. Der Bastard hatte sich hinter dem Baum versteckt und sie beide beobachtet, während sie auf der Lichtung gestanden hatten.

Wenigstens ist er nicht zum Haus geschlichen und hat in die Fenster gesehen, dachte er grimmig, während er mit dem Blick die Fußspur verfolgte, die vom Baum fort zur Westseite der Plantage führte.

Dan folgte ihr, bis sie, wie erwartet, bei Reifenabdrücken am Rande des Kiesweges, der die Plantage umgab, endete.

Die Hände auf die schmalen Hüften gestemmt, einen Strohhut auf dem Kopf, schaute er mit leicht verengten Augen in die Richtung, in die das Fahrzeug verschwunden war.

„Wer bist du, du Bastard? Und was zum Henker hast du vor?“

11. KAPITEL

Seufzend warf Maggie den Bleistift auf den Schreibtisch, sank in ihren Sessel zurück und rieb sich das Gesicht mit beiden Händen. Je tiefer sie grub, desto besorgter wurde sie und desto mehr wunderte sie sich.

Ihre sinkenden Profite waren nicht auf eine einzige große Katastrophe zurückzuführen, sondern auf eine lange Liste kleiner, aber ärgerlicher Zwischenfälle.

Diese seltsamen Pannen ereigneten sich in jeder Phase des Betriebsablaufs, beginnend in der Plantage über die Produktion bis zu den großen Lkws, die ihre Endprodukte auslieferten.

Alles war genau in den Berichten der verschiedenen Abteilungsleiter dokumentiert. Aber soweit sie es nachvollziehen konnte, hatte bisher niemand diese Ereignisse miteinander in Zusammenhang gebracht.

Nachdem sie sich stundenlang in Produktionsberichte, Memos, Akten, Kaufverträge, Labortests, Versanddokumente und verschiedene andere Unterlagen vertieft hatte, war sie dabei, sich eine chronologische Auflistung von Fehlleistungen, Unfällen und schlichtweg unerklärlichen Vorkommnissen zusammenzustellen. Diese Liste sollte ihr helfen, einen Überblick zu bekommen.

Im letzten Jahr hatten sie mehrfach größere Ausfälle an den Maschinen gehabt. Große Lieferungen von Zucker und anderen Vorräten waren verloren gegangen, genau wie einige Kundenaufträge. Lieferungen kamen beschädigt oder unvollständig bei den Kunden an, andere wurden an die falschen Adressen geschickt. Es gab teure Reparaturen und platte Reifen an ihren Trucks. Das Bewässerungssystem der

Plantage versagte, wobei es einige Bäume unter Wasser setzte und andere vertrocknen ließ.

Am schlimmsten jedoch – und vermutlich mit den größten Verlusten verbunden – war die abnorm hohe Anzahl von Chargen, die kontaminiert und in einigen Fällen sogar mit gefährlichen Mikroorganismen verseucht gewesen waren, ein bisher einmaliger Vorgang in der Firmengeschichte.

Malone Enterprises hatte seit über achtzig Jahren einen tadellosen Ruf gerade wegen der hygienischen Unbedenklichkeit ihrer Produkte. Glücklicherweise und dank ihrer rigorosen Kontrollmethoden waren die Verunreinigungen entdeckt worden, ehe die entsprechenden Partien die Fabrik verlassen konnten. Wäre die Ware in die Regale der Supermärkte gelangt, hätten die Folgen verheerend sein können.

Selbst wenn niemand ernstlich erkrankt wäre, hätte eine Rückrufaktion katastrophale Auswirkungen auf den Absatz gehabt. Ihr Ruf hätte irreparablen Schaden erlitten, und die Verkaufszahlen wären gesunken.

Wie die Dinge lagen, summierten sich die zerstörten Partien zu einem gehörigen Verlust – hunderte Arbeitsstunden, Tonnen von Produkten, Zutaten und Betriebskosten, alles für die Katz.

Für sich genommen wäre keines dieser Ereignisse in der Bilanz besonders negativ aufgefallen. In der Summe jedoch waren die Auswirkungen spürbar.

Oberflächlich betrachtet standen die Vorkommnisse in keinerlei Zusammenhang. Sie wirkten wie ein zufälliges Zusammentreffen unglücklicher Umstände. Aber waren sie das wirklich?

Maggie fragte sich, ob es sich nicht vielmehr um gerissen

eingefädelte systematische Versuche handelte, die Firma in den Ruin zu treiben.

Natürlich war das nur eine Vermutung, aber eine, die nicht allzu weit hergeholt schien. Sofort fiel ihr jemand ein, dem sie so etwas zutrauen würde.

Martin. Er wollte, dass ihr Vater die Firma verkaufte. Er drängte ihn immer wieder, endlich Schritte einzuleiten, die einen solchen Verkauf möglich machten.

Stirnrunzelnd fragte sie sich jedoch, warum er das tat. Wenn sie die Firma im gegenwärtigen Zustand verkauften, verhandelten sie aus einer Position der Schwäche heraus und mussten sich mit einem dementsprechend niedrigen Kaufpreis zufrieden geben. Martin musste wissen, dass er auf lange Sicht bedeutend mehr zu gewinnen hatte, wenn die Firma gesund und im Familienbesitz blieb.

Vielleicht war er kurzsichtig und ließ sich vom schnellen Dollar verlocken? Vielleicht hatte er Schulden, von denen niemand wusste? Vielleicht spielte oder trank er? Oder vielleicht war er schlichtweg so faul, dass er nicht mehr arbeiten wollte. Martin brachte sich schließlich vor Arbeitseifer nicht gerade um.

Maggie lächelte trübe vor sich hin und dachte: Vielleicht bist du, was ihn betrifft, auch einfach nur paranoid und suchst nach einem Vorwand, ihn zum Sündenbock zu stempeln.

Bei genauerem Nachdenken musste sie zugeben, dass es durchaus andere Verdächtige gab, die hinter einer solchen Intrige stecken konnten. Immer vorausgesetzt, es war eine Intrige.

Die Tolivers hassten die Malones seit Generationen. Den Tolivers gehörten „Toliver Futter und Getreide“ und die als

TT eingetragene Hereford Farm. Sie waren an verschiedenen lokalen Geschäften beteiligt, so auch an einer kleinen Papierfabrik und an der Bank. Trotzdem hatten sie es immer noch auf Malone Enterprises abgesehen und waren ihrer Familie ausgesprochen feindselig gesonnen.

Es war auch nicht auszuschließen, dass ein entlassener Angestellter auf Rache sann. Die Belegschaft von Malone Enterprises war über die Jahre hinweg einigermaßen gleich geblieben. Die Leute aus der Kleinstadt waren in der Regel ehrlich und arbeiteten hart. Außerdem war man in einem Ort wie Ruby Falls froh, einen anständigen Job zu bekommen. Trotzdem gab es einige unzufriedene Exbeschäftigte, die aus dem einen oder anderen Grund entlassen worden waren.

Ihr Vater war bekannt dafür gewesen, Mitarbeitern, die durch ein Unglück oder finanziellen Schaden in Not geraten waren, unter die Arme zu greifen. Was so weit ging, dass er Schulden übernahm. Betrug oder Unehrlichkeit jedoch hätte er niemals geduldet.

Es ist außerdem möglich, überlegte sie weiter, dass jemand von Bountiful Foods versucht, uns zum Verkauf zu zwingen. Falls das zutraf, hatten sie wahrscheinlich einen Mitarbeiter bestochen, die schmutzige Arbeit für sie zu erledigen. Aber wen?

Und es gab noch eine weitere Möglichkeit. Maggie mochte gar nicht darüber nachdenken, doch ihr wurde klar, dass sogar Jo Beth für all die Zwischenfälle in Frage kam. Genau wie sie und Laurel war auch Jo Beth von klein auf mit dem gesamten Betrieb vertraut. Und genau wie sie hatte sie zwangsweise etwas von den Betriebsabläufen mitbekommen, weil sie sie Tag für Tag miterlebte.

Was bedeutete, dass Jo Beth die Gelegenheit gehabt hätte, etwas anzustellen. Schließlich war sie wild entschlossen, sich der Verantwortung für die Firma zu entziehen, die Jacob ihr aufbürden wollte.

Aber würde sie wirklich so weit gehen, den Familienbesitz zu zerstören und damit ihr Erbe und ihre Lebensgrundlage? Würde es ihr einfallen, regelrechte Sabotageakte auszuführen?

Nein, natürlich nicht. Sie war noch ein Kind.

Andererseits machten Kinder verrückte, impulsive, irrationale Sachen. Und Jo Beth war immer klug und kreativ gewesen.

„Nein, verdammt!"

Verärgert über diese Gedankengänge, sprang Maggie auf und begann auf und ab zu gehen.

Als sie die Glaswand erreichte, erregte eine Bewegung in einem schwachen Lichtkegel unten in der Halle ihre Aufmerksamkeit, und ihr Puls beschleunigte sich.

Erschrocken wich sie instinktiv zurück, bis sie an das Bild ihrer Urgroßmutter auf der gegenüberliegenden Wand stieß.

Sie blieb stehen, bemüht, ihre Nervosität in den Griff zu bekommen, und ärgerte sich, plötzlich ein solcher Hasenfuß zu sein. Doch seit dem Vorfall in der Plantage vor drei Nächten zuckte sie bei jedem Geräusch und jeder unerwarteten Bewegung zusammen.

Schließlich gab sie sich einen Ruck, kehrte zur Glaswand zurück und blickte in die Produktionshalle hinunter. Sie konzentrierte sich auf den nun helleren Lichtkegel und den Mann, der sich darin über eine Maschine beugte. Als er sich aufrichtete, atmete sie erleichtert aus und merkte erst jetzt, dass sie den Atem angehalten hatte. Dan.

Während sie ihm zusah, verwandelte sich die Erleichterung jedoch in Verunsicherung. Sie hatten nicht mehr miteinander gesprochen, seit er sie vor drei Nächten heimgefahren hatte. Auf der Fahrt waren sie stumm geblieben, und bei der Ankunft an ihrem Elternhaus war sie nach einem verlegenen „Gute Nacht“ geflüchtet.

Maggie seufzte und wusste nicht recht, worüber sie besorgter war, über den Kuss oder die Tatsache, dass Dan sie hatte weinen sehen. Zweimal nun schon.

Sie war ihm seither aus dem Weg gegangen, was einfach dumm und außerdem feige war. Das vor allem kratzte an ihrem Stolz. Maggie Malone lief vor nichts und niemand davon.

Während sie ihn beobachtete, fiel ihr plötzlich ein, dass natürlich auch Dan zu jedem Winkel des Betriebes und der Plantage Zugang hatte. Er hätte mit Leichtigkeit Mikroorganismen in die Kessel kippen können, um ganze Partien unbrauchbar zu machen. Er konnte Maschinen sabotieren, Lieferungen fehlleiten und hinter jedem der anderen Vorfälle stecken.

Das Problem war nur, er hatte kein Motiv, sie zu ruinieren. Ganz im Gegenteil. Wenn sie an Bountiful Foods verkauften, verlor er sehr wahrscheinlich seinen Job.

Nachdenklich tippte Maggie sich mit dem Zeigefinger auf das Kinn, den Blick auf Dan gerichtet. Schließlich fasste sie einen Entschluss. „Okay, Mag“, sagte sie leise, „Zeit, dich dem Mann zu stellen. Bring es hinter dich.“

Sie schnappte sich den Notizblock, auf dem sie alles Wichtige festgehalten hatte, und verließ das Büro ihres Vaters durch die Seitentür zur inneren Treppe. Unten angelangt, drückte sie eine schwere Stahltür auf und betrat entschlossen die geräumige Produktionshalle.

Ihre Schritte hallten in der Stille des weitläufigen Raumes und machten Dan auf sie aufmerksam. Während sie sich der Stelle näherte, wo er arbeitete, richtete er sich auf und wischte sich die Hände an einem orangefarbenen Lappen ab. Er beobachtete sie, wie sie näher kam.

Maggie war es gewöhnt, von Menschen angestarrt zu werden, das war sozusagen berufsbedingt. Doch dieser ruhige Blick aus hellen Augen hatte etwas Verunsicherndes. Besonders nach den Ereignissen neulich nachts.

Um ihre Unsicherheit zu überspielen, kam sie hoch erhobenen Hauptes näher und erwiderte seinen Blick scheinbar gelassen. Dazu setzte sie ein sinnliches Lächeln auf und gab ihren Hüften beim Gehen ein wenig mehr Schwung als sonst.

Sie war so darauf konzentriert, die Gelassene zu mimen, dass ihr erst wenige Meter vor ihm sein freier Oberkörper auffiel.

Ach herrje, der Mann sah angezogen schon so gut aus, halb nackt war er geradezu umwerfend. Sie mochte sich gar nicht vorstellen, wie er unbekleidet aussah, sonst fiel sie noch in Ohnmacht.

„Kann ich etwas für Sie tun, Rotschopf?“ fragte er, nachdem sie einige Sekunden stumm vor ihm stehen geblieben war.

„Ich, äh ...“ Maggie musste sich zwingen, den Blick von dem muskulösen, gebräunten Oberkörper loszureißen. Sie schluckte trocken und erwiderte: „Ich würde gern mit Ihnen über die Probleme der Firma sprechen.“

Sie hatte forsch und geschäftsmäßig klingen wollen, doch ihre Stimme schwankte leicht und war belegt. Maggie ärgerte sich über ihre Befangenheit, räusperte sich und sah sich um.

„Was machen Sie überhaupt hier zu nachtschlafender Zeit?" fragte sie schärfer als beabsichtigt.

„Dasselbe könnte ich Sie fragen. Bitte sagen Sie mir nicht, dass Sie zu Fuß hergekommen sind."

Obwohl Maggie mit der blassen Haut der Rothaarigen gesegnet war, errötete sie so gut wie nie. Doch selbst dieser zarte Hinweis auf die Geschehnisse von neulich ließ ihr das Blut in die Wangen steigen.

Das leichte Zucken um Dans Mundwinkel verriet ihr, dass er es bemerkte, und sie konnte nichts weiter tun, als forsch darüber hinweggehen.

„Nein, ich bin mit dem Auto gekommen. Aber das sollte Sie nicht beschäftigen. Sie haben mir doch sowieso nicht geglaubt, dass ich verfolgt wurde."

„Ich habe mich geirrt. Ich habe Fußabdrücke gefunden."

Während er ihr von seiner Entdeckung berichtete, kam sie sich zunehmend schutzlos und ausgeliefert vor. Wenn sie sich vorstellte, dass ihr Verfolger verborgen im Dunkeln gestanden und sie beobachtet hatte, bekam sie eine Gänsehaut.

„Natürlich könnte es auch ein Teenagerstreich gewesen sein", sagte Dan abschließend. „Ich habe schon mehrfach High School Kids aus der Plantage gescheucht. Sie ist ein beliebter Treffpunkt für Jugendliche. Einmal hat sich eine Gruppe von Jungs betrunken, dann haben sie einen von ihnen, der völlig weggetreten war, ausgezogen und nackt mitten in der Plantage liegen lassen."

„Verstehe. Glauben Sie denn, dass es so etwas war?"

Dan zögerte, aber nur kurz. „Nein. Ihr Verfolger hat offenbar auf Sie gewartet, als Sie das Büro verließen. Was bedeutet, dass Sie beobachtet wurden. Der Typ weiß, dass Sie jeden Tag bis spät in die Nacht arbeiten. Wahrscheinlich wollte er Ihnen nur Angst machen, aber das können wir nicht mit Sicherheit sagen."

„Was im Klartext bedeutet, jemand will verhindern, dass ich meine Nase in die Bücher stecke."

„Das ist meine Vermutung. Die Frage ist nur, wer."

Maggie erwiderte versonnen: „Meine erste Wahl wäre Martin, aber der war Donnerstagnacht in Little Rock."

„Hmm. Vielleicht war es ja doch nur der Streich eines Jugendlichen."

„Vielleicht." Sie blickte in den offenen Werkzeugkasten. „Sie haben mir immer noch nicht gesagt, was Sie so spät hier machen."

„Zwei Stunden vor Feierabend gestern hat die Pumpe an dieser Maschine versagt und zwei Produktionsstrecken lahm gelegt. Ich versuche, eine neue einzubauen, ehe die Schicht morgen früh losgeht."

„Schon wieder eine technische Panne?" Sie konsultierte ihre Liste an Schäden. „Das ist die neunte in einem Monat."

„Das ist kein Wunder. Bei einem so alten Maschinenpark muss man damit rechnen. Die meisten Maschinen stehen seit Jacobs Kindheit hier. Es gibt nicht eine, die ich nicht mindestens ein Dutzend Mal repariert habe."

„Das klingt nicht nach sonderlich ausgeprägtem Kostenbewusstsein. Wenn Maschinen immer wieder den Dienst versagen, ersetzt man sie in der Regel."

„Damit haben Sie Recht. Die ganze Anlage müsste erneuert werden. Ich habe das Jacob gegenüber erwähnt, doch er sagt, die Firma kann sich eine solche Ausgabe nicht leisten." Dan nahm achselzuckend den Schraubenzieher auf. „Also versuche ich, alles so gut wie möglich in Schuss zu halten."

„Was ist mit all den anderen Problemen?" Sie reichte ihm

den Notizblock mit der Liste aller Vorfälle, die sich zugetragen hatten. „Da Sie der Betriebsleiter sind, nehme ich an, Sie wissen von diesen Vorkommnissen."

Er überflog die Liste und gab sie ihr zurück. „Ja, ich weiß davon", sagte er über die Schulter hinweg und beugte sich bereits wieder über die defekte Maschine. Durch seine Haltung wurde ihr Blick auf seinen knackigen Hintern gelenkt, kein unangenehmer Anblick.

Dan streckte sich, um einen widerspenstigen Bolzen zu lösen, und über seiner Jeans zeigte sich ein Streifen weißer Haut, der in starkem Kontrast zur übrigen Bräune stand. Offenbar arbeitete er häufig mit nacktem Oberkörper in der Plantage. Sie merkte, dass es ihre Gelassenheit nicht gerade förderte, sich das bildlich vorzustellen.

Der Bolzen bewegte sich nicht, und Dan griff nach hinten und hielt die Hand auf. „Geben Sie mir bitte den Hammer aus der Werkzeugkiste, ja?"

„Was? Oh ja, eine Sekunde." Maggie riss sich aus ihrer Trance, durchwühlte die Werkzeugkiste, bis sie das Gewünschte fand, und legte es ihm in die ausgestreckte Hand.

„Danke", sagte er leise und gab dem Ende des Schraubenschlüssels ein paar solide Schläge.

Maggie konnte den Blick kaum von der arbeitenden Muskulatur in seinem Rücken lösen und tippte mit dem Stift auf ihren Notizblock. „Finden Sie nicht, dass diese Häufung von Vorfällen irgendwie merkwürdig ist?"

„In jeder Firma gibt es Pannen und Fehlleistungen."

„Aber bei Malone gab es nie so viele in so kurzer Zeit. Ich habe das überprüft."

Dan stemmte sich auf den Schraubenschlüssel, und der Bolzen löste sich. Nachdem er ihn entfernt hatte, wandte er sich Maggie zu. Sie bemerkte einen Streifen Schmierfett auf seiner rechten Schulter und am Unterarm. Von der Anstrengung hatten sich auf Oberlippe und Stirn Schweißperlen gebildet. Auch die Haut der Schultern und unter dem dunklen Brusthaar glänzte feucht.

„Und was wollen Sie mir damit sagen?“

„Dass es vielleicht keine einfachen Pannen oder Fehlleistungen waren. Vielleicht gibt es jemand, der all diese Vorkommnisse zu verantworten hat.“

Sie hatte erwartet, dass er lachen oder skeptisch blicken würde. Doch er schien diese Möglichkeit ernsthaft zu erwägen.

„Ich glaube, das ist nicht auszuschließen. Haben Sie jemand Bestimmtes in Verdacht?“

Ermutigt erzählte sie ihm ihre Theorien über Martin, die Leute von Bountiful Foods und einen unzufriedenen Exmitarbeiter. Jo Beth erwähnte sie allerdings nicht.

Dan dachte einen Moment darüber nach und nickte. „Sie könnten Recht haben. Aber selbst wenn, wer von allen infrage Kommenden ist es? Und wie sollen wir es beweisen?“

„Ich weiß es nicht. Ich hatte gehofft, Sie hätten vielleicht eine Idee.“

„Nicht auf Anhieb. Wenn die Firma tatsächlich so nah am Abgrund steht, wie Jacob sagt, können wir uns zweifellos nicht die Sorte Sicherheitsleute leisten, die wir brauchen würden.“ Er nahm die Arbeitslampe von der Leitung, an die er sie gehängt hatte, und gab sie ihr in die Hand. „Hier, halten Sie die nah an die Maschine und leuchten Sie mir.“

Maggie gehorchte ohne Widerrede, fragte sich jedoch zugleich, wann sie die Kontrolle über die ungewöhnliche Situation endgültig verloren hatte.

Notwendigerweise stand sie nah bei Dan, beugte sich über ihn und beleuchtete den Bereich, in dem er arbeitete. Dabei berührte ihre linke Brust zwangsläufig bei jedem Atemzug seine Schulter.

Dan schien es nicht zu bemerken. Er war vollkommen auf die Reparatur der Maschine konzentriert. Minutenlang arbeitete er stumm bis auf ein gelegentliches Stöhnen vor Anstrengung oder ein leises Fluchen, wenn wieder ein Bolzen verloren ging.

Ohne Vorwarnung drehte er plötzlich den Kopf und sah sie an.

Ihre Gesichter waren nur Zentimeter voneinander entfernt, so dass sie seinen Atem über ihre Haut streichen spürte.

Ein paar Herzschläge lang sahen sie sich in die Augen, dann wanderte sein Blick fast wie ein Streicheln über ihr Gesicht, ehe er wieder zu ihren Augen zurückkehrte.

„Haben Sie überhaupt eine Ahnung, wie verdammt hübsch Sie sind?"

Er sagte das eher widerwillig in einem rauen, sehnsüchtigen Flüstern, dass es Maggie heiß durchströmte.

Sie war unschlagbar darin, ein Kompliment mit einem kessen Spruch oder Gelächter abzutun, doch im Augenblick war ihre Zunge wie gelähmt.

Was nicht weiter schlimm war, denn sie hätte ohnehin nichts erwidern können. Seine Bemerkung hatte sie so durcheinander gebracht, dass sie nicht mal ihren Namen gewusst hätte, wenn sie danach gefragt worden wäre. Sie konnte nur in diese faszinierenden hellen Augen blicken und ihr Herz dazu hämmern lassen.

Leicht erschrocken spürte sie ihr Blut in schockierend intimen Körperbereichen pulsieren. Was in Gottes Namen war bloß los mit ihr? Das Kompliment war alles andere als galant gewesen. Bei genauerer Betrachtung konnte sie nicht einmal sicher sein, dass es überhaupt eines war. Es hatte eher wie ein Vorwurf geklungen.

Trotzdem musste sie dauernd an den Kuss von neulich denken, und an das Gefühl, in Dans Umarmung an seinen Körper geschmiegt zu sein.

Allmählich schien sich ihre Zunge wieder zu lösen, doch nun streikte ihr Gehirn.

„Ich ... hm ...“ Sie befeuchtete sich die Lippen.

Dan blickte auf ihren Mund. Mit leicht gesenkten Lidern verfolgte er die verlockende Geste, senkte die Lider noch ein wenig mehr und beugte sich zu ihr vor. Maggies Herz begann zu trommeln. Mit jeder Faser sehnte sie sich nach einem weiteren Kuss und begann erwartungsvoll die Augen zu schließen.

Die Stahltür, die zum inneren Treppenhaus und zum Büro ihres Vaters führte, wurde heftig aufgestoßen und schlug gegen die Wand, dass es wie ein Schuss krachte.

Mit einem kleinen Schreckenslaut sprang Maggie zurück. Dan stieß eine leise Verwünschung aus.

„Maggie, bleib, wo du bist!“ wies Martin sie zornig an. Seine schweren Schritte hallten durch das Gebäude. „Ich will mit dir reden. Sofort!“

Entsetzt blickte sie zur Glaswand hinauf, hinter der das Büro ihres Vaters lag. Hatte Martin sie und Dan etwa von dort oben beobachtet? Nach einem Augenblick der Panik wurde ihr klar, dass er von dort nicht viel hatte sehen können, außer dass sie nah beieinander standen. Trotzdem röteten sich ihre Wangen, vor allem, weil sie sich besorgt fragte, was sie auf dem Schreibtisch ausgebreitet hatte.

Martin bog um das Ende der Maschinenreihe und stürmte auf sie zu. Sie zwang sich zur Ruhe, damit die Röte aus ihren Wangen wich, straffte die Schultern und wartete kampfbereit.

Dan machte sich ruhig wieder an die Arbeit.

„Verdammt, Maggie, was zum Teufel hast du vor?“

„Ich?“ Sie gab sich ahnungslos und warf ihm ein unschuldiges Lächeln zu. „Wieso, ich halte Dan das Licht. Siehst du?“ Sie hob die Leuchte vor Martins Gesicht, dass er geblendet die Augen schließen musste und einen Schritt zurücktrat. Maggie unterdrückte ein Lächeln und hängte die Lampe neben Dans Schulter an die Maschine.

„Hör auf mit dem Quatsch! Ich habe die Akten und Unterlagen auf meinem Schreibtisch ausgebreitet gesehen. Elaine hat mich letzte Woche in Albuquerque angerufen und mir erzählt, dass du in der Verwaltung herumschnüffelst. Als du nicht wieder aufgetaucht bist, habe ich gedacht, du hättest das nur gemacht, um mich zu ärgern.“

Interessant. Miss Udall hatte Martin also Bericht erstattet. Sie hatte den beiden von Anfang an eine gewisse Komplizenschaft unterstellt.

„Aber du steckst deine Nase ständig in Dinge, die dich nichts angehen, was?“ warf Martin ihr vor. „Das lasse ich mir nicht weiter bieten. Ich rechne sowieso damit, dass Jacob dich in den nächsten Tagen wieder hinauswirft. Aber solange du hier bist, ist dir der Zutritt zur Fabrik untersagt. Hast du das verstanden?“

Vor Empörung war sie einen Moment sprachlos. Die Unverfrorenheit dieses Mannes war unglaublich. Ehe sie etwas erwidern konnte, wandte er sich leicht ab und zeigte mit dem Finger auf Dan. „Und was Sie angeht, was zum Henker treiben Sie hier eigentlich, Garrett?“

„Wonach siehts denn aus, Howe? Ich repariere eine defekte Abfüllanlage."

„Ich habe Ihnen nicht erlaubt, irgendwelche Reparaturen auszuführen. Wenn ich etwas repariert haben will, hole ich einen Fachmann. Packen Sie Ihr Werkzeug zusammen und machen Sie, dass Sie hier wegkommen. Aber plötzlich. Und in Zukunft betreten Sie das Gebäude nicht mehr außerhalb der Arbeitszeit. Geben Sie mir auf der Stelle Ihre Schlüssel."

Maggie war fassungslos über seine Unverschämtheit. Dan war immerhin der Betriebsleiter.

Dan maß ihn lediglich mit einem vernichtenden Blick und arbeitete weiter. „Vergessen Sie's. Von Ihnen nehme ich keine Anweisungen entgegen, Sie Armleuchter. Ich bin nur Jacob Rechenschaft schuldig."

„Sie Un..."

Martins Gesicht lief puterrot an. Er war so wütend, dass die Adern in seinem Nacken deutlich hervortraten. Er sah aus, als würde er jeden Moment explodieren.

Maggie hatte diesen Ausdruck schon erlebt, und während er die Hände ballte, wich sie rasch einen Schritt zurück.

„Das wars. Sie sind gefeuert, Garrett! Scheren Sie sich zum Teufel! Ich gebe Ihnen eine Stunde, Ihre Sachen zu packen und das Verwalterhaus zu räumen. Wenn Sie bis dahin das Anwesen nicht verlassen haben, rufe ich den Sheriff und lasse Sie abführen."

Dans Miene blieb unbewegt, doch Maggie bemerkte die leichte Anspannung der Schultern und den eisigen Blick, den er Martin zuwarf. Er machte jedoch in aller Ruhe seine Arbeit fertig, zog den Putzlappen aus der Gesäßtasche, wischte das Werkzeug ab und legte es auf die Kiste. Während er sich die Hände säuberte, wandte er sich Martin zu.

Ein verächtliches Grinsen lag auf dem Gesicht ihres Schwagers, und Maggie konnte sich über so viel Arroganz nur wundern. Der Idiot schien sich der Gefahr nicht bewusst zu sein, die hinter Dans präzisen, ruhigen Bewegungen und seiner eisernen Selbstbeherrschung lauerte.

„Sie können mich nicht feuern. Sie haben nicht die Befugnis."

„Und ob ich die habe. Da Jacob so krank ist, leite ich Malone Enterprises."

„Da irrst du dich, Martin."

Maggie hatte nicht vorgehabt, die Karten so früh auf den Tisch zu legen, doch Martins überhebliche Anordnungen waren mehr, als sie ertragen konnte. Sie trat vor, stellte sich zwischen die beiden Männer und sah ihrem Schwager entschlossen in die Augen.

„Ungeachtet deiner eigenen Einschätzung hast du keineswegs hier die Leitung. In Daddys Abwesenheit werde ich Malone Enterprises führen, nicht du."

„Du?" Martin stieß ein verächtliches Lachen aus. „Das möchte ich erleben."

„Na ja, das wirst du. Ich habe mehr Anrecht auf diese Position als du. Ich bin schließlich ein Mitglied der Familie, und ich bin Aktionärin."

„Wenn ich du wäre, würde ich nicht zu sehr auf meinen Status als Familienmitglied bauen. Du gehörst wohl kaum noch dazu. Und was die mickerigen sechs Prozent Aktienanteile betrifft, die dein Großvater dir hinterlassen hat, berechtigen sie dich wohl nicht gerade, das Unternehmen zu führen."

„Ach ja? Und wie groß genau sind deine Aktienanteile, Martin, würdest du mir das sagen?"

Die zornige Röte in seinem Gesicht, die gerade schwächer zu werden begann, nahm wieder zu. „Das steht hier nicht zur Debatte. Ich bin ein leitender Angestellter dieser Firma. Und wenn es darauf ankommt, habe ich so viele Aktienanteile wie du."

„Irrtum. Die Aktien gehören Laurel, nicht dir."

„Das macht keinen Unterschied, Laurel ist meine Frau. Was ihr gehört, gehört auch mir."

„Ich bin sicher, so würdest du es gerne sehen. Ich bezweifle jedoch, dass ein Gericht deine Ansicht teilen würde. Meine Schwestern und ich, wir haben alle denselben Aktienanteil geerbt. Es gibt jedoch einen großen Unterschied zwischen uns. Die beiden anderen wollen mit der Firma nichts zu tun haben und verfügen auch nicht über die Ausbildung, sich in geschäftliche Dinge einzumischen. Bei mir ist das anders. Ich habe sowohl Interesse am Geschäft wie auch die entsprechende Ausbildung. Ob es dir gefällt oder nicht, ich übernehme die Leitung."

Seine Miene wurde frostig, der Blick geradezu mörderisch. Er ballte wieder die Hände und kam einen Schritt auf sie zu, ehe er sich beherrschte. Maggie hatte keinen Zweifel, dass Martin sie geschlagen hätte, wäre Dan nicht da gewesen.

Zumindest hätte er es versucht. Sie war jedoch nicht mehr das wehrlose Mädchen von vor sieben Jahren. Seither hatte sie regelmäßig Kickboxen und Selbstverteidigung trainiert. Sie konnte vielleicht nicht gegen ihn gewinnen, aber er würde garantiert ein paar kräftige Blessuren davontragen.

„Das werden wir ja sehen!" presste er hervor, als er sich wieder genug unter Kontrolle hatte, um zu sprechen. Damit wandte er sich ab und stürmte davon.

Maggie sah ihm nach und konnte sich einen letzten Hieb

nicht verkneifen. „Ach, und Martin!“ rief sie hinterher. „Sei so gut und verlass das Gebäude durch den Fabrikausgang. Ich werde weiterhin Daddys Büro benutzen, zu dem du keinen Zutritt mehr hast. Es sei denn natürlich, ich lasse dich rufen.“

Sie hatte das Vergnügen, ihn wie erstarrt stehen bleiben zu sehen. Sein ganzer Körper bebte vor kaum unterdrückter Wut. Selbst aus der Entfernung konnte sie seine Kinnmuskulatur arbeiten sehen.

Nach einigen angespannten Sekunden marschierte er stumm weiter und entschwand ihrem Blickfeld. Seine zornigen Schritte hallten noch eine Weile durch das Gebäude, dann schlug die Tür an der Laderampe mit einem solchen Knall zu, dass es wie ein Kanonenschuss durch die Fabrik dröhnte.

Das laute Krachen brachte Maggie in die Realität zurück, und das kurze Triumphgefühl, das sie genossen hatte, verflüchtigte sich augenblicklich. Sie seufzte tief.

„Nicht schlecht gemacht, Rotschopf. Ich bin beeindruckt“, sagte Dan gedehnt. „Ich bezweifle, dass er jemals so in seine Schranken verwiesen worden ist. Der schmollt jetzt einen Monat lang.“

Maggie drehte sich noch rechtzeitig um, um zu erkennen, dass Dan sich entspannte. Offenbar war er gewappnet und bereit gewesen, sie zu verteidigen.

Ein Lächeln zuckte um ihre Mundwinkel. „Na ja, seien Sie nicht zu sehr beeindruckt. Um ehrlich zu sein, ich habe mich nur hinreißen lassen, weil er mich so wütend gemacht hat. Meine Amtszeit als Firmenleitung reicht vielleicht nicht über morgen früh hinaus. Martin wird sich bei der erstbesten Gelegenheit bei Daddy beschweren.“

„Darüber würde ich mir keine Gedanken machen. Ich kenne Jacob nur als äußerst fairen Mann."

Darauf konnte Maggie nur mit einem traurigen Lächeln antworten.

Nach einer unruhigen Nacht und einem schon strafend langen morgendlichen Dauerlauf kam Maggie als Erste zum Frühstück auf die Terrasse.

Sie hatte sich kaum mit ihrer Tasse Kaffee gesetzt, als Dan durch das Gartentor trat. Sie zwinkerte ihm zu und hob die Tasse in einem spöttischen Gruß. „Hallo, Hübscher. Sie sind aber früh heute Morgen. Wollen Sie der Enthauptung beiwohnen?"

„Warum unterstellen Sie das? Vielleicht bin ich hier, um eine zu verhindern."

„Na so was", säuselte sie neckend und klimperte mit den Wimpern. „Ich hatte ja keine Ahnung, dass ich Ihnen so viel bedeute."

Er setzte sich neben sie, schenkte sich Kaffee ein und trank einen Schluck, ehe er antwortete. „Netter Versuch, Rotschopf, aber Sie können mich nicht zum Narren halten. Ich habe Sie heute im Morgengrauen durch die Plantage rennen sehen. Sie machten den Eindruck, als wäre der Teufel hinter Ihnen her. Vermutlich konnten Sie nicht schlafen und haben versucht, Ihrer Nervosität davonzulaufen." Er betrachtete aufmerksam ihr Gesicht. „Vor mir können Sie Ihre Unruhe nicht verbergen. Sogar jetzt wirken Sie angespannt, so fantastisch Sie auch aussehen."

Sein Kompliment erstaunte sie ebenso wie seine genaue Beobachtungsgabe. Ehe sie antworten konnte, öffnete sich die Tür zum Haus, und ihre Nervosität wuchs beträchtlich, als sie sah, wie Charley ihren Vater auf die Terrasse rollte, gefolgt von Nan, Lily und Jo Beth.

Sobald die Begrüßungen ausgetauscht waren und man Jacob auf einen Stuhl am Tisch geholfen hatte, verschwand der Pfleger im Haus, und das Frühstück begann. Nan und Maggies Eltern unterhielten sich über einen Artikel im Lokalblatt, der sich mit einem Vorfall in Rowdys Bar und Grill am Vorabend befasste.

„Wenn ihr mich fragt, hätte man das Lokal schon vor Jahren schließen sollen. Das ist doch nur noch ein Treff für Abschaum."

„Ach, Jacob, sei nicht so steif", tadelte seine Schwester. „Das ist nur ein Treffpunkt für junge Leute, die dort entspannen und ein wenig Dampf ablassen."

„Das ist richtig, Liebster", pflichtete Lily bei. „Als wir uns kennen lernten, hast du mich sogar auch ein paarmal dorthin ausgeführt."

Jacob zog die Stirn in Falten, und es schien ihm unbehaglich zu sein. „Ja, nun ... damals lagen die Dinge eben anders."

Wie üblich sagte Jo Beth außer einer gelegentlichen spitzen Bemerkung zu Maggie nicht viel.

Sie waren soeben mit dem Frühstück fertig, als Dan sich zu Maggie beugte und ihr zuraunte: „Achtung, Rotschopf, es geht los."

„Jacob, wir müssen miteinander reden!" sagte Martin aufgebracht und kam mit langen Schritten an den Tisch.

„Natürlich. Aber setz dich erst mal und iss etwas. Es ist noch einiges übrig geblieben."

„Ich will nichts essen, und mein Anliegen duldet keinen Aufschub." Er warf Maggie einen giftigen Blick zu. „Nun, hast du es ihm schon gesagt?"

Jacob wurde sofort hellhörig. Mit leicht zusammengekniffenen Augen sah er Maggie forschend an. „Was sollst du mir gesagt haben? Was ist jetzt wieder los, Katherine?"

„Sie versucht, Malone Enterprises an sich zu reißen, das ist los", antwortete Martin an ihrer Stelle. „Ich habe sie gestern Nacht in der Fabrik erwischt. Sie hat die Bücher und Akten in deinem Büro durchstöbert. Als ich ihr befahl zu gehen, weigerte sie sich und informierte mich, dass sie nun die Leitung der Firma übernommen habe."

„*Was?* Den Teufel hast du! Erkläre dich, Mädchen! Auf der Stelle!"

Maggie warf ihrer Mutter einen Blick zu, doch Lily rückte sich nur unbehaglich auf ihrem Stuhl zurecht und starrte auf ihren Teller.

Seufzend sah sie ihren Vater an und zuckte die Achseln. „Es schien mir in dem Moment das Richtige zu sein."

„Wage nicht, mich in deiner gewohnt spöttischen Art abzufertigen. Ich habe dich zu keiner Zeit autorisiert, die Leitung der Firma zu übernehmen. Ich lasse nicht ..."

„Worüber regst du dich so auf, Jacob? Maggie hat lediglich getan, worum Lily sie gebeten hatte", erklärte Nan.

„Was?" Jacob drehte ruckartig den Kopf zu seiner Frau um. „Lily? Ist das wahr?"

„Nun ja ... ich ..."

„Ach, um Himmels willen, Lily, spuck es aus!" schimpfte Nan.

„Ja, ja, ich habe sie gebeten, einen Blick ... in die Bücher zu werfen und zu prüfen, ob sie das Unternehmen retten kann. Ich wusste nicht, was ich sonst tun sollte, Jacob. Du bist zu krank, um zu arbeiten, aber wenn nicht bald etwas geschieht, verlieren wir die Firma. Das hast du mir selbst gesagt."

Martin schnaubte verächtlich. „Und du hast gedacht, *sie* könnte ein Wunder bewirken? Na sicher doch."

Nan reagierte wie eine Katze, der man das Fell gegen den Strich bürstet. „Ich wäre an deiner Stelle sehr, sehr vorsichtig, Martin. Zufälligerweise unterstütze ich Lily in dieser Angelegenheit."

Maggie beobachtete Martin und musste fast lachen. Der arrogante Bastard erkannte, dass er einen taktischen Fehler begangen hatte. Da Nan eine Frau war, vergaß er, dass sie geschäftlich genauso viel Gewicht hatte wie Jacob. Zumindest glaubten das alle. Sie musste sich ein Grinsen verkneifen, als sie beobachtete, wie er sich wand, den Fehler wettzumachen.

„Sachte, sachte, Tante Nan, wir wissen alle, wie sehr du Maggie magst. Aber wir sollten uns in unseren Geschäftsentscheidungen doch nicht von Emotionen leiten lassen, oder? Ich meine, seien wir realistisch. Jacob hat Maggie so gut wie enterbt, weil er ihr nicht traute. Du kannst nicht erwarten, dass er ihr nun plötzlich ungehinderten Zugang zu den Firmenunterlagen gewährt. Für Modefotos zu posieren, qualifiziert einen wohl kaum dazu, eine in Schwierigkeiten geratene Firma aus den roten Zahlen zu holen."

Nan verengte wütend die Augen. „Nein. Aber ein Abschluss magna cum laude von der Wirtschaftsfakultät in Harvard tut das sehr wohl! Und was dich angeht, Martin Howe, solltest du es jemals wieder wagen, in diesem herablassenden Ton mit mir zu reden, verabreiche ich dir eine Tracht Prügel!"

Da er erkennen musste, dass er keine Chance mehr hatte, Nan auf seine Seite zu ziehen, verzichtete er auch auf jeden

Anschein von Höflichkeit. „Nichtsdestoweniger habe ich die Leitung des Unternehmens, und ich dulde keine Einmischung, schon gar nicht von ihr."

„Wenn du mich fragst, ist meine Nichte Jacobs logische Nachfolgerin", feuerte Nan zurück. „Ich denke im Übrigen, wir sollten sie sofort offiziell zum amtierenden Präsidenten des Unternehmens ernennen."

„Was? Das ist doch lächerlich! Ich bin ein leitender Angestellter der Firma. Ich sollte sie auch führen."

„Nein, genau da irrst du dich. Malone Enterprises sollte von jemand mit dem Namen Malone geführt werden, so wie es immer war."

Nan blickte von Martin zu ihrem Bruder. Obwohl ihre Stimme sanfter wurde, war sie nicht weniger entschieden. „Die Zeit ist reif, eine Entscheidung zu treffen, Jacob. Soll das Familienunternehmen von einem Außenstehenden geleitet werden? Oder von deiner Tochter ... so wie unsere Großmutter es vorgesehen hat?"

Jacob sah seine Schwester mit dem verzweifelten Blick eines Menschen an, der plötzlich feststellt, dass er mit dem Rücken zur Wand steht. „Verdammt, Nan ..."

„Die Frage ist, den Fisch an Land ziehen oder sich vom Köder trennen", erwiderte sie und hielt seinem Blick ruhig stand.

Maggie beobachtete das stumme Duell zwischen Bruder und Schwester und fragte sich, was dahinter steckte. Sie hatte das eigenartige Gefühl, dass diesem Wortwechsel eine tiefere Bedeutung zu Grunde lag als die Frage nach der Firmenleitung.

„Bitte, Liebster, willst du ihr nicht eine Chance geben?" bat Lily mit zitternder Stimme.

Jacob sah von seiner Frau zu seiner jüngsten Tochter, die während des Wortwechsels erstaunlich still geblieben war und zwischen den Redenden hin- und herblickte, wie ein Zuschauer bei einem Tennismatch. „Nun, Jo Beth, du bist auch Aktionärin. Was meinst du?"

Maggies Hoffnung sank, als ihre jüngste Schwester ihr einen unergründlichen Blick zuwarf. Wenn die Entscheidung bei Jo Beth lag, hatte sie keine Chance. Zu ihrer grenzenlosen Verblüffung machte Jo Beth jedoch nur ein gelangweiltes Gesicht und hob kurz eine Schulter. „Warum nicht? Sie ist eine Malone."

„Jacob, du kannst nicht ernstlich erwägen, ihr die Leitung zu übertragen!" begehrte Martin auf. „Na schön, sie hat ein Diplom in Betriebswirtschaft. Na und? Sie hat keinerlei praktische Erfahrung. Maggie hat nie ein Unternehmen geleitet. Sie weiß nicht, wie man große Aufträge handhabt, wie Mitarbeiter geführt werden, wie Entscheidungen getroffen werden."

„Ach, du meinst, wie beispielsweise deine Entscheidung, Anna zu feuern?" fragte Maggie unschuldig.

Jacob wirkte fassungslos.

Aus den Augenwinkeln bemerkte Maggie auch Dans Verblüffung. „Ich dachte, sie hätte diese Woche freigenommen. Großer Gott, was diesem Mann an gesundem Menschenverstand fehlt, macht er durch Unverfrorenheit wett", murmelte er vor sich hin.

Martin war es unbehaglich zumute. Er wirkte wie ein Dieb, der mit den Händen in der Kasse erwischt worden war.

„Du hast *Anna* gefeuert? Du Idiot!"

„Also, Jacob, ich dachte ..."

„Du dachtest? *Du* dachtest? Wenn du auch nur einen

halbwegs intelligenten Gedanken in deinem Schädel zu Stande brächtest, wüsstest du, dass du Anna keinesfalls hättest feuern dürfen!" Jacob schüttelte den Kopf, als könne er nicht verstehen, wie jemand einen solchen Kapitalfehler begehen konnte. „Es erstaunt mich, dass Anna nicht zu mir gekommen ist und mir von der Entlassung erzählt hat. Sie hätte wissen müssen, dass ich sie rückgängig mache."

„Das hat sie nicht, weil Martin ihr gedroht hat", erklärte Maggie ruhig und erntete einen weiteren fassungslosen Blick von ihrem Vater.

„Was?"

„Hör nicht auf sie, Jacob! Sie lügt."

„Als ich entdeckte, dass Martin Anna entlassen hat, bin ich zu ihr nach Haus gefahren", fügte Maggie hinzu, als hätte er gar nicht gesprochen. „Martin hatte ihr offenbar erzählt, du wüsstest von der Entlassung und seist damit einverstanden. Außerdem sagte er ihr, du seist zu krank, um Besuch zu empfangen. Falls sie dennoch versuchen sollte, dich zu sprechen, würde er sie wegen Belästigung verklagen."

Jacob war für Augenblicke so wütend, dass es ihm die Sprache verschlug. Doch der Blick, den er Martin zuwarf, machte Worte überflüssig. „Du aufgeblasener kleiner Wicht!" grollte er schließlich. „Wie kannst du es wagen? Wärst du nicht Laurels Ehemann, ich würde dich auf der Stelle feuern."

„Jacob ..."

„Schweig, Martin! Wir reden später. Katherine, geh und sprich mit Anna. Erkläre ihr, dass Martin seine Kompetenzen überschritten hat. Bitte sie zurückzukommen, sei nett zu ihr, erhöhe ihr Gehalt, tu, was immer nötig ist, aber hole sie zurück. Verstanden?"

„Ja, Sir, auf der Stelle", erwiderte sie freudig und über die Maßen erleichtert. Sie wollte sich erheben, zögerte aber noch einen Moment. „Nur damit Klarheit herrscht, Daddy. Heißt das, du überträgst mir die Unternehmensleitung?"

Jacob sah sie einen Moment an, und sie bemerkte einen Muskel in seiner Wange zucken. „Für den Moment scheine ich keine andere Wahl zu haben."

„Verdammt, Jacob, das kannst du nicht machen!"

„Meine Entscheidung steht fest, Martin!" entgegnete er, ohne den Blick von Maggie zu wenden. Er zeigte mit dem Finger auf sie. „Aber denk dran, Katherine, das ist nur vorübergehend. Also bilde dir nichts ein. Machst du Unsinn oder schadest du uns, werfe ich dich so schnell hinaus, dass du nicht weißt, wie dir geschieht. Hast du das verstanden?"

„Ja, Daddy." Sie wollte überlegen und geschäftsmäßig wirken. Doch sie hatte so lange auf diesen Tag gewartet, dass sie ihre Freude keine Sekunde länger unterdrücken konnte. Breit lächelnd stand sie auf. „Ich rede auf der Stelle mit Anna."

Sie eilte zur Garage, ehe Jacob seine Meinung ändern konnte.

Nach Maggies Fortgang herrschte gespanntes Schweigen. Während die anderen ihr von der Terrasse nachsahen, trank Dan seinen Kaffee und wartete auf das Donnerwetter. Er musste nicht lange warten.

„Ich glaube das einfach nicht!" platzte Martin wütend heraus. „Wie konntest du mir das antun, Jacob? Ich arbeite seit sieben Jahren für dich."

„Arbeiten nennst du das? Du hast seit sieben Jahren einen Freifahrtschein. Deine jetzige Position wurde extra für dich eingerichtet, weil mir bei deinen mangelnden Fähigkeiten keine Stellung eingefallen ist, der du gewachsen gewesen wärst. Glaube mir, wenn du nicht Laurels Ehemann wärst, hätte ich dich keine sechs Monate in der Firma geduldet. Und jetzt geh mir aus den Augen, ehe ich dich feuere!"

Martin lief rot an.

Dan war auf alles gefasst. Wenn er je einen Menschen gesehen hatte, der kurz davor stand, gewalttätig zu werden, dann Martin. Als er sich wappnete, eventuell einzugreifen, schoss jedoch Maggies Viper aus der Garage und brauste die Zufahrt am Haus hinunter.

Martin drehte den Kopf und sah ihr hasserfüllt nach. Als sie ihren Blicken entschwand, spie er einen Fluch aus.

„Also schön, ich gehe. Aber das ist noch nicht das Ende der Geschichte, das schwöre ich!"

„Das war aber wirklich unerfreulich", sagte Nan gedehnt, nachdem Martin fort war. „Und erschöpfend." Sie stand auf und winkte ihrer Schwägerin zu. „Komm, Lily, überlassen wir die Männer ihrer geschäftlichen Besprechung. Lass uns durch den Rosengarten gehen. Das beruhigt immer meine Nerven. Und du machst dich besser auf den Weg zur Schule, Jo Beth, oder du kommst zu spät."

Sobald die drei um die Hausecke verschwunden waren, wandte Jacob sich an Dan.

„Ich möchte, dass Sie Katherine im Auge behalten und mir genau berichten, was sie treibt."

„Ich soll Ihre Tochter ausspionieren?"

„Ja. Genau das sollen Sie tun. Ich bin nicht überzeugt, dass es wirklich klug war, ihr die Leitung des Unternehmens zu übertragen. Deshalb muss ich sie kontrollieren."

„Jacob, ich weiß nicht, welches Problem Sie beide miteinander haben. Aber zum Teufel, sie ist Ihre *Tochter*!"

Jacob presste kurz die Kiefer zusammen. „Katherine ist nicht ... ach egal. Sie müssen mir in dieser Sache einfach vertrauen, Daniel. Es ist wichtig. Andernfalls würde ich Sie nicht darum bitten."

Der Auftrag erfüllte Dan mit ausgesprochenem Widerwillen. „Ich weiß nicht, Jacob. Ich fühle mich in der Rolle des Spitzels nicht wohl."

„Verdammt, Dan, ich kann Maggie nicht selbst beaufsichtigen. Und Sie sind der Einzige, dem ich vertraue. Sie müssen das für mich tun."

Dan sah seinen Boss unentschlossen an. Er schuldete Jacob viel und verdankte ihm einiges. Trotzdem ging ihm dieses Ansinnen gehörig gegen den Strich. Nachdenklich wandte er den Blick ab und schaute in die Plantage.

Ach, was solls, dachte er schließlich und schob seine Skrupel beiseite.

Wie könnte er das ablehnen? Außerdem hatte er sich nach dem unheimlichen nächtlichen Vorkommnis vor einigen Tagen ohnehin vorgenommen, Maggie im Auge zu behalten, um sicherzugehen, dass sie nicht in Gefahr schwebte.

12. KAPITEL

„Also wirklich, Sie können nicht einfach so unangemeldet da hereinplatzen!"

Maggie sah gerade rechtzeitig vom Laborbericht auf, den sie las, als Martin auch schon in ihr Büro stürmte, die Miene finster wie eine Gewitterwolke, eine empörte Anna auf den Fersen.

„Was in drei Teufels Namen ist das?"

„Tut mir Leid, Maggie. Ich habe versucht, ihn aufzuhalten."

„Ist schon okay, Anna." Sie lehnte sich im Sessel zurück und sah ihren Schwager ruhig an. „Kann ich etwas für dich tun, Martin?"

Er wedelte ein Stück Papier vor ihr herum. „Du darfst damit anfangen, die Abzüge von meinem Gehaltskonto zu erklären."

Anstatt in ihr Vorzimmer zurückzukehren, kam Anna ebenfalls herein, ging nach einem trotzigen Blick zu Martin um ihn herum und machte sich im Büro zu schaffen.

„Ich habe die Buchhaltung angewiesen, den Mehrpreis für einen Flug erster Klasse von deinem Konto abzuziehen, ebenfalls den Aufpreis für die Anmietung eines BMW, verglichen mit dem Preis eines normalen Wagens und für jeden anderen Luxus, den du über die Firma abrechnen wolltest."

„Das waren ausnahmslos legitime Ausgaben. Ich habe die Quittungen, es zu belegen", blies er sich auf.

„Ich bezweifle nicht, dass du das Geld ausgegeben hast. Der Punkt ist, sie in dieser Höhe der Firma zu belasten, steht im Widerspruch zur Firmenpolitik, wie du zweifellos weißt. Die Firma bezahlt, damit du angemessen bequem reisen kannst, sie finanziert jedoch nicht deinen extravaganten Lebensstil."

„Das ist empörend. Dein Vater hätte niemals ..."

„Oh doch, er hätte. Versuch nicht, mich für dumm zu verkaufen, Martin. Ich habe dein Spesenkonto überprüft. Daddy hat deine Ausgaben in vernünftigen Grenzen gehalten. Diese abnorm hohen Spesenrechnungen tauchen erst seit einigen Monaten auf, seit Daddy zu krank ist, ins Büro zu kommen. Du hast das ausgenutzt, und damit ist jetzt Schluss."

„Als Repräsentant der Firma muss ich ein gewisses Image pflegen, wenn ich Kunden einlade."

„Ach ja? Und wen genau hast du an jenem Abend beeindruckt, als du allein gespeist und eine Flasche Wein für hundert Dollar bestellt hast?"

Martin machte ein wütendes Gesicht. „Wenn du dir einbildest, dass ich mit dem Pfennnigfuchsen anfange, damit du Daddy beeindrucken kannst, bist du schief gewickelt. Martin Howe reist erster Klasse!"

Maggie zuckte die Achseln. „Das kann Martin Howe gerne tun. Solange er die Zusatzkosten aus der eigenen Tasche bezahlt."

Er presste die Lippen so sehr zusammen, dass sich ein weißer Ring um den Mund bildete. Er sah aus, als könne er vor Wut einen Nagel durchbeißen. Allerdings sieht er ständig so aus, seit Daddy mir vor drei Wochen die Firmenleitung übertragen hat, dachte Maggie.

„Das macht dir Spaß, was? Aber mach es dir besser nicht zu gemütlich in deinem Sessel. Du wirst den Chefsessel nicht lange innehaben, du Luder", zischte er drohend und stürmte wieder hinaus, bevor sie antworten konnte.

„Unerträgliche Kröte", stellte Anna leise fest. „Wenn Sie mich fragen, Maggie, ist das alles Rupert Howes Schuld. Er hat den Bengel ein Leben lang so verwöhnt, dass der sich einbildet, ein Anrecht auf alles zu haben. Der kommt mir vor wie ein Zweijähriger mit einem Tobsuchtsanfall. So eine Ungehörigkeit, einfach in das Büro seiner Chefin zu platzen und sich derart aufzuführen!"

Maggie lachte über Annas Empörung. „Na ja, ich bezweifle, dass Martin in mir seine Chefin sieht. Und verglichen mit seinen sonstigen Querschlägen war das ja noch harmlos."

Auseinandersetzungen mit Martin waren an der Tagesordnung. Er bekämpfte sie bei jeder Änderung der Produktionsabläufe, die sie zur Verbesserung der Kontrolle einführen wollte, er stellte jede Anweisung infrage, zog jede Frage ins Lächerliche und versuchte prinzipiell, ihr Knüppel zwischen die Beine zu werfen.

Maggie hätte ihn liebend gern gefeuert. Doch das konnte sie nicht, ohne sich dem Verdacht der Rachsucht auszusetzen. Und außerdem würde es Laurel wehtun.

Zu Anfang hatte ihr Elaine Udall ähnliche Probleme bereitet wie Martin. Bei ihr kannte Maggie jedoch keine Rücksicht. Sie hatte keine Hemmungen, sie zu feuern, und es tat ihr ausgesprochen gut, ihr das auch deutlich zu sagen. Die Warnung hatte Miss Udalls ständige Kritik zwar verstummen lassen, an ihrer schnippischen Art und ihren giftigen Blicken jedoch nichts geändert.

Dennoch waren diese Querelen Kleinigkeiten.

Maggie wünschte sich, die übrigen Mitarbeiter und die Mitbürger in Ruby Falls ebenso leicht lenken zu können.

Zwar konnte sie dem Leben in einer Kleinstadt viel Positives abgewinnen, doch es gab auch eine Menge Nachteile. Einer dieser Nachteile war die schlichte Unmöglichkeit, etwas geheim zu halten. Es hatte sich herumgesprochen, dass Malone Enterprises in Schwierigkeiten steckte, und in der Stadt herrschte unterschwellige Panik.

Da ein Großteil der Bewohner bei Malone in Lohn und Brot stand, hatte fast jeder einen Mann, eine Frau oder irgendeinen Verwandten in der Fabrik. Daher glaubte auch jeder, ein Mitspracherecht in den Belangen der Firma zu haben, und nur wenige hatten Hemmungen, ihre Meinung zu äußern, wenn ihnen etwas nicht passte.

Die Mitarbeiter und fast die gesamte Bevölkerung von Ruby Falls waren empört, dass Maggie die Leitung des Unternehmens übernommen hatte. Sie misstrauten ihren Fähigkeiten und hielten sie für ungeeignet, die Firma aus dem finanziellen Tief herauszuführen.

Maggie konnte es ihnen nicht einmal verübeln. Die Mitarbeiter hatten Angst um ihre Jobs, und der Rest war besorgt, weil die gesamte Wirtschaft von Ruby Falls vom Florieren der Konservenfabrik abhing.

Es gab viel Gerede in der Stadt, und Gerüchte flogen hin und her. Wohin Maggie auch ging, ob durch die Fabrik, die Lager oder zum Einkaufen in die Stadt, überall wurde sie mit Argwohn und Kühle behandelt. Sie wusste, dass sie noch gegen ihren Ruf als wilder, rebellischer Teenager ankämpfen und sich den Respekt der Leute erwerben musste. Trotzdem waren die ständigen Zurückweisungen schwer zu ertragen.

„Wie läufts denn so, Ladies?“

Maggie blickte auf und sah Dan in der Tür stehen. Ihr Herz schlug schneller. Seit sie vorgestern von ihrem Fototermin aus New York zurückgekehrt war, hatte sie ihn nur aus der Ferne gesehen. Das war jetzt ihr erstes Zusammentreffen. Er stand in der Tür, eine Schulter gegen den Rahmen gelehnt, die freie Hand auf die Hüfte gestemmt. In seiner üblichen Arbeitskluft, Stiefel, Jeans, und kariertes, an den Armen aufgerolltes Hemd wirkte er sehr männlich.

Warum, fragte sie sich vielleicht zum hundertsten Mal, übt gerade dieser Mann eine solche Anziehung auf mich aus? Das war ärgerlich, beunruhigend und schlichtweg töricht, doch sie konnte die Tatsache nicht leugnen. Immer deutlicher wurden ihr seine ruhige Stärke, sein gutes Aussehen und seine männliche Ausstrahlung bewusst, so dass sie sich in seiner Gegenwart kaum noch konzentrieren konnte.

Das ergab einfach keinen Sinn. Sie arbeitete mit umwerfend gut aussehenden männlichen Models zusammen, und ihr begegneten dutzendweise gut aussehende, erfolgreiche, kultivierte Männer. Einige waren auf ihrem Gebiet prominent – Schauspieler, Athleten, Industrielle –, Männer mit Macht und Einfluss. Doch keiner von denen zog sie sonderlich an, mal abgesehen davon, dass einem gutes Aussehen generell angenehm war.

Also, was hatte dieser Mann an sich, dass ihr Herz hüpfte?

Dan deutete mit dem Kopf zur Außentür. „Ich bin Martin im Flur begegnet. Er hatte praktisch Schaum vor dem Mund. Hat er Ihnen wieder zu schaffen gemacht?"

„Wie immer. Aber nichts, mit dem ich nicht fertig werde. Wollten Sie mich wegen irgendetwas sprechen?" Die Frage klang schärfer als beabsichtigt. Dans Nähe machte sie leider schon wieder nervös.

„Allerdings. Ich habe gute Nachrichten und schlechte. Die gute Nachricht ist, ich habe an Kessel drei den neuen Thermostaten installiert, und das Ding funktioniert wieder."

„Fabelhaft. Und die schlechte Nachricht?"

„Ein Förderband ist ausgefallen. Ich musste an fünf Bändern die Produktion einstellen. Ich habe den Hersteller angerufen, sie schicken die Ersatzteile per Express. Doch die sind nicht vor morgen da. Was bedeutet, dass wir in der Produktion weiter zurückfallen. Das bringt unseren Lieferplan total durcheinander. Bei all den Problemen und Verzögerungen der letzten Zeit haben wir kaum noch Lagerbestände. Was wir haben, deckt gerade noch die Lieferungen für die nächste Zeit ab. Verschiedene Großaufträge können wir nicht mehr bedienen."

Maggie stemmte die Ellbogen auf den Tisch, stützte die Stirn in die Hände und stöhnte. „Nicht schon wieder eine technische Panne. Das ist die vierte, seit ich hier offiziell die Leitung habe." Sie hob den Kopf und sah ihn an. „Was war diesmal die Ursache?"

„Ein Kreuzschlüssel im Getriebe. Er hat die meisten Zähne des Antriebs abrasiert, ehe wir die Maschine anhalten konnten. Das könnte ein Unfall gewesen sein, aber ich glaube nicht daran. Nicht so, wie das Ding in die Zahnräder gerammt war. Es sieht so aus, als hätten wir einen Saboteur unter uns."

Maggie seufzte. „Großartig, einfach großartig."

„Finden Sie nicht, es wäre an der Zeit, Jacob zu erzählen, was wir vermuten?" fragte er ruhig und ließ sie nicht aus den Augen.

„Nein, noch nicht."

„Maggie, ich muss Dan in diesem Fall zustimmen", wandte Anna ein. „Ihr Vater hat ein Recht zu erfahren, was hier vor sich geht."

„Ich weiß. Aber solange wir nicht sicher sagen können,

dass jemand Malone Enterprises sabotiert, möchte ich ihn nicht unnötig aufregen. Nicht bei seiner schweren Erkrankung."

„Also wenn Sie mich fragen, wird er sich mehr darüber aufregen, wenn Sie ihm so etwas vorenthalten."

„Anna hat Recht. Ich finde, Sie sollten es ihm jetzt sagen."

„Vielleicht", räumte Maggie unentschlossen ein. Natürlich hatte sie den Wunsch, Jacob zu schonen. Doch sie zögerte auch, weil sie wenig Neigung verspürte, sich wieder seinem Zorn auszusetzen. „Ich denke darüber nach."

Dan sah sie lange an und zuckte mit den Schultern. „Sie sind der Boss."

„Sie haben einen Besucher, Mr. Malone", verkündete Ida Lou, in der Wohnzimmertür stehend.

Jacob war leicht ungehalten. Da Lily und Nan sich oben Kleidermuster oder so etwas ansahen und Jo Beth noch in der Schule war, hatte er die wenigen Momente des Alleinseins genossen, sich in seinem Liegestuhl zurückgelehnt und in die Plantage geschaut. Im Augenblick lag ihm nichts an Gesellschaft, schon gar nicht, als er sah, wer ihn besuchte.

„Jacob, wie schön, dich so fit zu sehen", rief Rupert Howe aus, schob sich an Ida Lou vorbei, ohne eine Einladung abzuwarten, und kam forsch in den Raum. „Wie fühlst du dich, mein Freund?"

„Ich halte mich aufrecht." Da Rupert ihm die Hand hinstreckte, blieb Jacob nichts anderes übrig, als sie zu nehmen. Am liebsten hätte er diesen aufdringlichen Schleimer zurechtgewiesen, dass sie nie Freunde gewesen waren. Schon damals in der Grundschule nicht, die sie gemeinsam besucht hatten. Er war nie gut mit Rupert ausgekommen. Um Laurels willen hielt er jedoch wie immer den Mund.

„Schön, schön. Ich bin froh, das zu hören. Ich hoffe, du verzeihst mir, dass ich dich nicht häufiger besuchen komme, aber ich sitze in der Bank fest. Du weißt, wie das ist als Geschäftsmann."

Jacob nickte.

„Natürlich hält mich mein Junge über deinen Gesundheitszustand auf dem Laufenden. Aber heute war ich zufälligerweise in der Nachbarschaft und dachte mir, ich könnte auf einen Sprung bei meinem alten Freund vorbeischauen und mich selbst überzeugen, wie es ihm geht."

Ida Lou kam mit einem Tablett herein, was Jacob glücklicherweise eine Erwiderung ersparte. Nachdem sie ihnen Kaffee eingeschenkt hatte und wieder gegangen war, trank Rupert einen Moment schweigend, stellte dann Tasse samt Untertasse auf den Beistelltisch und beugte sich vor. Dabei wechselte sein Mienenspiel von aufgesetzt freundlich zu ernsthaft.

„Weißt du, Jacob, da gibt es ein kleines Problem, über das wir reden sollten."

Sofort wachsam, betrachtete Jacob ihn abschätzend. Er konnte sich nicht vorstellen, über was sie zu reden hätten. In all den Jahren hatte er immer darauf geachtet, nicht geschäftlich mit Ruperts Bank zu tun zu haben, und soweit ihm bekannt war, gab es mit Martin und Laurel keine Probleme.

Er trank einen Schluck Kaffee, obwohl er keinen wollte, und sah seinen Gast neugierig an. „Ach ja? Und was wäre das für ein Problem?"

„Diese Geschichte, dass du Maggie die Firmenleitung übertragen hast. Ich weiß, dass du die Entscheidung in der

Hitze des Gefechts getroffen hast, und vielleicht hat mein Sohn seine Kompetenzen tatsächlich ein wenig überschritten, aber Jacob wirklich ... *Maggie*? Dass sie Malone Enterprises führt, ist völlig absurd.“

Jacob schien am ganzen Körper zu erstarren. „Ach ja? Und weshalb, bitte schön?“ fragte er und hielt seine Stimme bewusst neutral.

„Nun, zum einen ist sie eine Frau.“

„Und was hat das damit zu tun? Du vergisst, dass unser Unternehmen von einer Frau gegründet wurde.“

„Zugegeben, aber deine arme Großmutter hatte keine andere Wahl. Ich bin sicher, wenn dein Großvater den ersten Weltkrieg überlebt hätte, hätte er ihr niemals gestattet, sich die Hände im Geschäft schmutzig zu machen.“

Nach einer kurzen Pause fügte er hinzu: „Außerdem musst du zugeben, dass zwischen der damaligen Katherine Margaret und deiner Maggie ein großer Unterschied besteht. Verzeih mir, wenn ich das so offen sage, Jacob, aber die Leute in dieser Stadt haben ein langes Gedächtnis, und der Ruf deiner Tochter ist nicht der beste. Sie ist wild und verantwortungslos und, um offen zu sein, einige behaupten auch, unmoralisch. Ich sage dir, Jacob, deine Mitarbeiter werden es nicht tolerieren, sie als Boss zu haben.“

„Was du nicht sagst.“

Entweder bemerkte Rupert den gefährlichen Unterton in Jacobs Stimme nicht, oder er ignorierte ihn und fuhr fort: „Schau, ich weiß natürlich, dass du dem Mädchen die Leitung übertragen hast, um meinem Jungen eins auszuwischen, und ich verstehe das. Aber Jacob, das ist jetzt lange genug so gegangen. Es ist Zeit, diese Farce zu beenden. Von Rechts wegen sollte mein Sohn als Präsident die Leitung von Malone Enterprises übernehmen. Nach sieben Jahren in der Firma hat er ein Anrecht darauf. Das weiß jeder."

„Zunächst einmal, Rupert, haben die Mitarbeiter kein Mitspracherecht in der Leitung des Unternehmens. Das haben auch du und dein Sohn nicht. Malone Enterprises ist ein Familienunternehmen. Es wird von Malones geführt. Das war immer so, und so bleibt es. Ende der Debatte."

Nach einem Moment fügte er hinzu: „Ich habe Maggie zur geschäftsführenden Präsidentin der Firma ernannt, und dabei bleibt es, gleichgültig, ob das dir oder dem Rest der Leute in dieser Stadt passt. Ich werde keinerlei Einmischung dulden." Er schlug zur Betonung mit den Händen auf die Armlehnen des Liegestuhles. „Zum Kuckuck, eher schließe ich die Tore der Fabrik, als dass ich mir von Außenstehenden sagen lasse, wie sie zu führen ist!"

Rupert sah für einen kurzen Moment so aus, als wolle er sich auf Jacob stürzen, doch er zügelte klugerweise sein Temperament.

„Ich bedaure, das zu hören, Jacob. Ich bedaure es wirklich. Bei deiner schweren Erkrankung hätte ich angenommen, dass du jede Hilfe willkommen heißt. In der Stadt geht das Gerücht, dass Malone Enterprises in Schwierigkeiten steckt. Mir scheint, das ist nicht der richtige Zeitpunkt, der Familientradition Vorrang zu geben vor gesundem Geschäftssinn."

„Ich bin nicht der Ansicht, dass sich beides notwendigerweise ausschließt. Diese Familie ist absolut in der Lage, sich um die eigenen Belange zu kümmern. Ich schlage vor, dass du und alle anderen es ebenso haltet."

Rupert warf ihm einen langen, frustrierten Blick zu und seufzte. „Nun gut, wenn du es so haben möchtest, ich wollte nur helfen. Als der Schwiegervater deiner Tochter hielt ich es für meine Pflicht. Falls du deine Meinung ändern solltest ...“

„Das werde ich nicht. Wenn es sonst nichts gibt, entschuldige mich bitte. Es ist Zeit für meine Medizin.“

Ruperts Gesicht wurde fleckig rot. Als der örtliche Bankier hielt er sich für einen wichtigen Mann und war es eindeutig nicht gewöhnt, so entlassen zu werden. Er erhob sich mit steifer Würde und nickte Jacob kurz zu.

„Sicher. Ich finde selbst hinaus.“

„Ach Rupert.“

Der blieb an der Tür stehen und sah sich noch einmal um. „Ja?“

„Eines möchte ich doch noch klären, ehe du gehst. Katherine mag zu Streichen aufgelegt sein, und ich will zugeben, dass sie sich manchmal rücksichtslos verhalten hat. Aber weder du noch sonst wer kann ehrlich behaupten, dass sie je etwas Unmoralisches getan hätte. Und ich werde es nicht hinnehmen, wenn jemand so ein Gerede über sie verbreitet. Habe ich mich klar ausgedrückt?“

Rupert wirkte verblüfft. „Aber ich dachte ... ich meine, jeder weiß ...“

„Was bitte?“

„Dass du mit Maggie nicht auskommst. Ich meine, sei ehrlich, Jacob, dieses Mädchen war immer ein Stachel in deinem Fleisch. Das weiß jeder in der Stadt.“

„Weder du noch die Leute dieser Stadt wissen etwas über meine Beziehung zu Katherine!“ raunzte er zurück. „Absolut nichts. Hast du mich verstanden?“

„Natürlich. Was immer du sagst.“

Sobald Rupert gegangen war, merkte Jacob, dass er vor Zorn bebte. Die Kiefer zusammengepresst, starrte er aus dem

Fenster. Welch blanker Zorn ihn erfasst hatte, als Rupert schlecht über Katherine redete, erstaunte ihn selbst.

Aber es war eben etwas anderes, ob er seine Tochter kritisierte oder ein Außenstehender. Noch beunruhigender als die Tatsache, dass er Katherine instinktiv verteidigt hatte, war jedoch Ruperts schockierte Reaktion darauf gewesen. In all den Jahren hatte er immer angenommen, dass niemand – niemand außer Lily und Nan natürlich – etwas von seinen ambivalenten Gefühlen zu Katherine bemerkt hatte. Er hätte es besser wissen müssen. Schließlich lebten sie in Ruby Falls.

Wie hatte er nur so blind sein können? Wie hatte er ignorieren können, wie viel Getratsche es hier gab? Vielleicht wurde Katherine schon ein Leben lang von diesem Gerede verfolgt. Sie war zu klug und zu sensibel, um so etwas nicht mitzubekommen.

Entsetzt fragte er sich, welche Wirkung es auf eine Heranwachsende haben musste zu wissen, dass ihre Umgebung glaubte, ihr Vater liebe sie nicht.

Vielleicht hatte Nan Recht. Vielleicht waren ihre jugendliche Rebellion und ihre Unverschämtheiten nichts weiter als der Versuch gewesen, seine Aufmerksamkeit zu erregen.

Jacob schlug ungehalten mit der Faust auf die Armlehne seines Sessels. Verdammt! Wie auch immer seine Gefühle für Katherine waren, er hatte nie gewollt, dass sie unter bösartigem Geschwätz leiden musste.

„Also, erzählst du mir nun von ihr oder nicht?"

Dan unterdrückte ein Grinsen. Er ließ sich Zeit, gab der Kellnerin ein Zeichen, sein Glas Eistee wieder aufzufüllen, und schnitt sich noch ein Stück von seinem Putenschnitzel ab. „Von wem soll ich dir erzählen?"

„Du weißt genau von wem", gab Lucy Garrett gereizt zurück und maß ihren ältesten Sohn mit einem scharfen Blick. „Von Maggie Malone natürlich."

„Was möchtest du wissen?"

„Zunächst mal, ist sie so schön wie auf ihren Bildern?"

„Ja."

„Wie ist sie?"

Dan kaute nachdenklich und schluckte. „Warte mal, ich denke, klug und kess beschreibt es gut."

„Wirklich?" Lucy lächelte über die Beschreibung. „Gut. Es freut mich zu hören, dass der Erfolg sie nicht verändert hat."

„Stimmt, du hast ja in der Cafeteria der High School gearbeitet, als sie dort zur Schule ging."

„Ja, aber ich kann nicht behaupten, dass ich sie wirklich gekannt habe." Lucy nahm eine Gabel voll Salat, verharrte mit der Gabel jedoch auf halbem Weg zum Mund. „Allerdings konnte ich sie auch nicht übersehen. Damals war sie eine dürre Bohnenstange. Auffallend waren die roten Haare und der zu große Mund in einem kleinen Gesicht. Das Gesicht hat sich wohl noch entwickelt, damit es zum Mund passt." Sie lachte leicht. „Ist das nicht seltsam? Erst neulich las ich in einem Magazin, dass Männer in einer Umfrage ihre Lippen als die üppigsten der Welt eingestuft haben."

Dan musste an den Kuss denken. Zweifellos waren ihre Lippen üppig und sinnlich.

„Damals in der High School galt sie allgemein als wild, aber ich habe ihren Schneid immer bewundert." Lucy machte eine Pause, kaute ihren Salat und wechselte das Thema. „Wenn man den Gerüchten glauben darf, verliert Malone

Enterprises Geld. Glaubst du, dass Maggie es schafft, die Finanzlage zu verbessern?"

„Schwer zu sagen, es ist noch zu früh für eine Prognose. Sie arbeitet hart, sie ist klug, und sie scheint zu wissen, was sie tut. Aber das hat bisher nicht für einen Umschwung gereicht."

„Hmm." Lucy malte mit dem Zeigefinger kleine Kreise in den Taubelag ihres Teeglases. „Weißt du, dass es ein paar Leute in der Stadt gibt, die eine Delegation zusammenstellen wollen, um bei Jacob vorstellig zu werden, damit er Maggie als Präsidentin der Firma wieder absetzt?"

Dan hielt Messer und Gabel über den Teller und sah seine Mutter betroffen an. „Nein, das wusste ich nicht. Wer steckt dahinter?"

„Die üblichen Verdächtigen. Pauline Babcock samt Göttergatten und ihre Komplizen. Dorothy Purdue hat Leland überzeugt, dass ihre Apotheke auf die Pleite zutreibt, wenn ihre Kunden arbeitslos werden, und er macht bei den ortsansässigen Kaufleuten kräftig Stimmung gegen Maggie. Ein Gerücht nährt das nächste."

„Verdammter Mist." Dan legte sein Besteck beiseite und schaute aus dem Fenster auf den Samstagnachmittagsverkehr rings um den Platz. Es würde ihn nicht überraschen, wenn Martin hinter der Verbreitung der Gerüchte steckte. Es wäre nicht das erste Mal, dass er den örtlichen Klatsch zum eigenen Vorteil nutzte.

Dan widmete sich kommentarlos wieder seinem Essen, dachte jedoch noch über die Situation nach. Lucy widmete sich ihrem Tunfischsalat und überließ ihren Sohn seinen Gedanken, allerdings nicht lange.

„Du hast Debra noch gar nicht erwähnt", sagte sie und

wechselte wieder geschickt das Thema. „Wie läufts denn so mit euch?“

Dan verzog amüsiert den Mund. Ehe Lucy ihre kleine Bombe hatte platzen lassen, hatte er sich schon gefragt, wie lange es wohl dauerte, bis sie auf sein Liebesleben zu sprechen kam. Sie wollte, dass er heiratete, und ließ keine Gelegenheit aus, ihn in diese Richtung zu schubsen.

Er nahm es ihr nicht krumm, denn er fand selbst, dass es an der Zeit sei, sich häuslich niederzulassen. In letzter Zeit hatte er sich einige Male mit Debra Karnes getroffen, weil er hoffte, sie könnte die Richtige für ihn sein.

„Es läuft gar nicht. Ich habe die Beziehung vor einigen Wochen abgebrochen.“

„Dem Himmel sei Dank dafür.“

Dan war perplex. „Ich dachte, du magst Debra.“

„Tue ich auch. Sie ist eine nette junge Frau, und ich bin sicher, sie wird einem Mann einmal eine gute Ehefrau sein, aber nicht dir. Sie ist fade wie Spülwasser und zu unterwürfig. Nach einem Monat mit ihr wärst du zu Tode gelangweilt. Du brauchst jemand mit Temperament und Schneid. Jemand wie .... sagen wir, Maggie Malone.“

Dan sah seine Mutter verblüfft an. Ihre scharfe Beobachtungsgabe und ihre Intuition erstaunten ihn immer wieder. Sie hatte den exakten Grund benannt, aus dem er mit Debra Schluss gemacht hatte.

Oberflächlich betrachtet wären sie vielleicht das ideale Paar gewesen. Sie stammten aus einem ähnlichen sozialen Milieu, aus Arbeiterfamilien. Debra war attraktiv und umgänglich im Wesen, sehr umgänglich, eben die perfekte nette Frau.

In der Woche nach Maggies Heimkehr war er dann zweimal mit Debra ausgegangen. Danach war ihm klar geworden, dass er stumm leidend den Verstand verlieren würde, wenn er ein Leben lang mit ihr zusammen sein müsste.

Also hatte er die Sache beendet. Debra hatte geweint, aber es war ehrlich gewesen, Schluss zu machen. Sie ständig mit Maggie zu vergleichen, wäre unfair gewesen. Und ihm war bewusst geworden, dass er das während ihres letzten gemeinsamen Abends getan hatte.

Maggies Schönheit konnte einem schier den Atem verschlagen, doch ihr gutes Aussehen allein machte ihre Anziehung nicht aus. Da war noch sehr viel mehr.

Debra fehlten Temperament und Keckheit, ein trockener Sinn für Humor und Mut. Verglichen mit Maggie war sie in der Tat trübe wie Spülwasser.

Obwohl er inzwischen argwöhnte, dass Maggies negativer Ruf größtenteils unverdient war, fühlte er sich nicht sonderlich wohl dabei, welche Anziehung sie auf ihn ausübte. Das Gefühl war zu mächtig. So etwas hatte er nicht mehr erlebt, seit er als Teenager versucht hatte, Mary Lou Hunsacker auf dem Rücksitz seines 52er Chevy zu verführen. Schlimmer noch, er vermutete, dass die halbe männliche Weltbevölkerung bei einem Blick auf Maggies Fotos von derselben Lust befallen wurde wie er.

„Mom, mach dir bitte keine Hoffnungen auf Maggie und mich, okay. Glaub mir, da passiert nichts."

„Warum nicht?"

„Warum nicht? Um Himmels willen, Mom, wir stammen aus verschiedenen Welten."

„Was für ein Blödsinn. Sie ist ein Mädchen von hier."

„Glaube mir, Maggie ist zwar in Ruby Falls aufgewachsen, aber inzwischen hat sie sich Lichtjahre von allem entfernt, was diese Stadt zu bieten hat. Ich eingeschlossen. Sie hat nicht nur ein abgeschlossenes Harvard-Studium, sie ist nicht nur erfolgreich, wohlhabend und bildschön, sie ist auch noch die Tochter vom Boss."

„Willst du mir sagen, dass Maggie ein Snob ist?"

„Nein, ganz und gar nicht. Außerdem bin ich stolz auf das, was ich aus meinem Leben gemacht habe, und es gefällt mir. Ich lebe gern in Ruby Falls, ich mag meinen Job, und ich bin gern in der Nähe meiner Familie. Aber ich bin eigentlich nicht mehr als ein Arbeiter aus der Kleinstadt. Supermodels wie Maggie Malone liegen so weit außerhalb meiner Reichweite, dass sie ebenso gut auf einem anderen Planeten leben könnten. Also mach dir keine Hoffnungen auf eine Verbindung zwischen Maggie und mir, okay?"

„Na, schön, aber ich denke trotzdem, du irrst dich."

Dan stimmte ihr nicht zu. Traurige Wahrheit blieb jedoch, dass andere Frauen im Vergleich zu Maggie verblassten. Weshalb er sich entschlossen hatte, sein gesellschaftliches Leben ruhen zu lassen, bis sie wieder abreiste.

Das dürfte bald der Fall sein. Sobald es ihr gelang, ein Wunder zu bewirken und die Firma wieder auf solide Beine zu stellen, würde sie zweifellos eine kompetente Person an ihre Stelle setzen und nach New York zurückkehren, um wieder dem kultivierten Lebensstil zu frönen, an den sie gewöhnt war.

Danach konnte auch er normal weiterleben wie bisher.

Die Glocke über der Tür des Cafés läutete. Da Lucy mit dem Gesicht zur Tür saß, sah sie, wer eintrat, und ihre Augen leuchteten auf. „Sieh an, wer da kommt."

Auf Grund der ungewöhnlichen Stille, die sich über das Café senkte, wusste Dan bereits, wer der neue Gast war, ehe er den Kopf drehte und um die hohe Rückenlehne des Nischensitzes herum blickte.

Maggie blieb am Eingang neben dem Schild: „Bitte warten, bis man Sie an den Tisch führt“ stehen.

Die Nische hinter Dan und seiner Mutter war leer. Ebenso einige Hocker an der Bar und ein weiterer Tisch. Doch Mabel Jean, die Besitzerin des City Cafés, und Dinah, die Kellnerin der Tagschicht, blieben ungerührt hinter dem Tresen und ignorierten Maggie.

„Geh, und bitte sie zu uns an den Tisch“, drängte Lucy.

„Mom ...“

„Geh schon.“

Resigniert seufzend warf Dan seine Serviette auf den Tisch und schlüpfte aus der Nische.

„He, Rotschopf.“ Etwas wie Erleichterung flackerte in Maggies Blick auf, als er auf sie zukam. „Das scheint hier ziemlich voll zu sein. Warum setzen Sie sich nicht zu uns an den Tisch?“

Maggie warf einen Blick auf die leeren Plätze und erwiderte mit ironischer Mimik: „Ja, ich sehe die Überfüllung. Danke, ich denke, ich wer... Moment mal. An *unseren* Tisch? Sind Sie in Begleitung hier?“

„Ja. Kommen Sie, ich stelle Sie vor.“

„Also, ich glaube ... in dem Fall lieber nicht.“

„Kommen Sie schon, Rotschopf. Sie beißt nicht. Ich versprechs.“

Maggie wollte stehen bleiben, doch er nahm ihren Arm und schob sie vor sich her an der leeren Nische vorbei. „Mom, darf ich dir Maggie Malone vorstellen? Maggie, das ist meine Mutter Lucy Garrett.“

Zum ersten Mal, seit er sie kannte, schien Maggie nicht zu

wissen, wie sie reagieren sollte. Einen Moment schwankte sie offenbar zwischen Erleichterung und Entsetzen. Wie es ihrer Art entsprach, fasste sie sich jedoch schnell.

Mit einem strahlenden Lächeln streckte sie eine Hand aus. „Mrs. Garrett, schön, Sie kennen zu lernen."

Die Frauen tauschten einige Höflichkeitsfloskeln aus, doch als Lucy Maggie aufforderte, sich zu setzen, schüttelte sie den Kopf.

„Danke, aber ich habe schon gegessen. Außerdem möchte ich Sie nicht beim Lunch mit Ihrem Sohn stören."

„Unfug, Sie stören kein bisschen. Setzen Sie sich."

„Nein, wirklich, ich bin nur auf eine Tasse Kaffee hereingekommen. Ich muss ein wenig Zeit totschlagen, bis Leland eins von Daddys Rezepten fertig gemacht hat", erklärte sie mit einer vagen Handbewegung zu Purdues Apotheke auf der anderen Seite des Platzes.

„Sie sollten lieber gleich kapitulieren, Rotschopf. Mom lässt ein Nein nicht gelten. Außerdem glaube ich, dass Sie problemlos ein bis zwei Stücke von Mabels gutem Schokoladenkuchen zum Kaffee vertragen können. Kommen Sie schon, schlüpfen Sie rein", forderte er sie auf, schob sie geradezu auf den Sitz und nahm neben ihr Platz.

Sofort gab er Mabel Jean ein Zeichen. Die schien nicht glücklich darüber, Maggie bedienen zu müssen, wagte aber nicht, sich der Aufforderung zu widersetzen.

Zu Dans Erstaunen schien Maggie sich in der Gegenwart seiner Mutter leicht befangen zu fühlen. Sie war höflich und freundlich, gab sich jedoch nicht so unbekümmert wie sonst. Er bemerkte sogar ein leichtes Zittern ihrer Hände. Verräterisch war auch, dass sie nicht in ihrer üblichen kessen und lockeren Art mit ihm flirtete.

Lucy verlor keine Zeit und startete eine gründliche Befragung, was Dan ebenso empörte wie amüsierte. Während Maggie ein großes Stück Kuchen verzehrte, unterhielt Lucy sie mit stetigem Geplauder, wobei sie dann und wann geschickt eine scheinbar harmlose Frage einflocht. Innerhalb von zehn Minuten hatte sie Maggie mehr persönliche Informationen entlockt als er in den fünf Wochen seit ihrer Rückkehr.

Interessant war Maggies Geständnis, in keiner festen Beziehung zu leben und auch nie eine ernsthafte Beziehung gehabt zu haben. Als Lucy daraufhin die Zeitungsartikel über Filmpremieren oder Glamourparties erwähnte, wo man sie am Arm eines Schauspielers, Rockstars oder Profiathleten gesehen hatte, lachte Maggie nur.

„Ich verrate das nicht gerne, weil ich weiß, wie anregend viele Menschen diese Fotos und die Geschichten drum herum finden. Aber die Wahrheit ist, das meiste ist Schau und Erfindung. Diese Verabredungen werden zu Publicityzwecken von den jeweiligen Presseagenten arrangiert."

„Wirklich?" Lucy legte so viel tiefe Enttäuschung in dieses Wort, dass Dan fast die Augen verdreht hätte. Er hatte eine Ahnung, worauf seine Mutter hinauswollte. Obwohl sie so ein langes Gesicht machte, war dieser verschlagene kleine Teufel kein bisschen enttäuscht.

„Um die Wahrheit zu sagen, ich gehe nicht viel aus", fuhr Maggie fort. „Ich weiß, das klingt für die meisten Menschen unglaubwürdig. Aber der Modeljob ist hart und erfordert lange Arbeitsstunden. Man kann nicht die ganze Nacht auf einer Party sein und am Morgen gut aussehen, wenn man zum Fototermin muss. Ich bevorzuge ohnehin ein ruhiges Leben. Deshalb bleibe ich an den meisten Tagen zu Hause.

Unter uns gesagt, das Leben auf der Überholspur ist entsetzlich langweilig."

„Man stelle sich vor. Ein hübsches Mädchen wie Sie, und kein junger Mann, der Ihnen Gesellschaft leistet", sagte Lucy arglos. „Vielleicht sind Sie für die Großstadt einfach nicht geeignet."

Maggie stieß ein kehliges Lachen aus, das Dans Haut prickeln ließ. „Sie könnten Recht haben." Sie schaute aus dem Fenster, und der Blick aus den berühmten grünen Augen wanderte vom alten Gerichtsgebäude zu den hübschen kleinen Läden rings um den Platz. „Ich weiß, dass mir diese Stadt wahnsinnig gefehlt hat."

„Glauben Sie, dass Sie jemals hierher zurückkehren?"

Maggie riss den Blick von der malerischen Szene jenseits der Fenster los und sah Lucy erstaunt an. „Ich bin schon zurückgekehrt. Ich behalte mein Apartment in New York, damit ich dort wohnen kann, wenn ich arbeiten muss. Wenigstens solange meine Karriere dauert. Aber von jetzt an ist Ruby Falls mein Zuhause."

Dan wurde blitzartig hellhörig, wie aus tiefem Schlaf aufgeweckt. Er konnte seinen Ohren kaum trauen.

Die Glocke über der Tür klingelte erneut. „Oh, oh, das gibt Ärger", sagte seine Mutter halblaut, als zwei Frauen, unaufhörlich miteinander schnatternd, das Café betraten.

„Tully sagt, sie verändert alles und stellt alles und jedes infrage. Er sagt, sie marschiert durch die Firma, als gehörte sie ihr."

„Also, wenn du mich fragst, ist das wirklich eine Schande."

„Bin gleich bei euch", rief Mabel Jean und eilte mit einem Tablett voller Speisen in den hinteren Teil des Cafés.

„Mach dir wegen uns keine Umstände, Mabel Jean. Dorothy und ich nehmen die Nische gleich hier", rief Pauline Babcock zurück, ehe sie sich mit Dorothy Purdue in die Nische hinter Dan und Maggie setzte.

„Jedenfalls, wie ich schon sagte, es ist einfach skandalös, wie diese Person den geschwächten Zustand ihres Vaters ausnutzt. Jeder in der Stadt weiß, dass Jacob niemals zugelassen hätte, dass sie so das Zepter übernimmt, wenn er in der Verfassung gewesen wäre, es zu verhindern. Er hätte ihr nicht mal gestattet, den Fuß auf seinen Besitz zu setzen. Er hat sich von diesem wilden Teufelsbraten losgesagt, als er sie hinausgeworfen hat. Und ich kann nur sagen, weg mit Schaden."

Lucy presste die Lippen zusammen und sah voller Unbehagen von Dan zu Maggie. Maggie saß völlig still, den Blick auf den leeren Teller vor sich gerichtet.

„Einige sagen, die viele Medizin, die er nehmen muss, hat seinen Verstand umnebelt", vertraute Pauline ihr an.

„Könnte sein. Ich weiß, mein Leland stellt ständig neue Rezepturen für ihn zusammen. Maggie kam gerade vor wenigen Minuten herein, um wieder neue Medizin abzuholen."

„Ihr schickes Angeberauto steht noch vor eurer Apotheke. Ich kann es von hier aus sehen."

Dorothy kicherte. „Leland hat die Tabletten schon rausgelegt, aber er lässt sie warten. Er hat ihr gesagt, das Medikament sei ihm ausgegangen, und er warte auf eine Lieferung aus Tyler."

„Das hat Leland gut gemacht. Ich sage dir, diese Malone wird zu groß für ihre Stiefel. Es ist an der Zeit, dass jemand sie ein, zwei Nummern kleiner macht."

Während beide Frauen lachten, spürte Dan, wie Maggie

neben ihm immer zorniger wurde. Aus den Augenwinkeln sah er sie zähneknirschend die Tischkante erfassen.

„Nur die Ruhe, Rotschopf“, flüsterte er. „Das sind bloß zwei Pinscher, die ihre Zähne blecken.“

Sie warf ihm einen Blick zu und versuchte zu lächeln, doch es wirkte angestrengt.

„Weißt du, wenn Jacob sich weigert, Maggie rauszuwerfen, könnte man Lily und Laurel vielleicht überreden, ihn für geistig unzurechnungsfähig zu erklären. Auf die Weise könnten sie Martin die Firmenleitung wieder übertragen.“

„Jeder wäre besser als diese schreckliche Person. Hast du *The Sports Gazette* gesehen, wo sie in diesen knappen Badeanzügen posiert? Die waren schlichtweg unanständig. Ich weiß nicht, woher sie den Mut nimmt.“

„Ja, ja, ich weiß. Es war wirklich anstößig.“

„Das reicht“, raunte Maggie und beugte sich über den Tisch zu Lucy vor. „Es war nett, Sie zu sehen, Mrs. Garrett, aber bitte entschuldigen Sie mich. Ich muss jetzt gehen.“

„Natürlich, meine Liebe, ich verstehe das.“

Sie stieß Dan mit dem Ellbogen an. „Rücken Sie, damit ich aufstehen kann.“

„Kommen Sie, Rotschopf. Gehen Sie noch nicht. Lassen Sie sich von diesen Giftspritzen nicht vertreiben.“

„Vertreiben? Ich lasse mich nicht vertreiben. Ich werde zwei Klatschmäulern die Zungen verknoten. Und jetzt rutschen Sie, Hübscher, ehe ich Ihnen wehtun muss.“

Dan sah in die blitzenden grünen Augen und stand grinsend auf.

Dorothy hob den Blick, redete aber weiter, bis Maggie aus der Nische schlüpfte.

„Habe gehört, dass ... Oh, ach du meine Güte!“ Rot bis

zu den Ohren, starrte Dorothy Maggie an, öffnete den Mund und klappte ihn wieder zu wie ein Fisch auf dem Trockenen.

„Was? Was ist denn …? Maggie!“ japste Pauline.

Es wurde mucksmäuschenstill im Café, während alle Gäste verharrten, um die heraufziehende Konfrontation zu verfolgen. Auf der gegenüberliegenden Seite des Ganges gafften Emory Perkins, Harold Duff und Alvin Dooley, drei Farmer, die sich täglich hier trafen, um über die Erntepreise zu klagen und die Regierung zu verfluchen, wie kleine Jungs in einer Peepshow.

„Hallo, Ladies.“ Freundlich lächelnd wandte Maggie sich an Pauline. „Wissen Sie, Mrs. Babcock, eines macht mich doch neugierig, vielleicht können Sie mir in dieser Sache weiterhelfen. Weder Sie noch Ihr Mann noch einer Ihrer Söhne arbeitet meines Wissens für Malone. Und da Sie keine Verwandte von uns sind, gehören Sie auch nicht zu den Aktieninhabern. Warum also zerbrechen Sie sich den Kopf über unsere Firma?“

„Ich … nun ja … mein Neffe Steven arbeitet da.“

„Ah ja, ich verstehe. Und Ihr Neffe … das dürfte Steven Muckleroy, der Sohn Ihrer Schwester sein, richtig?“ Da Pauline nickte, fuhr sie im selben neugierigen Ton fort: „Sagen Sie mir, ist Steven jemals der Lohn vorenthalten worden?“

„Also … nein.“

„Das dachte ich mir. Wurde ihm der Lohn jemals zu spät ausgezahlt?“

„Nicht dass ich wüsste, aber …“

„Also, worüber beklagen Sie sich? Würden Sie mir freundlicherweise erklären, wieso Sie glauben, das Recht zu haben, Ihre lange Nase in die Angelegenheiten unseres Familienunternehmens zu stecken?“

Pauline gewann allmählich ihre Fassung zurück, reckte die magere Brust und schob das Kinn vor. „Jeder weiß, dass die Wirtschaft der ganzen Stadt von der Konservenfabrik abhängt. Sie können uns nicht vorwerfen, dass wir besorgt sind. Wir haben gehört, dass Malone Enterprises an Bountiful Foods verkauft werden muss, wenn die Lage sich noch verschlimmert. Warum sollten wir unsere Zukunft und die von Ruby Falls einem rücksichtslosen Teufelsbraten wie Ihnen anvertrauen?"

„Also schön, hört alle her, Leute!" sagte Maggie mit erhobener Stimme und drehte sich um, damit sich alle im Café angesprochen fühlten. „Da die Buschtrommeln hier draußen so wunderbar funktionieren, möchte ich, dass Sie Folgendes weitertragen: Malone Enterprises wird weder an Bountiful Foods noch an eine andere Firma verkauft. Und wir gehen auch nicht bankrott."

„Das können Sie leicht behaupten, aber ich habe es aus berufenem Munde, dass die Gewinne der Firma monatlich sinken. Wenn der Trend anhält, sind Sie bald nicht mehr in der Lage, die Löhne zu zahlen", warf Pauline mit kampflustiger Selbstgefälligkeit ein.

„Keine Sorge, Mrs. Babcock, wir zahlen die Löhne und alle anderen anfallenden Kosten. Wenn nötig, begleiche ich alles aus meiner eigenen Tasche."

Erstauntes Raunen ging durch das Café. Doch Maggie war noch nicht fertig mit den beiden Klatschtanten.

„Da wir das geregelt haben, sollten wir über die Badeanzugfotos reden, die Sie beide so anstößig fanden. Ich glaube nicht, dass Ihnen da jeder zustimmt."

„Nehmen Sie zum Beispiel Dooley hier", sagte sie und ging zum Tisch mit den drei gaffenden Farmern. Verführerisch lächelnd schob sie ihre Finger mit den rot lackierten Nägeln durch das schüttere Haar auf Dooleys Kopf und wickelte sich die dünnen Strähnen um die Zeigefinger. „Ich wette, Sie fanden die Fotos nicht anstößig, Dooley, nicht wahr?“

Alvin Dooleys Adamsapfel hüpfte auf und ab wie ein Korken auf dem Wasser. Er lief bis unter die wenigen Haarwurzeln tomatenrot an und schüttelte mit dümmlicher Miene den Kopf. „Nein, Ma’am, das fand ich nicht.“

„Danke, Süßer.“ Maggie ließ Dooleys Haare los und gab ihm einen Kuss auf die wettergegerbte Stirn, ehe sie sich wieder den Frauen zuwandte. „Sie sehen also, Ladies, Sie beide entdecken Anstößiges, wo andere nur Schönheit sehen.“

„Sie waren praktisch nackt!“

„Nun ja, Sie kennen doch die Redewendung: Wer es sich leisten kann, der darfs auch zeigen“, spottete Maggie.

Dorothy japste empört, und Pauline verzog so säuerlich den Mund, als hätte sie in eine Zitrone gebissen. Maggie ignorierte jedoch beide und ging zum Ausgang.

„Entschuldigen Sie mich“, sagte sie an der Tür über die Schulter hinweg. „Ich würde gern noch bleiben und ein wenig plauschen, aber ich fürchte, ich kann nicht. Ich muss jetzt hinübergehen und Leland in sein verlängertes Rückgrat treten.“

„Siehst du? Das ist genau die Sorte schneidiges Weib, die du brauchst“, stellte Lucy Garrett fest. „Mit ihr würde dir nicht so bald langweilig werden.“

Dan nahm ihren Hinweis kaum zur Kenntnis. Er sah aus dem Fenster, und allmählich breitete sich ein Lächeln auf seinem Gesicht aus, als er Maggie forschen Schrittes quer über den Platz auf Purdues Apotheke zumarschieren sah.

13. KAPITEL

Die Standuhr im Flur schlug Mitternacht, als Maggie hundemüde und bedrückt die Treppe zu ihrem Zimmer hinaufstieg.

In der Nacht zuvor hatte jemand an elf ihrer besten Bäume in der Plantage Frostschutzmittel geschüttet und sie zum Absterben gebracht. Jetzt blieb ihr keine Wahl mehr. Morgen früh musste sie ihrem Vater von allen Vorkommnissen berichten und auch von ihrem Verdacht, dass jemand versuchte, Malone Enterprises in den Ruin zu treiben.

Nach der Konfrontation mit Pauline und Dorothy vor zwei Wochen im Café war sie fast sicher gewesen, dass der Saboteur sich zurückziehen würde, sobald er hörte, wie entschlossen sie war, die Konservenfabrik zu retten. Dann hatte sie vor drei Tagen, als sie morgens in die Garage kam, feststellen müssen, dass jemand eingebrochen war und alle vier Reifen ihrer Viper zerstochen hatte.

Sie hatte die Reifen ersetzen lassen, ohne den Vorfall zu erwähnen. Nicht mal Dan hatte sie etwas gesagt. Dennoch bekam sie eine Gänsehaut bei der Vorstellung, dass, während die Familie schlief, jemand in die Garage eingedrungen war und die Reifen zerstochen hatte.

Auf dem oberen Flur angelangt, schlich sie auf Zehenspitzen am Schlafzimmer ihrer Eltern vorbei und schlüpfte in ihr Zimmer am Ende des Flures. Sie warf Autoschlüssel und Tasche auf die Kommode und streckte beide Arme über den Kopf, sich zu recken. Mitten in der Bewegung erregte ein seltsamer Knubbel unter der Bettdecke ihre Aufmerksamkeit, und sie stutzte.

Verwundert ging sie zum Bett und schlug Überwurf und

Bettdecke zurück. Unwillkürlich schrie sie auf, ehe sie sich beherrschen konnte.

Eine Hand auf den Mund gepresst, sprang sie zurück und starrte entsetzt auf die tote Ratte mitten auf dem geblümten Laken.

Ihr Blick flog zur Tür. Sie wartete und erwartete sogar, dass ihre Mutter oder Charley hereinkamen und fragten, was los sei. Als nach einigen Sekunden niemand auftauchte, zwang sie sich, wieder zum Bett zu sehen.

„Oh Gott, wie grässlich!"

Jemand war in ihr Zimmer geschlichen und hatte ihr diese widerliche Kreatur ins Bett gelegt. Wer tat so etwas? Und warum? Es musste jemand sein, den sie kannten, der willkommen war in ihrem Haus.

Der Gedanke machte sie so krank, dass sie eine Hand auf den rebellierenden Magen presste, um ihn zu beruhigen.

Sie musste den Kadaver loswerden, und zwar ohne den ganzen Haushalt aufzuwecken. Wenn ihr Vater erfuhr, dass jemand sie so hasste, ihr das anzutun, überdachte er seine Entscheidung, ihr die Firmenleitung zu übertragen, vielleicht noch einmal und schickte sie wieder fort.

Angewidert und mit heftigem Herzklopfen näherte sie sich erneut dem Bett. Bemüht, das eklige Vieh nicht anzusehen, zog sie die Bettdecke ganz zurück, nahm das Laken an allen vier Enden, schlug es zusammen und lief damit zum Fenster. Mit heftigen Bewegungen, krampfhaft bemüht, ihrer Übelkeit nicht nachzugeben, schob sie das Fenster hoch, öffnete das Laken und warf die Ratte in den seitlichen Garten.

Sofort ließ sie das schmutzige Laken zu Boden fallen, schlang die Arme um die Mitte und schauderte, dass ihr ganzer Körper bebte. Sobald sie sich wieder in der Gewalt hatte, nahm sie das Laken auf und stopfte es in den Wäschekorb im Bad.

Sie hatte soeben ein frisches Laken hervorgeholt, als das Telefon läutete.

Erschrocken eilte sie vor dem zweiten Klingeln zum Apparat, damit ihr Vater nicht geweckt wurde. Wer um alles in der Welt rief um diese Zeit noch an? Sie sah auf die Uhr, es war zwanzig nach zwölf.

„Hallo?"

„Spreche ich mit Maggie Malone?" fragte eine raue Stimme.

Sie umfasste den Hörer fester, und ihr Puls beschleunigte sich erneut. „Ja. Mit wem spreche ich bitte?"

„Hier ist Rowdy Williams unten von Rowdys Bar und Grill. Es tut mir wirklich Leid, Sie noch so spät zu stören, Miss Malone, aber ich glaube, Sie kommen besser her und holen Ihre kleine Schwester ab."

„Ich ..." Ihr Blick glitt noch einmal zum Bett, doch sie wandte sich rasch ab und fuhr sich mit einer Hand zitternd durch das Haar.

„Jo Beth? Sie ist bei Ihnen?"

„Ja, Ma'am. Sie kam vor 'ner Weile hier rein, voll wie 'ne Haubitze. Ich habe mich geweigert, ihr was zu geben, und ihr die Wagenschlüssel abgenommen, damit sie nicht fahren kann, aber sie macht hier einen ganz schönen Tanz und will die Schlüssel zurück. Ich möchte bestimmt nicht den Sheriff rufen. Ich weiß, Ihrem Dad wäre das ganz und gar nicht recht, aber wenn sie nicht bald einer abholt, komme ich wohl nicht drum herum."

„Ich bin gleich da."

Maggie nahm sich zusammen, schnappte sich Tasche und Autoschlüssel und eilte, innerlich noch aufgewühlt, leise die Treppe hinunter. Dabei betete sie, dass das Telefon ihre Eltern nicht geweckt hatte. Unten angelangt, schlich sie auf Zehenspitzen durch die Küche, den Blick immer wieder auf Ida Lous Tür gerichtet, weil sie halb erwartete, dass dort jede Minute das Licht anging. Sobald sie das Haus durch die Hintertür verlassen hatte, lief sie auf unsicheren Beinen zur Garage.

Sie widerstand dem Drang, das Gaspedal der Viper durchzutreten, fuhr vorsichtig am Haus vorbei, die Zufahrt hinunter und wütete innerlich gegen ihre Schwester.

Was war bloß los mit diesem Mädchen? Sicher, im Alter von Jo Beth hatte sie selbst auch einiges angestellt, aber damals war ihr Vater nicht sterbenskrank gewesen.

Außerdem war Jo Beth immer Jacobs kleine Prinzessin gewesen. Verflixt, wie konnte sie nur so einen Mist bauen? Und das auch noch an ihrem Geburtstag.

Maggie schlug sich mit der flachen Hand gegen die Stirn. Natürlich, sie war heute achtzehn geworden. Deshalb war sie ausgegangen, um sich voll laufen zu lassen – sie hatte allen zeigen wollen, dass sie es nun durfte. Das hättest du kommen sehen sollen, Mag, sagte sie sich, als sie das Ende der Zufahrt erreichte.

Jo Beth war schon während des Geburtstagsdinners sehr unruhig gewesen. Sobald Charley Jacob auf sein Zimmer gebracht hatte, war sie gegangen, um mit ihren Freunden zu feiern.

„Wenn du es nicht selbst so eilig gehabt hättest, wegzukommen, hättest du vielleicht was gemerkt“, schalt sie sich leise und unerbittlich.

Zu Jo Beths Ehrentag waren alle zum Dinner erschienen, sogar Laurel und Martin. Sobald ihr Vater sich zurückgezogen hatte und auch Jo Beth fort war, hatte Maggie es vorgezogen, noch einmal in ihr Büro zu gehen, um Martins Gegenwart nicht ertragen zu müssen.

Sie war fast an der Straße, als Dans Pick-up in die Zufahrt einbog. Trotz ihrer Sorgen fragte sie sich unwillkürlich, mit wem er wohl aus gewesen war, und der Gedanke versetzte ihr einen kleinen Stich ins Herz.

Maggie verlangsamte das Tempo und hielt sich rechts, damit er vorbeifahren konnte. In ihrer Höhe angelangt, gab er ihr jedoch ein Zeichen anzuhalten und tat dasselbe.

„Was ist los? Wohin fahren Sie zu dieser nächtlichen Stunde?“ fragte er und lehnte sich aus dem Fenster. „Ist etwas mit Jacob?“

„Nein. Ihm geht es gut. Er schläft, hoffe ich.“ Sie zögerte und war sich nicht sicher, ob sie von der Eskapade ihrer Schwester erzählen sollte. Aber was machte es schon aus? In ihrer Familie ereignete sich nur wenig, in das dieser Mann nicht eingeweiht war. „Es geht um Jo Beth. Ich bekam gerade einen Anruf von Rowdy. Jo Beth sitzt betrunken und streitlustig in seiner Bar. Ich bin auf dem Weg, sie zu holen. Ich hoffe nur, dass ich sie ins Haus schmuggeln kann, ohne dass Mom und Daddy etwas merken.“

„Ich begleite Sie. Sie werden vielleicht Hilfe brauchen, die Kleine zu überreden.“

Maggie war nicht zu Widerspruch aufgelegt. Sie war im Gegenteil froh und dankbar für seine tatkräftige Unterstützung. Der hässliche kleine Fund in ihrem Bett hatte sie einigermaßen aufgewühlt, und sie war nicht in der Verfassung, die Superfrau zu spielen.

Außerdem ließ er ihr gar keine Gelegenheit, seine Hilfe abzulehnen.

Dan setzte aus der Zufahrt zurück und wartete. Als Maggies Viper an ihm vorbei auf die Straße fuhr, folgte er ihr in seinem Pick-up und blieb bis zu Rowdys Grill an ihrer Stoßstange.

Als sie die Bar betraten, blickte Rowdy, der gerade ein Bierglas abtrocknete, auf. Er deutete mit dem Kopf zum anderen Ende der Theke, wo Jo Beth schwankend auf einem Hocker saß und einem Motorradtyp in schwarzer Lederkluft – Hose und Weste bei nacktem Oberkörper – schöne Augen machte.

Da Rowdys Bar an einem der großen Highways lag, kehrten hier viele Leute ein, die zufällig vorbeikamen. Ein Blick sagte Maggie, dass dieser Typ nicht von hier war.

Der Mann war um die dreißig, mit langem, fettigem Haar und einem Bart. Beide Arme waren von den Schultern bis zu den Handgelenken tätowiert. Eine Augenbraue war mit einem Ring gepierct, und wenn er sich bewegte, sah man, dass auch in der rechten Brustwarze ein Ring steckte.

Maggie griff in die Tasche, umfasste das kleine Elektroschockgerät, das sie seit dem beängstigenden Vorfall in der Plantage bei sich trug, und ging auf ihn zu.

In der Bar hatte sich die übliche Freitagabendgesellschaft eingefunden. Die Leute starrten Maggie an, als sie sich ihren Weg durch die Gäste bahnte. Ein paar alte Bekannte riefen Grüße herüber. Maggie winkte und lächelte, blieb aber nicht stehen, um mit ihnen zu plaudern.

Der Mann, der mit Jo Beth redete, blickte auf, als Maggie näher kam, und machte große Augen. Sofort bekam seine Miene etwas Wölfisches.

„Aber hallo, Schönheit!"

Bei dem Versuch zu sehen, was seine Aufmerksamkeit erregt hatte, drehte Jo Beth sich um und fiel fast vom Hocker. Sobald sie Maggie erkannte, machte sie ein finsteres Gesicht. „Was will ssu hier?"

„He, kenne ich dich nicht?"

„Nein." Maggie bemerkte drei Piercingkugeln auf der Zunge des Mannes, nahm Jo Beths Tasche von der Theke, schlang sich den Riemen zu dem der eigenen Tasche über die Schulter und legte ihrer Schwester einen Arm um die Taille. „Komm, Kleines, es ist Zeit, nach Haus zu gehen."

„Nein, ich will nich' na Hause. Und du kanns' mich nich' sswingen. Ich bin jetz' achssehn, weissu?"

„Ja, ich weiß."

„He, ich kenn dich von irgendwo."

„Nee, das denkse nur. Das is' meine berühmte, großkotssige Schwesser, das Supermodel", erklärte Jo Beth dem Motorradtyp im Zorn der Betrunkenen.

Der Mann schnippte mit den Fingern. „Ja, richtig. Du bist diese Maggie Malone. Mensch, wie wär's, wenn ich dir ‘n Bier spendiere, und wir machen uns ‘n bisschen bekannt."

Maggie spürte, wie Dan sich anspannte, aber ehe er eingreifen konnte, warf sie dem Mann einen vernichtenden Blick zu. „Danke, kein Interesse."

„Hält sich für was Bessres, was? ‘Ne große Berühm ...hick ... heit." Jo Beth hickste noch einmal und schlug mit der Faust auf die Bar. „He! Ich brauch hier unten wassu trinken!"

„Es ist Zeit, dich nach Haus zu bringen."

„Maggie hat Recht, lass uns gehen, Kleines."

Mit Mühe richtete Jo Beth ihren verschwommenen Blick

auf Dan und lächelte schief. „Na guck ma', wer da iss. He, Dan, weissu was? Ich bin achssehn."

„Ja, Kleines, ich weiß."

„Nee, bin keine Kleine mehr. Bin jetz groß."

„Hmm. Trotzdem ist es Zeit zu gehen", sagte er und stützte Jo Beth auf einer Seite, während Maggie sie vom Barhocker zog.

„He, he, was macht ihr da? Wir haben uns unterhalten!"

Der Motorradtyp regte sich zwar auf, war aber einige Zentimeter kleiner als Dan. Der beugte sich nur drohend zu ihm vor und sah ihm streng ins Gesicht. „Dann seid ihr eben jetzt fertig mit der Unterhaltung. Geh uns aus dem Weg, Mann. Wir bringen das Mädchen nach Haus."

Der andere spannte sich an. Einen Moment, der Maggie wie eine Ewigkeit vorkam, starrten sie sich böse an, Auge in Auge, jeder zum Kampf bereit. Maggie hielt die Luft an, doch schließlich wich der andere zurück und schürzte nur die Lippen.

„Zum Geier, nehmt sie mit. So 'ne kleine Rotznase ist die Aufregung sowieso nicht wert."

„Bin keine Rossnase, du Misskerl! Hau ihn, Dan! Geh und blas ihm das Lich' aus."

„Würdest du dich bitte zurückhalten?" tadelte Maggie und bugsierte ihre Schwester aus der Bar.

Die Luft war feucht und für November noch relativ mild und wirkte nach der stickigen Luft in der Bar, die nach Rauch und abgestandenem Bier roch, sehr erfrischend. Sobald Maggie nach draußen trat, atmete sie tief durch und steuerte die schwankende Jo Beth energisch auf ihr Auto zu.

„Nicht dass ich Ihre Hilfe nicht schätzen würde, mein Bester", sagte sie über Jo Beths Kopf hinweg zu Dan. „Aber der Sinn des ganzen Unternehmens war eigentlich, sie heimzubringen, ohne dass Dad etwas merkt. Als Sie sich da drin mit dem kleinen hirnlosen Tarzan angelegt haben, sah ich schon die morgige Schlagzeile: Maggie Malone und Schwester nach Barschlägerei festgenommen."

„Ich bin gar nicht auf die Idee gekommen, dass der sich tatsächlich mit mir anlegen könnte. Diese Typen weichen meistens zurück. Wenn nicht, hätten Sie sich vor dem Eintreffen des Sheriffs ducken, weglaufen und mit Jo Beth in Sicherheit bringen müssen."

„Verstehe. Das war also Ihr Plan."

„'s wär mir lieber, du würd'st 'n haun", murmelte Jo Beth. „Er hat Rossnase ssu mir gesacht."

„Ja, vielleicht nächstes Mal. Und jetzt setz dich ins Auto, Kleines."

Nachdem sie Jo Beth auf dem Beifahrersitz festgeschnallt hatten, setzte Maggie sich hinter das Lenkrad. Dan lehnte sich kurz in das heruntergelassene Fahrerfenster. „Ich bleibe direkt hinter Ihnen." Nach einem Klaps auf die Motorhaube der Viper kletterte er in seinen Pick-up.

Rowdys Bar lag in nördlicher Richtung etwa drei Meilen außerhalb der Stadtgrenze. Während Maggie nach Süden auf Ruby Falls zufuhr, warf sie ihrer Schwester einen Seitenblick zu.

Die Kleine saß mit geschlossenen Augen da, den Kopf gegen die hohe Rückenlehne des Sitzes gelegt. Maggie betätigte einen Knopf und ließ das Fenster auf der Beifahrerseite heruntergleiten. „Wenn dir schlecht wird, sag Bescheid, dann fahre ich rechts ran."

Jo Beth grummelte etwas Unverständliches.

Die hereinwehende kühle Nachtluft blies ihr die Haare in

alle Richtungen, schien sie jedoch ein wenig nüchterner zu machen. Sie öffnete die Augen, rollte den Kopf auf dem Sitz zu Maggies Seite und sah sie an.

„Du häls mich für dumm, was?“

„Dumm? Nein. Ein bisschen töricht vielleicht, aber das ist nicht lebensgefährlich. Oder dauerhaft. Jedenfalls muss es das nicht sein.“

Es folgten einige Sekunden Schweigen. Als Maggie ihrer Schwester wieder einen Blick zuwarf, hatte die sich seitlich zusammengekauert und war ihr zugewandt. Kummertränen rollten ihr über die Wangen.

„He, nicht weinen, Kleines. Es ist nicht so schlimm.“

„Doch, doch das isses. Ich will Dad...dy nich aufregen. Wirklich nich. Schon gar nich jetz. Aber er macht mich so sau...sauer.“

„Ja, das ist manchmal so seine Art“, stimmte Maggie zu, drängte Jo Beth jedoch nicht zu einer näheren Erläuterung. Stattdessen nahm sie einige Papiertaschentücher von der Konsole und reichte sie ihr.

Nachdem Jo Beth eine Weile geschnieft hatte, wischte sie sich die Augen, putzte die Nase und wurde ruhiger. Aber nur für eine Weile.

„Ich geh nich’ aufs College. Is’ mir egal, was er sagt“, erklärte sie trotzig, als erwarte sie Widerspruch von Maggie. Da sie schwieg, warf Jo Beth ihr einen argwöhnischen Blick zu. „Er drängt mich immer noch. Er hat alle Anmeldungen für mich abgeschickt. Ich sag ihm immer wieder, ich bin nich’ so schlau wie du, aber er hört mir nich’ ssu. Er denkt immer noch, ich leite irgendwann die Firma, obwohl du das doch schon machst.“

Maggie umfasste das Lenkrad fester. Nun, was hast du erwartet, Mag? Er hat gesagt, es sei nur ein vorübergehendes Arrangement.

„Ich will das nich', ich kann das nich'. Ich bin wie Mom. Ich hab kein Kopf für Geschäfte und Mathe und all das langweilige Zeugs. Egal, was Daddy meint, ich werde Schauspielerin."

Maggie seufzte. „Jo Beth, ich sage das nicht gern, aber Daddy hat Recht."

„Was? Das is' so unfair! Du has' dein Traum wahr gemacht, bist nach New York gegangen und Model geworden, obwohl es Mom das Herz gebrochen hat. Ich darf nich' machen, wovon ich träume? Das is' gemein!"

Maggie zuckte zusammen. Sie hatte keineswegs vorgehabt, Model zu werden. Sie war nicht auf Grund eines Traumes, sondern eines Albtraumes vor sieben Jahren in New York gelandet. Ihre kleine Schwester schien diesen Umstand bequemerweise vergessen zu haben. Allerdings machte sie sich jetzt nicht die Mühe, sie darauf hinzuweisen. Stattdessen sagte sie sanft: „Aber wenn du dich erinnerst, hatte ich das College bereits abgeschlossen, als ich nach New York gegangen bin."

„Das is' mir egal. Ich verplemper nich' vier Jahre meines Lebens mit was, was ich gar nich' machen will."

„Hör mal, ich sage ja gar nicht, dass du nicht Schauspielerin werden sollst, wenn du das wirklich willst. Ich sage bloß, dass es klug wäre, vorher eine andere Ausbildung zu machen, auf die du zurückgreifen kannst, falls das mit der Schauspielerei nicht klappt. Geh aufs College, aber such dir eines aus mit einer guten theaterwissenschaftlichen Fakultät, damit du das Gewerbe von Grund auf lernst."

Nach einer kurzen Pause fügte Maggie hinzu: „Auf die

Weise wäre Daddy wahrscheinlich zufrieden gestellt, weil du ein Diplom machst. Wenn nicht in Betriebswirtschaft, dann eben in einem anderen Bereich, der dich auf das Leben vorbereitet. Gleichzeitig sammelst du Erfahrung und förderst dein Talent, so dass du bessere Erfolgschancen hast, wenn du es im Showbusiness versuchen solltest."

Ein weiterer Blick auf ihre Schwester zeigte ihr, dass die Trotzmiene einer tiefen Nachdenklichkeit gewichen war. Wie viel von dem, was sie gesagt hatte, in Jo Beths alkoholumwabertes Hirn gedrungen war, vermochte sie jedoch nicht einzuschätzen.

„Also, wie klingt das für dich?"

„Weiß nich'."

Während Maggie in die Zufahrt zum Haus bog, spürte sie den Drang, Jo Beth zu überzeugen. Es war fraglich, ob sie noch einmal die Gelegenheit zu einem ruhigen Vieraugengespräch bekamen. „Du musst dich ja nicht heute Nacht entscheiden. Versprich mir nur, dass du darüber nachdenkst. Okay?"

Jo Beth warf ihr wieder einen verschwommenen, argwöhnischen Blick zu. „Was gehts dich überhaupt an?"

Maggie brachte den Wagen vor dem Haus zum Stehen und erblickte im Rückspiegel die hinter ihr auftauchenden Scheinwerfer von Dans Pick-up. Im Halbdunkel wandte sie sich ihrer Schwester zu und legte ihr eine Hand auf den Arm. „Ob du es glaubst oder nicht, du liegst mir am Herzen. Ich hab dich lieb, kleine Schwester."

Jo Beth blinzelte sie an wie eine Eule.

Dan öffnete die Beifahrertür.

„Alles in Ordnung?" fragte er.

„Ja", erwiderte Maggie und stieg aus.

Er half ihr, Jo Beth bis zur Eingangstür zu bringen. Sein Angebot, sie auf ihr Zimmer zu tragen, lehnte Maggie jedoch ab.

„Je weniger Leute durch das Treppenhaus gehen, umso größer ist die Chance, dass wir Mom und Dad nicht aufwecken. Den Rest bewältige ich allein", flüsterte sie. „Ach, und Dan", fügte sie hinzu, als er gehen wollte.

Er drehte sich noch einmal zu ihr um und zog fragend eine Braue hoch. „Ja?"

Als Maggie ihn in der Dunkelheit betrachtete, so verlässlich und stark, kam er ihr wie der sprichwörtliche Fels in der Brandung vor. Sie hätte gern den Kopf an seine breite Brust gelegt und ihre Sorgen und Ängste bei ihm abgeladen. Sie hätte ihm von den zerstochenen Reifen und der Ratte im Bett erzählt und eingestanden, wie gekränkt und gedemütigt sie sich durch diese Angriffe fühlte. Und sie hätte gern Trost in seinen Armen gesucht.

„Danke, dass Sie mich begleitet haben."

Sekundenlang sah er sie nur ruhig an, Lichtreflexe der Verandabeleuchtung in den hellen Augen. Schließlich nickte er. „Kein Problem."

Er lief die Außentreppe hinab und schritt davon. Maggie seufzte tief.

Obwohl Jo Beth ziemlich wackelig auf den Beinen war, schafften sie es gut bis zum oberen Treppenabsatz. Dann begann Jo Beth zu stöhnen: „Mir wird schlecht!"

„Schsch! Du weckst alle auf."

„Igitt, is' mir schlecht!"

„Halte durch!" flüsterte Maggie ihr eindringlich zu. „Wir sind fast in deinem Zimmer."

„Oh Gott, es geht los!"

Maggie bugsierte ihre kleine Schwester, halb tragend, halb zerrend durch ihr Zimmer ins angrenzende Bad. Sie schafften es gerade noch.

Wie ein nasser Mehlsack sank Jo Beth vor der Kloschüssel zusammen und beugte sich über den Rand.

„Das wärs. Raus mit dem Zeug. Danach wirst du dich besser fühlen", tröstete Maggie leise. Mit einer Hand hielt sie ihr das Haar zurück, mit der anderen die Stirn, während Jo Beth heftig und lautstark würgend den Inhalt ihres Magens von sich gab.

Bei alledem sah Maggie immer wieder unsicher über die Schulter zur Tür. Sie konnte sich nicht erinnern, ob sie Jo Beths Zimmertür geschlossen hatte. Falls nicht, würde das laute Würgen und Stöhnen zweifellos ihre Eltern wecken. Besonders Lily hatte Ohren wie ein Luchs, wenn eines ihrer Küken krank war.

„Oh, ich sterbe!" stöhnte Jo Beth. „Ich sterbe auf der Stelle hier im Bad mit dem Kopf im Klo."

„Du stirbst nicht, du wirst dir nur wünschen, du würdest sterben. Und jetzt heb den Kopf. Braves Mädchen." Einen Finger unter das Kinn gelegt, hob Maggie ihr das Gesicht an und wischte es ihr mit einem kühlen Waschlappen ab. Dann reichte sie ihr einen Papierbecher mit Wasser. „Mund spülen und ausspucken. So ist es gut. Braves Mädchen. Und noch einmal."

Als Jo Beth fertig war, half sie ihr auf.

„Ich fühle mich schrecklich", stöhnte sie.

„Ich weiß. Wahrscheinlich wirst du dich bis zum Morgen noch ein paarmal übergeben."

„Sag nich' so was!"

„Tut mir Leid, aber das ist der Preis, den man zahlt. Ich

stelle dir einen Plastikeimer neben das Bett. So, und jetzt ziehen wir dir die Sachen aus und ein Nachthemd über." Einen Arm um Jo Beth gelegt, wollte sie sie vorsichtig ins Schlafzimmer hinüberführen, blieb jedoch stehen, als sie plötzlich ihrem Vater gegenüberstanden.

„Daddy!"

Irgendwie wirkte er trotz seines offensichtlichen Zorns Mitleid erregend zerbrechlich, wie er da im Türrahmen stand, auf Charley Minze gestützt, das Gesicht grau vor Anstrengung. Lily stand händeringend hinter den beiden Männern, blass und aufgebracht.

„Daddy, ich weiß, das sieht übel aus, aber bitte, sei nicht zu streng mit ..."

„Wie konntest du nur?"

Maggie blinzelte. „Wie bitte?"

Der Pfleger warf ihr einen mitfühlenden Blick zu, und erst jetzt begriff sie, dass sich die blanke Wut in Stimme und Blick des Vaters nicht gegen Jo Beth, sondern gegen sie richtete.

„Du hast das Kind auf einen Zug durch die Gemeinde mitgenommen und sie betrunken gemacht!"

„Nein! Das stimmt nicht."

„Ich fing gerade an zu glauben, du hättest dich geändert. Du schienst hart zu arbeiten und deine Verantwortung ernst zu nehmen. Ich hätte es besser wissen müssen. Du konntest der Versuchung einfach nicht widerstehen, in deine alten Verhaltensmuster zurückzufallen, nicht wahr?"

Maggie hob leicht das Kinn. „Ehe du anfängst, mir Vorwürfe zu machen, solltest du dir die Fakten anhören. Ich habe nicht ..."

„Nein. Ich will nichts mehr von deinen ewigen Lügen und Entschuldigungen hören."

„Daddy, du verstehst das völlig fal...“ Jo Beth begann den Kopf zu schütteln, wandte sich jedoch stöhnend ab und beugte sich wieder über die Toilette.

„Oh mein armes Baby!“ Lily drängte sich an den beiden Männern und an Maggie vorbei, um ihrer Jüngsten beizustehen.

„Was in aller Welt ist denn hier los?“ Nan kam ins Zimmer und band sich den Gürtel ihres Bademantels fest. „Weiß denn keiner in diesem Haus, wie spät es ist?“

„Halte dich da raus, Nan!“ befahl Jacob und ließ Maggie nicht aus den Augen. „Ich habe dich gewarnt, was passieren wird, wenn du Ärger machst. Ich gebe dir Zeit bis morgen Mittag, deine Sachen zu packen und das Haus zu verlassen. Und diesmal komm ja nicht zurück!“

„Jacob!“ japsten Nan und Lily einstimmig, doch er ignorierte beide.

„Bringen Sie mich in mein Zimmer zurück, Charley. Ich habe genug gesehen.“

„Jacob Malone, hast du den Verstand verloren?“ schimpfte Nan und wollte ihm folgen, doch Maggie hielt sie mit einer Hand auf dem Arm zurück.

„Nein, lass ihn gehen, Tante Nan.“

„Aber Maggie ...“

„Mach dir keine Sorgen.“ Maggie sah ihrem Vater nach, wie er langsam den Flur entlangging. Äußerlich blieb sie ruhig, doch innerlich brannte die alte Wunde. Zu oft hatte sie seine Zurückweisung ertragen müssen.

Sie verdrängte den Schmerz über die neuerliche Kränkung und rang sich für ihre Tante ein schwaches Lächeln ab. „Wir klären das alles morgen früh. Bis dahin wird Jo Beth in der Lage sein, ihm zu erzählen, was wirklich passiert ist. Du und Mom solltet ins Bett zurückgehen. Ich kümmere mich um Jo Beth."

Lily wollte etwas einwenden, doch Nan führte sie einfach hinaus und erinnerte sie, dass Charley wahrscheinlich ihre Hilfe brauchte, Jacob wieder ins Bett zu packen.

Nachdem sie fort waren, half Maggie ihrer Schwester ins Nachthemd und brachte sie zu Bett. Sie stellte ihr eine Schüssel mit kaltem Wasser und einem Waschlappen darin auf den Nachttisch, dazu ein Glas Wasser. Nachdem sie auch noch einen Plastikeimer aufgetrieben hatte, hängte sie Jo Beths Kleidung über einen Stuhl.

Ihre kleine Schwester öffnete ein blutunterlaufenes Auge. Einen Moment glaubte Maggie, etwas wie Erleichterung in ihrem Blick zu entdecken, doch Jo Beth setzte sofort eine eingeschnappte Miene auf und schloss das Auge achselzuckend wieder. „Meinetwegen musst du das nich machen. Ich kann selbst für mich sorgen."

„Fein, dann sehen wir uns morgen früh."

Sie wandte sich zum Gehen, verharrte jedoch, als ihr Blick auf ein vertrautes Foto fiel. Es lag neben einem offenen Album auf Jo Beths Schreibtisch. Neugierig ging Maggie näher, um es sich genauer anzusehen.

Das Foto war aus einem Magazin herausgeschnitten. Es war eine ganzseitige Werbeanzeige für Eve Cosmetics, eine Nahaufnahme ihres Gesichtes mit ihrem Markenzeichen, dem verschmitzten Lächeln und den lachenden Augen. Diese Aufnahme hatte sie vor vielen Monaten gemacht.

Maggie entdeckte das offene Album. „Was ist das?" fragte sie leise, erhielt jedoch keine Antwort. Als sie über die Schulter blickte und zum Bett schaute, merkte sie, dass Jo Beth bereits eingeschlafen war.

Unschlüssig richtete sie den Blick wieder auf das Album, doch ihre Neugier siegte schließlich. Langsam blätterte sie das Album durch. Mit jeder umgeschlagenen Seite wuchs ihre Verblüffung. Das Album war voll mit ausgeschnittenen Werbeaufnahmen des letzten Jahres.

Auf dem Regal über dem Schreibtisch entdeckte sie weitere Alben und stellte bei genauerem Hinsehen fest, dass sie ebenfalls mit Zeitungsausschnitten gefüllt waren. Die Alben waren von eins bis sechs durchnummeriert. Maggie klappte das Album auf dem Schreibtisch zu und besah sich den Deckel. Er trug die Nummer sieben. Ein Album für jedes Jahr, in dem sie als Model gearbeitet hatte.

Sie war sprachlos. Ihre kleine Schwester hatte ihre Karriere geradezu akribisch verfolgt. Offenbar besaß sie Kopien jeder Werbeaufnahme, die sie jemals gemacht hatte, zudem Zeitungsausschnitte und Fotos aus Klatschkolumnen und von Gesellschaftsseiten verschiedener Zeitungen.

Liebevoll betrachtete sie das schlafende Mädchen. Jo Beth, du kleine Betrügerin, deine ganze Feindseligkeit ist nichts weiter als ein Schutzschild.

Diese Strategie war ihr nur zu gut vertraut. Zu lieben und nicht wiedergeliebt zu werden, tat unendlich weh. Da war es leichter, Ablehnung und Gleichgültigkeit zu heucheln.

Maggie ließ den Finger über das Album gleiten, sah noch einmal zu Jo Beth und verließ leise das Zimmer. Fünf Minuten später kehrte sie im Nachthemd zurück und kroch zu ihrer Schwester ins Doppelbett.

14. KAPITEL

Als Maggie am nächsten Morgen von einem frühen Jogginglauf zurückkehrte, warf sie ihre verkaterte Schwester ungeachtet des Stöhnens und Jammerns und ihrer Ankündigung des unmittelbar bevorstehenden Todes aus dem Bett.

„Komm schon, beweg dich, Schwesterherz."

„Oh, ich kann nicht. Mein Kopf, mein Kopf!"

„So was passiert nun mal, wenn man seine Nase zu tief ins Glas steckt."

„Ich sterbe, ich sags dir. Ich muss sofort ins Bett zurück."

„Kommt nicht in Frage. Ich muss ins Büro. Aber ehe ich mich an die Arbeit machen kann, musst du ein paar Erklärungen abgeben. Ich habe mein Bestes getan, dich zu schützen, aber diesmal nehme ich die Schuld nicht für dich auf mich, Kleines. Es steht zu viel auf dem Spiel. Also, beweg dich."

„Okay, okay, ich geh ja schon. Aber hör auf zu schreien, ja?"

Da sich der Winter näherte, fand das Frühstück bereits seit Wochen im Esszimmer statt. Die ganze Familie war versammelt, als Maggie und Jo Beth eintraten.

Jacob verfolgte schmallippig und missbilligend, wie sich seine jüngste Tochter mit größter Vorsicht auf einem Stuhl niederließ, die Ellbogen auf den Tisch stemmte und den Kopf in die Handflächen stützte. Langsam und mit einer Stimme, die ihrer Qual angemessen war, beichtete sie die Sünden der vergangenen Nacht.

„Also gib Maggie keine Schuld. Sie hatte nichts damit zu tun", beendete sie ihren Bericht im Flüsterton.

„Wenn ich feststelle, dass du uns alle anlügst, um deine Schwester zu schützen ..."

„Sie lügt nicht", sagte Dan von der Tür her, und alle Köpfe wandten sich ihm zu. „Ich bin mit Maggie zu Rowdys Bar gefahren, um Jo Beth abzuholen."

Er kam ins Zimmer, goss sich am Sideboard eine Tasse Kaffee ein und setzte sich Maggie gegenüber an den Tisch. Dann sah er Jacob an. „Sie hat nur versucht zu helfen."

Jacob wurde nachdenklich. „Verstehe. Das wirft natürlich ein anderes Licht auf die Angelegenheit."

„Ja", bekräftigte Jo Beth und hielt immer noch ihren Kopf fest. „Anstatt auf Maggie loszugehen, solltest du dich bei ihr bedanken. Wir haben uns auf dem Heimweg letzte Nacht unterhalten, und sie hat mich überzeugt, dass ich zum College gehen sollte."

Maggie warf Jo Beth einen überraschten Blick zu. In Anbetracht des Zustandes, in dem die Kleine gewesen war, wunderte es sie, dass sie sich überhaupt an das Gespräch erinnerte. Da ihr zweifellos die Zeit gefehlt hatte, intensiv über das Thema nachzudenken, hatte sie die Entscheidung offenbar soeben getroffen.

„Dem Himmel sei Dank!" rief Lily aus.

Während Jacob und Nan ebenfalls ihre Zustimmung äußerten, beobachtete Maggie Jo Beth und konnte eine leichte Skepsis nicht verhehlen. Sie fragte sich, ob die Kleine ihre Studierwilligkeit nur verkündet hatte, um ihre große Schwester ihrem Vater in ein besseres Licht zu rücken? Oder war es gar ein cleverer Trick, sich selbst aus der Schusslinie zu bringen?

„Oh bitte, könnt ihr nicht ein bisschen leiser sein?" stöhnte Jo Beth und hielt sich den Kopf. „Und ehe ihr vor Begeisterung ausflippt, möchte ich nur erklären, dass ich nicht wie Maggie hier Betriebswirtschaft studieren werde, sondern Theaterwissenschaften."

„Was? Also nun hör mal ...“

„Nur die Ruhe, Bruderherz“, beschwichtigte Nan. „Das Entscheidende ist doch, dass sie aufs College geht. Ich denke, zu diesem Zeitpunkt solltest du einfach nur lächeln und dich über den Fortschritt freuen.“

Jacob gefiel das nicht. Er blickte finster und schnaubte, aber nach einer Weile beruhigte er sich und stimmte zu. Er gratulierte Jo Beth sogar und sagte ihr, dass er stolz auf sie sei, weil sie die richtige Entscheidung getroffen habe.

„Und wie es scheint, muss ich auch dir danken, Katherine, weil du sie zur Vernunft gebracht hast.“ Er räusperte sich. „Ich ... ich schulde dir wohl eine Entschuldigung. Ich hätte dir nicht gleich die Schuld an der Torheit deiner Schwester geben dürfen. Das war unfair von mir, und es tut mir Leid.“

Maggie sah ihn verblüfft an. Noch nie hatte sich ihr Vater bei ihr für etwas entschuldigt.

Als ihr bewusst wurde, wie fassungslos sie ihn anschaute, erwiderte sie leise: „Das ... ist schon in Ordnung.“

Sie war so beglückt über seine Geste, dass sie anschließend kaum noch wusste, was und ob sie aß oder ob sie sich an der Unterhaltung bei Tisch beteiligte. Natürlich war es albern, sich derart von einer schlichten Entschuldigung beeindrucken zu lassen. Schließlich war es nur eine, wenn auch längst überfällige, kleine Geste. Doch ihr bedeutete sie unendlich viel.

Ihr Hochgefühl war auch nicht von der explosiven Reaktion ihres Vaters zu dämpfen, als sie nach dem Frühstück mit ihm und Dan zusammensaß und von dem Vandalismus in der Firma und ihrem Verdacht auf Sabotage berichtete.

Sie hatte sich vor seiner heftigen Reaktion gefürchtet, doch noch mehr bedrückte es sie, ihn mit schlechten Nachrichten zu belasten. In den zwei Monaten, seit er wieder zu Hause war, hatte sich sein Zustand ständig verschlechtert.

Zweimal hatten sie ihn zur Lungendrainage wieder ins Krankenhaus bringen müssen. Jedes Mal hatte die Erholungsphase länger gedauert, und geblieben war immer eine Verschlechterung des Allgemeinzustandes.

Inzwischen war Jacob so schwach, dass er schon Hilfe brauchte, um nur zu stehen. Und so verbrachte er die meiste Zeit im Bett oder, auf einen Berg Kissen gestützt, in seinem Liegestuhl im Wohnzimmer.

Ihre Mutter umsorgte ihn sehr, und Ida Lou kochte ihm täglich ein Lieblingsgericht, doch sein Appetit war so gut wie nicht mehr vorhanden. Er hatte so viel Gewicht verloren, dass die Haut auf den Knochen zu hängen schien, und seine Gesichtsfarbe war so totenbleich, dass es Maggie schwer fiel, ihn nur anzusehen.

Er entglitt ihnen von Tag zu Tag, und sie konnten nichts dagegen tun. Für Maggie war dieses Wissen besonders schmerzlich, da mit ihm auch die lebenslang gehegte Hoffnung auf seine Anerkennung sterben würde.

So sehr die bösartige Krankheit Jacobs Körper auch zusetzte, sein Verstand und sein Kampfgeist hatten nicht gelitten, und als sein Zorn aufloderte, war Maggie gewappnet.

„Verdammt, warum bist du nicht eher mit dieser Sache zu mir gekommen?“ schimpfte er, als er die Liste mit Vorfällen, die sie zusammengestellt hatte, überflog.

„Was hätte das für einen Sinn gehabt? Du hättest mir nicht geglaubt. Außerdem war es zuerst nur ein Verdacht. Ich hatte keinen Beweis, dass die Vorfälle mehr waren als eine dicke Pechsträhne. Aber inzwischen gibt es keinen Zweifel mehr. Es scheint sogar so, dass der Verursacher all dieser Zwischenfälle sich entschlossen hat, uns wissen zu lassen, dass wir seine Zielscheibe sind."

Jacob schüttelte den Kopf. „Trotzdem ist das schwer zu glauben. Die Menschen in dieser Gegend sind auf die Konservenfabrik als Arbeitgeber angewiesen. Warum, in Gottes Namen, sollte uns jemand sabotieren?"

„Die Tolivers mögen uns nicht besonders", gab Maggie zu bedenken.

„Vielleicht. Aber sie hassen uns seit über siebzig Jahren. Warum sollten sie gerade jetzt in die Offensive gehen?"

„Vielleicht haben sie vom Übernahmeangebot von Bountiful Foods gehört. Die würden sich vermutlich ein Loch in den Bauch freuen, wenn wir zum Verkauf gezwungen wären."

„Sicher. Trotzdem kann ich mir nicht vorstellen, dass sie so tief sinken würden, Sabotage zu begehen. Es sei denn, sie hätten dabei etwas zu gewinnen, und zwar eine Menge. Die Tolivers lassen sich nie zu irgendwelchen Aktionen hinreißen, wenn dabei nicht ein Gewinn für sie herausspringt."

„Dann bleiben noch verärgerte Exmitarbeiter als Verdächtige", meldete Dan sich zum ersten Mal zu Wort. „Jemand, der einen tiefen Groll gegen die Firma hegt."

„Hmm, ja, vielleicht."

Maggie tauschte einen raschen Blick mit Dan und räusperte sich. „Martin scheint sich sehr darum zu bemühen, dass wir verkaufen."

„Was soll das heißen? Dass Martin es darauf anlegt, uns zu ruinieren? Mach dich nicht lächerlich, Mädchen. Er ist Vizepräsident der Firma, und seine Frau wird bald eine der Hauptaktionärinnen sein. Das hieße, den Ast absägen, auf dem er sitzt. Martin ist zwar nicht die hellste Leuchte, aber er ist auch nicht strohdumm."

„Trotzdem hat er dich wiederholt gedrängt, das Angebot von Bountiful Foods anzunehmen."

„Nur, weil er retten möchte, was zu retten ist, bevor es zu spät ist. Und er würde mit Sicherheit nichts tun, was den Wert der Firma mindert, ehe der Verkauf perfekt ist."

Jacob machte eine Pause und deutete dann mit einem knochigen Finger und finsterer Miene auf Maggie. „Nur weil du Martin nicht ausstehen kannst, solltest du keine unbegründeten Anschuldigungen gegen ihn erheben. Hast du auch nur den kleinsten Beweis, dass er mit einem dieser Vorkommnisse in Zusammenhang steht?"

Maggie seufzte tief. „Nein, keinen." Martin war sogar bei fast jedem dieser Zwischenfälle außerhalb der Stadt.

„Das dachte ich mir. Noch weitere Theorien?"

Maggie schüttelte den Kopf. Sie wagte nicht, ihren Verdacht gegen Jo Beth zu äußern. Außerdem hatte sie sie inzwischen von der Verdächtigenliste gestrichen.

„Na gut, dann haben wir also keine Ahnung, wer uns das antut", sagte Dan. „Die Frage ist, was unternehmen wir dagegen?"

„Ich glaube, uns bleibt keine Wahl", erwiderte Maggie. „Wir müssen einen Sicherheitsdienst einschalten, der die Plantage und die Firma vierundzwanzig Stunden bewacht."

„Wie bitte? Sei nicht absurd. Wir leben in Ruby Falls, nicht in New York. Du erwartest, dass ich mein Geschäft vor Freunden und Nachbarn schütze? Die Leute hier würden das als Beleidigung auffassen. Als Nächstes schlägst du auch noch vor, wir sollten unsere Türen verschließen."

Maggie musste an die zerstochenen Autoreifen und die

Ratte in ihrem Bett denken und konnte kaum ein Schaudern unterdrücken. Sie hatte diese Vorfälle mit niemandem besprochen und hatte auch nicht vor, es zu tun. Beide waren sehr persönlich und zielten so offensichtlich darauf ab, sie zu ängstigen und zu erniedrigen, dass es demütigend war, davon zu sprechen.

„Das wollte ich gerade vorschlagen."

„Also wirklich. Was denn sonst noch? Vielleicht eine Grube mit Alligatoren?"

„Daddy, ich weiß, das ist schwer zu akzeptieren, aber es muss jemand aus unserer unmittelbaren Umgebung sein, der hinter diesen Sabotageakten steckt. Und sie eskalieren."

„Na schön, aber einen Sicherheitsdienst zu beauftragen, kannst du dir abschminken. Wir können uns das nicht leisten."

„Wir können es uns nicht leisten, darauf zu verzichten", widersprach sie mit ruhiger Stimme.

Sie holte einige Papiere aus einem Aktenordner und gab sie an Dan und ihren Vater weiter. „Die oberen paar Seiten sind eine ungefähre Aufstellung der Kosten, die uns die dauernden Betriebsunterbrechungen beschert haben. Die sind zwar nicht ausschließlich für unsere sinkenden Profite verantwortlich, aber sie tun uns ganz schön weh. Auf der Rückseite findet ihr Angebote von drei Sicherheitsfirmen, zwei aus Dallas, eine aus Houston. Wie ihr seht, wären ihre Gebühren für denselben Zeitraum weitaus geringer gewesen als die Kosten, die uns durch Anschläge entstanden sind."

„Hmm." Jacob überflog die Seiten. „Nun, du hast deine Hausaufgaben wirklich gemacht, das muss ich dir lassen." Er hob den Kopf und sah sie durchdringend an. „Wenn diese Sabotageakte unsere Verluste nicht erklären, was dann?"

„Ich weiß es noch nicht, aber ich werde es herausfinden. Ich denke, die Antwort steckt in den Büchern. Ich kann meinen Finger noch nicht auf etwas Bestimmtes legen, doch irgendetwas stimmt da nicht."

„Willst du unterstellen, dass jemand in der Verwaltung Unterschlagung begeht?"

„Ich unterstelle noch gar nichts. Im Augenblick kann ich nur meinen Instinkten folgen."

Dass nach ihren Instinkten Elaine Udall an dem, was hier vorging, maßgeblich beteiligt war, erwähnte sie nicht.

Im Moment hatte sie weder ausreichende Beweise gegen sie noch einen anderen Grund, die Frau zu entlassen ... außer, dass sie ihr von Herzen unsympathisch war. Elaine war frostig und herablassend, und sie strapazierte ihre Geduld aufs Äußerste. Allerdings überschritt sie nie die Grenze zur Insubordination.

„Deshalb gehe ich die Bücher ja nach den offiziellen Bürostunden durch. Falls hier jemand eine kreative Buchführung betreibt, möchte ich ihn nicht warnen, dass ich argwöhnisch geworden bin. Aber ich werde herausfinden, was los ist, und dem Ganzen ein Ende bereiten."

„Sieh zu, dass dir das gelingt."

„Also? Habe ich dein Okay, einen Sicherheitsdienst zu beauftragen?"

Jacob sah Dan an. „Was meinen Sie?"

„Ich denke, Maggie hat Recht. Wir haben lange genug still gehalten. Uns bleibt keine andere Wahl, als uns zu schützen."

Jacob zog die Stirn kraus. Die Vorstellung, Sicherheitsleute hier zu haben, bereitete ihm sichtliches Unbehagen. Schließlich nickte er jedoch. „Also schön, mach das. Aber lass dich nicht auf langfristige Verträge ein. Wenn wir keine Ergebnisse sehen, fliegen sie wieder raus."

„Okay." Maggie stand auf. „Ich kümmere mich darum, sobald ich im Büro bin. Wenn ihr mich jetzt bitte entschuldigt."

Maggie verließ das Haus durch die Terrassentüren des Wohnzimmers. Beide Männer sahen ihr nach, wie sie mit langen Schritten die Veranda überquerte, die Treppe hinuntereilte und zur Garage ging. Als sie außer Sichtweite war, wandte sich Jacob an Dan.

„Nun, Sie hatten Recht. Sie sagten, sie würde mir von ihrem Verdacht berichten, und sie hat es getan."

Dan zog die Stirn in Falten und rückte sich auf seinem Stuhl zurecht. „Sie hat nur abgewartet, bis sie genügend Beweise hatte, um Sie zu überzeugen."

„Mir ist allerdings aufgefallen, dass sie nichts von dem Vorfall erwähnt hat, dass sie von jemand durch die Plantage gejagt wurde."

„Vermutlich hat sie Sorge, dass Sie sich zu sehr darüber aufregen würden."

Entweder das, oder sie fürchtet, dass es dir gleichgültig ist, fügte Dan im Stillen hinzu. Dass gerade das Letzte ihr eigentlicher Beweggrund gewesen sein könnte, bedrückte ihn. Er kritisierte Jacob nicht gern, aber er hätte blind sein müssen, um nicht zu bemerken, wie kühl er sich gegenüber seiner ältesten Tochter verhielt. Er hatte noch nie erlebt, dass Jacob jemand so hart behandelte wie Maggie. Und er verstand es nicht.

„Was mich aufregen könnte, hat sie noch nie gekümmert. Im Gegenteil, sie hat nichts unversucht gelassen, mich auf die Palme zu bringen. Ich sage Ihnen, dieses Mädchen hat einige der unglaublichsten Dinge angestellt, die man sich vorstellen kann."

„Mein Gott, Jacob, das war vor über zehn Jahren. Sie ist kein Kind mehr. Um ehrlich zu sein, ich bin es leid, alles zu berichten, was Maggie tut und treibt. Es geht mir einfach gegen die Natur. Ich weiß gar nicht, worüber Sie sich Sorgen machen. Sie ist klug, sie arbeitet hart, und wenn Sie mich fragen, leistet sie Hervorragendes unter erschwerten Bedingungen."

„Vielleicht. Sie glauben nicht, dass sie etwas im Schilde führt?"

„Was denn, um Himmels willen?"

„Zum Beispiel könnte sie versuchen, uns zu ruinieren und ihren Schwestern das Geschäft wegzunehmen."

„Wenn sie vorhätte, die Firma zu ruinieren, brauchte sie sich nur zurückzulehnen und gar nichts zu tun. Wie Sie wissen, steckten wir bereits in ernsten Schwierigkeiten, ehe sie die Leitung übernahm. Und wie sollte sie es anstellen, ihnen das Geschäft wegzunehmen?"

„Ich weiß es nicht", erwiderte Jacob leise. „Aber Maggie ist klug. Und wenn es einen Weg gibt, wird sie ihn finden."

„Jacob, Ihre Sorgen sind völlig unbegründet. Soweit ich es beurteilen kann, macht sie sich nur einer Sache schuldig: Sie arbeitet wie ein Galeerensklave, um Malone Enterprises zu retten."

„Vielleicht haben Sie Recht. Aber ich bin noch nicht völlig überzeugt. Halten Sie die Augen noch ein Weilchen offen, okay?"

„Verdammt, Jacob ..."

„Nur noch ein paar Wochen, mehr verlange ich nicht.

Nur so lange, bis ich absolut von ihrer Kompetenz überzeugt bin."

Maggie drehte den Schlüssel im Zündschloss der Viper. Stille.

„Nein, das darf nicht wahr sein!" Sie drehte den Schlüssel wieder, der Motor gab nicht einen Laut von sich.

„Neiiin!" schimpfte sie und trommelte mit beiden Fäusten auf das Armaturenbrett. Sie sank nach vorn und legte die Stirn auf das Lenkrad. Was geschah wohl als Nächstes?

Es war ein strapaziöser Tag gewesen, beginnend mit einem jammernden Anruf von ihrer Agentin und endend mit einem unangenehmen Zusammenstoß mit Elaine Udall kurz vor Arbeitsende. Sie hatte einen Fünfzehnstunden-Arbeitstag hinter sich, es war elf Uhr nachts, und ihr Wagen sprang nicht an. Toll! Einfach toll!

„Stimmt was nicht?"

Maggie fuhr mit einem Schreckenslaut hoch, sank gegen den Sitz zurück und legte eine Hand aufs Herz. „Dan, um Himmels willen! Schleichen Sie sich nicht so an! Sie haben mich zu Tode erschreckt!"

„Tut mir Leid. Ich sah Sie hier mit dem Kopf auf dem Lenkrad sitzen und dachte mir, ich sehe besser mal nach, ob alles in Ordnung ist."

„Ich bin okay, aber mein Wagen macht Schwierigkeiten. Er springt nicht an. Keine zwei Monate alt, und schon macht das Ding Ärger."

„Haben Sie eine Taschenlampe?"

Maggie nickte, fischte die Lampe aus der Konsole und reichte sie ihm.

„Gut. Machen Sie die Motorhaube auf, ich sehe mir die

Sache mal an. Könnte etwas Harmloses sein wie ein lockerer Draht."

Sie tat, worum er bat, stieg dann aus und sah ihm über die Schulter, während er sich in den Motorraum beugte. Nach wenigen Augenblicken richtete er sich wieder auf und schlug die Motorhaube zu. „Damit werden Sie heute Nacht nicht mehr fahren. Jemand hat einige Kabel zerschnitten."

„Zerschnitten? Sie meinen, jemand hat absichtlich meinen Wagen lahm gelegt?"

„Ja."

Maggie ließ den Blick verunsichert über den schwach beleuchteten Parkplatz schweifen und rückte unwillkürlich einen Schritt näher an Dan heran.

Ohne Vorwarnung frischte der Wind böig auf.

„Ach du meine Güte." Maggie hielt zunächst ihr Haar fest, überließ es dann jedoch dem Wind und mühte sich, ihren Rock unten zu halten, der ihr ständig hochwehen wollte.

„Sieht ganz so aus, als käme eine Kaltfront." Dan blickte zum Nachthimmel und schnüffelte. „Da zieht Regen heran."

„Auch das noch."

„Haben Sie einen Mantel dabei? Es wird in kürzester Zeit ziemlich kalt werden. Sie wissen doch noch, was ein ‚Texas Blue Norther' ist, oder?"

„Natürlich weiß ich das. Und nein, ich habe keinen Mantel dabei. Gegen neun war es noch ziemlich mild. Außerdem haben Sie ja auch keinen dabei."

Er sah sie belustigt an. „Als ich nach dem Dinner in die Firma zurückkam, hatte ich nicht vor, so lange zu bleiben. Kommen Sie." Er nahm sie beim Arm und steuerte sie auf die Plantage zu. „Wenn wir uns beeilen, schaffen wir es bis zu meinem Haus, ehe der Regen losgeht."

„Wo ist Ihr Wagen?“ Maggie musste die Stimme heben, damit man sie über dem Windgeheul hören konnte, während sie neben Dan her eilte.

„Bei mir zu Hause“, schrie er zurück. „Es war so ein schöner Abend, dass ich zu Fuß gegangen bin.“

Dan beleuchtete ihnen den Weg mit der Taschenlampe und führte Maggie eilig durch die Plantage.

„Brrr, das wird von Minute zu Minute kälter.“

„Ja, beeilen wir uns.“

Mit langen, forschen Schritten machten sie viel Boden gut. Heftig atmend vor Anstrengung, verzichteten sie auf eine Unterhaltung.

Sie waren noch gut hundert Meter von der Lichtung entfernt, da prasselten die ersten dicken Tropfen nieder.

Maggie schrie leise auf, als ihr eisige Tropfen ins Gesicht schlugen.

„Kommen Sie, laufen wir!“ Dan nahm sie bei der Hand, und sie rannten los.

Die Himmelsschleusen öffneten sich, und herab fiel eine Flut aus Regen und Hagel. Wasser und Eis peitschten den Boden und fielen so dicht, dass sie keinen Meter weit sehen konnten. Maggie und Dan waren bis auf die Haut durchnässt, ehe sie auch nur zehn Meter gelaufen waren.

Der Lärm war ohrenbetäubend. Die schweren Tropfen schlugen auf die Erde und verwandelten sie in Morast. Eiskristalle zerrten an den Blättern über ihren Köpfen, stachen ihnen in die Haut und rannen ihnen in kleinen Partikeln den Nacken hinab in die Kleidung.

Endlich erreichten sie die Lichtung und sprinteten über Dans ordentlich gestutzten Rasen die Verandastufen hinauf. Die Veranda bot zwar Schutz vor der Feuchtigkeit, aber nicht vor der eisigen Kälte. Deshalb preschten sie geradezu durch die Eingangstür und schlugen sie hinter sich zu.

„Verdammt!“ schimpfte Dan und blieb mitten im Flur stehen.

„Oh, das glaube ich einfach nicht!“ Tropfnass, nach Luft ringend und zitternd vor Kälte, ließ Maggie sich gegen die Tür sinken und lachte, bis ihr der Atem ausging.

Dan sah sie an, als hätte sie den Verstand verloren. Doch nicht lange, und auch um seinen Mund begann es verräterisch zu zucken. Schließlich beugte er sich vor, stemmte die Hände auf die Knie und lachte ebenfalls.

Minutenlang konnten sie sich nicht beruhigen, erleichtert, erschöpft und überwältigt von Heiterkeit.

Nach einer Weile verebbte das Lachen jedoch, und es wurde still bis auf ihr Atmen und das Ticken der alten Standuhr.

Als sie sich aufrichteten, begegneten sich ihre Blicke. Sie sahen sich stumm in die Augen, und das Schweigen wurde beklemmend. Plötzlich war das Bewusstsein für die gegenseitige Anziehung da. Maggie bekam eine Gänsehaut und fröstelte. Sie spürte, wie ihre Brustspitzen hart wurden.

Dans Blick schweifte zu ihren Brüsten. Als sie an sich hinabsah, bemerkte sie, dass ihre weiße Bluse wie eine zweite Haut an ihr klebte und die Brüste deutlich abzeichnete.

Sie hob den Blick, erkannte Dans Verlangen, und es durchfuhr sie heiß.

Sie widerstand dem Drang, die Hände schützend über die Brüste zu legen, und versuchte mit einem blasierten Lächeln die Atmosphäre aufzulockern. „Wir ... na ja, wir sind ganz schön durchweicht“, stellte sie überflüssigerweise fest, um das unangenehme Schweigen zu brechen.

Dan antwortete nicht und kam langsam näher, ohne sie aus den Augen zu lassen.

Maggie schluckte trocken. „Und ... ich fürchte, wir ..."

Dan kam ihr so nah, dass sie einen Schritt zurückwich. Doch die Tür im Rücken hielt sie auf. Mit seinem Körper presste er sie gegen das Türblatt, die Unterarme zu beiden Seiten ihres Kopfes aufgestemmt.

Nach einem Augenblick der Verblüffung begann eine Flamme der Leidenschaft in ihr zu züngeln. Sie spürte seine feuchte Jeans, dann seine Körperwärme.

Bemüht, trotz seines intensiven Blicks ihren Gedankengang fortzusetzen, schluckte sie trocken. „Wir ... wir tropfen den Boden voll."

„Halt den Mund, Rotschopf", flüsterte Dan und bedeckte ihren Mund mit seinem.

Maggie fuhr ihm mit beiden Händen in die Haare und gestand sich ein, dass sie vom Augenblick ihrer ersten Begegnung an auf diese Umarmung gewartet hatte.

Eng umschlungen, einander gierig küssend, schienen sie nicht genug voneinander zu bekommen.

Ohne den Kuss zu unterbrechen, zog Dan sie von der Tür fort. Maggie spürte, wie er sie fester an die Brust presste. Dann wurde sie plötzlich angehoben, so dass ihre Füße einige Zentimeter über dem Boden schwebten.

Als er sie wieder absetzte, löste er die Lippen von ihren, ließ sie ihren Hals hinabgleiten und begann die kleinen Knöpfe ihrer Bluse zu öffnen.

Instinktiv bog sie den Hals zur Seite, um ihm besseren Zugang zu gewähren. Mit leicht verschleiertem Blick nahm sie wahr, dass sie im Schlafzimmer waren.

„D...Dan, das ist doch verrückt."

„Allerdings", stimmte er zu und knabberte an ihrem Ohrläppchen.

„Wir können nicht ... wir dürfen nicht ..."

„Ich weiß." Er küsste sie auf den Mund und ließ die Lippen wieder seitlich ihren Hals hinabgleiten. Sie spürte, dass ihre Bluse offen war. Dan fuhr mit einer Hand hinein und umfasste eine Brust. Leise aufstöhnend, sog Maggie scharf Luft ein, als er mit dem Daumen ihre Brustspitze streichelte.

„Es ist unvernünftig", räumte Dan mit rauer Stimme ein. „Töricht." Die Lippen glitten tiefer über ihre Brüste. „Ein Riesenfehler."

„J...ja."

„Wir müssen aufhören."

„Ja, wir ..." Maggie keuchte, als er durch den Spitzen-BH ihre Brust küsste.

Sie hielt seinen Kopf mit beiden Händen und überließ sich den intensiven Gefühlen.

Dan richtete sich auf und hielt sie auf Armlänge von sich ab. Sein Gesicht war erhitzt, und er atmete schneller. „Ich weiß, es ist leichtsinnig und unklug. Ich möchte nicht aufhören, aber wenn du willst, tue ich es."

„Ich ..."

„Möchtest du, dass ich aufhöre, Maggie?"

Es wäre klug und vernünftig, aber sie wollte es nicht.

Heftig atmend, das Herz hämmernd, sah sie ihn an und spürte, dass in ihm dasselbe Verlangen brannte. Sie warf Vorsicht und Vernunft über Bord, schlang ihm die Arme um den Nacken und küsste ihn auf den Mund.

Mehr Ermutigung brauchte er nicht, ihre impulsive Reaktion war Bestätigung genug. Einander küssend, entledigten sie sich gegenseitig der nassen Kleidung. Hände zogen und zerrten und langten nach Knöpfen und Reißverschlüssen.

Maggie streifte Dan das Hemd über die Schultern herunter und bedeckte seine Brust mit sanften Küssen. Er schmeckte nach Regenwasser, und seiner Haut haftete noch ein wenig Seifenduft an. Sie fuhr ihm mit den Händen in die nasse Jeans, schob sie hinunter und spürte erregend seine männliche Härte.

Dan entkleidete sie nicht minder eifrig, und bald hielten sie sich nackt in den Armen, warme Haut an warmer Haut. Die Augen geschlossen, genoss Maggie es, von den leicht rauen Händen gestreichelt zu werden.

„Hmm, so ist es gut, Süßer."

„Nein!"

Sie schnappte erschrocken nach Luft, als Dan sich mit ihr aufs Bett fallen ließ und sich dabei so drehte, dass er ihr Gewicht auffing. Sofort rollte er sie auf den Rücken, richtete sich halb auf und sah ihr ernst in die Augen. „Sag meinen Namen, verdammt!"

Seine heftige Reaktion erschreckte sie. „Wa...was?"

„Ich heiße weder Süßer noch Hübscher oder mein Bester, oder was du sonst an Spitznamen zu bieten hast. „Wenn wir uns lieben, will ich, dass du mich beim Namen nennst. Sag ihn!"

Ihr dämmerte, was er meinte. Sie sah ihn liebevoll an, nahm sein Gesicht zwischen beide Hände und erwiderte leise: „Liebe mich, Dan."

15. KAPITEL

Maggie fühlte sich wunderbar. Die Augen geschlossen, matt und angenehm erschöpft, genoss sie das Gefühl zu schweben.

Dan rollte sich zur Seite und auf den Rücken.

Sie schlug die Augen auf und fröstelte, was nur teilweise mit dem Verlust seiner Körperwärme zu tun hatte. Oh Gott, Maggie, was hast du getan? Instinktiv wollte sie sich abwenden und fliehen.

„Komm her“, flüsterte Dan.

Zu ihrer Überraschung zog er sie an sich. Sie wusste nicht genau, was sie erwartet hatte, aber zweifellos nicht, dass er einen Arm um sie schlingen und sie an sich ziehen würde.

Sie lag still, aber angespannt an ihn gepresst, die Wange an seiner Schulter und starrte auf einen Punkt im Raum. Dan strich langsam mit einer Hand ihren Arm hinauf und hinab. In ihrem ganzen Leben hatte sie sich nicht so befangen und unsicher gefühlt wie jetzt.

Regen trommelte auf das Dach und schlug gegen die Fenster. Alles war so schnell gegangen, dass Dan keine Zeit gehabt hatte, die Heizung einzuschalten. Bei den rapide sinkenden Temperaturen draußen war es im Zimmer eiskalt geworden. Dort, wo Dan sie berührte, war ihr warm, doch ihr übriger Körper war mit Gänsehaut überzogen. Fröstelnd drängte sie sich enger an Dan.

„Kalt?“ Ohne eine Antwort abzuwarten, zog er die Decke hoch, wickelte Maggie fürsorglich darin ein und nahm sie wieder in den Arm.

Sie sagte sich, dass sie aufstehen und sich anziehen sollte. Danach konnte sie sich mit einer scherzhaften Bemerkung aus der Affäre zu ziehen. Doch irgendwie brachte sie es nicht fertig, sich aus dieser angenehmen Wärme zu lösen.

Sie nagte an ihrer Unterlippe. *Was du gerade getan hast, war ein Riesenfehler, Mag. Du musst jeden Tag mit diesem Mann zusammenarbeiten. Was hast du dir bloß dabei gedacht?*

Der Gedanke brachte sie fast zum Lachen. Das war ja das Problem, sie hatte überhaupt nicht gedacht. In der Hitze des Augenblicks war sie einfach nur ihrem Herzen und ihren Gefühlen gefolgt.

In den letzten beiden Monaten hatte sie sich in Dan verliebt. Völlig gefangen in diesem Mahlstrom aus Liebe und Sehnsucht hatte sie nicht darüber nachgedacht, dass es für Männer oft nichts mit Liebe zu tun hatte, wenn sie mit einer Frau schliefen. Sexuelle Intimität war nicht selten bloße Lustbefriedigung – ein Verlangen, dem man nachgeben musste.

Dan hatte nicht einmal angedeutet, dass er Gefühle für sie hegte. Daher war es vollkommen sinnlos, über Liebe oder weitergehende romantische Verwicklungen auch nur zu spekulieren.

Maggie blickte unter ihrem dichten Wimpernkranz hinweg zu ihm auf. Aus dieser Perspektive schien sein Gesicht nur aus markanten Ecken und glatten Flächen zu bestehen. Dan hatte den Blick an die Decke gerichtet.

Wahrscheinlich überlegt er sich gerade, wie er mich möglichst schnell abserviert und die alte Distanz wieder herstellt. Also los, tu euch beiden einen Gefallen, und lass ihn wissen, dass du nichts von ihm erwartest.

Maggie atmete tief durch, versetzte seiner Brust einen Klaps und richtete sich auf einen Ellbogen auf. Sie warf ihre wilde rote Mähne zurück und lächelte ihn an. „Also, Hübscher, das war großartig, aber ich muss gehen."

„Aha. Und wohin willst du, Rotschopf?" Da sie versuchte, sich wegzurollen, schlang er den Arm fester um sie.

„Nach Hause. Frauen brauchen ihren Schönheitsschlaf, weißt du?"

„Du gehst jetzt nirgendwohin. Erst müssen wir miteinander reden, Maggie."

„Reden? Worüber denn?" Sie heuchelte Überraschung. Aber sie wusste, was jetzt kam. Sie konnte es in seinen Augen lesen.

„Über uns. Über das, was gerade passiert ist."

„Sei nicht albern, Süßer. Darüber gibt es nichts zu reden. Wir haben uns nach dem Lachkrampf einfach hinreißen lassen und hatten ein paar wunderbare lustvolle Momente. Kein Schaden entstanden. Schließlich sind wir erwachsen. Mach dir deshalb keine Sorgen, mein Bester." Sie traf wieder Anstalten, sich zu erheben, doch Dan hielt sie fest.

„Lass gut sein, Hübscher, und lass mich los. Du musst nicht einmal aufstehen. Sag mir bloß, wo die Schlüssel sind, und ich fahre mit deinem Pick-up nach Haus. Wenn es am Morgen noch regnet, hole ich dich mit dem Wagen ab", fügte sie vernünftigerweise hinzu, doch er ließ sich nicht ablenken.

„Was soll das? Ist das eine Abfuhr?"

„Nein, natürlich nicht."

„Es klingt aber so. Einmal kurz ins Heu und dann Adios, Seemann?"

„Ich wusste ja gar nicht, dass du in der Navy bist?"

„Hör auf damit, Maggie! Ich bin nicht in der Stimmung für deine Scherze. Ich will verdammt noch mal wissen, was eigentlich los ist? Eben noch hast du dich in meine Arme geschmiegt, und plötzlich kannst du es nicht erwarten, von mir wegzukommen?"

Maggie seufzte. Warum konnte er sie nicht einfach gehen lassen und ihnen beiden eine peinliche Szene ersparen? „Schau, ich wollte nicht, dass du dich zu irgendetwas verpflichtet fühlst. Ich dachte, wenn ich scherzhaft über unser kleines Liebesabenteuer hinweggehe, merkst du, dass ich nicht erwarte, dass sich etwas aus unserem Zusammensein ergibt. Du solltest dich nicht gebunden fühlen."

Er sah sie so lange an, dass es ihr unbehaglich wurde. „Darum geht es also", sagte er schließlich. „Ist dir gar nicht in den Sinn gekommen, dass ich mich freuen würde, wenn sich etwas aus unserem Zusammensein ergibt? Vielleicht möchte ich ja eine Bindung."

„Nein, ist mir nicht", erwiderte sie spontan, ehe sie darüber nachdenken konnte.

„Warum nicht?"

„Ich, nun ja ..." Sie suchte nach einer Ausrede, die ihn zufrieden stellte, doch ihr fiel keine ein.

„Nun?"

„Ich gehöre nicht zu dem Typ Frau, den Männer ..."

„Fahr fort. Den Männer was?"

Maggie fühlte sich in die Ecke gedrängt und reagierte gereizt. „Müssen wir darüber reden?"

„Ja, ich glaube, wir müssen. Den Männer was?"

„Ich bin nicht liebenswert, okay?" stieß sie heftig hervor. „Bist du jetzt zufrieden?"

„Großer Gott, das kann doch nicht dein Ernst sein! Hast du in letzter Zeit mal in den Spiegel gesehen, Rotschopf?"

„Oh ja, Männer stellen mir nach und versuchen mich in die Kiste zu kriegen, aber nur wegen meines Aussehens."

„Das ist doch schlichtweg Blödsinn."

„Ist es das? Lägen wir jetzt hier in diesem Bett, wenn ich aussehen würde wie ein Waldschrat? Wohl kaum."

Dan grinste. „Ein Waldschrat mit einer kessen Lippe. Eine nette Vorstellung."

„Das ist keine Antwort."

„Okay. Dein Aussehen spielt natürlich eine Rolle. Aber körperliche Anziehung ist der erste Schritt für tiefere Gefühle. Das muss so sein. Es ist unmöglich, sich in jemanden zu verlieben, der einen körperlich abstößt oder kalt lässt."

Das Wort Liebe verursachte ihr ein eigenartiges Gefühl in der Magengrube, das teils Sehnsucht und teils blankes Entsetzen war. „Das mag sein. Ich weiß es nicht. Ich bin über den ersten Schritt nie hinausgekommen. Du glaubst mir vielleicht nicht, aber vor heute Nacht hatte ich nur zwei Liebhaber. Bei beiden, bei Brian und bei Hank, hatte ich das Gefühl, ich hätte den Mann meiner Träume gefunden. Doch beide haben mich nach kurzer Zeit verlassen."

Nach einer versonnenen Pause fügte sie hinzu: „Für die meisten Männer bin ich so etwas wie eine Trophäe. Sie lassen sich gern mit mir fotografieren und gehen mit mir zu Partys, Premieren und Vernissagen, Dinge in der Art. Sie drücken damit aus: ‚He, seht her, ich gehe mit dem Supermodel Maggie Malone.' Aber sie verlieben sich nicht in mich."

Dan schüttelte traurig und erstaunt den Kopf. „Maggie, Maggie, was hat Jacob dir bloß angetan."

Sie reagierte mit Abwehr. „Das hat nichts mit meinem Vater zu tun."

„Natürlich hat es das. Du hast dir eingeredet, dass er dich nicht liebt. Und wenn dein eigener Vater dich nicht liebt, ist es nur logisch, dass es auch kein anderer tut, besonders kein

Mann. Und um keine weitere Zurückweisung zu riskieren, versteckst du deine Gefühle hinter scherzhaften Bemerkungen und einer Fassade der Gleichgültigkeit und lässt niemand nah genug an dich heran, dass sich eine tiefer gehende Beziehung entwickeln könnte."

„Das stimmt nicht."

Leider traf es hundertprozentig zu, und Maggie wusste das auch. Aus den eben genannten Gründen hatte sie sich nur selten ernsthaft mit einem Mann eingelassen, und deshalb machte sie sich auch kaum die Mühe auszugehen. Ihr übermäßiges Flirten diente einzig dem Zweck, Männer aus dem Gleichgewicht zu bringen und damit auf Distanz zu halten.

Dass Dan sie so klar durchschaut hatte, verunsicherte sie zutiefst.

„Natürlich stimmt es. Du verhältst dich immer gleich. Sobald du dich angegriffen fühlst oder glaubst, jemand kommt dir emotional zu nahe, tritt dein freches Mundwerk in Aktion. Ich kann dich nur warnen, Maggie, da ich deinen kleinen Trick jetzt durchschaue, funktioniert er bei mir nicht mehr."

„Und was bedeutet das?" fragte sie mit einem argwöhnischen Blick.

„Das bedeutet, dass du mir am Herzen liegst, Rotschopf. Und ich verlasse dich nicht."

Sie sah ihn sprachlos an, und ihr wurde ganz heiß ums Herz.

Sein Lächeln beschleunigte ihren Puls. Den Blick auf ihren Mund gerichtet, schob Dan ihr eine Hand unter die wunderschöne Haarpracht im Nacken und zog ihren Kopf näher zu sich heran.

Nah an ihren Lippen flüsterte er: „Und du verlässt mich auch nicht. Nicht heute Nacht, und wenn es nach mir geht, nie mehr."

Maggie erwachte am Morgen nur langsam und reckte sich wie eine zufriedene Katze, von Wohlbehagen durchdrungen. Lächelnd öffnete sie ein Auge, erschrak jedoch, als sie die fremde Umgebung erkannte.

Sie spürte eine angenehme Wärme im Rücken vom Nacken bis zu den Hacken und merkte, dass sie wie ein Fötus zusammengerollt an den nackten Körper eines Mannes gekuschelt war.

Sie erinnerte sich an die letzte Nacht und seufzte behaglich.

Es war wunderbar gewesen. Sie hatten sich noch zweimal geliebt, ehe sie eng umschlungen eingeschlafen waren. Im Morgengrauen hatte er sie wach geküsst und ungeachtet ihrer Proteste und Beteuerungen, sie müsse gehen, mit Lippen, Zunge und Händen gestreichelt, bis sie vor Verlangen gebebt hatte. Langsam und hingebungsvoll hatten sie sich zum Rauschen des Regens ein weiteres Mal geliebt.

Maggie lächelte. Dan war ein wunderbarer Liebhaber, kraftvoll und doch einfühlsam. Sie war noch nie mit solcher Zartheit behandelt und zu solcher Leidenschaft getrieben worden. Sie konnte ihm fast glauben, dass sie ihm wirklich am Herzen lag, wie er behauptet hatte. Fast.

„Hmm. Morgen, Rotschopf", brummte Dan an ihrem Nacken, ehe sie ihn dort knabbern spürte.

Lachend zog sie die Schulter ein. „Nichts dergleichen. Diesmal muss ich wirklich los. Die Familie steht bald auf. Dan, hör endlich auf damit!"

„Also schön." Er ließ sie los und warf sich mit ausgebreiteten Armen auf den Rücken. „Spielverderberin."

Sie schlüpfte vom Bett, ehe er es sich anders überlegte, nahm ihre Kleidung und verschwand im Bad. Ihre Sachen an die Brust gepresst, betrachtete sie sich verblüfft im Spiegel.

Sie sah aus wie eine Frau nach einer leidenschaftlichen Liebesnacht. Ihr Haar stand in alle Richtungen ab, das Make-up hatte sich verflüchtigt, ihre Lippen waren von Dans Küssen leicht geschwollen, und sie hatte ... stirnrunzelnd ging sie näher an den Spiegel, um sich genauer anzusehen, und stöhnte. Ach herrje, sie hatte einen Knutschfleck im Nacken.

Und als wäre das noch nicht genug, glühte sie auch noch.

Wenn Val mich so sehen könnte, würde sie einen Fotografen holen und mich von allen Seiten knipsen lassen.

So viel zum Thema Diskretion. Wie sie aussah, konnte sie sich auch gleich ein Schild um den Hals hängen: Ich hatte die ganze Nacht wunderbaren Sex.

Das Schlimme war, wenn Dan es darauf anlegte, bekäme er sie ohne große Mühe wieder ins Bett, und sie würde ihre Arbeit, ihren Ruf und ihre Pflichten zum Teufel wünschen.

Mit einem tiefen Seufzer wandte sie sich vom Spiegel ab. Zeit, hier rauszukommen, Mädchen, solange du noch einen Funken Selbstkontrolle hast.

Sie wusch sich, putzte die Zähne mit Zahnpasta auf dem Zeigefinger und zog sich an. Sie entdeckte Dans Haarbürste und nahm ihre wilde Mähne in Angriff. Als sie fertig war, betrachtete sie sich kurz im Spiegel. Sie sah nur geringfügig weniger mitgenommen aus, aber mehr war im Moment nicht drin, dachte sie resigniert.

Als sie aus dem Bad kam, wartete Dan bereits angezogen auf sie. Sein Haar war noch feucht, und er roch nach Rasiercreme und Zahnpasta. Offenbar hatte er das Gästebad benutzt, während sie sich Gedanken über ihr Aussehen gemacht hatte.

Auf der kurzen Heimfahrt schwiegen sie, bis Dan auf der Zufahrt neben der Terrasse hielt und sagte: „Ich begleite dich hinein."

Maggie verharrte mit der Hand über dem Türgriff. „Das ist nicht nötig."

„Ich weiß, aber ich möchte es."

„Wirklich, Dan, es ist nicht nöt..."

„Was ist los mit dir, Maggie? Schämst du dich meiner? Ist es dir unangenehm, dass deine Familie von unserer gemeinsamen Nacht erfährt?"

„Nein! Überhaupt nicht!" Ihr war gar nicht in den Sinn gekommen, dass er es so auffassen könnte. „Eher im Gegenteil."

„Und das heißt?"

„Das heißt, dass ich deine Beziehung zu Daddy nicht belasten möchte. Er wird nicht begeistert sein über unser Zusammensein, weißt du. Ich wollte es ihm eigentlich verheimlichen."

Dan betrachtete sie so lange aus leicht verengten Augen, dass es sie verunsicherte. Schließlich nickte er. „Lass Jacob meine Sorge sein. Wenn es ein Problem für ihn ist, dass ich mit seiner Tochter zusammen bin, soll er es mir auf den Kopf zusagen."

Maggie warf ihm schnaubend einen ironischen Blick zu. „Das funktioniert eher andersherum. Er wird ein Problem damit haben, dass seine Tochter mit seiner rechten Hand zusammen ist. Er sieht nicht in dir die Gefahr, sondern in mir."

Sie stieg aus, ohne ihm die Chance zu einer Erwiderung zu geben. Dan stieg ebenfalls aus. Gemeinsam sprinteten sie im Regen das kurze Stück über die Terrasse und traten durch die Verandatüren ins Arbeitszimmer. Lachend schüttelten sie sich die Regentropfen ab und schlugen rasch die Türen zu. Doch ihr Lachen erstarb, als sie sich umdrehten und Jacob entdeckten, der sie mit finsterer Miene aus seinem Liegestuhl ansah.

„Da warst du also die ganze Nacht", sagte er zu Maggie.

„Daddy, was machst du so früh hier?"

„Ihr Vater hatte eine schlechte Nacht. Da er nicht schlafen konnte, wollte er gern hier unten sitzen und die Morgendämmerung erleben."

Maggie wandte rechtzeitig den Blick, um Charley Minze vom Sofa aufstehen zu sehen. Sie war so auf ihren Vater konzentriert gewesen, dass sie seine Anwesenheit nicht gleich bemerkt hatte.

Besorgt ging sie rasch zu Jacob. „Geht es dir wieder besser? Soll ich den Doktor anrufen?"

„Das hat Charley schon erledigt. Ich brauche keine Hilfe von dir!"

Charley schien sich unbehaglich zu fühlen und ging zur Tür. „Ich ... ich werde mal schauen, ob Ida Lou schon Kaffee gekocht hat." Maggie sah ihm an, dass er so schnell wie möglich den Raum verlassen wollte.

„Verdammt, Mädchen, sieh dich doch an. Du bleibst die ganze Nacht weg, kommst im Morgengrauen in denselben Sachen an, die du gestern schon getragen hast, und siehst aus wie ein billiges Flittchen! Vermutlich hätte ich nichts anderes von dir erwarten sollen. Eine Schande ist das, eine absolute Schande!“

Na ja, was hast du erwartet, Mag? Verständnis? Väterliche Toleranz? Zustimmung? Sei nicht so naiv, davon kannst du nur träumen.

Maggie unterdrückte ihre Sorge um ihn, verdrängte gnadenlos die neuerliche Kränkung und reagierte mit ihrem unerschütterlichen Lächeln.

„Ich möchte dich ja nicht enttäuschen, Daddy. Aber darf ich dich erinnern, dass ich schon ein großes Mädchen bin? Mein Privatleben geht nur mich etwas an.“

Nach einer kurzen Pause fügte sie hinzu: „Wenn du mich bitte entschuldigen würdest. Ich muss duschen und mich umziehen, ehe ich ins Büro gehe.“ Sie sah Dan an und zwinkerte ihm zu. „Danke, dass du mich nach Haus gefahren hast, Süßer. Und für alles andere natürlich auch“, fügte sie sinnlich schnurrend hinzu und schritt hüftschwingend aus dem Raum.

Dan sah ihr nach, bis sie das Zimmer verlassen hatte, und drehte sich dann um. Nun traf Jacobs finsterer Blick ihn. „War das nötig?“

„War es nötig, meine Tochter zu verführen?“ schoss Jacob zurück. „Als ich Sie bat, in Katherines Nähe zu bleiben, habe ich genau das nicht gemeint.“

Dan empfand einen Anflug von Schuldgefühlen, die jedoch gleich von Zorn und dem heftigen Drang, Maggie zu verteidigen, überlagert wurden. Er sah seinen Boss durchdringend an, und als er antwortete, tat er das mit tiefer und eindringlicher Stimme. „Damit wir uns richtig verstehen, Jacob. Was zwischen Maggie und mir passiert ist, hat nichts mit Ihnen oder Malone Enterprises zu tun. Überhaupt nichts. Mir liegt etwas an Ihrer Tochter, und ich werde mich weiter mit ihr treffen. Und wenn Ihnen das nicht passt, werden Sie mich wohl feuern müssen."

Kaum hatte sich Maggie von Dan getrennt, als sie auch schon an ihm zweifelte. Er konnte es unmöglich ernst mit ihr meinen. Letzte Nacht hatte er zwar beteuert, wie viel sie ihm bedeute, aber was hätte er unter den Umständen auch anderes sagen sollen?

Nachdem sie geduscht und sich umgezogen hatte, war sie überzeugt, dass ihre Zweifel berechtigt waren, und beschloss, Dan bei nächster Gelegenheit die Chance zu geben, sich wieder von ihr zu lösen.

Mit diesem Entschluss ging sie die Treppe wieder hinunter, blieb jedoch auf halbem Weg stehen. Dan verschwand augenblicklich aus ihren Gedanken, als sie ihre Schwester und Dr. Sanderson unten im Foyer entdeckte.

Der gute Doktor hielt Laurel in den Armen, strich ihr zärtlich über den Rücken und flüsterte ihr tröstende Worte ins Ohr, während sie an seiner Schulter weinte.

Maggie ging langsam weiter, räusperte sich und sagte: „Entschuldigung."

Die zwei fuhren auseinander wie zwei beim Knutschen ertappte Teenager.

„Miss Malone, ich ... ich habe Ihre Schwester nur getröstet."

Neil Sanderson rückte sich die Krawatte zurecht und versuchte, professionell auszusehen, doch sein Gesicht lief rot an.

„Das sehe ich. Gibt es etwas, das ich wissen sollte?"

„Ich fürchte, ich habe schlechte Nachrichten gebracht."

„Oh Maggie, Daddys letzte Tests waren nicht gut. Dr. Sanderson sagt, dass Dad schneller abbaut, als er und Dr. Lockhart erwartet haben. Sie haben die Medikation geändert, aber wenn sich das Krebswachstum nicht verringert, können wir von Glück sagen, wenn er noch das neue Jahr erlebt."

Die Mitteilung traf Maggie wie ein Schlag in die Magengrube. Sie wäre gestrauchelt, wenn sie sich nicht am Treppenpfosten festgehalten hätte. In zwei Wochen war bereits das Erntedankfest.

„Sind Sie sicher, Doktor?"

„So sicher, wie man in so einem Fall sein kann. Als positiv können wir allerdings verbuchen, dass Ihr Vater eine Kämpfernatur ist. Ich habe Mrs. Howe gerade gesagt, sie soll die Hoffnung nicht aufgeben. Vielleicht überrascht Jacob uns alle." Nach einem letzten mitfühlenden Blick zu Laurel nahm er seine Tasche auf. „Ich muss jetzt weiter. Falls Sie mich brauchen, gleichgültig ob bei Tag oder Nacht, rufen Sie mich an."

„Warten Sie, Doktor." Laurel schniefte und wischte sich mit einem weißen Männertaschentuch die Augen, ehe sie es ihm zurückgab. „Danke für Ihre Bemühungen. Und danke für Ihre Anteilnahme."

Neil Sanderson sah Laurel sehnsüchtig an, blickte dann auf das tränenfeuchte Taschentuch, schloss die Finger fest darum und steckte es ein. Maggie vermutete, dass es nie wieder eine Waschmaschine von innen sah. „Nicht der Rede wert. Es war mir ein Vergnügen."

Als er ging, trat Maggie neben ihre Schwester, und beide sahen dem Doktor durch die geschliffenen Glasscheiben neben der Haustür nach, wie er davonfuhr.

„Er ist ein guter Mann", sagte Maggie leise.

„Ja. Ja, das ist er."

„Ich kann es nicht glauben. Oh Laurel, wir werden Daddy bald verlieren." Laurel antwortete nicht, doch als Maggie sich ihr zuwandte, entdeckte sie Tränen über deren Wangen laufen.

„Oh Schwesterherz!"

Sie streckte instinktiv tröstend die Arme aus, doch Laurel wich zurück und fuhr sie an: „Nicht! Rühr mich nicht an!"

Gekränkt traten nun Maggie Tränen in die Augen, ehe sie es verhindern konnte.

„Maggie, es tut mir Leid ..."

Da Maggie sich zum Gehen wandte, streckte Laurel eine Hand nach ihr aus. Dabei rutschte ihr der Pulloverärmel einige Zentimeter den Arm hinauf. Maggie hatte bereits einen Schritt gemacht, blieb jedoch stehen, als sie die dunkle Verfärbung am Handgelenk ihrer Schwester bemerkte.

Sie ergriff Laurels Hand und schob ihr, ungeachtet ihrer Gegenwehr, den Ärmel hoch. Entsetzt sah sie ihrer Schwester in die Augen. „Wie ist das passiert? Woher hast du diese Prellungen?"

„Das sind keine Prellungen." Laurel wollte ihr die Hand entziehen, doch Maggie ließ sie nicht los.

„Natürlich sind das Prellungen." Maggie betrachtete mit leicht verengten Augen die dunkle Verfärbung auf Laurels Wange, die durch das Make-up nicht ganz abgedeckt wurde. „Und das hier ist auch eine." Sie hätte darauf gewettet, dass der Rollkragenpullover ihrer Schwester weitere dunkle Male verbarg.

„Mach dir keine Sorgen. Es ist nichts. Wirklich nicht."

„Es ist nichts? Wie kannst du so etwas behaupten? Und

wage nicht, mir zu erzählen, du hättest einen Unfall gehabt. Martin hat dich geschlagen, nicht wahr?"

„Also schön, vielleicht hat er mich ein- oder zweimal geschlagen, aber nur, weil ich ihn zornig gemacht habe. Das ist nichts, worüber man sich aufregen sollte."

„Wie bitte? Ich höre wohl nicht recht! So etwas nennt man häusliche Gewalt, Laurel! Du kannst ihn anzeigen und ins Gefängnis stecken lassen! Was wir meiner Ansicht nach auf der Stelle tun sollten. Komm, ich begleite dich zum Sheriff."

„*Nein*! Nein, das geht nicht." Laurel entzog sich ihr und wich zurück. „Du verstehst das nicht. Es ist nicht so, wie du denkst. Martin ist kein Gewalttäter."

„Was denn sonst? Schließlich hat er dich geschlagen, oder?"

„Nun ... ja. Aber das war meine Schuld. Martin kann nichts dafür, dass er ein aufbrausendes Temperament hat. Wenn ich nicht Dinge tun oder sagen würde, die ihn aufregen, würde er mich nicht schlagen. Außerdem tut es ihm hinterher immer Leid."

„Großer Gott, Laurel, du müsstest dich reden hören! Du bist das Opfer! Dich trifft keinerlei Schuld. Wie kannst du diesen Mistkerl verteidigen?"

„Er ist mein Ehemann", erwiderte sie schlicht mit leicht trotzig vorgeschobenem Kinn und so fragiler Würde, dass es Maggie zu Herzen ging.

Sie war frustriert und wütend, dass Laurel diesen Schleimbeutel auch noch verteidigte, aber sie hätte es wissen müssen. Ihre Schwester hatte immer idealistische Vorstellungen von Liebe und Ehe gehabt, und sie war treu wie Gold. Für Laurel wurde eine Ehe auf ewig geschlossen, gleichgültig, was sie dabei erdulden musste. Ihr liebes, nachgiebiges Wesen machte sie zum idealen Prügelknaben für einen gewalttätigen Tyrannen wie Martin. Und wie typisch für sie, dass sie die Schuld auch noch bei sich suchte, wenn ihre Ehe alles andere als rosig verlief.

„Ein Trauschein gibt ihm doch nicht das Recht, dich zu schlagen!"

„Maggie, lass die Sache einfach auf sich beruhen. Das geht dich nichts an."

„Du bist meine Schwester. Ich kann nicht einfach zusehen und nichts unternehmen. Warte nur, bis mir dieser Bastard über den Weg läuft. Ich werde ihm solche Angst machen, dass er sich nie mehr traut, die Hand gegen dich zu erheben."

„Nein! Maggie, das darfst du nicht!" Laurel wurde bleich und sah sich verunsichert um, als fürchte sie, Martin könne mitgehört haben. Maggie hatte noch nie einen so angstvollen Blick gesehen. Laurel packte sie so fest bei den Händen, dass es schmerzte. „Bitte. Du musst mir versprechen, dass du nichts zu Martin sagst! Oder zu Mom oder Daddy."

„Laurel ..."

„Bitte, Maggie, ich bitte dich! Versprich es mir!"

Maggie zögerte zähneknirschend. Stillschweigen zu bewahren, war in diesem Fall gegen ihren Instinkt und widersprach ihrem Gerechtigkeitssinn. Dennoch konnte sie sich dem Flehen ihrer Schwester nicht entziehen.

„Also schön, du hast gewonnen. Aber mir gefällt das nicht."

„Versprich es mir. Sag es, damit ich weiß, dass es dir damit wirklich sehr ernst ist."

Maggie musste fast lachen. Mit derselben albernen Aufforderung hatten sie sich in der Kindheit tausende Male etwas versprochen.

„Ich verspreche, ich sage nichts zu Martin oder zu Mom und Daddy.“

16. KAPITEL

Maggie hatte Laurel kaum das Versprechen gegeben, als sie es auch schon bereute. Fünf Tage später auf dem Rückflug erster Klasse von New York nach Dallas grübelte sie immer noch über die Situation nach.

Während die Maschine langsam den Sinkflug zum Flughafen Dallas/ Fort Worth begann, schweifte Maggies Blick geistesabwesend über das winterlich braune Ranchland ringsum und die kleinen Fahrzeuge, die sich wie Spielzeuge über die Highways bewegten. Immer wieder musste sie daran denken, dass ihre sanfte, liebenswerte Schwester diesem Schwein Martin ausgeliefert war.

Nachdem sie sich an jenem Morgen von Laurel getrennt hatte, war sie in ihr Büro in der Fabrik gegangen. Kaum dort angekommen, war Martin an Anna vorbei hereingestürmt, um eine weitere seiner vielen Klagen vorzutragen. Bei seinem bloßen Anblick hatte es ihr fast den Magen umgedreht, und die blanke Wut war in ihr aufgestiegen. Es hatte sie Mühe gekostet, sich nicht quer über den Schreibtisch auf ihn zu stürzen. Auf Grund des gegebenen Versprechens hatte sie sich stattdessen nur zähneknirschend sein Lamento angehört.

„Ich hatte gerade ein Telefonat mit Ken Burrows vom K&W Großhandel. Er sagte, du hättest ihn angerufen und neue Liefermengen mit ihm vereinbart. Stimmt das?"

„Ja. Nach all den Problemen, die wir in letzter Zeit hatten, haben wir kaum noch Lagerbestände. Ich hielt es für besser, die Versandmengen jetzt zu kürzen und den Rest später zu liefern, wenn die Produktion wieder auf vollen Touren läuft. Deshalb habe ich persönlich mit allen Abnehmern Kontakt aufgenommen, die Situation erläutert und um ihre

Kooperation gebeten. Im Gegenzug biete ich ihnen einen Preisnachlass an, und bisher sind alle darauf eingegangen."

„Es ist mir scheißegal, ob sie vor Freude jubeln. Du hältst deine Nase aus meinen Geschäften heraus! Ich bin der PR-Mann der Firma. Ich verhandele mit den Kunden, nicht du. Ich stehe nicht dafür ein, wenn du hinter meinem Rücken Geschäfte mit meinen Kunden aushandelst."

„*Du* stehst nicht dafür ein?" Maggie sprang auf, alle zehn Finger auf die Schreibtischplatte gestemmt, und beugte sich drohend zu ihm vor. „Ausgerechnet du unbedeutendes, wertloses Stück Schweineschwarte. Du hast hier überhaupt nicht mitzureden. Ich leite diese Firma, und wenn ich mit einem Kunden sprechen möchte, tue ich das. Außerdem sind es nicht deine Kunden, sondern die der Firma. Du arbeitest bloß hier, und das auch nur wegen meiner Schwester. Und jetzt beweg deinen Hintern aus meinem Büro! Und wenn du das nächste Mal mit mir reden willst, machst du vorher einen Termin aus!"

Als Maggie jetzt im Flugzeug daran dachte, musste sie lächeln. Oh, hatte das gut getan, richtig gut. Allerdings nicht ganz so gut wie die verdiente Tracht Prügel, die sie ihm am liebsten verabreicht hätte.

Martin war so rot angelaufen, als träfe ihn jeden Moment der Schlag. Er hatte ausgesehen, als wolle er sich auf sie stürzen. Insgeheim hatte sie sogar gehofft, er würde sich vergessen und es tun. Sie war in der Stimmung gewesen, einige ihrer Kickboxschläge an ihm auszuprobieren. Nachdem er eine Weile still vor sich hin gewütet und immer wieder die Hände geballt hatte, war er mühsam beherrscht hinausgeeilt.

Zunächst hatte sie in innerem Triumphgefühl gejubelt.

Schon bald hatte sie jedoch angefangen, sich zu sorgen, er könnte seinen Frust an Laurel auslassen.

Diese Sorge hatte sie in den letzten fünf Tagen, die sie wegen der Werbeaufnahmen für das Stephano Parfum und einem Fernsehauftritt in der Talkshow von Oprah Winfrey in New York verbracht hatte, sehr belastet. Zweimal hatte sie Laurel angerufen, die ihr versicherte, es gehe ihr gut. Dennoch war eine gewisse Verunsicherung bei ihr geblieben.

An einem Punkt hatte sie sogar erwogen, Dan anzurufen. Sie hatte dringend mit ihm reden und ihm ihre Sorgen anvertrauen wollen.

Sie verzog amüsiert den Mund. *Komm schon, Maggie, sei ehrlich. Das ist nicht der einzige Grund. Du wolltest außerdem seine Stimme hören.*

Sie hatte sogar schon seine Nummer gewählt, aber nach dem ersten Klingelzeichen wieder aufgelegt.

Seit jenem regnerischen Morgen vor fünf Tagen hatte sie nicht mehr mit Dan gesprochen, und gesehen hatte sie ihn auch nur durch die Glaswand ihres Büros.

Am letzten Arbeitstag war sie früher aus der Firma gegangen, weil sie schon im Morgengrauen zum Flughafen fahren musste, um ihre Maschine nach New York zu bekommen. Sie hatte halbwegs erwartet, dass Dan sie am Abend zu Hause anrufen würde, und war wie ein liebeskranker Teenager bei jedem Klingeln des Telefons zusammengezuckt. Er hatte sich jedoch nicht gemeldet und war auch nicht vorbeigekommen.

Was ihre Zweifel an der Echtheit seiner Gefühle nur verstärkte.

In ihre Gedanken versunken, bemerkte sie die Landung erst, als die Räder bereits auf der Bahn aufsetzten.

Als kurz darauf das Licht für den Anschnallgurt erlosch, stand sie auf, schlang sich ihre Reisetasche über die Schulter und folgte zwei weiteren Erste-Klasse-Passagieren hinaus. Es waren anstrengende fünf Tage gewesen, und sie war erledigt. Sie freute sich nicht gerade auf die zweistündige Heimfahrt nach Ruby Falls.

Beim Betreten der Abfertigungshalle drehten sich, wie immer, wenn sie irgendwo auftauchte, etliche Köpfe nach ihr um. Normalerweise lächelte sie, wenn sie erkannt wurde, oder gab sogar ein paar Autogramme, wenn jemand den Mut aufbrachte, sie darum zu bitten. Im Augenblick war sie jedoch zu müde, sich mit Fans abzugeben. Den Blick geradeaus gerichtet, schritt sie voran und tat, als bemerke sie die Aufmerksamkeit nicht, die sie erregte.

„He, Rotschopf, nimmst du mich mit?"

Maggie blieb stehen. „Dan!"

Er stand ein Stück rechts von ihr. Eine Schulter lässig gegen einen Pfeiler gelehnt, wirkte er atemberaubend maskulin.

Offensichtlich amüsiert über ihre Verblüffung, stieß er sich vom Pfeiler ab und kam auf sie zu. „Was ist los? Hat es dir die Sprache verschlagen? Das wäre ja das erste Mal."

„Wa...was machst du denn hier?"

„Was glaubst du wohl? Komm her, Rotschopf." Er schob ihr eine Hand in den Nacken, schlang den anderen Arm um sie und zog sie an sich. Ihre Reisetasche glitt zu Boden, als sie sich mitten im Getriebe leidenschaftlich küssten, ungeachtet des Stroms ankommender Passagiere, der sich teilte und sie umfloss wie Wasser ein Hindernis.

Ein Blitzlicht flammte auf. Dan hob ruckartig den Kopf. „Was zum ... He, Sie! Kommen Sie zurück!" rief er, doch der

Fotograf sprintete bereits davon und verschwand in der Menge.

Da Dan hinterherrennen wollte, hielt Maggie ihn am Arm zurück. „Lass nur." Sie verzog bedauernd das Gesicht. „Ich fürchte, an gaffende Leute und Paparazzi musst du dich gewöhnen, falls du mit mir zusammen sein willst. Wenn das ein Problem für dich sein sollte, sag es gleich."

Er sah ihr ruhig in die Augen. „Damit werde ich fertig. Und im Übrigen gibt es bei uns beiden kein Falls." Er streichelte ihr die Wange und betrachtete sie zärtlich. Maggies Herz schlug einen Purzelbaum.

„Komm schon." Er nahm ihre Reisetasche auf, legte Maggie einen Arm um die Taille und ging mit ihr durch die Halle.

Auf dem Langzeitparkplatz bei der Viper angelangt, schlug Dan vor: „Ich weiß, du bist müde nach dem langen Flug. Wenn du mir dein Auto anvertraust, fahre ich dich."

„Mit Vergnügen", erwiderte sie und warf ihm die Schlüssel zu.

Sobald sie im Wagen saßen, beugte Dan sich zu ihr hinüber und küsste sie noch einmal. Er ließ sich Zeit, streichelte ihre Brust und ließ den Daumen über die Spitze gleiten. Maggie fuhr ihm mit beiden Händen durchs Haar und genoss seine Zärtlichkeit.

Nach einiger Zeit wich Dan ein wenig zurück. Heftig atmend sagte er mit rauer Stimme: „Dieser Wagen wurde nicht für das gebaut, wohin unser Geknutsche führt. Außerdem werden wir wahrscheinlich verhaftet, wenn wir so weitermachen."

„Stimmt. Und das können wir nicht riskieren."

Dan richtete sich auf und ließ den Motor an. Geschickt

setzte er aus der Parklücke zurück und fuhr die spiralförmige Rampe hinunter. Maggie schüttelte die Schuhe von den Füßen, rollte sich seitwärts zusammen und betrachtete Dans kraftvolles Profil.

„Du hast mir immer noch nicht gesagt, wie du hergekommen bist."

„Einer unserer Lieferwagen musste nach Dallas. Ich habe mich mitnehmen lassen."

„Und woher wusstest du, dass ich in dieser Maschine sein würde?"

„Das war leicht herauszufinden. Ich habe mir von Anna eine Kopie deines Terminplans geben lassen."

Maggie lächelte erfreut.

„Tut mir Leid, dass wir uns vor deiner Abreise nicht mehr sehen konnten. Wir hatten draußen in der Plantage am Corsicana Highway einen Bruch im Bewässerungssystem. Nachdem ich endlich alles repariert hatte und auf dem Heimweg war, brannte bei euch zu Hause kein Licht mehr. Am nächsten Morgen fand ich dann heraus, dass du schon nach New York abgereist warst. Ich dachte daran, dich in deinem Apartment anzurufen, aber bei dem Zeitunterschied war es dafür immer schon zu spät, wenn ich abends heimkam. Du hättest bestimmt bereits geschlafen."

„Das wäre nicht schlimm gewesen. Ich hätte mich über deinen Anruf gefreut."

„Das nächste Mal rufe ich an", versprach er mit einem liebevollen Blick.

Glücksgefühle stiegen in Maggie auf wie Perlen im Champagnerglas. Lächelnd kuschelte sie sich mit der Wange an die Lehne des Ledersitzes. „Dir ist hoffentlich klar, dass das Foto, das eben gemacht wurde, bald in den Zeitungen erscheint. Spätestens morgen weiß jeder in Ruby Falls von unserer Beziehung."

Dan streifte sie mit einem amüsierten Seitenblick. „Schätzchen, davon weiß sowieso schon jeder."

„Du machst Witze. Wie denn? Daddy hat es bestimmt nicht herumposaunt."

„Charley hat es Ida Lou erzählt."

„Verstehe." Sie liebte Ida Lou von Herzen. Aber die liebe alte Seele tat nichts so gern wie ihrer Freundin Clara von „ihren Mädchen" zu erzählen. Und Clara Edwards konnte Neuigkeiten keine fünf Minuten für sich behalten.

„Es macht dir nichts aus, wenn alle von uns wissen?"

„Warum sollte es?"

„Ich bin nicht gerade die beliebteste Person der Stadt."

Er warf ihr wieder einen jener intensiven Blicke zu, die ihr durch und durch gingen. „Bei mir bist du sehr beliebt. Nur das zählt."

Ja, das stimmt, dachte sie und bewahrte die ermutigenden Worte im Herzen. Sobald sie die Außenbezirke von Dallas hinter sich ließen, senkte sich behagliches Schweigen herab. Maggie mochte nicht reden. Sie war glücklich und zufrieden damit, bei Dan zu sein und ihn nur anzusehen.

Allerdings hatte sie nicht vor einzuschlafen.

Das Nächste, was sie bewusst wahrnahm, war dann eine holperig werdende Straße.

„Wa... was ...", begann sie erschrocken.

„Entspann dich, wir sind gleich da."

Maggie sah sich um und merkte, dass sie auf dem Kiesweg zum Haus ihrer Eltern waren. Gähnend reckte sie sich ausgiebig. „Tut mir Leid, ich wollte nicht einfach einpennen, das war unhöflich."

„Ist schon okay. Du warst müde. Außerdem hat die Musik dein Schnarchen übertönt."

Sie richtete sich entsetzt auf und versetzte ihm einen Klaps auf den Arm, als sie ihn grinsen sah. „Du Biest. Ich schnarche nicht."

Dan fuhr die lange Zufahrt entlang. Dabei warf er ihr einen neckenden Seitenblick zu. „Nein, aber du stößt niedliche kleine Seufzer aus."

„Ich mache nichts dergl..."

Maggie drehte sich im Sitz, als sie das Haus ihrer Eltern passierten. „Wohin fährst du?"

„Zum Cottage." Ohne das Tempo zu vermindern, fuhr er an der Abzweigung vorbei, die links zu ihrer Garage führte, und bog in den Weg zur Plantage ein, der schließlich in den Feldweg zu seinem Cottage mündete.

„Ich wäre heute Nacht wirklich gern bei dir, Dan, ehrlich. Aber ich sollte nach Haus fahren. Meine Familie erwartet mich, und außerdem muss ich nach Daddy sehen."

„Jacob geht es gut. Sein Zustand hat sich in den letzten Tagen stabilisiert. Seit er die neuen Medikamente bekommt, fühlt er sich besser. Dr. Sanderson ist erstaunt."

„Wirklich? Das klingt ja wunderbar."

„Und was deine Familie angeht, mach dir keine Sorgen. Ich habe Ida Lou gesagt, wo du bist. Sie wird deine Mutter beschwichtigen, falls sie besorgt ist."

Maggie lächelte ein wenig traurig. Offenbar unterstellte auch Dan nicht, dass ihr Vater besorgt sein könnte. „Du hast wirklich an alles gedacht. Trotzdem, ich bin entsetzlich müde. Ich fürchte, heute Nacht bin ich keine aufregende Partnerin."

Dan hielt die Viper vor seinem Cottage an und ließ den

Motor laufen. „Maggie, ich habe dich nicht hergebracht, um über dich herzufallen, obwohl ich gestehen muss, dass das Spaß machen würde. Es genügt mir zu wissen, dass du bei mir bist und neben mir schläfst.“ Er legte ihr eine Hand an die Wange, strich ihr mit dem Daumen über die Lippen und sah sie liebevoll an. „Du hast mir gefehlt, Maggie. Ich möchte, dass du heute Nacht bei mir bist.“

Sie war gerührt. Mit schlichten Worten hatte er ihr das nie gekannte Gefühl gegeben, geliebt, geschätzt und gebraucht zu werden.

Sie legte ihre Hand über seine, drehte den Kopf zur Seite und drückte ihm einen Kuss in die Handfläche. „Gehen wir hinein“, sagte sie leise und langte nach dem Türgriff.

Die nächsten Tage waren ein Wechselbad der Gefühle für Maggie. Sie hätte nicht geglaubt, dass man gleichzeitig derart Gegensätzliches erleben konnte. Einerseits ein so tiefes Glücksgefühl über ihre Beziehung zu Dan, dass sie glaubte, auf Wolken zu schweben, andererseits die großen Sorgen über die Beziehung zu ihrem Vater, um seinen Gesundheitszustand und die Probleme der Firma.

Manchmal hatte sie Schuldgefühle, dass sie trotz Jacobs tödlicher Erkrankung und großer geschäftlicher Probleme so glücklich war. Doch sie konnte nicht anders, sie war verliebt. Obwohl Dan ihr noch keine richtige Liebeserklärung gemacht hatte, bewies er mit seinem Verhalten, seinen Blicken und jeder Berührung, was er für sie empfand.

Er war ein wunderbarer Liebhaber und Partner. Zwar hatte sie sich von Anfang an zu ihm hingezogen gefühlt, allerdings nicht ahnend, dass sich hinter seiner fast streng wirkenden Stärke ein rücksichtsvoller und fürsorglicher Mann verbarg. Er überraschte sie immer wieder mit seinem Einfühlungsvermögen in ihre Stimmungen und Bedürfnisse.

Mindestens ein- oder zweimal am Tag fand er einen Vorwand, sie in ihrem Büro aufzusuchen. Waren die Vorhänge zugezogen, beugte er sich zu ihr und gab ihr einen leidenschaftlichen Kuss, während sie an ihrem Schreibtisch saß. Waren die Vorhänge auf und die Mitarbeiter in der Konservenfabrik konnten sie sehen, begnügte er sich mit liebevollen Blicken. Wie auch immer, wenn er ging, fühlte sie sich jedes Mal ganz schwach vor Sehnsucht.

Musste sie spätnachts noch arbeiten, blieb auch Dan und hielt trotz des inzwischen im Gebäude patrouillierenden Sicherheitsdienstes Wache. Er fand immer eine Tätigkeit, bei der er sie im Auge behalten konnte. Und wenn sie die Fabrik verließ, blieb er an ihrer Seite.

Zwei-, dreimal die Woche übernachtete Maggie bei ihm. Ihr Vater quittierte das weiterhin mit finsterer Miene und bissigen Kommentaren, doch der Rest der Familie schien die Beziehung zu akzeptieren, ja sogar gutzuheißen. Besonders ihre Mutter ließ keine Gelegenheit aus zu betonen, wie sehr sie Dan schätzte. Sogar Jo Beth machte ihr ein linkisches Kompliment über ihren guten Geschmack in puncto Männer.

In Ruby Falls brodelte unterdessen die Gerüchteküche, und es wurden Wetten abgeschlossen, wie lange die Beziehung der beiden wohl hielt. Doch das hatten Maggie und Dan mehr oder weniger erwartet.

Ein Lichtblick war, dass die zerstörerischen Anschläge in der Firma aufhörten, seit der Sicherheitsdienst patrouillierte. Zumindest glaubte Maggie das.

Eines Abends, eine Woche vor dem Erntedankfest, als

Dan sie zum Auto begleitete, waren sie so mit sich beschäftigt, dass sie den Schaden zunächst nicht bemerkten. Ein flüchtiger Blick auf ihr Auto ließ Maggie nach Luft schnappen. „Oh nein!“

„Was ist?“

In gelber Sprühfarbe war über die Motorhaube und die Fahrerseite der Viper „Verzieh dich, Luder“ geschrieben.

„Wer macht so was bloß? Und warum?“ Dan betastete vorsichtig die Farbe und merkte, dass sie noch feucht war. Er zog Maggie an sich und schaute sich besorgt in alle Richtungen um. „Und wo, zum Teufel, steckt der Wachmann?“

Wie aufs Stichwort kam der Mann aus dem Gebäude, das sie soeben verlassen hatten.

„‘n Abend, Miss Malone, Mr. Garrett. Sie wollen nach Hau...“ Der Mann blieb stehen und starrte fassungslos auf Maggies Wagen. „Heilige Mutter Gottes!“

„Wo zum Kuckuck haben Sie gesteckt, als das passierte?“

„Ich ... ich bin gerade mal reingegangen, um zu pi... äh, Entschuldigung, Miss, um die Toilette aufzusuchen. Ich war nur ein paar Minuten weg, Mr. Garrett, ich schwöre es.“

„Länger hat der Täter auch nicht gebraucht. Er muss Sie beobachtet haben. Vermutlich hat er nur abgewartet, bis Sie eine Pause machen. Sie bleiben hier und bewachen das Auto. Miss Malone und ich gehen und holen etwas, um das Auto zu säubern. Wenn wir uns beeilen, können wir die Farbe vielleicht abwischen, ehe sie den ganzen Lack ruiniert.“

Maggie und Dan liefen in die Fabrik und kehrten Augenblicke später mit ganzen Bündeln von Putzlappen zurück. Zu dritt arbeiteten sie mit Hochdruck, trotzdem blieb leider ein unübersehbarer gelber Schleier angetrockneter Farbe auf dem dunkelgrünen Lack haften.

„Na ja, wenigstens haben wir die Worte entfernt“, tröstete Dan, als sie fertig waren. „Wir bringen den Wagen morgen in eine Lackiererei, da wird er wieder wie neu.“

Maggie schüttelte langsam den Kopf. „Wer hasst mich nur so sehr? Warum tut man mir dauernd so etwas an?“

Die Formulierung brachte ihr einen durchdringenden Blick von Dan ein. „Was soll das heißen, man tut dir dauernd so etwas an? Ist dir schon mal etwas in der Art passiert? Gab es Anschläge, die dir persönlich galten?“ Die Wahrheit stand ihr wohl ins Gesicht geschrieben, da Dan eine leise Verwünschung ausstieß, die sie zusammenzucken ließ. „Verdammt, warum hast du mir nichts davon gesagt? Ich will wissen, was passiert ist, sofort.“

„Immer langsam, Süßer ...“

„Hör auf damit, Maggie! Du ziehst dich nicht mit deiner Flirttour aus der Affäre. Erzähl mir, was los war.“

Sie sah zu dem Wachmann hinüber, der aufmerksam jedem Wort lauschte. Dan bat ihn, den übrigen Parkplatz abzusuchen, und wandte sich ihr mit ernster Miene zu. „Also, spucks aus.“

Zögernd erzählte Maggie ihm von den aufgeschlitzten Reifen und der Ratte in ihrem Bett. Nachdem sie ihren Bericht beendet hatte, war Dan sichtlich verärgert, dass sie ihm diese Informationen vorenthalten hatte.

„Verdammt, Maggie, warum hast du mir nichts davon erzählt?“

„Ich kannte dich damals noch nicht so gut. Außerdem war ich besorgt, dass Daddy mich auffordern würde, von meinem Posten zurückzutreten, wenn er von den Vorfällen erführe.“

„Inzwischen kennst du mich. Und du hattest in den letzten Wochen genügend Zeit, es mir zu beichten. Warum hast du es für dich behalten?"

Maggie verzog den Mund zu einem schwachen Lächeln. „Um die Wahrheit zu sagen, ich war in letzter Zeit so glücklich, dass ich diese Geschichten ganz vergessen hatte."

Dan betrachtete sie aufmerksam aus leicht verengten Augen und versuchte sich Klarheit zu verschaffen, ob sie die Wahrheit sagte. Schließlich zog er sie an sich. „Verheimliche mir so etwas nie wieder. Hast du verstanden?"

„Ja. Ich verspreche, dir immer alles zu erzählen." Sie erwiderte seine Umarmung, legte den Kopf in den Nacken und sah Dan an. „Aber ich möchte trotzdem nicht, dass Daddy etwas davon erfährt. Er kann sowieso nichts dagegen unternehmen. Und es würde ihn nur unnötig aufregen."

Dan zögerte stirnrunzelnd, ehe er schließlich nickend zustimmte. „Okay, einverstanden. Damit hast du vermutlich Recht."

Er warf der Viper noch einen grimmigen Blick zu. „Damit wäre die Sache klar. Du ziehst bei mir ein."

„Was? Dan, ich kann nicht ..."

„Keine Widerrede. Bis diese Sache ausgestanden ist, lasse ich dich nicht mehr aus den Augen."

Obwohl Maggie jede Nacht bei Dan verbrachte, stimmte sie nicht offiziell zu, bei ihm einzuziehen. Trotzdem fanden in den folgenden Wochen immer mehr ihrer Sachen irgendwie den Weg in sein Cottage. Maggie vermutete Kollaboration zwischen Dan und Ida Lou, vielleicht sogar ihrer Mutter.

Sie hatte im Grunde nichts dagegen. Die Woche nach dem Spray-Anschlag auf ihr Auto war die glücklichste ihres Lebens. Dann, am Morgen des Erntedanktages, als Maggie zu ihrer ersten Tasse Kaffee mit nackten Füßen in die Küche schlenderte, ließ Dan eine kleine Bombe platzen.

Barfuß, nur mit einem seiner T-Shirts und ihrem Bikinislip bekleidet, die rote Mähne noch wild durcheinander, schlief sie noch halb und brauchte einen Moment, um zu begreifen, was er sagte. Und auch dann glaubte sie zunächst, sie hätte ihn missverstanden.

Sie blinzelte und fragte: „Was hast du gesagt?"

„Ich sagte, wir müssen uns beeilen. Mom kriegt eine Krise, wenn ihre Küken an Feiertagen nicht alle frühzeitig eintreffen."

„Moment, Moment. Warte mal 'ne Minute. Das kann doch nicht dein Ernst sein. Du willst, dass ich am Erntedanktag mit dir zu deiner Mutter fahre?"

„Natürlich ist das mein Ernst. Ich dachte, wir wären uns einig, dass wir hinfahren. Und sieh mich nicht an, als hätte ich dich aufgefordert, mitten auf dem Marktplatz Harakiri zu begehen."

Der Effekt wäre derselbe, dachte Maggie wie im Fieber. „Bist du verrückt? Ich kann doch nicht die Feiertage bei deiner Familie verbringen!"

„Und warum nicht?"

„Weil ich das Erntedankfest bei meiner Familie verbringen muss", erklärte sie rasch und rettete sich mit der ersten Ausrede, die ihr einfiel.

„Zunächst mal habe ich mich schon bei Lily rückversichert. Mit Rücksicht auf Jacob plant sie nur ein ruhiges Dinner zur üblichen Zeit. Die Erntedankfeier bei meiner Mutter findet gegen drei statt. Und wie ich deinen Appetit kenne, schaffst du leicht zwei Mahlzeiten."

Maggie wand sich, um sich dem Besuch zu entziehen.

„Ich ... ich kann trotzdem nicht mit dir fahren. Ist dir nicht klar, welche Schlussfolgerung deine Verwandten ziehen werden, wenn du mich zu einer Familienfeier anschleppst?"

„Dass es mit uns nicht nur eine flüchtige Affäre ist? Dass es mir ernst ist mit dir? Vielleicht, dass ich dich sogar liebe? Ja, wahrscheinlich", sagte Dan achselzuckend. „Also, was stört dich daran? Sie haben ja Recht."

„Ich kann trotzdem nicht ..." Maggie sah ihn erstaunt an. „Du liebst mich?"

„Ja, das tue ich", bestätigte er und sah ihr auf seine ruhige Art tief in die Augen.

Maggie mochte ihr Glück nicht fassen, unterdrückte ihre Gefühle und betrachtete ihn forschend. „Du sagst das bloß, damit ich dich zu deiner Mutter begleite."

„Das glaube ich doch einfach nicht!" empörte er sich und verdrehte die Augen. „In jeder anderen Hinsicht bist du die stärkste, klügste, mutigste und kesseste Frau, die ich kenne. Aber wenn es um Liebe geht, habe ich noch nie jemand erlebt, der so unsicher und argwöhnisch ist wie du. Verdammt, Maggie, ich habe dir gerade meine Liebe gestanden, und ich will jetzt nichts weiter hören, als dass du mich auch liebst!"

Seine Verärgerung verblüffte sie zunächst. Doch noch während sie sein zorniges Gesicht betrachtete, durchströmte sie eine heiße Woge der Zärtlichkeit. Ihre Augen glänzten feucht, und ein Lächeln breitete sich auf ihrem Gesicht aus, das die Freude verriet, die sie nicht länger unterdrücken konnte. Das Herz quoll ihr schier über, und sie konnte kaum sprechen. Immerhin gelang ihr ein zittriges: „Ich liebe dich auch, Dan."

„Gut." Er deutete auf eine Stelle vor seinen Füßen. „Komm her, Weib, und küss mich. Sofort!"

Lachend war Maggie mit einem Schritt bei ihm, schlang ihm die Arme um den Nacken und küsste ihn auf den Mund.

Es wurde ein inniger, überschwänglicher Kuss. Sie umschlangen sich, Lippen und Zungen rieben gierig aneinander, während gelegentlich ein leiser kehliger Laut zu hören war.

Nach dem Kuss legte Dan seine Stirn gegen ihre, während ihre Atmung allmählich wieder ruhiger wurde. „Komm her, Rotschopf", sagte er schließlich, lehnte sich mit dem Rücken gegen den Küchentresen und zog sie zwischen seine gespreizten Beine. „So ist es besser. Und jetzt sag es noch einmal."

Die Arme um seinen Nacken gelegt, lehnte sie sich ein wenig zurück und wiederholte mit einem sinnlichen Lächeln: „Ich liebe dich, Hübscher. Von ganzem Herzen. Und solltest du jemals wieder diesen Kommandoton an mir ausprobieren, gebe ich dir eins auf die Rübe, dass du eine prachtvolle Beule behältst", versprach sie zuckersüß.

Dan warf den Kopf zurück und lachte laut. „Das ist meine Maggie." Er zog sie an sich. Sie legte die Wange an seine Brust und entspannte sich, während er ihr in langsam kreisenden Bewegungen mit den Händen den Rücken streichelte.

„Kommst du nun mit mir zu Mom?"

Maggie stöhnte. „Du gibst nie auf, was?"

„Meine Güte, Rotschopf, es ist doch nur ein Essen mit meiner Familie. Wo ist das Problem?"

Sie lehnte sich wieder in seinen Armen zurück, um ihn anzusehen. „Wenn du es unbedingt wissen musst: Mütter mögen mich nicht."

„Das ist Blödsinn. Du hast meine Mutter kennen gelernt. Sie hält dich für fantastisch."

„Na ja, das war, ehe wir ein Paar waren. Jetzt lebe ich praktisch mit ihrem Sohn zusammen. Ich wette, sie wünscht sich, ich wäre nie heimgekehrt.“

„Schätzchen, du *lebst* mit ihrem Sohn zusammen. Du willst es nur nicht wahrhaben. Außerdem wette ich dagegen.“ Er drehte sie herum und schob sie aufs Bad zu. „Und jetzt komm in die Hufe, Rotschopf. Wir haben nicht viel Zeit.“

Dan gewann die Wette. Lucy Garrett hieß Maggie wie eine lange verschollene Tochter willkommen und umarmte sie bei ihrer Ankunft herzlich.

Matt Garrett war am Vorabend mit seiner Frau Caroline und den beiden Kindern aus Dallas angereist. Mary Alice Trent, ihr Mann Joe und fünf Sprösslinge lebten in Ruby Falls und waren am frühen Morgen herübergekommen.

Die jüngeren Garretts und ihre Ehegatten waren von Maggies Berühmtheit zunächst etwas eingeschüchtert und verhielten sich reservierter als Lucy. Ihre Steifheit verflüchtigte sich jedoch schnell, nachdem Maggie an einem rauen Spiel von „touch football“ teilgenommen hatte und später in der Küche half. Als sich Maggie beim Dinner von jedem Gericht zweimal nahm, strahlte Lucy vor Anerkennung. Die anderen konnten nur verblüfft zusehen.

„Großer Gott, schlägt sie immer so zu?“ platzte Matt schließlich heraus, als Maggie um ein zweites Stück Pekannusskuchen bat.

„Mehrmals täglich.“

Maggie lächelte. „Mom sagt immer, ich sei schon hungrig auf die Welt gekommen.“

„Das ist nicht fair“, jammerte Mary Alice. „Wenn ich nur

halb so viel essen würde, brächte ich schon dreihundert Pfund auf die Waage."

„Und ich dachte immer, Models würden nur wie Spatzen essen", wunderte sich Joe.

„Also, Kinder, ihr lasst Maggie jetzt in Ruhe", ermahnte Lucy ihre Familie mit einem strafenden Blick in die Runde. „Heutzutage ist es sehr erfrischend, noch eine junge Frau mit gesundem Appetit zu sehen."

„Gesund ist er in der Tat", pflichtete Matt bei. „Wirklich Maggie, Sumo-Ringer verputzen wahrscheinlich weniger als du." Er lächelte Dan an. „Mein lieber Mann, Bruderherz, du brauchst einen zweiten Job, um sie durchzufüttern."

Lucys Tadel ignorierend, lachten alle, Maggie eingeschlossen.

Als sie mit Dan am Abend aufbrach, behandelte sie der gesamte Garrett-Clan bereits, als gehöre sie zur Familie.

„Bist du jetzt nicht froh, dass du mitgekommen bist?"

„Hmm. Ich mag deine Familie. Und deine Mutter ist eine großartige Köchin", lobte sie und klopfte sich den Bauch.

Maggie legte den Kopf gegen die Sitzlehne und schloss die Augen.

Der Tag war entspannend und lustig gewesen und hatte ihr die dringend notwendige Ablenkung von den drängenden Alltagsproblemen verschafft. Doch die Verschnaufpause war vorüber, und sie musste sich wieder der harten Realität stellen. Sie drehte den Kopf zur Seite und sah Dan an.

„Ich habe mir gedacht, heute Abend wäre vielleicht der geeignete Zeitpunkt, Daddy die Anschaffung neuer Maschinen für die Konservenfabrik schmackhaft zu machen."

Dan streifte sie mit einem Seitenblick: „Bist du sicher, dass du das Thema wirklich anschneiden willst?"

„Nein, aber es muss sein. Ich wollte ihm diese Diskussion eigentlich ersparen, doch die Firma kann nicht warten bis nach seinem Tod." Den Tränen nahe, biss sie sich auf die Unterlippe und sah aus dem Fenster.

Nach einer Weile fuhr sie fort: „Wir können nicht länger warten. Wenn wir nicht unsere Produktion und unsere Produktivität erhöhen, geraten wir immer weiter ins Hintertreffen. Noch zeigen unsere Kunden Verständnis, aber wenn wir mit den ausstehenden Lieferungen nicht bald nachkommen, verlieren wir sie. Wahrscheinlich gibt es keinen besseren Zeitpunkt als heute, Daddy das Thema näher zu bringen. Er fühlt sich besser, seit Dr. Sanderson die Medikation geändert hat. Außerdem liebt er Feiertage im Kreise seiner Familie, also ist er bestimmt guter Laune."

Maggie schwieg eine Weile und fügte hinzu: „Die Vorschläge und Kostenanalysen, die ich zusammengestellt habe, sind schon seit Tagen zur Präsentation fertig. Ich war nur zu feige, sie ihm zu geben. Aber ich will es nicht länger aufschieben."

Dan drückte ihr die Hand. „Es wird ihm nicht gefallen, doch Jacob ist ein kluger Mann. Du hast gute Arbeit geleistet und dich gründlich vorbereitet. Sobald er die Fakten und Zahlen sieht, wird er die Notwendigkeit zu Neuanschaffungen einsehen. Aber mach dich am Anfang auf heftige Opposition gefasst."

Opposition war ein moderates Wort für die Reaktion, die Jacob später zeigte. Genau genommen explodierte er.

Bei Maggie und Dans Ankunft war die gesamte Familie, Martin und Laurel eingeschlossen, bereits zu Cocktails versammelt. Ermutigt durch Jacobs fröhliche Stimmung, beschloss Maggie, den Augenblick zu nutzen.

„Daddy, wir müssen reden."

„Worüber?"

„Über die Modernisierung und Neuausstattung der Fabrik. Und bevor du Nein sagst, möchte ich, dass du dir das hier genau ansiehst." Damit überreichte sie ihm ihre Vorschläge und Kostenanalysen. „Ich habe lange darüber nachgedacht und die Sache genau geprüft. Wie du sehen kannst, können wir durch einen neuen Maschinenpark unsere Produktion um 40 Prozent und die Produktivität um 62,2 Prozent erhöhen."

Jacob überflog die Analysen und Produktionszahlen nur flüchtig, blätterte weiter und sah auf die Endsumme. Die Augen traten ihm schier aus den Höhlen. „Mein Gott! Hast du den Verstand verloren, Mädchen? Das können wir uns nicht leisten! Zum ersten Mal seit achtzig Jahren verliert unser Unternehmen Geld, und du möchtest, dass ich Millionen für neue Maschinen ausgebe? Absolut nein!"

„Daddy, uns bleibt keine Wahl. Der Maschinenpark ist veraltet und fällt auseinander. Und selbst wenn alles funktioniert, sind wir so langsam, verglichen mit modernen Maschinen, dass wir unsere Aufträge nicht erfüllen können. Wenn wir nicht modernisieren, gehen wir unter. So einfach ist das."

„Ist das alles, was dich dein hochgestochenes Harvard-Studium gelehrt hat? Mit Geld um dich zu werfen, wenn es Probleme gibt? Wir haben nicht das Geld für neue Maschinen, und ich werde mir keines leihen."

„Das wollte ich auch nicht vorschlagen", erwiderte Maggie ruhig. „Ich wollte mein eigenes Geld dafür einsetzen."

„Dein eigenes ..." Jacob wirkte perplex. Dann sah er auf die Investitionssumme. „Willst du behaupten, dass du so viel Geld für das Posieren vor der Kamera bekommen hast? Ich fasse es nicht, das ist unmöglich."

„Ich weiß, es klingt unglaublich, aber es ist so. Schau, Daddy, ich bin bereit, die neuen Maschinen zu finanzie…"

„Nein, das ändert gar nichts. Eher borge ich mir etwas von der Bank, als dir etwas zu schulden!"

„Sehr richtig, Jacob", meldete sich Martin zu Wort und warf Maggie einen schadenfrohen Blick zu. „Bleib dir treu. Der Firma geht es gar nicht so schlecht, wie sie dir weismachen will. Sie versucht nur, auf jede erdenkliche Weise, ihre Finger ins Unternehmen zu kriegen."

„Das stimmt nicht. Daddy, wenn du meine Analyse lesen würdest …"

„Das ändert gar nichts."

„Aber …"

„Verdammt, Mädchen, *ich* bin der Kopf des Unternehmens und der Hauptaktionär, zusammen mit Nan natürlich. Aber sie überlässt mir die Entscheidungen. Ich treffe sie, und meine Antwort ist nein."

Maggie ließ die Schultern hängen. Sie hatte gehofft, es würde nicht so weit kommen, doch er ließ ihr keine Wahl. „Nein, Daddy, du bist nicht mehr der Hauptaktionär. Das bin ich."

„Was? Wovon redest du?"

„Ich habe Nan vor anderthalb Jahren ihre Anteile an der Firma abgekauft."

Jacob wurde aschfahl im Gesicht. Wie von einer Kugel getroffen, sank er im Sessel zurück. Empört sprang Martin auf und stieß einen Schwall von Verwünschungen aus, dass die Luft vibrierte, während Lily, Laurel und Jo Beth wie versteinert dasaßen, zu verblüfft, ein Wort zu äußern.

Jacob starrte Nan an. „Ist das wahr?"

„Ja, das ist wahr."

„Aber die Aktien sind in deinem Trustfonds. Die Geschäftsberichte werden immer noch an dich geschickt."

„Der Malone-Endicott Trust gehört Maggie. Als Geschäftsführerin bekomme ich die Berichte, aber die Aktien gehören ihr."

„Das war ein Trick, um mich hinters Licht zu führen! Wie konntest du mir so etwas antun? Meine eigene Schwester!"

Das Kinn leicht vorgereckt, begegnete Nan unerschrocken dem Zorn ihres Bruders. „Tut mir Leid, dass du dich darüber aufregst, Jacob, aber es war die richtige Entscheidung. Maggie ist die Einzige von deinen Töchtern, die qualifiziert ist, die Firma einmal zu führen. Zur Zeit des Aktienverkaufs war ich im Übrigen der Ansicht, dass sie ein Anrecht auf einen fairen Anteil hat. Der Meinung bin ich immer noch."

„Den hat sie eben nicht!" explodierte Jacob. „Verdammt, der Verkauf war illegal. Die Aktien können nur an ein Familienmitglied verkauft werden."

Verblüfft sah Maggie ratlos in die Runde. Doch mit Ausnahme von Nan schienen auch alle anderen nicht zu verstehen, was er meinte. „Also ... Daddy, ich bin ein Mitglied dieser Familie. Auch wenn du mich rechtlich enterbt hast, ohne es mir mitzuteilen, ändert das nichts an meiner Blutlinie."

„Genau das ist es! Du bist nicht meine Tochter!"

„W...was?" Maggie erbleichte und wich strauchelnd einen Schritt zurück.

„Was ist das?" Martin rieb sich vergnügt die Hände. „Da schau einer an, ist das nicht eine interessante Entwicklung? Wer hätte das gedacht?"

„Halt dein Maul, du Mistkerl, oder ich stopfe es dir", presste Dan hervor. Er trat näher zu Maggie und legte ihr einen Arm um die Taille. „Nur die Ruhe, Schatz."

Maggie hörte ihn nicht. Sie bekam auch Lilys Japsen und ihre plötzliche Aufgeregtheit nicht mit.

„Jacob, ich glaube, jetzt ist nicht der geeignete Zeitpunkt dafür", ermahnte Nan ihn.

„Vielleicht nicht, aber es muss gesagt werden." Er sah Maggie in die Augen. „Deine Mutter wurde neun Monate vor deiner Geburt vergewaltigt."

„Jacob! Wie konntest du? Du hast versprochen, es niemandem zu erzählen! Du hast es *versprochen*!" Beide Hände vor das Gesicht gelegt, beugte Lily sich vornüber und begann heftig zu weinen. Laurel und Jo Beth eilten zu ihr, die Mienen von Bestürzung gezeichnet.

Maggie war im Schock erstarrt.

„Es tut mir Leid, mein Herz", sagte Jacob und sah Lily bekümmert an. „Du weißt, ich würde dir niemals wehtun, wenn es sich vermeiden ließe. Ich habe all die Jahre geschwiegen, aber ich muss jetzt reden. Ich kann nicht tatenlos zusehen, wie das Kind eines anderen unser Familienunternehmen übernimmt. Das verstehst du doch, oder?"

„D...du hast mir nie gesagt, dass du Zweifel hast, ob ... ob Maggie deine Tochter ist! In all den Jahren nicht ... und ich ... ich hatte keine Ahnung!"

„Dann bin ich gar keine Malone?" Wie betäubt versuchte Maggie das zu begreifen. Sie kam sich seltsam zerbrechlich vor, als könnte sie jeden Moment in tausend Stücke zerspringen, wie altes, sprödes Glas.

„Jacob weiß das gar nicht genau!" schimpfte Nan. „Er hat lediglich seinen Zorn über das Verbrechen an Lily all die Jahre in sich hineingefressen. Es wurde nie ein Test gemacht, um die Vaterschaft auf die eine oder andere Weise zu klären."

„Du hast das gewusst? Die ganze Zeit hast du von dieser Geschichte gewusst?" Maggie starrte ihre Tante fassungslos an und fühlte sich von ihr verraten, was sie nicht weniger schmerzte als Jacobs Offenbarung.

„Oh nein, so war das nicht. Ich habe es erst kürzlich erfahren. Jacob vertraute es mir kurz nach meiner Ankunft an."

„Und du hast es mir nicht gesagt?"

„Ach, Liebes, sieh mich nicht so an. Ich wollte es dir sagen, wirklich. Aber ich durfte dieses Geheimnis nicht ausplaudern. Jacob ließ mich schwören, es nicht zu tun." Nan streckte ihr versöhnlich eine Hand hin. „Bitte, Maggie."

„Es ist gleichgültig", erwiderte sie tonlos, wandte den Blick ab und ignorierte die bittende Geste.

Ich werde nicht weinen. Ich werde ihm nicht die Genugtuung verschaffen, mich weinen zu sehen, schwor sie sich. Sie fühlte sich schwach vor Erschütterung, und ihr war übel, aber sie hielt den Kopf hoch und schlang die Arme fest um sich, entschlossen, diesen Albtraum mit einem Rest Würde zu überstehen.

Sie sah Jacob an und versuchte ein sorgloses Kichern. Zu ihrem Entsetzen, klang der Laut, der sich ihrer Kehle entrang, jedoch wie ein Schluchzen. „Nun, zumindest weiß ich jetzt, warum du mich immer abgelehnt hast. Lustig, als Kind habe ich mir Dutzende Gründe überlegt, die deine Kälte erklärt hätten. Ich dachte, ich sei nicht hübsch genug oder zart genug oder klug genug. Ich war zu groß, zu knochig, mein Haar war zu rot und mein Mund zu groß. Aber mir ist nie in den Sinn gekommen, dass ich nicht deine Tochter sein könnte, dass du bei meinem Anblick immer nur den Spross irgendeines Monsters in mir gesehen hast."

Lilys Klagen erreichte einen hysterischen Pegel. Jacob zog die Stirn in Falten.

„Katherine, so war das nicht. Ich habe nie ..."

„Oh nein, bitte! Bitte erspar mir das." Maggie presste die Lippen zusammen, sah an die Decke und riss die Augen auf, um die Tränen zurückzuhalten. *Ich werde nicht weinen! Ich werde nicht weinen!*

„Ich verstehe das sogar. Großer Gott, wie du meinen Anblick gehasst haben musst."

„Katherine, tu das nicht. Es ist nicht ... „

„Unter den gegebenen Umständen hast du den Vaterjob vermutlich so gut erledigt, wie man es erwarten konnte. Ich wünschte nur, ich hätte die Wahrheit gekannt. Dann hätte ich nicht siebenundzwanzig Jahre meines Lebens mit dem Bemühen vergeudet, deine Liebe zu gewinnen." Ein weiteres schmerzerfülltes Lachen entrang sich ihr, das an Hysterie grenzte. „Was für ein hoffnungsloses Unterfangen das war."

Dan zog Maggie fester an sich. „Tu dir das nicht an, Liebling, bitte."

Martin witterte seine Chance. „Ich sollte sofort den Firmenanwalt anrufen und ihn beauftragen, alle notwendigen Schritte einzuleiten, damit der Aktienkauf für nichtig erklärt wird."

„Du wirst nichts dergleichen tun!" fuhr Nan ihn an.

„Sie hat kein Recht auf diese Aktien. Und sie hat kein Recht, die Firma zu führen."

„Das weißt du nicht. Das weiß niemand von uns."

„Dann sollten wir es herausfinden. Ich gehe morgen zu Dr. Lockhart und lasse einen DNA-Test machen." Maggie sah Jacob an. „Ich schlage vor, dass du und Mom das ebenfalls tut. In ein paar Wochen hast du deine Antwort."

Nach kurzem Überlegen fuhr sie fort: „Falls ich nicht deine Tochter sein sollte, gebe ich die Leitung der Firma ab, und Tante Nan ... ich meine, deine Schwester, bekommt ihre Aktien zurück."

„Oh Maggie, ich werde doch nie aufhören, deine Tante zu sein! Und du musst nicht von der Firmenleitung zurücktreten. Rechtlich gesehen, waren Jacob und Lily verheiratet, als du auf die Welt kamst, und er hat dich all die Jahre als seine Tochter akzeptiert. Vor dem Gesetz bist du eine Malone, gleichgültig, wer dein leiblicher Vater ist."

„Nein. Ausnahmsweise stimme ich Martin in diesem Fall zu. Wenn ich nicht ein direkter Abkömmling von Katherine Margaret bin, habe ich kein Anrecht auf Aktienanteile an der Firma oder eine leitende Position in ihr."

Nan fuhr zu Jacob herum. „Siehst du jetzt, was du angerichtet hast? Du hast Lily und Maggie gekränkt und gedemütigt, indem du dieses schreckliche Geheimnis vor allen ausgeplaudert hast. Hättest du auf meinen Rat gehört und Maggie die Wahrheit unter vier Augen gesagt, hättest du die ganze Angelegenheit diskret regeln können!"

„Das hätte ich, wenn ich gewusst hätte, dass du ihr hinter meinem Rücken deine Aktienanteile verkauft hast. Und was Sie angeht." Jacob zeigte mit dem Finger auf Dan. „Sie schlafen mit Katherine. Sie hätten diese Information vorher aus ihr herausholen und mir mitteilen sollen, wie ich es Ihnen aufgetragen hatte."

„Verdammt, Jacob ...!"

„Oh mein Gott!"

„Maggie, lass mich erklären!" begann Dan. Doch sie entwand sich ihm und wich entsetzt kopfschüttelnd einige Schritte zurück, wobei sie unbewusst eine Hand aufs Herz presste.

„Du hast mich ausspioniert? Deshalb änderte sich plötzlich dein Verhalten mir gegenüber. Du hast mich verführt. Nicht weil du etwas für mich empfindest, sondern damit du mir nahe sein und alles, was ich sagte und tat, an Dad ... an ihn weitergeben konntest?"

Sie war benommen wie ein Boxer nach einem K.-o.-Schlag. Doch von allen Schlägen, die sie in den letzten Minuten eingesteckt hatte, war dieser der grausamste und drohte sie auf die Matte zu schicken.

„Nein, Liebes, so war das nicht. Du musst mir glauben."

„Mein Gott, wie blöd bin ich gewesen. Was für eine liebeskranke Idiotin war ich!"

„Maggie, hör mir zu. Ich gebe zu, dass ich anfänglich, ehe ich dich besser kannte, zugestimmt habe, dich für Jacob im Auge zu behalten. Ich wollte das nicht. Doch ich konnte ihm die Bitte nicht abschlagen. Nach allem, was er für mich getan hatte, schuldete ich ihm das. Aber ich schwöre dir, ich habe Jacob nur so lange Bericht erstattet, bis wir ein Paar wurden. Und meine Berichte waren ausnahmslos positiv. Nach unserer ersten gemeinsamen Nacht habe ich ihm gesagt, dass er von mir nichts mehr erfährt. Das ist die Wahrheit."

„Du hast mich benutzt und verraten. Warum sollte ich dir irgendetwas glauben?" Sie wich noch einen Schritt zurück. „Wir sind fertig miteinander. Es ist aus und vorbei. Ich lasse Ida Lou morgen meine Sachen aus dem Cottage holen."

„Maggie, ich flehe dich an, tu das nicht. Ich liebe dich!"

„Oh bitte!" Sie lachte freudlos, voller Schmerz und Bitterkeit. „Du kannst aufhören, deine Rolle zu spielen, Mr.

Garrett. Du hast deinen Job erledigt, aber jetzt ist er beendet. Vermutlich bin ich selbst schuld an dem Reinfall. Am Tag nach meiner Ankunft hast du mich ausdrücklich gewarnt, dass du alles Notwendige tun würdest, um Jacob zu schützen."

Lily weinte immer noch still an Laurels Schulter. Alle anderen jedoch beobachteten Maggie in unterschiedlichen Stadien von Besorgnis und Unbehagen und nahmen jedes ihrer Worte auf.

Schließlich warf Maggie ein angestrengtes Lächeln in die Runde. „Wenn ihr mich nun bitte entschuldigt. Ich denke, ich verzichte auf das Dinner. Ihr versteht sicher, dass mir nicht danach ist, irgendwem zu danken."

Unter Aufbietung ihrer ganzen Selbstbeherrschung ging sie, um Haltung bemüht, hoch erhobenen Hauptes aus dem Raum.

„Maggie, warte!" Dan eilte ihr nach, um sie aufzuhalten. Doch als er versuchte, ihre Hand zu nehmen, reagierte sie mit explosivem Zorn und wehrte seine Hand schlagend ab.

„Rühr mich nicht an! Rühr mich nie wieder an!"

„Maggie, bitte. Ich kann nicht zulassen, dass du so gehst. Bitte, Liebes, wir müssen miteinander reden!"

„Nein! Ich will nicht mit dir reden, ich will dich nicht sehen, und ich will deinen Namen nicht hören", zischte sie ihn an. „Solange ich noch hier bin, wirst du mich nur ansprechen, wenn es sich nicht vermeiden lässt, und dann auch nur im Zusammenhang mit geschäftlichen Dingen. Ist das klar? Andernfalls verklage ich dich wegen Belästigung."

Als sie herumfuhr, stand Ida Lou im Torbogen des Durchgangs. Tränen rollten ihr über die Wangen. „Oh mein Kind", sagte sie unendlich traurig und breitete die Arme weit aus, wie sie es unzählige Male getan hatte, wenn Maggie als Kind nach einem Sturz oder anderen Blessuren getröstet werden musste.

Diesmal schüttelte Maggie jedoch nur verneinend den Kopf und ging um Ida Lou herum. Trost hätte sie nicht ertragen. Bei der ersten Berührung wäre sie weinend zusammengebrochen.

17. KAPITEL

Die Neuigkeiten über Lilys Vergewaltigung und Maggies zweifelhafte Abstammung verbreiteten sich wie ein Lauffeuer in Ruby Falls.

Maggie war klar gewesen, dass die Geschichte nicht innerhalb der Familie bleiben konnte. Zweifellos hatte Martin dafür gesorgt und sie mit großem Vergnügen weitererzählt. Wobei er natürlich keinerlei Rücksicht auf seine Schwiegermutter nahm, die er damit weiter kränkte und demütigte.

Wohin Maggie ging, ob durch die Fabrik oder durch die Stadt, überall wurde sie von den Leuten schief angesehen. Einige wirkten mitfühlend, andere, weniger mitleidige Seelen, benahmen sich, als wäre sie wie ein Ungeziefer unter einem Stein hervorgekrochen, und vermieden jeden Blickkontakt. Wieder andere, wie Pauline Babcock und ihre Kohorte, behandelten sie von oben herab mit einer Haltung, die besagte: „Ich wusste ja immer, dass du eine schlechte Brut bist."

Die Wochen bis zum Ergebnis des DNA-Tests waren unangenehm und voller Anspannung für alle Beteiligten. Maggie hatte immer geglaubt, die Zeit vor sieben Jahren, nach dem Hinauswurf durch ihren Vater, sei die schlimmste ihres Lebens gewesen, aber da hatte sie sich geirrt. Im Moment kam sie sich vor wie ein Erdbebenopfer, dessen Welt in Schutt und Asche versunken war. Traumatisiert durchlebte sie jeden Tag wie benommen, erledigte alles Notwendige wie ein Roboter und funktionierte irgendwie.

Durch Dans Verrat bis ins Mark getroffen, ständig gequält von der Frage, wer sie wirklich war und welcher Platz ihr in der Familie und im Unternehmen rechtmäßig zustand, zog sie sich von allen zurück.

Obwohl sie wieder in das große Haus ihrer Eltern umgezogen war, igelte sie sich die wenige Zeit, die sie dort verbrachte, in ihrem Zimmer ein. Ihre Mutter und Nan protestierten dagegen und flehten sie an, wieder zu ihnen zu kommen, doch sie weigerte sich, an den gemeinsamen Mahlzeiten mit der Familie teilzunehmen. Wenn sie überhaupt daheim aß, dann in der Küche bei Ida Lou. Meistens nahm sie sich jedoch irgendetwas an einem Fastfood-Imbiss mit und aß während der Arbeit an ihrem Schreibtisch.

Die Arbeit wurde ihre Zuflucht. Sie kam vor dem Morgengrauen in die Firma und blieb bis tief in die Nacht, wenn ihre Familie und der gesamte Haushalt längst im Bett waren.

Jacob und Dan ging sie so weit wie möglich aus dem Weg. Dan seinerseits hielt sich strikt an ihre Bedingungen und nahm nur beruflich Kontakt zu ihr auf. Dabei sah er sie jedoch lange und intensiv an, als versuche er, mit Blicken zu kommunizieren, doch sie ignorierte das.

Manchmal, wenn sie noch spät in ihrem Büro saß, entdeckte sie ihn unten in der Fabrik. Er schien seine Rolle als Beschützer jedoch aufgegeben zu haben, wofür sie dankbar war. Es tat weh, auch nur in seiner Nähe zu sein. Wenn sie ihn durch die Firma oder die Plantage gehen sah, fürchtete sie jedes Mal, ihr bräche das Herz.

Sie erwog sogar, ihm zu untersagen, abends in die Fabrik zu kommen. Aber sie brauchte ihn, um die Maschinen am Laufen zu halten. Außerdem wollte sie ihm nicht verraten, wie sehr seine Nähe sie belastete.

Zwischen dem Erntedankfest und Weihnachten musste Maggie noch zwei Fototermine wahrnehmen, und jedes Mal war sie versucht, in New York zu bleiben und nie mehr nach Ruby Falls zurückzukehren. Zieh einen Schlussstrich, sagte sie sich dann, löse dich von deiner Familie, von der Firma und von Dan.

Doch da war immer noch die wenn auch geringe, aber verlockende Möglichkeit, dass sie vielleicht doch eine Malone war.

Sie dachte häufig an ihre Kindheit. Wie oft hatte sie sich einsam und isoliert von der Familie gefühlt und sich gefragt, warum sie nicht so zart und niedlich geworden war wie ihre Schwestern. Wenn sie sich diese äußerlichen Unterschiede deutlich machte, sank ihre Hoffnung, vielleicht doch Jacobs Tochter zu sein. Trotzdem, ehe sie es nicht genau wusste, konnte sie die Malones nicht verlassen.

Am Weihnachtsmorgen hatte sich bereits die ganze Familie im Wohnzimmer versammelt, als Maggie die Treppe herunterkam. Da sie an der Tür vorbeiging, eilte ihre Mutter in den Flur und hielt sie auf. „Maggie, Liebes, wohin gehst du? Du willst doch heute sicher nicht arbeiten. Es ist Weihnachten.“

„Doch, genau das habe ich vor.“

„Aber die Familie öffnet am Weihnachtsmorgen immer zusammen die Geschenke. Willst du nicht zu uns kommen?“

Maggie blickte ins Zimmer, wo sich die anderen um den Weihnachtsbaum versammelt hatten. Alle beobachteten sie, gespannt auf ihre Reaktion. Ihr Blick glitt zu Jacob, und sie hätte schwören mögen, dass er sie hoffnungsvoll ansah. Aber nein, sie war fertig mit sinnlosen Träumereien. Sie schüttelte den Kopf. „Nein, ich komme nicht zu euch.“

„Aber Maggie ...“

„Tut mir Leid, Mom. Jeder von euch findet ein Geschenk von mir unter dem Baum. Wenn du mich jetzt bitte entschuldigst, ich muss gehen.“

Maggie wusste, dass ihr Verhalten ihre Mutter verletzte, und das tat ihr weh. Sie wollte Lily nicht noch mehr Schmerz zufügen. Doch sie konnte alles Kränkende, das ihr widerfahren war, nicht länger ignorieren und so tun, als wäre nichts gewesen. Außerdem schien ihre Mutter nicht zu begreifen, dass es für sie unerträglich und erniedrigend war, mit den Menschen zusammen zu sein, die sie immer für ihre Familie gehalten hatte. Also ging sie allen aus dem Weg und arbeitete bis zur Erschöpfung, um nicht an den Tag der Wahrheit zu denken, der unaufhaltsam näher rückte.

Eines Morgens in der ersten Januarwoche kam Anna in ihr Büro und machte eine sonderbare Miene.

„Tut mir Leid, Sie zu stören, Maggie, aber da ist ein Mr. Henry Kincaid in der Leitung. Er bat darum, mit Ihnen verbunden zu werden, allerdings habe ich den Eindruck, dass er glaubt, gleich mit Martin zu sprechen."

„Henry Kincaid? Sollte ich den kennen?"

„Er ist der Vorstandsvorsitzende von Bountiful Foods."

„Ach, wirklich?" Maggie nahm den Hörer auf. „Mr. Kincaid, hier spricht Maggie Malone. Was kann ich für Sie tun?"

„Miss Malone, ich hatte eigentlich angerufen, um mit dem Geschäftsführer Ihrer Firma zu sprechen. Ich fürchte, man hat mich mit dem falschen Büro verbunden."

„Sie sprechen mit der Geschäftsführerin, Mr. Kincaid."

„Sie sind das? Ich hatte den Eindruck, Mr. Howe ersetze Jacob Malone."

„Nein, diese Aufgabe ist mir zugefallen." Vorübergehend, fügte sie im Stillen hinzu. „Mr. Howe ist momentan nicht im Büro. Vielleicht kann ich Ihnen helfen."

„Ja nun, eigentlich war Mr. Howe auf uns zugekommen, aber ich sollte wohl besser mit Ihnen reden. Martin sagte uns, dass er nach Jacob Malones Ableben die Firma leiten wird. Er werde dann unverzüglich die Statuten des Gesellschaftsvertrages ändern, so dass die Firma an Außenstehende verkauft werden kann. Unter dieser Voraussetzung haben wir Ihnen vor einigen Wochen ein Angebot unterbreitet. Ich rufe nun an, um mich zu erkundigen, ob die Aktionäre gewillt sind, darauf einzugehen."

„Ich fürchte, da liegt ein Irrtum vor, Mr. Kincaid. Malone Enterprises steht nicht zum Verkauf."

Der Mann lachte. „Miss Malone, Sie sind wirklich eine gewitzte Verhandlungsführerin, aber lassen wir die Spielchen, ja? Unser Angebot war nur ein Test. Natürlich sind wir bereit, höher zu gehen. Ich muss sagen, nachdem wir Ihre Bücher geprüft und ihre ausgezeichnete Profitlage gesehen haben, sind wir hier bei Bountiful Foods sehr beeindruckt von Ihrem Unternehmen."

Hervorragende Profitlage? „Verstehe. Ich wusste nicht, dass Mr. Howe Ihnen Zugang zu unseren Büchern gegeben hat."

„Ja er schickte uns einen Computerausdruck Ihrer Bilanzen der letzten zwei Jahre. Er war bei der Vorbereitung dieser Übernahme sehr hilfreich. Wirklich sehr hilfreich."

„Dessen bin ich mir sicher. Trotzdem fürchte ich, dass Mr. Howe Ihre Zeit vergeudet hat. Jacob Malone ist noch sehr lebendig, und nach seinem Ableben bleibt die Firma im Besitz der Familie."

Mr. Kincaid argumentierte noch ein wenig, doch Maggie überzeugte ihn schließlich, dass es keinen Verkauf geben werde. Nachdem sie aufgelegt hatte, klopfte sie stirnrunzelnd mit dem Kuli auf die Schreibtischplatte. Wenn Mr. Kincaid und seine Vorstandskollegen der Meinung waren, ihre Gewinnlage sei prächtig, hatte er offenbar andere Bilanzen gesehen als sie.

Maggie schoss geradezu aus ihrem Sessel hoch. „Ich gehe in die Buchhaltung“, sagte sie und marschierte an Annas Schreibtisch vorbei durch das Vorzimmer.

Die Tür zu Elaine Udalls Büro war geschlossen, Maggie hörte jedoch das Klicken der Computertastatur. Sie umfasste den Türknauf und wollte ins Büro platzen, doch als sie die Tür einen Spalt öffnete, veranlasste Elaines Verhalten sie, zu verharren und sie einen Moment zu beobachten.

Mit raschen, nervösen Bewegungen trug Elaine Zahlen in einen Computervordruck ein. Dabei warf sie immer wieder verstohlene Blicke zur Tür, als fürchte sie, von jemand überrascht zu werden. Maggie verfolgte das Geschehen mit leicht verengten Augen. Warum diese Heimlichtuerei? Sie wollte schon anklopfen und ihre Anwesenheit kundtun, als Elaine ihre Arbeit beendete, die Diskette aus dem Laufwerk zog und in ihrer Tasche verstaute.

Maggie klopfte rasch an und trat ein. Elaine zuckte erschrocken zusammen und schob ihre Tasche in die untere Schreibtischschublade.

„Miss Malone, kann ich etwas für Sie tun?“

„Ja. Ich möchte alle Kaufaufträge, Rechnungen und Ausgabenquittungen der letzten zwei Jahre sehen.“

„Meinetwegen“, erwiderte sie in ihrer hochnäsigen, oberlehrerhaften Art und wandte sich wieder dem Computer zu. „Es dauert allerdings ein paar Minuten, das auszudrucken.“

„Nein, ich möchte keinen Ausdruck. Ich möchte die tatsächlichen Aufträge und Rechnungen und alle Originaldokumente sehen.“

Maggie war nicht ganz sicher, aber sie hätte schwören

können, dass sie etwas wie Panik in Elaine Udalls Blick aufblitzen sah. „Ich fürchte, das ist nicht möglich. Wir bewahren solche Dinge nicht auf."

„Verkaufen Sie mich nicht für dumm, Miss Udall. Ich kenne die gesetzlichen Bestimmungen sehr genau, und ich weiß, dass wir im Lager Originalunterlagen der letzten Jahrzehnte aufbewahren. Innerhalb der nächsten Stunde möchte ich die Unterlagen der letzten beiden Jahre in meinem Büro haben."

Elaine blies sich auf wie eine Kröte. „Stellen Sie etwa meine Qualifikation als Buchhalterin infrage?"

„Stellen Sie mein Recht infrage, Unterlagen der Firma zu prüfen?" gab Maggie scharf zurück.

„Mr. Howe sagt, Sie sind nicht mal eine Malone. Er sagt auch, Sie sind nicht mehr lange hier. Ich glaube nicht, dass ich Ihnen Firmenunterlagen geben sollte."

Maggie stemmte beide Hände auf Miss Udalls Schreibtisch und beugte sich zu ihr vor. „Es ist mir piepegal, was Mr. Howe sagt. Ich bin immer noch die Präsidentin dieses Unternehmens. Und Sie haben jetzt die Wahl, mir entweder unverzüglich die verlangten Unterlagen zu bringen, oder Sie können auf der Stelle Ihren Schreibtisch räumen. Es liegt bei Ihnen."

Maggie brauchte weniger als zwei Stunden, um große Diskrepanzen zu finden. Der Computerausdruck ihres Finanzberichtes deckte sich nicht mit den tatsächlichen Einnahmen und Ausgaben der Monate, die sie prüfte.

Wütend drückte sie den Knopf der Sprechanlage und bat Anna, umgehend Martin und Miss Udall in ihr Büro zu holen. Kurze Zeit später kam Anna allein zurück.

„Tut mir Leid, Maggie, Martin hat das Büro gegen Mittag verlassen. Er sagte seiner Sekretärin, er habe eine Golfverabredung mit einem Kunden, nannte aber keinen Namen."

„Und Elaine Udall?"

„Laut Susan aus der Buchhaltung ist sie vor zwei Stunden hier herausgefegt wie eine Katze mit einem brennenden Schwanz. Gleich nachdem sie aus dem Archiv die alten Finanzberichte geholt hatte."

Maggie schnappte sich ihre Tasche und ging zur Tür. „Falls jemand nach mir fragt, ich bin bei Martin zu Hause."

Seit ihrer Rückkehr nach Ruby Falls war sie noch nicht im Haus der Howes gewesen. Als sie den Wagen auf der Zufahrt parkte, blickte sie mit Abscheu auf das weiße Gebäude im Kolonialstil. Das Haus gehörte Martins Vater und war das größte und protzigste der ganzen Stadt. Mit weniger hätte Rupert sich nicht begnügt.

Als Präsident der First National Bank hielt er sich für den führenden Bürger dieser Stadt. Allerdings erkannten die meisten Leute diese Position eher Jacob Malone zu.

Diese Tatsache wurmte Rupert ungemein, obwohl er zu Jacob stets herzlich und freundlich war. Ein boshaftes kleines Lächeln zuckte um Maggies Mund.

Ohne auf Laurels Einwände einzugehen, hatte Martin darauf bestanden, dass sie gleich nach den Flitterwochen bei Rupert einzogen. Angeblich konnte er seinen Vater in dem großen Haus nicht allein lassen.

Maggie hielt das nicht für den wahren Grund. Rupert hatte seinen Sohn derart verwöhnt und verdorben, dass Martin in seinem armseligen Leben noch nie Rücksicht auf die Gefühle und Bedürfnisse anderer genommen hatte. Nach Maggies Ansicht hatte er das große Haus nicht gegen eines tauschen wollen, das er und Laurel sich leisten konnten, weil das zwangsläufig kleiner ausgefallen wäre. Er wollte nicht auf den großzügigen Lebensstil verzichten, den sein Vater ihm ermöglichte.

Die Haustür war nur angelehnt, doch Maggie läutete trotzdem und wartete ungeduldig, während der wohltönende Gong durch das Gebäude hallte. Als sich niemand meldete, blickte sie auf Laurels an der Seite geparkten BMW, schob die Tür weiter auf und trat rasch ein.

„Hallo? Laurel, bist du da? Ich bins, Maggie!" Sie ging vorsichtig weiter ins Foyer. „Ist jemand zu Hause?"

Maggie glaubte, ein entferntes Geräusch zu hören, und blieb stehen. Den Kopf leicht zur Seite geneigt, lauschte sie. Das Geräusch kam von oben. Es klang wie ein gedämpftes Stöhnen, fast wie der Schmerzlaut eines Tieres.

Sie griff in ihre Tasche, schloss die Hand um das Elektroschockgerät und ging vorsichtig die Treppe hinauf. Das Geräusch wurde lauter, während sie den oberen Flur entlang auf das große Schlafzimmer zueilte.

Das Erste, was ihr beim Betreten des Raumes auffiel, waren mehrere rote Flecken auf dem Teppich, die wie Blut aussahen.

Maggies Puls schlug schneller. Sie sah sich um, doch das Zimmer war leer. Sie überlegte, ob sie den Sheriff benachrichtigen sollte, als sie ein Stöhnen aus dem Bad hörte. Sie durchquerte das Zimmer, lief dem Geräusch entgegen und blieb in der Badezimmertür stehen.

„Oh mein Gott! Laurel!"

Ihre Schwester lag zusammengerollt wie ein Fötus auf dem Boden, die Arme über dem Magen verkrampft, das Gesicht eine zerschlagene, blutige Masse. Maggie lief zu ihr und kniete sich neben sie. „Oh Laurel, du armer Liebling." Sie riss ein Handtuch vom Halter, befeuchtete es mit kaltem Wasser und versuchte vorsichtig, das getrocknete Blut abzutupfen. Laurel stöhnte, hob abwehrend die Hände und versuchte ihr Gesicht zu verstecken.

„Nei...nein! Sieh mich nicht an! Geh ... geh weg, Maggie. Ich w...will nicht, dass du mich so siehst." Ihre Lippen waren geplatzt und geschwollen, so dass sie undeutlich und schleppend sprach.

„Dafür ist es jetzt zu spät. Und ich werde dieses Haus nicht verlassen, also spar dir deinen Atem. Das Wichtigste ist jetzt erst mal, dich ärztlich zu versorgen. Hier, drück dir das Handtuch auf die Wange, während ich den Krankenwagen rufe."

„Nein, bitte nicht!" Laurel ergriff Maggies Arm. „Bitte ruf nicht den Krankenwagen. D...dann werden es alle erfahren. Das könnte ich nicht ertragen."

„Laurel, du musst zu einem Arzt! Außerdem, wenn wir den Sheriff rufen, kommt sowieso alles raus." Sie strich ihrer Schwester eine blutverschmierte Haarsträhne aus der Stirn. „Zur Hölle mit dir, Martin! Er hat dir das angetan, nicht wahr?"

Laurel nickte und stöhnte Mitleid erregend auf, weil die Bewegung ihr neue Schmerzen verursachte.

„Dieser Bastard. Dieser elende, wertlose ... Das Maß ist voll. Du ziehst sofort hier aus, und diesmal verklagst du ihn. Und wage nicht, mir zu widersprechen. Ich lasse dich auf keinen Fall mit dieser Bestie allein."

„Ich ... ich widerspreche nicht. Ich habe ihm gesagt, dass ich mich von ihm trennen werde, dass ich mich scheiden lasse. Deshalb hat ... hat er mich geschlagen."

„Du willst ihn endlich verlassen? Dem Himmel sei Dank dafür. Das ist die beste Nachricht, die ich in letzter Zeit gehört habe. Und hab keine Sorgen, dass Martin hinter dir herkommt. Da müsste er sich zuerst mit mir anlegen. Ich hoffe fast, er täte es."

„Er wird es versuchen. Hilf ... hilf mir auf. Wir müssen hier r...raus, ehe er zurückkommt."

Es quälte Maggie zu sehen, welche Schmerzen ihre Schwester bei jeder Bewegung hatte. „Laurel, du solltest wirklich in ein Krankenhaus gehen."

„Nein, bitte. Bring mich nur nach Haus."

Jeder Instinkt drängte Maggie, Laurel in ihr Auto zu schaffen und sie mit durchgetretenem Gaspedal ins Krankenhaus nach Tyler zu fahren. Aber sie wollte nicht riskieren, dass Laurel zu allem anderen auch noch hysterisch wurde. Deshalb begnügte sie sich mit einem tiefen Seufzer. „Also schön, wie du willst. Aber ich rufe Dr. Sanderson an. Und den Sheriff."

Laurel hatte solche Schmerzen, dass es eine Ewigkeit zu dauern schien, sie die Treppe hinunter und aus dem Haus zu bringen. Maggie hatte sie gerade auf dem Beifahrersitz angeschnallt, als Martins Mercedes in die u-förmige Zufahrt brauste.

„Oh Gott! Jetzt bringt er mich um!" wimmerte Laurel.

„Den Teufel wird er tun. Bleib sitzen, und mach dir keine Sorgen. Ich kümmere mich um Martin."

Der Mercedes kam ein paar Schritte hinter der Viper mit blockierenden Reifen zum Stehen. Martin sprang heraus und stürmte auf sie los. „Was glaubst du eigentlich, was du da tust? Lass die Finger von meiner Frau, du Luder! Du bringst sie nirgendwohin."

„Wollen wir wetten?“ Maggie vertrat ihm den Weg und hob die Hand an seinen Arm.

Bssst!

Martin fiel wie ein Stein zu Boden. Maggie beugte sich lächelnd über den zuckenden Körper ihres Schwagers. „Du hast die Wette verloren.“

„W...was hast du mit ihm gemacht?“ fragte Laurel, als Maggie sich hinters Steuer setzte.

„Ich habe ihm eins mit meinem Schockgerät verpasst. Wenn ich es nicht so eilig hätte, dich zu einem Arzt zu bringen, würde ich noch den Boden mit ihm aufwischen.“

Jacob wurde soeben, flankiert von Lily und Nan, in seinem Rollstuhl von Charley durch die große Eingangshalle geschoben, als Maggie sich durch die Haustür kämpfte, Laurel halb tragend.

„Großer Gott im Himmel!“ stieß Nan aus.

Lily japste: „Mein Baby! Oh mein armes kleines Baby!“

„Was zum Teufel ist mit dir passiert, Laurel?“ bellte Jacob.

„Martin ist ihr passiert“, antwortete Maggie an ihrer Stelle.

„Martin? Er hat dir das angetan? Ich kann es nicht glauben.“

„Das solltest du aber. Und es ist auch nicht das erste Mal. Er schlägt sie, seit sie verheiratet sind.“

„Laurel, ist das wahr? Warum in aller Welt hast du nie etwas gesagt?“

Maggie wollte schon erwidern, warum er nicht gesehen habe, was sich all die Jahre direkt vor seinen Augen abgespielt hatte, doch in diesem Moment stöhnte Laurel und wäre zu Boden gefallen, wenn Charley nicht hinzugesprungen wäre und sie aufgefangen hätte, ehe sie Maggies Armen entgleiten konnte.

Er nahm sie auf und trug sie zur Treppe. „Ich bringe sie zu Bett. Jemand muss den Arzt anrufen."

„Oh ja, natürlich, natürlich. Nan, würdest du dich darum kümmern?" bat Lily aufgeregt und folgte Charley auf den Fersen.

„Bemüht euch nicht. Dr. Sanderson ist schon unterwegs. Ich habe ihn von unterwegs aus dem Auto angerufen."

„Gut. Ich gehe mit und helfe Laurel."

Als auch Nan die Treppe hinauf verschwunden war, sah Maggie Jacob an. „Du solltest wissen, dass ich auch den Sheriff alarmiert und gebeten habe, Martin festzunehmen. Laurel wird ihn verklagen. Ich erwarte Sheriff Dunwitty jeden Moment. Er wird ein Protokoll aufnehmen und Laurels Verletzungen fotografieren."

„Wo ist Martin?" wollte Jacob wissen.

„Als ich ihn das letzte Mal sah, lag er vor Ruperts Haus auf dem Rasen und zuckte wie ein Fisch auf dem Trockenen."

„Er tat was?"

Maggie hob kurz die Achseln. „Als er versuchte, mich daran zu hindern, Laurel wegzubringen, habe ich ihm eins mit dem Schockgerät verpasst."

Jacob schüttelte langsam den Kopf. „Wie konnte er ihr nur so etwas antun? Wie kann ein Mann einer Frau überhaupt so etwas antun? Weißt du, was der Auslöser war?"

„Auf der Fahrt hierher hat Laurel mir erzählt, sie habe herausgefunden, dass er eine Affäre mit Elaine Udall hatte. Offenbar war Elaine zu Martin nach Haus gekommen, um ihn zu warnen, weil ich herausgefunden habe, dass sie doppelte Buchführung betreibt."

„Was? Warum sollte sie das tun?"

„Um uns zu zwingen, an Bountiful Foods zu verkaufen, vermute ich mal. Sie hat die Bilanzen, die wir sahen, frisiert, um den Eindruck zu erwecken, wir trieben auf den Bankrott zu. Martin hingegen gab Bountiful Foods einige Bilanzen, die so aussahen, als schwämmen wir im Geld. Nach allem, was ich bisher überprüfen konnte, liegt die Wahrheit so ziemlich in der Mitte. Wir haben gelitten, aber nicht so schlimm, dass wir uns nicht mehr erholen. Außerdem bleibt immer noch die Frage, was mit den Gewinnen passiert ist, die nicht mehr in den Büchern auftauchten."

Nach einer kurzen Pause fuhr sie fort: „Jedenfalls erzählte Laurel, als Elaine zu ihnen kam, plapperte sie hysterisch drauflos und beichtete alles, inklusive ihrer Affäre mit Martin. Als Laurel aufgeregt, wie sie war, Martin sagte, sie reiche die Scheidung ein, griff er sie an. Ich fand sie ein paar Minuten, nachdem er aus dem Haus gestürmt war und sie bewusstlos auf dem Boden im Bad hatte liegen lassen."

„Dieser Mistkerl! Der Kerl ist ein Ungeheuer!"

„Ja, ich weiß. Das habe ich dir schon vor sieben Jahren klar zu machen versucht."

Jacob senkte betreten den Kopf. „Ich weiß", flüsterte er. „Ich weiß."

Maggie wandte sich ab und folgte Nan.

„Katherine, warte!"

Auf halber Treppe blieb sie stehen und blickte ruhig zu ihm hinunter. Jacob wirkte alt und krank und völlig verloren. Außerdem schien er von Schuldgefühlen und Reue geplagt zu werden, das sah sie ihm an.

„Es ist alles meine Schuld. Ich hätte aufmerksamer sein müssen, das ist mir jetzt klar. Stattdessen habe ich Martins herrschsüchtiges, überhebliches Verhalten gegenüber Laurel als Teil seiner dominanten Persönlichkeit abgetan und alle anderen Hinweise ignoriert. Wahrscheinlich habe ich mir so sehr gewünscht, ihre Ehe möge perfekt sein, dass ich mich blind gestellt habe." Seufzend rieb er sich mit einer Hand über die Augen. „Zum einen das, und um ehrlich zu sein, wollte ich wohl nicht glauben, dass du vielleicht schon damals die Wahrheit über Martin gesagt haben könntest."

„Ich weiß. Ist das alles?"

„Danke, Katherine, dass du sie aus dem Haus geholt und zu uns gebracht hast."

Maggie hob leicht das Kinn. „Du musst mir nicht danken. Ich bin vielleicht nicht deine Tochter, aber Laurel und Jo Beth sind immer noch meine Schwestern."

18. KAPITEL

Auf der Fahrt von Tyler nach Ruby Falls musste Dr. Sanderson einen Geschwindigkeitsrekord aufgestellt haben. Schon nach zwanzig Minuten kam seine behäbige Limousine mit quietschenden Reifen vor dem Haus zum Stehen.

Er war wütend, als er Laurel sah, und wäre selbst hinter Martin her gewesen, wenn Maggie ihm nicht versichert hätte, dass er bereits im Gefängnis saß.

Sheriff Dunwitty hatte Laurels Protokoll aufgenommen und Polaroid-Aufnahmen von ihren Verletzungen gemacht.

Die Nachricht, dass Martin Howe im Gefängnis saß, weil er Laurel misshandelt hatte, verbreitete sich in Windeseile im Ort. Es war Ida Lous freier Tag, und sie saß mit ihrer Freundin Clara im City Café, als die Geschichte sie erreichte. Sie ließ ihr Essen stehen und eilte heim. Als sie sah, was Martin Laurel angetan hatte, war die liebe alte Seele so erschrocken und entsetzt, dass sie weinend zusammenbrach.

Wenige Minuten nach Ida Lous Rückkehr hörte Maggie ein Klopfen an der Terrassentür, öffnete und sah sich einem ernst blickenden Dan gegenüber.

„Wie geht es ihr?“ fragte er ohne Einleitung.

Maggies erster Impuls war, den Kopf an seine Schulter zu legen und Trost in seinen Armen zu suchen. Sofort ärgerte sie sich über diese Schwäche, unterdrückte ihren Wunsch und deutete ihm mit einer Geste an, er möge hereinkommen. „Sie wurde zusammengeschlagen und hat heftige Schmerzen, trotzdem weigert sie sich, ins Krankenhaus zu gehen. Dr. Sanderson ist zwar nicht glücklich darüber, aber er sagt, ihre Verletzungen sind nicht lebensbedrohend, und sie wird sich ohne Folgeschäden davon erholen. Welcher Schaden emotional bleibt ... wer weiß."

Während Dan zuhörte, sah sie deutlich einen Muskel in seinem Kiefer arbeiten. „Wie steht Jacob das durch?"

Maggie blickte zum Liegestuhl hinüber, in dem der Kranke, auf einen Berg Kissen gestützt, lag und ins Leere starrte. Seine Haut hatte eine graue Färbung angenommen, die Maggie Sorge bereitete. Er wirkte geschlagen und war nur noch die Hülle eines Mannes.

Gefühle, die man ein Leben lang gehegt hatte, ließen sich nicht einfach abstellen. Obwohl Maggie Jacob und Lily eine Mitschuld an der gegenwärtigen Situation gab, weil sie die Anzeichen von Misshandlung bei Laurel ignoriert hatten, und obwohl sie gekränkt und zornig darüber war, dass man ihr die Vergangenheit verschwiegen hatte, war Jacob für sie immer der Vater gewesen, und sie liebte ihn ungeachtet aller Vorkommnisse.

„Ich fürchte, nicht besonders gut. Diese Geschichte deprimiert ihn schrecklich, was ihm in seinem gegenwärtigen Zustand sicher schadet."

„Ich gehe zu ihm. Vielleicht kann ich ihn etwas zerstreuen."

Als Dan den Raum durchquerte, um mit Jacob zu reden, blieb Maggie an der Terrassentür stehen und blickte hinaus in den schwach erleuchteten Garten.

Reiß dich zusammen, beschwor sie sich. Der Mann hat nur Liebe geheuchelt, damit er dich für Jacob ausspionieren konnte. Du kannst ihn nicht mehr lieben.

Doch genau das tat sie. Der Himmel stehe ihr bei, sie liebte Dan immer noch. Sie konnte ihre Gefühle nicht einfach abstellen, auch wenn sie es gern getan hätte.

Sie presste die Augen zusammen. *Grundgütiger Himmel, du bist wirklich Mitleid erregend, Maggie.*

Im Verlauf des Abends riefen immer wieder besorgte Freunde an, drückten ihr Mitgefühl aus und erkundigten sich nach Laurels Befinden. Die meisten waren hocherfreut, dass Martin festgenommen worden war. Seine Arroganz und Dominanz hatten ihm in Ruby Falls keine Sympathien eingebracht.

Typischerweise beharrte Rupert gegenüber jedem, der es hören wollte, darauf, das Ganze sei lediglich ein simpler häuslicher Streit gewesen, und Laurel habe einfach überreagiert. Sie werde die Anzeige zweifellos zurücknehmen, sobald sie vernünftig über die Sache nachgedacht habe.

Dass er es wagte, den brutalen Angriff seines Sohnes als Lappalie abzutun und auch noch versuchte, Laurel die Schuld an dem Vorfall in die Schuhe zu schieben, machte Maggie rasend. Seit sie davon wusste, war sie so aufgebracht, dass sie nicht still sitzen konnte und ruhelos durch das Haus strich.

Die ganze Familie erwartete, dass Rupert irgendwann am Abend wütend in Erscheinung trat. Maggie vermutete, dass Dan deshalb keine Eile zeigte, nach Haus zu fahren. Sie war ihm dankbar für seine Gegenwart, auch wenn sie sie als sehr belastend empfand.

Gegen neun am Abend war Rupert jedoch immer noch nicht aufgetaucht und hatte auch nicht angerufen. Dank Dr. Sandersons Behandlung ruhte Laurel friedlich. Die besorgten Telefonanrufe waren weniger geworden, und im Haushalt kehrte allmählich wieder Ruhe ein. Der junge Doktor wich nicht von Laurels Seite und hatte offenbar vor, die ganze Nacht bei ihr zu bleiben.

Maggie kam sich überflüssig vor. In ihrer nervösen Unruhe ließ sie die anderen allein, damit sie die Lage diskutieren konnten, und ging ins Büro, um sich nützlich zu machen.

Sobald sie den Raum betrat, stach ihr ein ungewöhnlicher Acetongeruch in die Nase, so dass sie sich flüchtig fragte, woher er stammte. Vielleicht von einer Reinigungslösung, die sie unten in der Produktionshalle verwendet hatten.

Sobald ihr Blick auf die Kisten mit Buchhaltungsunterlagen und die auf ihrem Schreibtisch verstreuten Computerausdrucke fiel, war der mysteriöse Geruch jedoch vergessen. Sie setzte sich wieder in ihren Sessel und nahm die Buchprüfung an der Stelle auf, wo sie am Nachmittag aufgehört hatte.

Zwanzig Minuten später war sie so in ihre Arbeit vertieft, dass sie nicht bemerkte, einen Besucher zu haben.

„Ich dachte mir, dass ich dich hier finde."

Erschrocken hob Maggie den Kopf. Ihr Herz pochte wild, bis sie erkannte, wer in der Tür stand. „Rupert! Was machen Sie denn hier?" Ihr Blick schoss an ihm vorbei. „Wie sind Sie an dem Wachmann vorbeigekommen?"

Er verzog den Mund zu einem verschlagenen Lächeln. Mit diesem Gesichtsausdruck erinnerte er Maggie an einen Fuchs. „Es war ziemlich einfach, mich von hinten an den Idioten heranzuschleichen und ihm eins überzuziehen. Im Moment liegt er bewusstlos auf dem Parkplatz."

Maggie wurde es sehr unbehaglich zumute. Ihr war klar gewesen, dass Rupert zornig sein würde, aber sie hatte nicht unterstellt, dass er gewalttätig werden könnte. Andererseits sagte sie sich jetzt, dass sie damit hätte rechnen müssen. Ein Verhalten, wie Martin es an den Tag legte, wurde meistens erlernt. Wie der Vater, so der Sohn.

Na gut, dachte sie, stand auf und wappnete sich vor einer

handgreiflichen Auseinandersetzung. Die Vorstellung eines Schlagabtausches mit einem Mann von Ruperts Alter behagte ihr wenig. Falls er sich jedoch dazu hinreißen ließ, sie anzugreifen, würde sie sich wehren. „Verstehe. Was wünschen Sie also?“

„Ich bin gekommen, ein für allemal ein Problem aus der Welt zu schaffen.“

„Ach ja? Und was ist das für ein Problem?“

„Das Problem bist du. Seit Jahren bist du der Stachel im Fleisch meines Sohnes. Zuerst hast du versucht, Laurel von der Heirat mit ihm abzuhalten. Dann kommst du zurück und übernimmst einfach die Firma. Jeder weiß, dass der Posten Martin zugestanden hätte. Er verdient es, das Unternehmen zu leiten. Wenn wir schon mal dabei sind, ihm sollte das ganze Unternehmen gehören. Deine Schwester ist unfähig, es zu leiten, und wie sich herausstellt, bist du nicht mal eine Malone.“

Nach einer kurzen Pause fuhr er fort: „Und jetzt hintertreibst du nicht nur den Verkauf, den Martin eingefädelt hat, du mischst dich auch noch in seine Ehe ein. Verdammt! Deinetwegen sitzt mein Junge im Gefängnis wie ein gewöhnlicher Verbrecher!“

„Martin sitzt wegen seines brutalen Angriffs auf meine Schwester im Gefängnis!“

„Wenn du nicht gewesen wärst, hätte sie ihn niemals verklagt oder ihm mit Scheidung gedroht. Sie hätte nie den Mut gehabt, sich ihm zu widersetzen. Du wirst dich jedenfalls nicht mehr in das Leben meines Jungen einmischen.“

Er zog eine kleine Pistole aus der Tasche und zielte damit auf sie. Zum ersten Mal im Leben spürte Maggie, was echte Angst war. „Rupert, um Himmels willen, was tun Sie da?“

„Ist das nicht offensichtlich? Sobald du von der Bildfläche verschwunden bist, wird Laurel tun, was man ihr sagt. Und nach Jacobs Tod wird der Verkauf an Bountiful Foods durchgezogen wie geplant. Dank deiner Einmischung werden ein paar Neuverhandlungen und ein bisschen Einsatz von Martins Seite nötig sein, aber das Geschäft kann noch gerettet werden."

Maggie starrte in das obszöne schwarze Loch des Pistolenlaufs, und Panik drohte sie zu ersticken. „Rupert, warten Sie, das ist doch Wahnsinn!"

„Ich habe es satt zu warten. Ich muss jetzt handeln, ehe du alles ruinierst. Du hast es dir selbst zuzuschreiben, weißt du? Ich habe versucht, dich zum Verkauf zu zwingen. Ich habe sogar versucht, dir Angst zu machen und dich zu vertreiben, aber du hast einfach nicht aufgegeben. Du lässt mir keine Wahl."

Maggie war fassungslos. „Sie waren der Mann in der Plantage? Sie haben mir die Ratte ins Bett gelegt, die Reifen zerschnitten und mein Auto besprüht?"

„Allerdings."

Kaum fähig, das alles zu begreifen, schüttelte sie langsam den Kopf. „Die kontaminierten Konserven, die Unfälle und Pannen, die vergifteten Bäume, das geht alles auf Ihr Konto?"

„Natürlich. Ich habe mir Martins Schlüssel geborgt und bin nachts in die Firma gegangen, wenn niemand hier war." Er lächelte wieder sein Fuchslächeln. „Du hast nicht mal geahnt, dass ich es war, stimmts? Und auch sonst hat mich niemand im Verdacht. Schließlich bin ich eine Stütze der Gesellschaft, ein respektierter und einflussreicher Mann."

„Mit einem Mord kommen Sie nicht durch. Waffen können durch ballistische Gutachten identifiziert werden." Maggie blickte zur Tür zum Treppenhaus und schätzte ihre Fluchtchancen ein.

„Oh nein, meine Liebe, ich werde dich nicht erschießen. Es sei denn, du machst etwas Törichtes und lässt mir keine andere Wahl. Dein Tod wird ein tragischer Unfall sein. Du wirst in einem schrecklichen Feuer umkommen."

Als er ihren Blick bemerkte, fügte er hinzu: „Und du kannst aufhören, zur Tür zu schielen. Die habe ich bereits blockiert, ebenso die am Fuß der Treppe. Und ich habe zur Vorsicht auch eure Sprinkleranlage außer Funktion gesetzt. Du siehst, mein Kind, es gibt keine Fluchtmöglichkeit. Ich schlage vor, du beginnst zu beten."

„Rupert, warten Sie!" schrie sie, doch es war zu spät. Sie versuchte noch zur Tür zu laufen, aber er zog sich ins Vorzimmer zurück, schloss die Tür und verriegelte sie. Maggie packte den Türknauf und den kleinen Riegel und versuchte ihn zu öffnen, doch das Schloss war blockiert.

Der seltsame Geruch, den sie schon beim Eintreten bemerkt hatte, wurde wieder stärker. Zunächst konnte sie nicht feststellen, was es war und woher es kam. Doch allmählich dämmerte es ihr, und blankes Entsetzen erfasste sie. Allmächtiger! Rupert hatte die Schlösser mit Schnellkleber arretiert!

Maggie schlug mit den Fäusten gegen die Tür. „Rupert! Rupert, lassen Sie mich sofort hier raus! Das ist doch verrückt. Das können Sie nicht machen!" Sie packte den Türknauf noch einmal und rüttelte daran, nichts bewegte sich. „Rupert, verdammt ..." Ein neuer Geruch drang in den Raum und alarmierte sie. Maggie begann zu schnuppern wie ein Gefahr witterndes Tier.

Eine Bewegung zu ihren Füßen erregte ihre Aufmerksamkeit. Erschrocken blickte sie auf die kleinen Rauchschwaden, die unter der Tür hindurch ins Zimmer krochen. Angst schnürte ihr fast die Kehle zu.

Maggie lief zur Tür zum Treppenhaus und rüttelte auch dort am Griff. Dieses Schloss war ebenfalls mit Kleber arretiert. Daher war der Lösungsmittelgeruch gekommen, den sie schon beim Eintreten bemerkt hatte.

Sie hechtete zum Schreibtisch und schnappte sich den Telefonhörer, aber die Leitung war tot. Auch mehrfaches Drücken auf die Gabel änderte daran nichts. Mit einem Fluch warf sie den Hörer zurück. Warum nur hatte sie ihr Handy nicht dabei? Keuchend hielt sie sich an der Kante des Schreibtisches fest. *Lieber Gott, es gibt keinen Ausweg!*

Um der aufsteigenden Panik zu begegnen, atmete sie, die Augen geschlossen, die Zähne zusammengepresst, bewusst tief ein und aus. „Denk nach, Maggie, denk nach!“ ermahnte sie sich leise. „Du wirst hier heute Nacht nicht sterben. Du lässt nicht zu, dass er gewinnt. Verdammt, denk nach!“

Sie zwang sich zu ruhiger Atmung, sah sich noch einmal um und entdeckte Rauch in dicken Schwaden ins Zimmer ziehen, wodurch es bereits diesig wurde. „Also gut, immer eines nach dem anderen“, sagte sie, nahm ihren Pullover vom Kleiderständer und stopfte damit den Spalt unter der Tür, so gut es ging, zu. Damit konnte sie das Eindringen des Rauches zwar nicht ganz verhindern, aber gehörig vermindern und gewann so Zeit.

„Also gut, Mag, denk logisch. Durch die Tür kommst du nicht raus, das geht nicht mehr, und das Türblatt kannst du nicht durchschlagen.“

Ihr Blick glitt zur Glaswand, und sie lief hinüber, legte beide Handflächen dagegen und drückte. Die Wand war stabil, aber sie konnte sie vielleicht einschlagen.

Sie sah hinunter in die Produktionshalle, und ihr Mut sank. Selbst wenn sie das Glas zertrümmern konnte, ein Sprung aus dieser Höhe würde sie umbringen.

Eine Bewegung am anderen Ende der Halle erregte ihre Aufmerksamkeit. Dan?

Aus dieser Entfernung konnte sie nicht genau erkennen, wer dort arbeitete, aber sie sah deutlich die Stablampe. Es musste Dan sein. Es musste einfach!

Sie rief ihn mit Namen und schlug mit den Fäusten gegen die Glaswand. Dan reagierte nicht. Maggie hustete und keuchte. Sie blickte über die Schulter und sah den Qualm in dicken Wolken unter der Tür hereinziehen. Sie hörte das Knistern des Feuers im Vorzimmer und spürte bereits die Hitze.

„Oh Gott!“ Wieder schlug sie mit den Fäusten gegen die Glaswand. „Da-a-a-n! Da-a-an! Sieh hierher!“

Ein heftiger Hustenanfall schüttelte sie, dass sie sich weit vornüberbeugen musste. Sie kniete sich nieder und atmete die weniger rauchhaltige Luft am Boden. Nach einem letzten tiefen Durchatmen sprang sie auf, schnappte sich den Stuhl neben dem Schreibtisch und schwang ihn mit aller Kraft gegen die Glaswand. Er traf mit einer Wucht auf, dass der Rückstoß in ihren Armen schmerzte, doch das Glas hielt. Verzweifelt wimmernd schlug sie immer wieder mit dem Stuhl gegen die Scheibe.

Dan hörte den Lärm und sah in dem Moment auf, als der Stuhl inmitten eines Glasscherbenregens durch die Wand zu

Maggies Büro geflogen kam. Der Stuhl überschlug sich und stürzte krachend, mit enormem Getöse, auf ein Transportband.

„Was zum …"

Ohne nachzudenken lief er in die Richtung des Lärms. Maggie erschien im Loch der Glaswand, und Dan spürte, wie sich sein Herz vor Sorge zusammenkrampfte. Um sie herum quollen graue Rauchschwaden aus dem Raum.

Großer Gott, da oben brannte es!

„Da...an! Hilf mir! Hilf mir!"

Er rannte los, das Herz wild pochend. „Ich komme, Darling!" antwortete er. „Ich komme, halte durch!"

Er steuerte auf die Tür am Fuße des Treppenhauses zu, um von dort nach oben zu gelangen.

„Nein, das Schloss ist mit Kleber versperrt!" rief Maggie ihm zu, als sie sah, welche Richtung er einschlug.

Dan blieb unterhalb der Glaswand stehen, und allmählich wurde ihm die Bedeutung ihrer Worte bewusst. Dieser Brand war kein Unfall. Jemand hatte Maggie eingeschlossen und Feuer gelegt!

Er bildete mit den Händen seitlich des Mundes einen Trichter und rief: „Kannst du durch Annas Vorzimmer fliehen?"

„Nein! Die Tür ist auch versperrt, und das Büro brennt! Ich kann nur noch springen, aber es ist zu tief!"

Verdammt. Er musste sie irgendwie erreichen. Sie hatten ausziehbare Leitern, doch die waren im Geräteschuppen am anderen Ende des Grundstücks. Ihm blieb keine Zeit, dorthin zu laufen. Verzweifelt sah er sich nach einem Hilfsmittel um. Plötzlich fiel ihm etwas ein, und er rannte los.

„Da-a-an! Hilf mir, bitte!"

„Ich bin gleich zurück", rief er über die Schulter. „Kauer dich hin und halte durch."

Er sprintete in rekordverdächtiger Zeit zu den Laderampen am anderen Ende der Halle. Im Laufen fischte er sein Handy aus der Tasche und drückte den Notruf.

Notrufe liefen in Ruby Falls automatisch über die Einsatzzentrale des Sheriff-Büros. Nancy Eggelston, die heute Nacht Dienst hatte, meldete sich beim zweiten Klingeln.

„Hier ist der Notruf. Was möchten Sie melden?"

„Nancy, hier ist Dan Garrett!" rief er in den Hörer. „Die Konservenfabrik steht in Flammen. Schick die Feuerwehr her, aber schnell. Und schick auch den Sheriff her. Maggie ist im Büro gefangen!"

„Sind schon unterwegs."

Dan klappte sein Handy zu und steckte es ein, als er die Versandrampe erreichte, wohin alle Transportbänder führten. Aus vollem Lauf sprang er auf einen der Gabelstapler, mit denen gewöhnlich die Kisten voller Konserven zum einige hundert Meter entfernten Lager transportiert wurden. Es war ein Hublift, mit dem man Paletten in bis zu zehn Meter hohe Regale hievte.

Er ließ den Motor an, nahm mit der Gabel eine Palette auf, drehte das Fahrzeug und fuhr mit Vollgas zum Büro am anderen Ende zurück. „Mach schon, mach schon, verdammt!" schimpfte er, doch selbst die Höchstgeschwindigkeit erschien ihm noch quälend langsam. Dicker Qualm durchzog inzwischen die Produktionshalle. Die Zähne zusammengepresst, verfluchte Dan im Stillen sein lahmes Gefährt und spornte es zugleich an. Es war seine einzige Chance, Maggie zu retten, das wusste er.

Als er das Fahrzeug endlich unterhalb der Glaswand anhielt, entdeckte er Maggie zunächst nicht. „Maggie! Maggie, wo bist du?" rief er ängstlich.

„Hier!"

Sie winkte, und er sah, dass sie am Boden kauerte, einen schweren Vorhang um den Kopf gewickelt.

Dan schickte den Hublift hinauf. „Ich schiebe die Palette so hoch es geht!" rief er ihr zu. „Es wird nicht ganz bis zu dir reichen, aber wenn der Lift steht, möchte ich, dass du springst. Okay?"

Springen? Maggie starrte auf die Holzpalette, die sich ihr langsam näherte. Er wollte, dass sie darauf sprang?

Sie wartete, den Blick auf die kleine Plattform geheftet, und ihr Herz schlug schmerzhaft vor Angst. Komm weiter, noch weiter, drängte sie das Gerät im Stillen. Doch als der Hubarm stehen blieb, war die Palette noch gute drei bis vier Meter unter dem Boden ihres Büros. Maggie starrte in Panik hinab, und die Kehle wurde ihr trocken. Sie wusste, die Palette war etwa anderthalb mal anderthalb Meter groß, aber von ihrem Standpunkt sah sie fast so klein aus wie eine Briefmarke.

„Spring, Maggie! Spring!"

Sie hielt sich den schweren Vorhangstoff weiter vor den Mund, richtete sich auf, trat an den Rand und blickte durch den Rauch auf das winzige Holzquadrat.

„Spring, Maggie!"

Sie schüttelte den Kopf. „Ich kann nicht!"

„Doch, du kannst. Du schaffst das, Darling!"

„Und wenn ich daneben springe? Und wenn ich mich nicht festhalten kann?"

„Du springst nicht daneben, du schaffst das. Du musst springen, es gibt keine Alternative!"

„Aber wenn ich darauf springe, kippt der Lift vielleicht um!"

„Der kippt nicht. Ich verspreche dir, die Maschine ist stabil genug. Komm schon, Baby, spring!"

Er hatte Recht, sie wusste das. Doch die Angst vor dem Sprung war so stark, dass sie wie gelähmt war.

Sie hörte ein Knacken und blickte erneut über die Schulter. Ihr Entsetzen wuchs, als sie sah, wie das Feuer ihren Pullover erfasste. Rötliche Flammen züngelten jetzt unter der Tür hindurch.

Das gab den Ausschlag. Maggie nahm allen Mut zusammen, holte tief Luft und sprang ins Leere. Mit einem unterdrückten Aufschrei traf sie ein wenig links von der Mitte auf der Palette auf. Ihre Knie knickten ein, und sie fiel auf den Bauch, bemüht, sich festzuklammern.

Sofort begann die Palette bedenklich zu schwanken. Wie in Zeitlupe legte sich das Gefährt langsam auf die Seite, und Maggie schrie, als sie zu rutschen begann. Fieberhaft versuchte sie sich festzuhalten, doch außer den rauen Brettern der Palette gab es keinen Halt. Sie schrie noch lauter, als sie über den Palettenrand hinausrutschte. In einem letzten verzweifelten Versuch gelang es ihr, eine der seitlichen Verstrebungen zu packen.

„Halt dich fest! Halt dich fest!"

Zehn Meter über dem Boden, seitlich von der Palette herabbaumelnd, der Körper hin und her schwingend wie eine Glocke zum Sonntagsgottesdienst, klammerte sie sich an die Streben. Wimmernd und keuchend blickte sie hinab und sah, dass Dan sich heftig zur Gegenseite gelehnt hatte und den Gabelstapler allmählich wieder ins Gleichgewicht brachte, so dass das Schwanken nachließ.

„Halt dich fest. Ich fahre den Lift jetzt nach unten." Trotz Dans Ankündigung schrie sie noch einmal auf, als das Gerät sich in Bewegung setzte.

Eine Ewigkeit schien zu vergehen, bis sie den Boden erreichte. Ihre aufgeschürften Hände brannten vom Festklammern an dem rauen Holz, und ihre Arme fühlten sich an, als würden sie jeden Moment aus den Gelenken springen.

Schließlich berührten ihre Zehen den Boden, aber ehe sie noch ganz stand, war Dan bereits vom Sitz gesprungen und schloss sie in die Arme.

„Dem Himmel sei Dank!" Er zog sie an sich, wiegte sie und hielt sie fest, als wolle er sie nie mehr loslassen. Sie hörte sein Herz unter ihrem Ohr wild hämmern. „Alles in Ordnung mit dir? Bist du verletzt?" Er hielt sie leicht von sich ab, ließ die Hände ihre Arme hinauf und hinab gleiten und betrachtete sie prüfend. Maggie wusste, dass sie über und über mit Ruß beschmiert war.

„Ich bin okay." Entsetzt blickte sie zu ihrem Büro hinauf. Man sah jetzt die Flammen gierig über Wände und Decke züngeln. „Wit müssen etwas tun, Dan. Komm! Im Abstand von fünfundzwanzig Metern hängen Feuerlöscher an den Wänden. Wir schnappen uns ein paar und gehen von draußen durch den Haupteingang. Von dort kommen wir zu den Büros. Mach schon!"

Ehe Dan sie aufhalten konnte, war sie bereits auf und davon und hatte den Feuerlöscher von der Wand unter ihrem Büro mitgenommen.

Dan folgte ihr, während sie auf den nächsten Feuerlöscher zusteuerte. „Maggie, warte! Ich habe die Feuerwehr angerufen. Sie sind längst hierher unterwegs. Horch, du kannst schon die Sirenen hören."

Er hätte sich den Atem sparen können. Mit dem Feuerlöscher eilte Maggie aus der Seitentür.

„Verdammt, Maggie, bleib stehen!"

Die Luft draußen war wunderbar kühl und frisch und füllte ihre ausgedörrten Lungen. Maggie atmete tief durch, während sie die kurze Strecke zum Haupteingang lief. Wie gehofft, war Rupert beim Verlassen des Gebäudes in zu großer Eile gewesen, um die Türen hinter sich abzuschließen. Ohne ihr Tempo zu vermindern, drückte sie die Tür zur kleinen Lobby auf. Doch ehe sie die Treppe hinaufstürmen konnte, schlang sich von hinten ein kräftiger Arm um ihre Taille und hielt sie fest.

„Lass mich los! Lass mich!"

„Kommt nicht in Frage!" schrie Dan zurück und beförderte die tretende, sich wehrende Maggie wieder aus dem Gebäude. „Du gehst nicht zurück in das Feuer, ist das klar?"

„Aber mein Büro! Ich kann es doch nicht einfach abbrennen lassen."

„Du hast weder die Ausrüstung noch das Wissen, dieses Inferno in den Griff zu kriegen. Überlass das den Profis."

Wie aufs Stichwort brausten zwei Feuerwehrwagen mit heulenden Sirenen auf den Parkplatz, gefolgt von der Limousine des Sheriffs, einem Ambulanzwagen und dem Auto von Dr. Sanderson. Die Männer der freiwilligen Feuerwehr von Ruby Falls sprangen in ihren gelben Schutzanzügen und Gasmasken zu Boden und liefen los. Chris Patterson, ihr Leiter, nahm sich die Zeit, zu ihnen zu kommen, und vergewisserte sich, dass sie okay waren. Dann folgte er seinen Männern ins Gebäude, die bereits einen Löschschlauch durch die Lobby und die Treppe hinaufzogen.

Als Maggie mit Dan zum Wagen von Dr. Sanderson

wankte, waren Neil, Charley, Jo Beth, Nan und Lily bereits ausgestiegen. Maggie stutzte, als sie sah, dass Jacob, gegen Kissen gestützt und bis zum Kinn in eine Decke eingehüllt, auf dem Rücksitz saß.

„Habt ihr alle den Verstand verloren?“ fragte sie, ohne jemand speziell anzusprechen. „Warum in aller Welt habt ihr ihn mitgebracht? Er sollte nicht der kalten Nachtluft ausgesetzt werden. Und es tut ihm ganz bestimmt nicht gut, das hier zu sehen.“

„Maggie? Bist du das?“ fragte Lily. „Oh mein Gott, du bist es wirklich! Liebling, ist alles in Ordnung mit dir?“

Maggie beachtete sie nicht. Dr. Sanderson ignorierte Lily ebenfalls und erklärte Maggie: „Ich fürchte, für das Mitbringen bin ich verantwortlich. Als Jacob die Sirenen hörte, regte er sich furchtbar auf und wollte unbedingt sehen, was sich hier abspielt. Ich dachte mir, es sei besser, ihn hier bei uns zu haben, als dass er sich zu Hause unnötig in eine Hysterie hineinsteigert.“

Das hintere Fenster der Limousine fuhr herab, und Jacob steckte den Kopf heraus. „Was machst du da mit dem Feuerlöscher, Katherine?“

„Was?“ Maggie blickte an sich hinab, völlig verblüfft, dass sie immer noch den Löscher in der Hand hielt. Sie hatte schlichtweg vergessen, das schwere Ding abzustellen. „Ich ... äh ...“

„Sie wollte wieder ins Gebäude laufen und das Feuer allein bekämpfen“, erklärte Dan, löste das Gerät aus ihrer Rechten und stellte es beiseite. „Sie hat sich wie der Teufel gegen mich gewehrt, aber ich habe nicht zugelassen, dass sie sich wieder diesem Inferno aussetzt. Sie ist dem Feuertod heute Nacht nur um Haaresbreite entronnen.“

„Mein Gott, Mädchen. Was hast du dir nur dabei gedacht? Du hättest in den Flammen umkommen können!“

Neil Sanderson kam zu ihr, und seine Haltung änderte sich augenblicklich. Aus dem Freund der Familie wurde plötzlich der Mediziner. „Wie fühlen Sie sich, Maggie? Haben Sie irgendwo Schmerzen? Können Sie problemlos atmen?“

„Ich ...“ Ohne Vorwarnung verloren ihre Muskeln jegliche Spannung. Die Knie gaben nach, sie sank nieder und landete hart auf dem Boden.

„Verdammt, Rotschopf!“ Dan kniete sich erschrocken neben sie.

Lily schrie auf, Nan trat besorgt vor, doch Neil scheuchte sie mit einer Geste davon und hockte sich an Maggies andere Seite. Maggie schaute sich nur benommen um und begann zu zittern.

„Verzögerte Schockreaktion“, stellte Neil fest. „Ich hole aus der Ambulanz ein paar Decken. Und den Sauerstoff ... nur für alle Fälle.“

„Halte durch, Liebes.“ Dan umschlang sie und rieb ihr mit den Händen die Arme.

Neil kehrte zurück und hüllte Maggie in eine Thermodecke. Dann schenkte er aus einer Thermoskanne Kaffee ein. „Hier, den habe ich von den Sanitätern. Die haben ihn immer für Schockpatienten dabei. Er ist eklig süß, doch der Zucker wird Ihnen im Moment gut tun, auch wenn Sie es sich jetzt gerade nicht vorstellen können.“

Obwohl Maggie den Becher mit beiden Händen hielt, zitterte sie so sehr, dass sie ihn ohne Dans Hilfe nicht hätte zum Mund führen können. Die Süße verursachte ihr beinah Übelkeit. Das warme Getränke die Kehle hinabrinnen zu spüren, war jedoch eine Wohltat. Innerhalb weniger Minuten ließ das entsetzliche Zittern nach.

Sheriff Dunwitty kam zu ihnen und hockte sich vor sie hin. „Sind Sie okay, Maggie?“

Sie kuschelte sich tiefer in die Decke und nickte.

„Also dann ... Sie werden sicher erfreut sein zu hören, dass die Jungs das Feuer unter Kontrolle haben. Es sollte bald ganz gelöscht sein. Sie konnten es auf zwei Büros und einen kleinen Teil des Flures begrenzen.“

Allgemeine Erleichterung ringsum, doch Sheriff Dunwittys Gesicht blieb ernst. „Die Sache ist die ... Chris sagt, es sieht nach Brandstiftung aus. Wissen Sie etwas darüber, Maggie?“

„Verdammt, Woodrow!“ donnerte Jacob vom Rücksitz aus los. „Wollen Sie Katherine unterstellen, sie hätte das Feuer selbst gelegt, Sie Idiot! Sie wäre heute Nacht beinah umgekommen!“

„Nur die Ruhe, Jacob. Ich muss fragen ...“

„Ist schon okay“, wandte Maggie ein. „Sheriff, ich weiß tatsächlich, wer das Feuer gelegt hat.“ Dann berichtete sie detailliert die Vorgänge des Abends. An mehreren Stellen ihrer Erzählung keuchten die anderen empört auf. Als sie fertig war, schäumten alle vor Wut.

„Warum tut Rupert so etwas?“ fragte Nan.

„Alles, was ich mit Sicherheit sagen kann, ist, dass er und Martin uns zwingen wollten, an Bountiful Foods zu verkaufen. Als ich dem Komplott auf die Spur gekommen bin und die Verhandlungen untersagt habe, ist Rupert ausgerastet. Er dachte sich, wenn ich aus dem Weg geräumt bin, könnte Martin die Verhandlungen wieder aufnehmen und den Verkauf doch noch abwickeln. Warum sie ein solches Interesse daran hatten, die Firma zu verscherbeln, kann ich noch nicht sagen. Auf lange Sicht gesehen, hätte Martin mehr zu gewinnen gehabt, wenn das Unternehmen in der Familie geblieben wäre." Maggie schüttelte den Kopf. „Das ergibt für mich keinen Sinn."

„Ich kann dazu nur sagen, dass es mir von Herzen gut tun wird, dem alten Rupert die Handschellen anzulegen", erklärte der Sheriff gedehnt. „Ich konnte den arroganten kleinen Pisser nie leiden."

„Wenn man vom Teufel spricht", sagte Jo Beth leise. „Seht mal, wer da vorgefahren kommt."

Alle Blicke richteten sich auf den braunen Mercedes, der hinter Ambulanzwagen und Feuerwehrautos anhielt. Rupert stieg aus und blieb kurz stehen, um mit den Sanitätern und einem vorübergehenden Polizisten zu sprechen.

„Ich glaube das einfach nicht!" empörte sich Nan.

„Der Mann hat Nerven, hier aufzukreuzen", grollte Jacob.

Dan sprang auf. „Verdammt noch mal, den Kerl bringe ich ..."

Der Sheriff legte ihm beschwichtigend eine Hand auf die Schulter. „Nur die Ruhe, überlassen Sie das mir. Es redet bitte niemand. Hören wir uns an, was er zu sagen hat. Gib einem arroganten Idioten genügend Strick, und er hängt sich in der Regel selbst."

Sobald Rupert Jacob im Wagen entdeckte, steuerte er geradewegs auf ihn zu. „Jacob, ich bin sofort losgefahren, als ich die Sirenen hörte."

Maggie hockte zusammengekauert am Boden und beobachtete die beiden Männer. Jacobs Gesicht schien wie aus Stein gemeißelt zu sein.

„Du hast wirklich Nerven, dich hier zu zeigen, Rupert."

„Also wirklich, Jacob, ich weiß, du bist zornig auf meinen Jungen, aber wir beide sind so lange Freunde, dass die Streitigkeiten unserer Kinder keinen Keil zwischen uns treiben sollten." Er seufzte und machte ein tragisches Gesicht. „Ich habe von Maggie gehört, und ich bin hier, dir mein Beileid auszusprechen. Auch wenn sie nicht dein eigen Fleisch und Blut war, du hast sie aufgezogen. Du und Lily, ihr müsst deprimiert sein. So in einem Feuer umzukommen ... das ist tragisch. Einfach tragisch. Ihr habt mein tief empfundenes Mitgefühl."

Maggie konnte nicht länger schweigen. Sie warf die Decke zurück und stand auf.

„Sie brauchen kein Mitgefühl. Schon gar nicht von dem Mann, der mich umbringen wollte!"

Rupert hätte nicht schockierter aussehen können, wenn sie aus dem Grab gestiegen wäre. „Maggie! Wie bist du ..."

„Sheriff, bitte nehmen Sie Mr. Howe wegen Mordversuchs fest. Er hat die Schlösser in meinen Bürotüren mit Sekundenkleber gefüllt, um sie zu arretieren. Danach hat er das Feuer gelegt."

„Was für ein Unsinn! Ich habe nichts dergleichen getan!" Er sah Sheriff Dunwitty beleidigt an, als der auf ihn zukam und die Handschellen von seinem Gürtel löste. „Sheriff, Sie können mich gar nicht festnehmen. Hier steht ihr Wort gegen meines!"

„Nicht ganz, Rupert", belehrte Maggie ihn voller Zufriedenheit. „Die Überwachungskameras, die ich kürzlich einbauen ließ, werden alles aufgezeichnet haben. Die stecken in feuerfesten Gehäusen. Ich bin also sicher, dass sie mir die Beweise liefern, meine Geschichte zu untermauern."

„Du Luder! Ich hätte dich erschießen sollen, als ich die Möglichkeit dazu hatte!"

„Okay, mehr brauche ich nicht. Kommen Sie. Ich habe eine schöne Zelle für Sie, gleich neben Ihrem Sohn." Der Sheriff schob Rupert gegen den Wagen und legte ihm die Handschellen an, ehe der recht begriff, wie ihm geschah. „Rupert Howe, ich nehme Sie fest wegen versuchten Mordes und Brandstiftung. Sie haben das Recht zu schweigen. Alles, was Sie sagen, kann und wird vor Gericht ..."

„Das zahle ich dir heim, Flittchen! Du wirst schon sehen! Du bist tot! Hast du mich gehört? Tot!"

Der Sheriff packte Rupert hinten am Hemdkragen und führte ihn ab. Dabei setzte er seine Belehrungen bezüglich der Rechte des Festgenommenen fort, während Rupert Drohungen gegen Maggie ausstieß.

„Mein Gott, was für ein Tag!" stöhnte Nan, als der Wagen des Sheriffs vom Parkplatz rollte.

„Ja", bestätigte Maggie und blickte zu dem rauchgeschwärzten Gebäude. „Welch ein Glück für mich, dass Dan heute Nacht hier gearbeitet hat."

„Glück? Von wegen." Er packte sie bei den Schultern und drehte sie zu sich her. „Glück hatte damit nichts zu tun. Ich war jede Nacht hier, wenn du gearbeitet hast!"

Er sagte das so heftig, dass es sie erschreckte. „Du warst hier? Aber warum? Ich hatte dir doch ausdrücklich gesagt, dass du mich in Ruhe lassen solltest."

„Warum? Weil ich dich liebe, zum Kuckuck! Gleichgültig, was du denkst. Glaubst du, ich würde dich einfach im Stich lassen, wenn du von einem Irren bedroht wirst? Er hat dir eine tote Ratte ins Bett gelegt, die Reifen an deinem Wagen zerschnitten und Beschimpfungen auf dein Auto gesprüht. Es war doch nur eine Frage der Zeit, wann er dich körperlich angreifen würde."

„Was ist das? Was war das mit der Ratte?" wollte Jacob wissen. „Und was war mit deinem Wagen? Warum wurde ich nicht informiert?"

Maggie schaute von Dan zu Jacob und zurück. „Du hast es ihm nicht erzählt?"

„Nein. Ich habe dir schon einmal zu erklären versucht, dass meine Berichte an Jacob aufhörten, als ich mich in dich zu verlieben begann."

Neue Hoffnung keimte in Maggie. Sie sah Dan forschend an und wollte ihm zu gerne glauben. Doch eben weil sie es so gerne wollte, mahnte sie sich zur Skepsis, weil sie ihrem liebeskranken Herzen nicht trauen mochte. „Und seit wann genau liebst du mich?"

Ein schwaches Lächeln zuckte um Dans Mund. „Ich begann es zu ahnen, dass ich dich liebe, an dem Abend, als du Martin erklärt hast, dass du die Firma übernimmst. Und ich wusste es sicher an dem Tag im Café, als du den Klatschtanten die Leviten gelesen hast und dann über den Platz gestürmt bist, um dasselbe mit Leland zu machen." Er wurde wieder ernst. „Du bist ein Teufelsweib, Maggie Malone, und ich werde dich für den Rest meines Lebens lieben."

Maggie konnte ihr Glück kaum fassen. Gerührt blickte sie in Dans silbrig helle Augen und wunderte sich, dass sie je an ihm hatte zweifeln können.

„Oh Dan!" Ihre Stimme schwankte, als sie in seine Arme flog.

Er presste sie an sich und hielt sie fest wie ein Ertrinkender den Rettungsring. Maggie schlang ihm die Arme um die

Taille und legte die Wange an seine Brust. Sie musste lächeln, als sie sein Herz heftig schlagen hörte.

Dr. Sanderson räusperte sich. „Nun ja, ich unterbreche Sie nicht gern, aber ich denke, Maggie sollte mit den Sanitätern ins Krankenhaus nach Tyler fahren und sich durchchecken lassen. Vielleicht haben Sie eine leichte Rauchvergiftung, die behandelt werden muss."

Sie sah den jungen Doktor über die Schulter hinweg an und schüttelte den Kopf. „Nein, ich bin okay, wirklich. Ich möchte nur nach Haus." Mit einem liebevollen Blick zu Dan fuhr sie fort: „Zurück ins Cottage, wohin ich gehöre."

Das musste man Dan nicht zweimal sagen. Mit einem eiligen „Wir sehen uns morgen" zu den anderen nahm er Maggie auf die Arme und trug sie zu seinem Pick-up.

Auf der kurzen Rückfahrt sprachen sie kein Wort. Eine schreckliche Müdigkeit befiel Maggie, und sie legte den Kopf an Dans Schulter. Sie merkte, dass er sich beherrschte und sich mit Rücksicht auf das, was sie durchgemacht hatte, zurückhielt.

Im Cottage angelangt, führte er sie gleich ins Bad. „Zuerst eine Dusche, und dann ab ins Bett", erklärte er und befreite sie von der ruinierten Kleidung, als wäre sie ein kleines Kind. Nachdem er sich ebenfalls seiner Sachen entledigt hatte, kam er zu ihr in die Dusche. Er wusch ihr Ruß und Schmutz ab, entschuldigte sich, wenn sein Rubbeln ihre Haut rötete, und stieß leise Verwünschungen aus, als er die Holzsplitter in ihren Händen sah. „Sogar dein Haar ist schwarz", stellte er fest.

Maggie ließ alles geduldig wie ein Lamm über sich ergehen und beobachtete ihn unter halb geschlossenen Lidern hinweg, amüsiert und gerührt von seiner Fürsorge. Sie protestierte jedoch, als er beim Heraustreten aus der Dusche ein Handtuch vom Halter nahm, um sie abzurubbeln.

„Darling, das kann ich nun wirklich selbst. Ich bin doch kein Invalide."

„Du hast einen Schock erlitten, und du bist immer noch wackelig auf den Beinen."

„Ja, aber es geht mir schon besser."

Er zögerte stirnrunzelnd, überließ ihr jedoch schließlich das Handtuch. „Also gut, ich hole den Erste-Hilfe-Kasten, während du dich abtrocknest. Aber setz dich, falls dir schwindelig wird."

Als er zurückkehrte, saß sie bereits in ein Badetuch gehüllt auf der Bettkante. Sie biss auf die Zähne, während er über zwei Dutzend Holzsplitter aus ihren Handflächen zog, und blies in die Hände, nachdem er Desinfektionsmittel auf die kleinen Wunden getupft hatte.

„Du hast kein Nachthemd mehr hier. Du kannst in einem meiner Hemden schlafen."

„Wozu der Umstand?" Sie nahm ihm den Erste-Hilfe-Kasten ab und stellte ihn auf den Nachttisch. Mit einem sinnlichen Lächeln ließ sie eine Hand über seinen Oberkörper gleiten. „Dann hat man nur die Arbeit, es wieder auszuziehen." Sie strich mit dem Fingernagel über seine Brustwarzen und lächelte, als er zusammenzuckte.

Er hielt ihre Hand fest. „Maggie, hör auf damit. Du brauchst Ruhe."

Sie beugte sich vor und presste einen Kuss auf seine Brust. „Noch mehr brauche ich dich." Sie blies über seine Haut, und ein Schauer durchrann ihn.

„Maggie ... hör auf", befahl er schwach. Er hielt ihre Hand fester und legte die andere an ihren Hinterkopf.

„Liebling, du hast mir so gefehlt.“ Mit der Zungenspitze zog sie eine feuchte Spur über seine Haut. „Liebe mich, jetzt sofort. Ich will mich lebendig und geliebt fühlen.“

„Maggie ...“ Dan schloss die Augen und bog den Rücken durch, während sie die angenehme Tortur fortsetzte. Sie ließ eine Hand seinen flachen Bauch hinabstreichen und öffnete geschickt das lose um die Hüften geknotete Handtuch. Als die Hand tiefer glitt, stöhnte Dan leise auf.

19. KAPITEL

Das Klingeln des Telefons riss Maggie aus tiefem Schlaf. „Was ist …?“

Wie ein aufgescheuchtes Tier riss sie den Kopf hoch, der auf Dans Schulter gelegen hatte. Doch ehe sie sich aufrichten konnte, schlang Dan einen Arm um sie. „Entspann dich, ich nehme ab.“

Er hielt sie an sich gedrückt und angelte mit der Hand das Telefon vom Nachttisch. „Hallo?“

Maggie spürte seine Anspannung und wusste sofort, dass etwas geschehen war. „Was ist los? Was ist passiert?“ fragte sie und kniete sich neben ihn.

„Ja, in Ordnung. Wir sind schon unterwegs.“ Er warf den Hörer auf die Gabel und sah Maggie ernst an. Eine eisige Kälte kroch ihr ins Herz. „Es ist Jacob“, sagte er schlicht.

„Nein!“ Tränen füllten ihre Augen. „Nein!“

„Er hat nach dir gefragt, Maggie. Wir müssen uns beeilen. Dr. Sanderson sagt, es dauert nicht mehr lange.“

Als sie Minuten später Jacobs Zimmer betraten, waren alle versammelt. Lily und Nan standen neben seinem Bett und hielten ihm leise weinend die Hand. Auf der anderen Seite saß Laurel in einen Bademantel gehüllt in einem Sessel, ihr verquollenes blutunterlaufenes Gesicht tränennass. Am Fuße des Bettes schluchzte Jo Beth an Ida Lous üppigem Busen, während die tröstend leise auf das Mädchen einredete, das Gesicht gezeichnet von Kummer und Tränen. Dr. Sanderson und Charley blieben diskret im Hintergrund in der Nähe der Tür.

Als Maggie und Dan sich dem Bett näherten, öffnete Jacob die Augen. „Kath…Katherine, bist du das?“

Laurel rückte mit dem Sessel beiseite, um ihnen Platz zu machen. „Ja, ich bin es", flüsterte Maggie.

Jacob streckte ihr eine zitternde Hand entgegen, und sie umschloss sie mit ihrer. Die Kraft seines Händedrucks erstaunte sie. In der anderen Hand hielt er einen weißen Umschlag ebenso fest. Maggie überflog erstaunt den Absender. Er kam von der Klinik, die den DNA-Test durchgeführt hatte.

Ihr Blick schoss zu ihrer Mutter und zu Nan. Ihre Tante nickte und erklärte: „Das kam vor kurzem."

Jacob zog Maggie an der Hand, und sie beugte sich weiter zu ihm hinunter. Er sah sie so liebevoll an, wie er es noch nie getan hatte, und ihr Herz schlug schneller.

„Katherine. Meine schöne ... schöne ... Katherine."

Er schloss die Augen, und seine Miene verriet unerträglichen Schmerz. „Ich war so ein ... Idiot. So viele vergeudete Jahre. Meine Schuld. Alles meine Schuld. Es tut mir Leid, Kath... Mag... Maggie. Es tut mir unendlich Leid. Vergib mir. Ich bitte dich, vergib mir. Bitte ..."

Maggies Kinn bebte. Ihre Kehle war wie zugeschnürt. Unfähig zu sprechen, sah sie sein Gesicht nur noch verschwommen durch einen dichten Tränenschleier.

Oh Gott, ein ganzes Leben der Sehnsucht, der Kränkungen und des hoffnungslosen Bemühens um die Liebe und Anerkennung des Vaters lief an ihrem geistigen Auge vorbei. Seine Liebe hätte ihr zugestanden. Es war so unfair!

Sie sah ihren Vater an, spürte, wie sich seine schwache Hand an ihre klammerte, und der Tumult an widersprüchlichen Gefühlen in ihr nahm ihr schier den Atem: Zorn und Akzeptanz, Ablehnung und Erleichterung, unerträgliche Traurigkeit und süße Freude.

Ein Teil von ihr hätte das erlittene Unrecht gern in einem Wutanfall abreagiert. Aber dieser Mann war ihr Vater, den sie aus der Ferne ein Leben lang bewundert hatte. Gleichgültig, was er getan hatte und aus welchen Beweggründen, sie liebte ihn trotzdem.

Er lag im Sterben, wie könnte sie ihm Vergebung verweigern?

Tränen rollten ihr über die Wangen und tropften wie warmer Regen auf ihre Hände. Ihre Lippen bebten unkontrollierbar, und ihre Stimme schwankte, doch sie zwang sich, die Worte zu sagen, die er hören wollte. „Ich verzeihe dir, Daddy. Es ist alles vergeben."

Jacob öffnete die Augen und sah sie an. Tränen kullerten ihm aus den Augenwinkeln ins graue Haar an den Schläfen. Der Anblick erschütterte Maggie bis ins Mark. Jacob ließ den Umschlag fallen, hob die andere Hand und streichelte ihr die Wange. Die zärtliche Geste zerriss ihr schier das Herz.

„Du bist ... ein gutes ... Mädchen, Maggie. Eine gute Tochter."

„Oh Daddy!"

„Komm her, Kind."

Ein leichtes Ziehen an ihrem Nacken, mehr war nicht nötig. Maggie fiel ihm geradezu auf die Brust, und als sich seine Arme um sie schlossen, schossen die Tränen, die sie so mühsam zurückgehalten hatte, hervor wie Wasser bei einem Dammbruch.

„Meine Tochter ... meine liebe, teure Tochter", flüsterte Jacob und strich ihr schwach über das Haar. „Ich liebe dich, Maggie. Ich ... liebe dich."

„Dad...Daddy. Daddy", schluchzte sie und umklammerte

ihn. „Ich liebe dich auch. Bitte, bitte geh nicht von uns! Oh bitte, nicht jetzt!“

„Liebe ... dich. Liebe ...“

Seine Hand verharrte und glitt dann von ihrem Kopf. Der Herzschlag unter ihrem Ohr wurde langsamer und hörte auf.

Maggie richtete sich auf und blickte in das leblose Gesicht ihres Vaters. „*Nein*! Nein! Oh bitte, nein, nein ...!“

„Komm her, Liebling.“

Dan zog sie in die Arme. Maggie sank an seine Brust und weinte in unsäglicher Trauer. Alle Frauen ringsum weinten, doch Maggie nahm nur den eigenen unerträglichen Schmerz wahr.

Ihre herzzerreißenden Schluchzer kamen aus tiefster Seele. Rau und schmerzlich anzuhören, taten sie ihrer Kehle weh, aber sie konnte sie nicht unterdrücken. Sie versuchte es nicht einmal.

Sie weinte bitterlich um das ungeliebte Kind, das sie gewesen war, um den einsamen Teenager und um die junge Frau, die endlich die Liebe ihres Vaters errungen hatte, um ihn dann zu verlieren. Sie weinte um das, was hätte sein können und sollen, aber nie mehr sein würde.

Die erste Schockwelle der Trauer ebbte schließlich ab, und Maggie beruhigte sich allmählich. Dan hielt sie immer noch in den Armen, sie stand da, die Wange an seiner Brust, und merkte plötzlich, dass sie nicht mehr im Zimmer ihres Vaters waren. Irgendwann hatte Dan sie in den kleinen angrenzenden Wohnraum geführt, und sie hatte es nicht einmal gemerkt.

Erst jetzt fiel ihr auf, dass sie den Umschlag von dem medizinischen Labor in einer Hand hielt.

Im Kamin prasselte ein kleines Feuer, und der Raum duftete nach dem Lieblingsblütenpotpourri ihrer Mutter. Auf dem Kaminsims tickte leise die Uhr ihrer Urgroßmutter.

„Bist du wieder okay?" fragte Dan, die Lippen auf ihr Haar gepresst.

Maggie seufzte tief und zittrig, zu erschöpft, um sich zu bewegen. „Nein. Aber es geht bald wieder. Oh Dan, es tut so furchtbar weh", flüsterte sie und blinzelte, um neue Tränen zu verdrängen. Sein Hemd unter ihrer Wange war bereits durchweicht und klebte ihm an der Brust.

„Ich weiß, Schatz. Aber wenigstens weißt du jetzt, dass er dein Vater war. Und du hast ihn sagen hören, dass er dich liebt."

„Ja, wenigstens das", pflichtete sie mit matter Stimme bei. Ihr Herzenswunsch war letztlich in Erfüllung gegangen, doch was für ein bitterer Sieg.

Sie seufzte wieder. „Ich wünschte nur, es hätte nicht eines unwiderlegbaren Beweises bedurft, dass er mich als seine Tochter anerkannt hat. Warum konnte es ihm nicht genügen, mich so zu nehmen, wie ich bin?"

Dan schob sie an den Schultern ein wenig von sich und sah ihr in die Augen. „Ich weiß nicht, Liebes. Ich werde nie versteh..." Er sah auf den Umschlag und nahm ihn ihr aus der Hand. „Warte mal. Sieh dir das an."

Maggie folgte seiner Blickrichtung und betrachtete den zerknitterten Umschlag. Ein leichtes Prickeln kroch ihr über die Arme, das eine Gänsehaut hinterließ. „Der Umschlag ist noch verschlossen." Sie sah Dan aus großen Augen ungläubig an. „Er hat sich die Ergebnisse gar nicht angeschaut."

Dan lächelte, als er ihre Freude darüber bemerkte. „Letztlich war es ihm wohl doch genug, dich so zu akzeptieren, wie du bist."

„Ich kann es nicht glauben. Das hier war doch der Beweis, den er verlangt hat."

Ihr Lächeln schwand, und sie zog die Stirn in Falten. „Was ist ... ich meine, was ist, wenn ich nun nicht seine Tochter bin? Was ist, wenn ich vielleicht gar kein Anrecht auf den Namen Malone habe? Oder darauf, die Firma zu leiten?" Sie blickte auf den Umschlag. „Ich sollte mir das Ergebnis wirklich ansehen."

Sie schob einen Daumennagel unter die Lasche, doch ehe sie den Umschlag öffnen konnte, legte Dan seine Hand auf ihre.

„Maggie, ist das wirklich wichtig? Du wolltest, dass er dich um deiner selbst willen akzeptiert. Es stimmt, er war dir nicht der Vater, der er hätte sein sollen, aber wie ich dir immer gesagt habe, Jacob war ein guter Mann. Am Ende brauchte er keinen Beweis, weil er dich als den Menschen schätzen und lieben gelernt hatte, der du bist. Ist das nicht alles, worauf es wirklich ankommt?"

Die Frage hing im Raum, und während Maggie Dan ansah, fiel die Anspannung von ihr ab. Sie sah auf das Kuvert in ihrer Hand und erwiderte lächelnd: „Du hast Recht."

Den Umschlag in der Hand, ging sie zum Kamin und übergab ihn den Flammen, sah zu, wie er zu krümeliger Asche verbrannte, und empfand große Erleichterung.

Dan zog sie wieder an sich. „Das ist meine Maggie."

Lange Zeit hielten sie sich nur fest, von der Stille im Haus umfangen.

„Ich habe einen Vorschlag", sagte Dan schließlich.

„Und wie sieht der aus?"

„Wenn du nichts dagegen hast, würde ich unseren ersten Sohn gerne Jacob nennen."

Maggie lehnte sich in seinen Armen zurück und versuchte trotz ihrer rot geränderten Augen einen kessen Blick. „Aber hallo, Hübscher. War das ein Antrag?"

„Allerdings. Und wie lautete deine Antwort, Rotschopf?"

„Nun, ich weiß nicht recht", erwiderte sie gedehnt und tat, als müsse sie sich die Sache gründlich überlegen.

„Maggie!" drohte Dan.

„Obwohl ... der Name Jacob gefällt mir."

„Verdammt, Weib!"

Lachend warf sie sich ihm an den Hals. „Ja, ja, ja!"

„Mach dir keine Sorgen, es wird alles gut werden."

„Du hast gut reden. Sie könnten gegen mich stimmen. Sie könnten sich entscheiden, einen Außenstehenden einzustellen. Sie könnten sich sogar entschließen zu verkaufen. Du darfst nicht vergessen, dass die beiden zusammen mehr Anteile haben als ich!"

„Um Himmels willen, Rotschopf, es sind deine Schwestern."

„Dan hat Recht", pflichtete Anna bei.

„Ja, aber in diesem Fall weiß ich nicht, wie viel Familienbande bedeuten." Maggie ging zum Ende des langen Konferenzzimmers und zurück. „Laurel verhält sich mir gegenüber immer noch reserviert, und Jo Beth, na ja, bei ihr weiß man nie, wie sie sich entscheidet."

Seit Jacobs Beerdigung waren zehn Tage vergangen. Maggie hatte dieses Treffen so lange wie möglich hinausgeschoben. Teils, weil sie allen genügend Zeit zum Trauern geben wollte, und teils, weil sie sich Sorgen über das Ergebnis dieser Konferenz machte. Heute war die erste Versammlung der neuen Anteilseigner der Firma.

Ein leichter Geruch nach verbranntem Holz lag noch in der Luft, und überall im Gebäude war das Geräusch von Presslufthämmern und Motorsägen zu hören. Am Ende des Flurs waren die Bautrupps damit beschäftigt, die zerstörten Büros wiederherzustellen. Der meiste Rauch war durch die zerbrochene Glaswand abgezogen. Und in den letzten beiden Wochen hatten die Sanierungstrupps die Rauchschäden in der Fabrik beseitigt. Wenn heute alles gut lief, hoffte Maggie, in einer Woche mit der Neueinrichtung beginnen zu können.

Unruhig ging sie weiter im Raum hin und her.

„Liebes, würdest du aufhören, dir Sorgen zu machen? Denk an die Redewendung: ‚Lass niemand sehen, wie sehr du schwitzt'. Setz dich und entspann dich. Die anderen kommen jede Minute."

Mit einem schwachen Lächeln zu Dan und ihrer Sekretärin Anna begab sich Maggie zum Kopfende des Konferenztisches. Sie hatte soeben Platz genommen, als die Tür aufging und ihre Schwestern hereinkamen, gefolgt von Art Buchanan, dem Firmenanwalt.

Nachdem sich alle gesetzt hatten, räusperte Maggie sich und begann: „Nun, da wir alle versammelt sind ..."

Die Tür öffnete sich wieder. Laurel stieß einen entsetzten Schrei aus, und Dan sprang auf.

„Martin! Was willst du denn hier?" fragte Maggie. „Dein Arbeitsverhältnis bei dieser Firma wurde gekündigt, wie du weißt. Ich muss dich auffordern, sofort zu gehen!" Sie hatte gewusst, dass er bis zur Verhandlung auf Kaution frei war. Allerdings hatte sie nicht erwartet, dass er es wagen würde, hier aufzutauchen.

„Sie haben es gehört", grollte Dan. „Hinaus!"

„Ich habe jedes Recht, hier zu sein. Bei unserer Heirat hat Laurel mir die Stimmrechte für ihr Aktienpaket überschrieben. Seither habe ich einen Sitz in diesem Gremium."

„Das lässt sich ändern." Maggie wandte sich an den Anwalt. „Mr. Buchanan, bitte unternehmen Sie alles Notwendige, um Mr. Howe die Stimmrechte zu entziehen und sie wieder auf Laurel zu übertragen."

„Ich habe das entsprechende Formular dabei." Er ließ seine Aktentasche aufschnappen, nahm ein Blatt Papier und einen Kuli heraus, kreuzte die Zeile an, wo Laurel unterschreiben musste, und schob ihr das Papier zu.

Zornige Röte überzog Martins Gesicht. „Laurel, wage nicht, das zu unterschreiben!"

„Herrgott, Martin, Sie sind wirklich dickfelliger als ein Rhinozeros!" schimpfte Dan kopfschüttelnd. „Die Scheidungspapiere wurden Ihnen bereits vor über einer Woche zugestellt. Sie können nicht hier hereinschneien und Laurel herumkommandieren!"

„Wir sind noch nicht geschieden. Und wenn Laurel endlich zur Vernunft kommt, werden wir es auch nicht." Er sah seine Frau intensiv an, und Maggie verzog angewidert das Gesicht, als er seinen falschen Charme aufdrehte. „Laurel, mein Herz. Du weißt, dass ich dich liebe. Du kannst mich nicht einfach so verlassen."

„Ich habe dich nicht einfach verlassen, Martin. Du hast mich betrogen, erinnerst du dich. Und als ich dich zur Rede stellte, hast du mich zusammengeschlagen."

„Ja gut, vielleicht bin ich ein bisschen grob geworden ..."

„Ein bisschen grob? Ich hatte eine gebrochene Nase, drei gebrochene Rippen und eine Nierenquetschung. Von den vielen Platzwunden und Prellungen will ich gar nicht erst reden."

Martins Mund wurde schmal und sein Blick wütend. Maggie wusste, wenn er mit Laurel allein gewesen wäre, hätte er sie wieder geschlagen.

Mit Mühe beherrschte er seinen Zorn jedoch und erwiderte in beschwichtigendem Ton; „Liebes, die Affäre mit Elaine bedeutete mir nichts. Ich musste sie auf meine Seite ziehen. Ich brauchte sie, um die Bücher zu manipulieren."

Art Buchanan räusperte sich. „Mr. Howe, Sie sollten solche Äußerungen nicht in Gegenwart eines Anwalts machen. Als Vertreter der Justiz muss ich Sie warnen: Das Manipulieren von Geschäftsberichten ist strafbar."

„Nur wenn man es macht, um etwas zu stehlen. Die Berichte, die ich an Bountiful weitergegeben habe, waren gültig. Die manipulierten brauchte ich, um Jacob von der Notwendigkeit eines Verkaufs zu überzeugen."

„Trotzdem. Falls die Familie Malone sich entschließt, die Sache zu verfolgen, können Sie zweifellos wegen Betrugs belangt werden."

Maggie sah ihre Schwester an. „Laurel, du bist am Zug. Was willst du tun?"

„Ich will nur, dass er aus meinem Leben verschwindet."

„Du hast sie gehört. Mir persönlich ist schleierhaft, woher du den Mut nimmst, hier aufzukreuzen, nach allem, was du ihr angetan hast", sagte Maggie. „Mal abgesehen von allen anderen Straftaten, die auf dein Konto und auf das deines Vaters gehen."

„Für das, was mein Vater tut, bin ich nicht verantwortlich. Der verrückte alte Idiot wollte dich persönlich aus dem Weg schaffen. Ich habe mit der Brandstiftung nichts zu tun."

Martins grobe Abkehr von seinem Vater verblüffte Maggie und alle Anwesenden so sehr, dass sie sich sprachlos ansahen.

Gleichgültig, wie falsch und irregeleitet Rupert sich verhalten hatte, er war seinem Sohn immer geradezu fanatisch ergeben gewesen. Seit Martin auf der Welt war, hatte Rupert für ihn die Wege geebnet. Wenn er sich in Schwierigkeiten gebracht hatte, hatte Rupert seinen Einfluss geltend gemacht, die Wogen zu glätten. Wenn Martin etwas haben wollte, hatte sein Vater alle notwendigen Maßnahmen ergriffen, damit er es bekam, angefangen von leichtem Druck über Einschüchterung bis zu massiver Bedrohung. Man behauptete sogar, dass Rupert sich dazu herabließ, Bestechungsgelder zu zahlen.

Dass er seinem Vater jetzt die kalte Schulter zeigte, war selbst für Martins Verhältnisse ein schockierender Verrat.

„Laurel, sei nicht dumm. Ehe du eine vorschnelle Entscheidung triffst, hör mich an. Ich kann euch alle steinreich machen. Wir verändern die Firmenstatuten und verkaufen an Bountiful Foods. Da sie selbst kein Obst anbauen, sind sie nur an der Fabrik interessiert, nicht am Land, das behalten wir."

Nach einer kurzen Pause fuhr er fort: „Und da wird die Sache wirklich interessant. Mein Dad hat Insiderinformationen, dass eine große Softwarefirma in unser Tal ziehen will. Sie bauen einen riesigen Komplex hier und bringen eine ganze Armee hoch bezahlter Angestellter mit, die alle hochwertige Häuser beziehen wollen. Wir können die Plantage parzellieren und die Stücke für achtzig- oder neunzigtausend verkaufen. Malone Enterprises bewirtschaftet über fünfzehnhundert Acres. Wir wären im Handumdrehen alle plötzlich steinreich."

„Also war es in erster Linie das Land, auf das du es die ganze Zeit abgesehen hattest“, stellte Maggie fest. „Die Sabotageakte, die manipulierten Bücher, die Einschüchterungsversuche, das diente alles nur dazu, uns in Panik zu versetzen, damit wir die Firmenstatuten ändern und verkaufen?“

„Du hast es erfasst. Aber der Gewinn aus dem Firmenverkauf wäre geradezu Peanuts im Vergleich zum Verkauf der Ländereien. Da Jacob nicht auf vernünftige Argumente hören wollte, musste ich etwas unternehmen.“

„Das war vergebliche Liebesmüh, Martin. Malone Enterprises wurde von unserer Urgroßmutter gegründet. Vier Generationen von Malones haben Herz und Seele in das Unternehmen gesteckt, das vielen Menschen in dieser Gegend Lohn und Brot gibt. Die Firma ist weder jetzt noch in Zukunft zu verkaufen.“

Wenn Blicke töten könnten, wäre Maggie in diesem Moment umgefallen, als Martin sie ansah.

„Hört nicht auf sie!“ wandte er sich eindringlich an ihre Schwestern. „Ihr müsst nicht dulden, dass sie die Firma leitet. Ihr zusammen habt die Mehrheit der Aktienanteile. Ihr könnt bestimmen, was laufen soll.“

Er wandte sich mit einem lockenden Lächeln an seine Frau. „Laurel, Liebste, es kann nicht dein Ernst sein, dass du mich verlassen willst. Nicht nach allem, was wir einander bedeutet haben. Ich liebe dich, Baby. Wir hatten Probleme, sicher, aber die können wir lösen. Das verspreche ich dir.“

Dann richtete er das Wort an Jo Beth. „Jo Beth, mit deinem Anteil an dem Verkaufserlös kannst du das College vergessen. Damit bist du unabhängig. Du kannst gehen, wohin du willst, und tun und lassen, was du willst. Du schuldest Maggie nichts. Teufel auch, du magst sie doch nicht einmal.“

Maggie beobachtete ihre Schwestern gespannt. Sie konnte nicht einschätzen, ob Familienloyalität und Tradition für sie als Argumente überzeugend genug waren, um ein Vermögen auszuschlagen.

Seine Überredungskünste hatten in der Vergangenheit immer Wirkung gezeigt, zumindest bei Laurel. Die schwieg so lange, dass Maggie zu fürchten begann, er habe sie wieder herumgekriegt.

Schließlich stand Laurel jedoch wortlos auf, kam zum Kopfende des Tisches, stellte sich hinter Maggie, legte ihr eine Hand auf die Schulter und sah ihren Mann ruhig an.

Einen Moment später tat Jo Beth genau dasselbe.

Martin explodierte: „Ihr Idiotinnen!“ schrie er. „Ihr seid alle Idioten! Ihr sitzt auf einer Goldmine und lasst euch von dämlicher Familientradition daran hindern, sie auszubeuten!“

Damit stürmte er hinaus, und sobald sich die Tür hinter ihm schloss, sprang Maggie aus dem Sessel und umarmte ihre Schwestern. „Danke! Ich danke euch von Herzen!“

„Maggie, du hast doch sicher nicht geglaubt, dass wir uns mit Martin gegen dich verbünden würden, oder?“

„Also wirklich, schon gar nicht nach allem, was er Laurel angetan hat.“

„Na ja ... er lockte mit einer Menge Geld.“

„Wir sind ja auch so nicht gerade arm. Außerdem sind Jo Beth und ich schließlich auch Malones.“

„Klar. Und Schwestern sollten zusammenhalten“, meinte Jo Beth. „Und ich sage, weg mit Schaden, Martin ist ein Arschloch.“

Maggie lachte. „Ich stimme dir zwar zu. Aber an deiner Stelle würde ich Mom nicht hören lassen, dass du solche schlimmen Ausdrücke benutzt.“

Jo Beth verdrehte die Augen. „Sie bekäme wieder einen hysterischen Anfall."

Laurel drückte Maggie die Hand. „Schwesterherz, ich habe dir nie gedankt, dass du mir geholfen hast ..."

„Schsch. Du musst mir nicht danken. Wie Jo Beth gesagt hat, Schwestern sollten zusammenhalten."

Sie umarmten sich wieder, doch als die Rührung überhand nahm, mischte Anna sich ein. „So, jetzt aber Schluss damit. Wir müssen uns ums Geschäft kümmern. Mr. Buchanan ist ein viel beschäftigter Mann. Er hat sicher keine Zeit, dazusitzen und Ihnen beim Heulen zuzusehen."

Nachdem die drei sich wieder gefasst hatten, sahen sie sich lächelnd an und nahmen ihre Plätze ein.

Die Konferenz verlief problemlos. Sie beschlossen einstimmig, die Fabrik mit neuem Gerät auszustatten, und ihre Schwestern stimmten dafür, dass Maggie das Unternehmen leiten sollte. Allerdings meldeten sie dabei auch Zweifel an.

„Bist du sicher, dass du das wirklich möchtest, Maggie? Was ist mit deiner Modelkarriere?"

Maggie lachte. „Glaubt mir, das Unternehmen zu leiten, war immer mein Traum. Was meine Modelkarriere anbetrifft, wenn ich die ein bisschen zurückschraube, kann ich beides machen. In den letzten vier Monaten hat das ja auch schon funktioniert. Auf die Weise könnte ich weitermachen, solange meine Karriere dauert. Ob ihr es glaubt oder nicht, im reifen Alter von siebenundzwanzig sind die Tage meiner Karriere ohnehin gezählt."

„Warum? Das ist doch schrecklich!" protestierte Laurel.

„Das ist schlichtweg idiotisch, wenn ihr mich fragt", erklärte ihre jüngste Schwester.

„Sicher, aber so sieht die Realität in der Modewelt nun

mal aus. Außerdem ist mir meine Karriere nicht so wichtig. Alles, was mir wichtig ist, befindet sich hier. Meine Familie und das Unternehmen." Sie sah lächelnd über den Tisch zu Dan. „Und der Mann, den ich liebe. Was kann ich mir mehr wünschen?"

Wieder mischte Anna sich ein, um die aufkommende Rührung im Keim zu ersticken. „Nun, dann wäre ja alles klar", stellte sie fest und klappte ihr Notizbuch zu. „Sie sollten mit dem Hammer auf den Tisch schlagen und die Versammlung beenden."

Maggie lachte und schlug einmal auf den Tisch. „Konferenz vertagt."

Sobald die anderen fort waren, kam Dan um den Tisch und zog Maggie an sich. Die Arme lose um ihre Taille geschlungen, sah er ihr tief in die Augen. „Du hast lange gebraucht, aber du hast es endlich geschafft. Willkommen daheim, Liebes."

– ENDE –

Christiane Heggan

In tödlicher Gefahr

Abbie hat einen Mord beobachtet – und gerät bei den Ermittlungen durch Detective John Ryan unter Verdacht ...

Band-Nr. 25078
7,95 € (D)
ISBN 3-89941-101-3

MIRA®

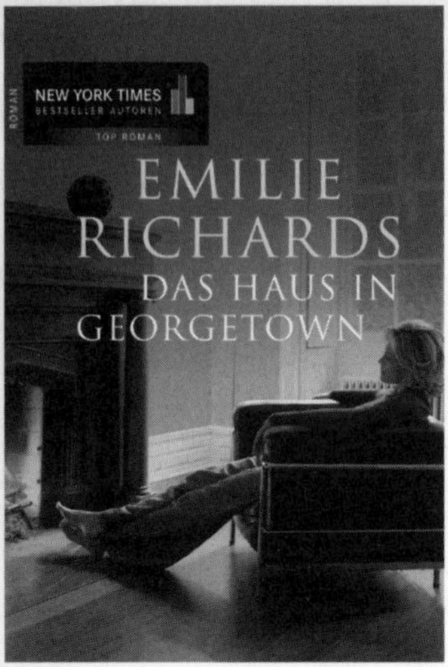

Emilie Richards

Das Haus in Georgetown

Etwas Entsetzliches geschah vor vielen Jahren in dem Haus in der Prospect Street, das Faith nach der Scheidung mit ihren Kindern bezieht ...

Band-Nr. 25053
7,95 € (D)
ISBN 3-89941-068-8

Jackie Collins
Hollywood Affairs
Band-Nr. 25062
7,95 € (D)
ISBN 3-89941-083-1

Jennifer Blake
Der Benedict Clan
„Zwischen Hoffen und Bangen"
Band-Nr. 25070
7,95 € (D)
ISBN 3-89941-092-0

Erica Spindler
Der Tod kommt lautlos
Band-Nr. 25063
7,95 € (D)
ISBN 3-89941-084-X

Sharon Sala
Blutroter Schnee
Band-Nr. 25025
7,95 € (D)
ISBN 3-89941-033-5